JACK HIGGINS

# Die Hongkong-Papiere

*Buch*

Im Jahre 1944 treffen Mao Tse-tung und Lord Mountbatten, damals britischer Oberbefehlshaber in Südostasien, ein Abkommen: Großbritannien liefert Mao Waffen und erhält im Gegenzug das Versprechen, daß der 1997 auslaufende Vertrag über die Kronkolonie Hongkong um weitere hundert Jahre verlängert wird – falls Mao an die Macht kommt. Doch in den Kriegswirren geht das brisante Dokument verloren.

Über fünfzig Jahre später tauchen Gerüchte auf, daß noch eine Kopie dieses verschollen geglaubten Vertrags existiert. Für die britische Regierung ist klar: Die Hongkong-Papiere müssen gefunden werden, bevor sie in falsche Hände geraten. Denn zu viele Leute sind an einem Verbleib Hongkongs im westlichen Einflußbereich interessiert, allen voran die Mafia, die Millionen in dieser Stadt investiert hat. Außerdem soll nicht an die große Glocke gehängt werden, welch einen Vertrag die Briten einst mit dem chinesischen Revolutionsführer geschlossen haben …

Es gibt nur einen Mann, der fähig ist, die Vertragskopie aufzuspüren: den Spezialagenten Sean Dillon. Einmal mehr holt er für den Secret Service die Kastanien aus dem Feuer.

*Autor*

Jack Higgins, 1929 in Irland geboren, schrieb mehrere Abenteuerromane, bevor ihm mit »Der Adler ist gelandet« der internationale Durchbruch gelang. Auch seine folgenden Romane stürmten die Bestsellerlisten. Viele von ihnen sind verfilmt worden. Als Goldmann-Taschenbücher liegen vor:

Der Adler ist entkommen (42176)
Das Geheimnis von U 180 (43745)
Der Ire – Tödliche Jagd – Eishölle (10055)
Die Lerche fliegt im Morgengrauen (42604)

JACK HIGGINS

# Die Hongkong-Papiere

Roman

Aus dem Englischen
von Michael Kubiak

GOLDMANN

Ungekürzte Ausgabe

Titel der Originalausgabe: On Dangerous Ground
Originalverlag: Michael Joseph, London

*Umwelthinweis:*
Alle bedruckten Materialien dieses Taschenbuches
sind chlorfrei und umweltschonend.
Das Papier enthält Recycling-Anteile.

Der Goldmann Verlag
ist ein Unternehmen der Verlagsgruppe Bertelsmann

Genehmigte Taschenbuchausgabe 12/97

Umschlagentwurf: Design Team München
Druck: Elsnerdruck, Berlin
Verlagsnummer: 43984
MV · Herstellung: Heidrun Nawrot
Made in Germany
ISBN 3-442-43984-1

3 5 7 9 10 8 6 4 2

*Für Sally Palmer*
*in Liebe*

# PROLOG

*Tschungking*
*August 1944*

Der Pilot, Fliegerhauptmann Joe Caine vom RAF-Transportkommando, war müde und durchgefroren bis auf die Knochen. Seine Hände krampften sich um den Steuerknüppel. Er drückte ihn sacht nach vorne und ließ das Flugzeug der Erde entgegensinken. In tausend Meter Höhe tauchte es aus der tiefhängenden Wolkendecke auf und geriet in peitschenden Regen.

Das Flugzeug, das sich seinen Weg durch dichte Wolken und tobendes Gewitter suchte, war eine Douglas DC3. Die berühmte Dakota war das Arbeitspferd sowohl der amerikanischen Luftwaffe als auch der RAF, auf den Flugplätzen von Assam in Nordindien stationiert und besorgte den Nachschub für die chinesische Armee Tschiang Kai-scheks. Auf ihrem Kurs mußten sie den berüchtigten »Buckel« überwinden, wie der Himalaja von den alliierten Flugzeugbesatzungen genannt wurde. Dabei kam es einzig darauf an, die schlimmsten Flugverhältnisse der Welt irgendwie lebend zu überstehen.

»Da ist es ja schon, Skipper«, sagte der Kopilot. »Genau vor uns. Entfernung drei Meilen.«

»Und wie üblich die schlampigste Verdunkelung«, sagte Caine und traf den Nagel auf den Kopf. Die Einwohner von Tschungking waren in dieser Hinsicht notorisch träge, denn überall in der Stadt brannte Licht.

»Dann wollen wir mal«, sagte er.

»Nachricht vom Kontrollturm«, rief der Bordfunker.

Caine schaltete auf Ultrakurzwelle und rief den Tower. »Sugar Nan hier. Gibt es ein Problem?«

»Vorrangiger Verkehrsteilnehmer im Landeanflug. Bitte gehen Sie auf Warteschleife«, sagte eine neutrale Stimme.

»Verdammt noch mal«, erwiderte Caine zornig. »Ich habe gerade tausend Meilen über den Buckel hinter mir. Wir sind müde, durchgefroren und haben kaum noch Sprit im Tank.«

»VIP-Verkehr an Steuerbord und unter Ihnen. Gehen Sie auf Warteschleife. Bitte bestätigen.« Die Stimme klang unnachgiebig.

Der Kopilot schaute aus dem Seitenfenster. »Etwa zweihundert Meter unter uns, Skipper. Eine andere Dakota. So wie es aussieht ein Yankee.«

»Na schön«, sagte Caine müde und legte die Maschine in eine Backbordkurve.

Der Mann, der auf der Veranda vor dem Büro des Stützpunktkommandanten stand, blickte hinauf zum regnerischen Himmel und lauschte dem Klang der ersten Dakota, die zur Landung einschwebte. Er trug die Uniform eines Vize-Admirals der Royal Navy und hatte sich einen Trenchcoat über die Schultern gelegt. Sein Name war Lord Louis Mountbatten, und er war der Vetter des Königs von England. Er war hochdekorierter Kriegsheld und außerdem der Oberkommandeur der Alliierten in Südostasien.

Der amerikanische General mit Nickelbrille, der hinter ihm erschien und kurz stehenblieb, um sich eine Zigarette anzuzünden, war General »Vinegar Joe« Stilwell, Mountbattens Stellvertreter und Chef des Stabes unter Tschiang Kai-schek. Er galt als der größte Chinaexperte innerhalb der alliierten Streitkräfte und beherrschte die kantonesische Sprache fließend.

Er setzte sich auf das Geländer. »Da kommt er ja schon, der große Vorsitzende Mao.«

»Was ist mit Tschiang Kai-schek?« erkundigte sich Mountbatten.

»Er hat sich entschuldigt. Mußte angeblich aufs Land fahren. Es ist sinnlos, Louis, Mao und Tschiang würden sich niemals zusammensetzen. Sie wollen beide das gleiche.«

»China?« fragte Mountbatten.

»Genau.«

»Nun ja, ich muß Sie daran erinnern, daß wir hier nicht im Pazifik sind, Joe. Fünfundzwanzig japanische Divisionen stehen in China, und seit Beginn der Offensive im April erringen sie einen Sieg nach dem anderen. Das weiß niemand besser als Sie. Wir brauchen Mao und seine kommunistische Armee. So einfach ist das.«

Sie beobachteten, wie die Dakota landete. Dann sagte Stilwell: »Der Standpunkt Washingtons ist simpel. Wir haben Tschiang genug Leihpacht bezahlt.«

»Und was haben wir dafür bekommen?« fragte Mountbatten. »Er hockt auf seinem Hintern, rührt keinen Finger und spart seine Munition und sein Kriegsgerät für den Bürgerkrieg gegen die Kommunisten auf, sobald die Japaner besiegt sind.«

»Einen Bürgerkrieg würde er wahrscheinlich gewinnen«, sagte Stilwell.

»Meinen Sie wirklich?« Mountbatten schüttelte den Kopf. »Sie wissen, daß man Mao und seine Anhänger im Westen als Agrarrevolutionäre betrachtet, die nichts anderes wollen als Land für die Bauern.«

»Und Sie denken nicht so?«

»Offen gesagt, ich glaube, daß sie eingefleischtere Kommunisten sind als die Russen. Ich denke, daß sie durchaus in der Lage sind, Tschiang Kai-schek aus China zu verjagen und nach dem Krieg die Macht zu übernehmen.«

»Ein interessanter Gedanke«, sagte Stilwell, »aber wenn es Ihnen darum geht, Freunde zu gewinnen und Einfluß auszuüben, dann ist das Ihre Sache. Washington wird dabei nicht mitmachen. Frischer Nachschub an Waffen und Munition muß von Ihrer Regierung kommen, nicht aus amerikanischen Quellen. Wir haben genug damit zu tun, uns nach dem Krieg mit den Japanern herumzuschlagen. China ist Ihr Baby.«

Die Dakota rollte auf sie zu und stoppte. Zwei Männer des Bodenpersonals schoben eine Treppe an die Maschine und warteten darauf, daß die Tür geöffnet wurde.

»Demnach finden Sie nicht, daß ich vom guten alten Mao zuviel verlange?«

»Zum Teufel, nein!« Stilwell lachte. »Um ganz ehrlich zu sein, Louis, wenn er einverstanden ist, dann erwarte ich nicht, daß Sie sehr viel für all die Hilfe zurückbekommen werden, die Sie ihm geben wollen.«

»Immerhin mehr als nichts, alter Junge, besonders wenn er einverstanden ist.«

Die Tür schwang nach außen, ein junger chinesischer Offizier tauchte in der Öffnung auf. Kurz darauf erschien Mao Tse-tung. Er blieb für einen Moment stehen, in seiner schlichten Uniform und der Mütze mit dem roten Stern, und sah zu ihnen herüber. Dann kam er die Treppe herunter.

Der 51jährige Mao Tse-tung, Vorsitzender der Chinesischen Kommunistischen Partei, war ein brillanter Politiker, ein Meister des Guerillakrieges und ein genialer Soldat. Er war außerdem der unversöhnliche Gegner Tschiang Kai-scheks, und die beiden Lager führten seit langem einen offenen Krieg gegeneinander, anstatt gemeinsam die Japaner zu bekämpfen.

Im Büro nahm er an dem Schreibtisch des Stützpunktkommandanten Platz. Der junge Offizier bezog hinter ihm Posten. Neben Mountbatten und Stilwell stand ein Major der britischen Armee. Sein linkes Auge wurde von einer schwarzen Augenklappe bedeckt, und das Abzeichen an seiner Mütze wies ihn als Angehörigen eines schottischen Hochlandregiments aus. Ein Korporal stand hinter ihm an der Wand. Er hielt eine Unterschriftenmappe unter dem linken Arm geklemmt.

Stilwell ergriff das Wort. »Es ist mir eine Ehre, Herr Vorsitzender Mao, bei den Verhandlungen als Dolmetscher fungieren zu dürfen«, erklärte er in fließendem Kantonesisch.

Mao saß ihm gegenüber, musterte ihn mit unbewegter Miene, ehe er in perfektem Englisch erwiderte: »General, meine Zeit ist begrenzt.« Stilwell sah ihn erstaunt an, und Mao wandte sich an Mountbatten. »Wer sind dieser Offizier und der Mann bei ihm?«

»Major Ian Campbell, Herr Vorsitzender«, antwortete Mountbatten, »einer meiner Adjutanten. Der Korporal ist sein Bursche. Sie gehören zum schottischen Hochlandregiment.«

»Bursche?« fragte Mao.

»Ein Soldat in der Funktion eines persönlichen Dieners«, erklärte Mountbatten.

»Ah, ich verstehe.« Mao nickte rätselhaft und wandte sich an Campbell. »Sie meinen die Highlands in Schottland, habe ich recht? Ein seltsames Volk. Die Engländer haben Sie über die Klinge springen lassen, Ihr Volk aus seinem Land vertrieben, und dennoch ziehen Sie für die Engländer in den Krieg.«

Ian Campbell zuckte die Achseln. »Ich bin ein Highlander durch und durch, seit tausend Jahren sind wir die Lairds von Loch Dhu Castle und seiner Umgebung, wie mein Vater und dessen Vater vor mir, und wenn die Engländer ab und zu Hilfe brauchen, weshalb nicht?«

Mao lächelte tatsächlich und nickte Mountbatten zu. »Mir gefällt dieser Mann. Sie sollten ihn mir mal ausleihen.«

»Das ist nicht möglich, Herr Vorsitzender.«

Mao zuckte die Achseln. »Dann zum Geschäftlichen. Ich habe wenig Zeit. Ich muß den Rückflug in spätestens einer halben Stunde antreten. Was haben Sie mir anzubieten?«

Mountbatten warf einen Blick zu Stilwell, der die Schultern hob, und der Vize-Admiral sagte zu Mao: »Unsere amerikanischen Freunde können Ihren Streitkräften keine Waffen und Munition liefern.«

»Aber alles, was der Generalissimus nötig hat, werden sie doch bereitstellen, oder?« fragte Mao.

Mountbatten blieb überraschend ruhig. »Ich glaube, wir haben eine Lösung für dieses Problem«, sagte er. »Wie wäre es denn, wenn die RAF pro Monat zehntausend Tonnen an verschiedenen Waffen, Munition und so weiter über den Buckel nach Kunming bringen würde?«

Mao nahm eine Zigarette aus einem alten Silberetui, und der junge Offizier gab ihm Feuer. Der Vorsitzende blies einen langen Rauchstrom aus. »Und was müßte ich für diese Großzügigkeit tun?«

Mountbatten zündete sich ebenfalls eine Zigarette an, trat an die offene Tür und blickte hinaus in den Regen. Er wandte sich um. »Der Vertrag von Hongkong. Der Pachtvertrag mit Großbritannien. Er läuft am 1. Juli 1997 aus.«

»Und?«

»Ich möchte, daß Sie ihn um hundert Jahre verlängern.«

Langes Schweigen trat ein. Mao lehnte sich zurück und blies Zigarettenrauch zur Decke. »Mein Freund, ich glaube, der viele Regen hat Sie ein wenig um den Verstand gebracht. Generalissimus Tschiang Kai-schek regiert China, solange es die Japaner erlauben natürlich.«

»Aber die Japaner werden irgendwann abziehen«, sagte Mountbatten.

»Und dann?«

Im Raum war es sehr still. Mountbatten drehte sich um und nickte mit dem Kopf. Der Korporal schlug die Hacken zusammen und reichte die Unterschriftenmappe Major Campbell, der sie aufklappte und ein Schriftstück hervorholte, das er vor dem Vorsitzenden auf den Tisch legte.

»Das ist kein Vertrag, sondern ein Abkommen«, sagte Mountbatten. »Ich möchte es das Tschungking-Abkommen nennen. Wenn Sie den Text gelesen haben und ihn mit Ihrer Unterschrift gutheißen, erklären Sie sich bereit, den Vertrag von Hongkong um hundert Jahre zu verlängern, falls Sie je die Herrschaft über China erlangen. Als Gegenleistung wird die Regierung Ihrer Majestät Sie mit allem versorgen, was Ihr Militär benötigt.«

Mao Tse-tung prüfte das Dokument, dann sah er hoch. »Haben Sie einen Füllfederhalter, Lord Mountbatten?«

Der Korporal hielt einen bereit, und er reagierte schnell. Mao unterzeichnete das Schriftstück. Major Campbell holte drei weitere Kopien hervor und legte sie auf den Tisch. Mao unterschrieb jede, und Mountbatten zeichnete gegen.

Mao gab dem Korporal den Füllfederhalter zurück und stand auf. »Damit geht ein erfolgreicher Arbeitstag zu Ende«, sagte er zu Mountbatten, »aber ich muß mich jetzt verabschieden.«

Er ging zur Tür. »Einen Moment noch, Herr Vorsitzender«, sagte Mountbatten. »Sie haben Ihre Kopie des Abkommens vergessen.«

Mao wandte sich um. »Später«, sagte er. »Wenn Churchill seine Unterschrift darunter gesetzt hat.«

Mountbatten starrte ihn verblüfft an. »Churchill?«

»Aber natürlich. Selbstverständlich sollen sich dadurch die Waffenlieferungen nicht verzögern, aber ich erwarte, daß meine Kopie von diesem großen Mann persönlich unterschrieben wird. Oder gibt es da ein Problem?«

»Nein.« Mountbatten sammelte sich. »Nein, natürlich nicht.«

»Gut. Und jetzt muß ich wirklich gehen. Auf mich wartet eine Menge Arbeit, Gentlemen.«

Er schritt die Treppe hinunter, gefolgt von dem jungen Offizier, überquerte das Rollfeld und stieg in die wartende Dakota. Die Tür wurde geschlossen, die Treppe weggeschoben, und die Maschine rollte in Startposition. Stilwell brach in schallendes Gelächter aus.

»Gott helfe mir, das war die verrückteste Sache, die ich seit Jahren miterlebt habe. Er ist wirklich eine tolle Type. Was werden Sie jetzt tun?«

»Ich schicke den verdammten Wisch natürlich nach London,

damit Churchills Unterschrift darauf kommt.« Mountbatten drehte sich in der Türöffnung um und sagte zu Major Campbell: »Ian, ich verschaffe Ihnen die einmalige Gelegenheit, im Savoy zu dinieren. Sie sollen sich so bald wie möglich mit einem Bericht von mir an den Premierminister nach London auf den Weg machen. Ist da nicht gerade wieder eine Maschine gelandet?«

»Ja, Sir, eine Dakota aus Assam.«

»Gut. Veranlassen Sie, daß sie sofort aufgetankt wird und sich für den Rückflug bereitmacht.« Mountbatten deutete mit einem Kopfnicken auf den Korporal. »Sie können Tanner mitnehmen.«

»Sehr schön, Sir.«

Campbell sammelte die Schriftstücke ein, um sie in die Mappe zu legen, und Mountbatten sagte: »Drei Kopien. Eine für Mao, eine für den Premierminister und die dritte für Präsident Roosevelt. Aber habe ich nicht vier unterschrieben?«

»Ich war so frei, eine zusätzliche Kopie vorzubereiten, Sir, nur für den Fall des Falles«, sagte Campbell.

»Sie sind ein guter Mann, Ian«, lobte Mountbatten und nickte. »Dann nichts wie los mit Ihnen. Sie bleiben eine Nacht im Savoy und kommen sofort wieder zurück.«

»Selbstverständlich, Sir.«

Campbell salutierte und ging mit Tanner im Schlepptau hinaus. Stilwell zündete sich eine Zigarette an. »Ein seltsamer Mensch, dieser Campbell.«

»Sein Auge hat er in Dünkirchen verloren«, erzählte Mountbatten. »Er hat sich sein Militärverdienstkreuz ehrlich verdient. Der beste Adjutant, den ich je hatte.«

»Was sollte dieser Quatsch mit dem Laird von Loch Dhu?« wollte Stilwell wissen. »Ihr Engländer spinnt manchmal.«

»Schön, aber Campbell ist kein Engländer, er ist Schotte, und noch mehr als das, er ist ein Highlander. Als Laird von Loch Dhu führt er einen Teil des Campbell-Clans an, und das, Joe, ist eine Tradition, die schon gepflegt wurde, ehe die Wikinger nach Amerika segelten.«

Er ging zur Tür und blickte hinaus in den strömenden Regen. Stilwell trat neben ihn. »Meinen Sie, wir werden siegen, Louis?«

»O ja.« Mountbatten nickte. »Ich mache mir nur Sorgen über das, was danach kommt.«

In Campbells Quartier packte Tanner die Reisetasche des Majors mit militärischer Gründlichkeit, während Campbell sich rasierte. Sie waren seit ihrer Kindheit zusammen, da Tanners Vater als Wildhüter auf Loch Dhu gearbeitet hatte. Sie hatten auch gemeinsam das Grauen von Dünkirchen erlebt. Als Campbell nach London gegangen war, um im Hauptquartier der Alliierten unter Mountbatten zu arbeiten, hatte er Tanner als seinen Burschen mitgenommen. Dann folgte die Versetzung an die Südostasienfront. Aber für Jack Tanner, Paradesoldat mit einer Tapferkeitsmedaille als Beweis für seinen Kampfeinsatz, würde Campbell niemals etwas anderes sein als der Laird.

Der Major kam aus dem Badezimmer, wobei er sich die Hände abtrocknete. Er schob seine schwarze Augenklappe zurecht, kämmte sich durchs Haar und zog dann seinen Uniformrock an. »Haben Sie den Aktenkoffer, Jack?«

Tanner hielt ihn hoch. »Die Papiere sind darin, Laird.«

Er redete Campbell immer mit diesem Titel an, wenn sie alleine waren. Campbell sagte: »Öffnen Sie ihn, und holen Sie die vierte Kopie, die Reservekopie, heraus.«

Tanner tat, wozu er aufgefordert worden war, und reichte sie dem Major. Das Papier trug den Briefkopf des obersten alliierten Befehlshabers in Südostasien. Mao hatte nicht nur in englisch, sondern auch in chinesisch unterschrieben, und Mountbatten hatte das Dokument gegengezeichnet.

»Sehen Sie es sich gut an, Jack«, sagte Campbell, während er das Schriftstück zusammenfaltete. »Das ist eine historische Urkunde. Wenn Mao siegt, bleibt Hongkong den Briten bis zum 1. Juli 2097 erhalten.«

»Und Sie meinen, es wird dazu kommen, Laird?«

»Wer weiß. Zuerst einmal müssen wir den Krieg gewinnen. Geben Sie mir mal die Bibel, ja?«

Tanner ging zur Kommode, auf der die Toilettenartikel des Majors aufgereiht waren. Die Bibel war etwa fünfzehn mal zehn Zentimeter groß. Sie hatte einen Buchdeckel aus gehämmertem Silber mit einem deutlich erhabenen keltischen Kreuz als Verzierung. Sie war sehr alt. Die Campbells führten sie seit vielen Jahrhunderten während der zahlreichen Kriege bei sich. Sie war in der Tasche eines Vorfahren des Majors gefunden worden, der im Kampf für Bonnie Prince Charles 1746 bei Culloden gefallen war. Später hatte sie bei der Leiche seines Onkels gelegen, der sein Leben im Jahr 1916 an der Somme verloren hatte. Ian Campbell nahm sie überallhin mit.

Tanner schlug sie auf. Die Innenseite des Buchdeckels bestand ebenfalls aus Silber. Er tastete vorsichtig mit seinem Fingernagel herum, bis der Deckel aufsprang und ein kleines Geheimfach freilegte. Campbell faltete den Bogen Papier auf die entsprechende Größe zusammen und legte ihn in das Fach. Dann schloß er den Deckel.

»Das bleibt absolut geheim, Jack, nur Sie und ich wissen, daß das Dokument dort versteckt ist. Schwören Sie darauf Ihren Highlandereid.«

»Ich schwöre, Laird. Soll ich die Bibel ebenfalls in die Reisetasche packen?«

»Nein, ich nehme sie in der Kartentasche mit.« Es klopfte an der Tür. Tanner ging hin, um zu öffnen. Fliegerhauptmann Caine kam herein und schleppte schwere Fliegerjacken und Fliegerstiefel an.

»Die werden Sie brauchen, Sir. Wahrscheinlich müssen wir über einem Teil des Buckels bis auf 8000 Meter steigen. Und da oben ist es verdammt kalt.«

Der junge Mann sah müde aus. Er hatte dunkle Ringe unter den Augen. Campbell glaubte sich entschuldigen zu müssen. »Es tut mir sehr leid. Ich weiß, daß Sie gerade erst gelandet sind.«

»Das ist schon in Ordnung, Sir. Ich habe einen Kopiloten, Pilot Giffard. Wir können uns ablösen. Wir haben außerdem einen Navigator und einen Funker. Wir schaffen es schon.« Er lächelte. »Einem Lord Mountbatten kann man wohl kaum eine Bitte abschlagen, oder? Dann geht es jetzt also gleich bis nach Delhi.«

»Richtig. Und danach weiter nach London.«

»Ich wünschte, ich könnte ebenfalls diesen Teil der Reise machen.« Caine öffnete die Tür und sah hinaus in den Regen. »Das hört auch nie auf, oder? Was für ein verdammtes Land. Ich erwarte Sie im Flugzeug, Sir.« Er ging hinaus.

Campbell sagte: »Okay, Jack, dann mal los.«

Sie schlüpften in die Fliegerstiefel und die dicken Schaffelljacken. Tanner ergriff seine Reisetasche und die des Majors.

»Auf geht's, Jack.«

Tanner ging hinaus. Campbell sah sich noch einmal in dem Zimmer um, schnappte sich seine Mütze und setzte sie auf. Dann nahm er die Bibel an sich, verstaute sie in der Kartentasche seiner Fliegerjacke und verschloß sorgfältig die Taschenklappe. Seltsam, aber er fühlte sich mehr als nur müde. Es war, als sei er am Ende eines besonders langen Weges angelangt. Sein Highlanderblut meldete sich wieder. Er schüttelte das Gefühl mit einem Achselzucken ab, machte kehrt und ging hinaus in den Regen, um Tanner zur Dakota zu folgen.

Die Strecke von Tschungking nach Kunming betrug vierhundertfünfzig Meilen. Dort tankten sie nach, ehe sie den gefährlichsten Abschnitt des Flugs in Angriff nahmen: die fünfhundertfünfzig Meilen über den Buckel bis zu den Rollfeldern Assams.

Die Flugbedingungen waren entsetzlich – dichter Regen und Gewitter und so starke Luftturbulenzen, daß die Maschine auseinanderzubrechen drohte. Mehrere hundert Flugzeugbesatzungen hatten während der letzten beiden Jahre auf diesem Streckenabschnitt ihr Leben gelassen. Campbell wußte das. Dies war vermutlich die gefährlichste Mission im Rahmen des Flugdienstes in der RAF oder der USAF. Er fragte sich, was Männer dazu trieb, sich für einen derartigen Job freiwillig zu melden, und schaffte es, während er darüber nachdachte, tatsächlich ein wenig zu schlafen. Er wachte erst auf, als sie in Assam landeten, um nachzutanken.

Der Weiterflug nach Delhi führte über weitere elfhundert Meilen und bot völlig andere Bedingungen. Blauer Himmel, gemäßigte, fast warme Temperaturen und kein nennenswerter Wind. Die Dakota folgte ihrem Kurs in dreitausend Meter Höhe, und Caine überließ Giffard das Steuer, kam nach hinten und versuchte zwei Stunden Schlaf nachzuholen.

Campbell, der wieder eingedöst war, erwachte, als der Funker bei Caine stand und ihn an der Schulter rüttelte. »Wir sind in fünfzehn Minuten in Delhi, Skipper.«

Caine stand gähnend auf. Er grinste Campbell an. »Das reinste Zuckerschlecken, diese Etappe, was?«

Während er sich umdrehte, um hinauszugehen, gab es eine Explosion. Metalltrümmer flogen vom Backbordmotor weg, dicker Qualm wallte hoch, und während der Propeller stehenblieb, beschrieb die Dakota einen Bogen und ging abrupt in den Sturzflug über, wobei Caine weggerissen wurde.

Campbell flog mit derartiger Wucht gegen die Kabinenwand, daß er nicht mehr richtig mitbekam, was überhaupt passierte. Ein wuchtiger Aufprall, durchdringender Brandgeruch, und irgend jemand schrie.

Er spürte, daß er im Wasser lag, blinzelte so lange, bis er etwas erkennen konnte, und sah, daß er von einem wild blickenden Tanner mit blutüberströmtem Gesicht durch ein Reisfeld geschleift wurde. Der Korporal hievte ihn auf einen Damm, machte sogleich kehrt und eilte durch knietiefes Wasser zur Dakota zurück, die nun in hellen Flammen stand. Er hatte etwa die Hälfte des Weges zurückgelegt, als das Wrack mit einem ohrenbetäubenden Knall in die Luft flog.

Niedergeschlagen kam Tanner zurück. Er zog den Major behutsam ein Stück höher auf den Damm und holte ein Zigarettenetui heraus. Seine Hände zitterten, als er sich eine Zigarette anzündete.

»Waren wir das?« brachte Campbell mühsam hervor.

»So sieht es wohl aus, Laird.«

»Lieber Himmel!« Campbells Hände wanderten über seine Brust. »Die Bibel«, flüsterte er.

»Beruhigen Sie sich, Laird, ich bewahre sie für Sie auf.«

Tanner holte sie aus der Kartentasche, und dann verhallten für Campbell alle Geräusche, verblaßten alle Farben, und es blieb nichts als eine stille Dunkelheit.

In Tschungking betrachteten Mountbatten und Stilwell auf der Karte die anhaltenden Erfolge der vordringenden Japaner, die bereits die meisten Flugplätze der Alliierten in Ostchina überrannt hatten.

»Ich dachte, wir sollten den Krieg gewinnen«, sagte Stilwell.

Mountbatten lächelte wehmütig. »Das habe ich auch gedacht.«

Hinter ihnen ging die Tür auf, und ein Adjutant betrat mit einem Funkspruchformular den Raum. »Entschuldigen Sie die Störung, Sir, aber das ist gerade aus Delhi mit dem Vermerk ›Dringend‹ hereingekommen.«

Mountbatten las den Text und fluchte leise. »In Ordnung, Sie können gehen.«

Der Adjutant zog sich zurück.

»Schlechte Nachrichten?« fragte Stilwell.

»Die Dakota, mit der Campbell unterwegs war, hat einen Motor verloren und ist kurz vor Delhi abgestürzt. Sie ist nach der Landung explodiert. Den Angaben zufolge wurden alle Dokumente zusammen mit meinen Berichten vernichtet.«

»Ist Campbell tot?«

»Nein, dieser Korporal hat es geschafft, ihn herauszuholen.

Die gesamte Besatzung ist ums Leben gekommen. Campbell scheint eine schwere Kopfverletzung davongetragen zu haben. Er liegt im Koma.«

»Hoffen wir, daß er durchhält«, sagte Stilwell. »Auf jeden Fall ist es ein Rückschlag für Sie, daß Ihr Tschungking-Abkommen ein Opfer der Flammen wurde. Was werden Sie jetzt tun? Mao bewegen, ein zweites Mal zu unterschreiben?«

»Ich bezweifle, ob ich jemals wieder so leicht an ihn herankomme. Diese Situation stand von Anfang an unter dem Motto ›Etwas ist besser als nichts‹. Ich hatte eigentlich auch nicht erwartet, daß viel dabei herauskommen würde. Wie dem auch sei, nach meiner Erfahrung geben die Chinesen einem nur selten eine zweite Chance.«

»Darin stimme ich Ihnen zu«, sagte Stilwell. »Höchstwahrscheinlich bedauert der gerissene Bursche längst, daß er seine Unterschrift unter das Ding gesetzt hat. Aber was ist mit seinem Nachschub?«

»Nun, wir werden dafür sorgen, daß er ihn erhält, denn ich möchte, daß er aktiv auf unserer Seite gegen die Japaner mitkämpft. Diese Hongkong-Sache war eigentlich niemals ernst gemeint, Joe. Ich fand, für uns sollte irgend etwas bei dem Handel herausspringen, und die Hongkong-Frage war das einzige, was dem Premierminister und mir auf die Schnelle einfiel. Aber das tut jetzt nichts mehr zur Sache, wir stehen vor weitaus wichtigeren Entscheidungen.« Er trat wieder an die Wandkarte. »So, und nun zeigen Sie mir mal genau, wo die japanischen Vorauseinheiten stehen.«

# 1993

# London

# 1

Norah Bell stieg in der Nähe der St. James' Stairs in der Wapping High Street aus dem Taxi. Sie bezahlte den Fahrer und ging davon, eine zierliche, hüftschwingende, dunkelhaarige junge Frau in Lederjacke, engem schwarzen Minirock und hochhackigen Stiefeletten. Beim Gehen schien ihr ganzer Körper in Bewegung zu sein. Der Taxifahrer beobachtete, wie sie ihren Schirm gegen den strömenden Regen aufspannte, stieß einen tiefen Seufzer aus und fuhr weiter.

An der ersten Straßenecke blieb Norah Bell stehen und kaufte einen *Evening Standard*. Die Titelseite beschäftigte sich mit einem einzigen Thema, der Ankunft des amerikanischen Präsidenten anläßlich eines Treffens mit dem israelischen und dem englischen Premierminister, um mit ihnen über die Palästina-Frage zu diskutieren. Sie faltete die Zeitung zusammen, klemmte sie sich unter den linken Arm, bog um die nächste Straßenecke und ging weiter in Richtung Themse.

Der Junge, der gegenüber in einem Hauseingang stand, war etwa achtzehn Jahre alt und trug Schnürstiefel, Jeans und eine schäbige Bomberjacke. Mit dem Ring im linken Nasenloch und der Hakenkreuztätowierung auf der Stirn war er der typische Vertreter einer gewissen Gattung von Herdentier, die auf der Suche nach Beute durch die Straßen der Stadt streifte. Er vermutete in der Frau ein leichtes Opfer und folgte ihr schnell. Erst im letzten Moment begann er zu rennen, um sie von hinten zu umschlingen und ihr eine Hand auf den Mund zu pressen. Sie wehrte sich nicht, wurde augenblicklich schlaff, was ihm eigentlich eine Warnung hätte sein sollen. Aber er war mittlerweile jenseits jeder Vernunft, aufgeladen mit der falschen Art sexueller Erregung. »Tu, was ich dir sage«, zischte er, »und dir passiert nichts.«

Er drängte sie gegen die Laderampe eines schon länger nicht mehr benutzten Lagerhauses und preßte sich an sie. Sie sagte: »Du brauchst nicht so brutal zu sein.«

Zu seiner Verblüffung küßte sie ihn, und ihre Zunge tanzte sogar durch seinen Mund. Er konnte sein Glück nicht fassen, als sie, immer noch ihren Regenschirm festhaltend, die andere Hand nach unten schob und über die Schwellung in seiner Hose strich.

»Jesus Christus«, stöhnte er und küßte sie wieder, wobei ihm bewußt war, daß ihre Hand den Rock hochzuraffen schien.

Sie fand, was sie suchte, das Springmesser, das in ihrem rechten Strumpf steckte. Es kam hoch, die Klinge schoß heraus, und sie schlitzte die linke Seite seines Gesichts vom Augenwinkel bis hinunter zum Kinn auf.

Er schrie auf, sackte von ihr weg. Sie war ganz ruhig, als sie die Messerspitze unter sein Kinn setzte. »Möchtest du noch mehr?«

»Nein, um Gottes willen, nein!« schrie er entsetzt.

Sie wischte die Messerklinge an seiner Bomberjacke ab. »Dann verschwinde.«

Er stolperte hinaus in den Regen, wandte sich um, drückte ein Taschentuch gegen sein Gesicht. »Verdammtes Biest! Das zahle ich dir heim!«

»Nein, das wirst du nicht.« Ihr Akzent war unverkennbar der der Iren in Ulster. »Du wirst so schnell wie möglich die nächste Unfallstation aufsuchen, dich zusammenflicken lassen und das Ganze als wichtige Erfahrung verbuchen.«

Sie sah ihm nach, klappte das Messer zu und verstaute es wieder in ihrem Strumpf. Dann drehte sie sich um, setzte ihren Weg zur Themse fort, ging ein Stück am Fluß entlang und blieb vor einem alten Lagerhaus stehen. In dem großen Eingangstor befand sich eine kleine Tür. Sie öffnete sie und ging hinein.

Die Halle war dunkel, aber am Ende befand sich ein rundum verglastes Büro, das beleuchtet war. Eine Holztreppe führte hinauf. Während sie darauf zuging, tauchte ein junger, dunkelhäutiger Mann auf. Er hatte eine Browning Hi-Power in der Hand.

»Und wer sind Sie?« fragte die Frau.

Die Tür des Büros wurde geöffnet, und ein kleiner Mann in einer Matrosenjacke und mit dunklen, zerzausten Haaren erschien. »Bist du das, Norah?«

»Wer sonst?« erwiderte sie. »Wer ist dein Freund hier?«

»Ali Halabi, das ist Norah Bell. Kommt rauf.«

»Entschuldigen Sie«, sagte der Araber.

Sie beachtete ihn nicht und stieg die Treppe hinauf. Er folgte ihr, wobei er erfreut beobachtete, wie ihr Rock sich über ihrem Gesäß spannte.

Als sie das Büro betrat, drückte der Mann in der Matrosenjacke ihr die Hände sanft auf die Schultern. »Du siehst einfach zum Anbeißen aus.« Dabei küßte er sie sacht auf die Lippen.

»Spar dir das Süßholzraspeln.« Sie legte den Regenschirm auf den Schreibtisch, öffnete die Handtasche und holte eine Schachtel Zigaretten heraus. »Du bist auf alles scharf, was einen Rock trägt, Michael Ahern. Ich kenne dich schon zu lange.«

Sie schob sich eine Zigarette zwischen die Lippen, während der Araber hastig ein Feuerzeug aus der Tasche fischte und ihr Feuer gab. Er wandte sich an Ahern. »Gehört diese Lady zu Ihrer Organisation?«

»Nun, ich gehöre nicht zu der Scheiß-IRA«, sagte sie. »Wir sind Protestanten, wenn Sie wissen, was das heißt.«

»Norah und ich waren zusammen in der Ulster Volunteer Force und danach in der Red Hand von Ulster«, sagte Ahern. »Bis wir einen Ortswechsel vornehmen mußten.«

Norah lachte rauh. »Bis sie uns rausgeschmissen haben. Diese Bande war doch nichts als ein Haufen alter Weiber. Wir haben für ihren Geschmack zu viele Katholiken getötet.«

»Ich verstehe«, sagte Ali Halabi. »Sind es die Katholiken, auf die Sie es abgesehen haben, oder die IRA?«

»Das eine ist so gut oder so schlecht wie das andere«, erwiderte sie. »Ich stamme aus Belfast, Mr. Halabi. Mein Vater war Sergeant bei der Armee und ist im Falklandkrieg gefallen. Meine Mutter, meine kleine Schwester, mein Großvater, meine gesamte Familie wurde 1986 bei einem Bombenattentat der IRA getötet. Man könnte durchaus sagen, daß ich seitdem meine Rachegelüste befriedige.«

»Aber wir sind offen für jedes Angebot«, sagte Ahern freundlich. »Jede revolutionäre Organisation braucht Geld.«

Die kleine Tür im Eingangstor klappte. Ali holte die Pistole aus der Tasche, und Ahern ging zur Tür. »Bist du es, Billy?«

»Aber immer.«

»Ist das Billy Quigley?« fragte Norah.

»Wer sonst?« Ahern wandte sich an Ali. »Noch jemand, der aus der Red Hand geflogen ist. Billy und ich waren einige Zeit zusammen im Maze-Gefängnis.«

Quigley war ein kleiner drahtiger Mann in einem alten Regenmantel. Er hatte ausgebleichte blonde Haare und ein verhärmtes Gesicht, das ihn älter machte, als er tatsächlich war.

»Mein Gott, bist du's wirklich, Norah?«

»Hallo, Billy.«

»Hast du meine Nachricht erhalten?« fragte Ahern.

»Ja, ich bin fast jeden Abend im William of Orange in Kilburn.«

Ahern sagte zu Ali: »Kilburn ist so etwas wie das irische Viertel von London. Es gibt dort eine ganze Reihe guter irischer Pubs, sowohl katholische als auch protestantische. Das ist übrigens Ali Halabi aus dem Iran.«

»Worum geht es denn nun?« wollte Quigley wissen.

»Darum.« Ahern hielt den *Evening Standard* mit der Schlagzeile über den Besuch des amerikanischen Präsidenten hoch. »Ali vertritt eine Fundamentalistengruppe im Iran namens Gottesarmee. Man könnte sagen, daß sie Arafats Vereinbarungen mit Israel über den neuen Status Palästinas äußerst kritisch gegenüberstehen. Noch kritischer beurteilen sie, daß der amerikanische Präsident das Treffen im Weißen Haus geleitet und der Vereinbarung seinen Segen gegeben hat.«

»Und?« sagte Quigley.

»Da ich auf diesem Gebiet einen gewissen Ruf besitze, möchten sie, daß ich den Präsidenten während seines Besuchs in London in die Luft jage.«

»Für fünf Millionen Pfund«, fügte Ali Halabi an. »Das sollten wir nicht unter den Tisch fallen lassen.«

»Die Hälfte liegt bereits auf einem Nummernkonto in Genf.« Ahern lächelte. »Mein Gott, Billy, wenn wir dann eine Million in Waffen steckten, was für ein wunderschönes Feuer könnten wir der IRA unterm Hintern machen?«

Quigleys Gesicht war blaß geworden. »Der amerikanische Präsident? Das würdest du nicht wagen, nicht einmal du.«

Norah lachte auf ihre typische rauhe Weise. »O doch, das würde er.«

Ahern sah die junge Frau an. »Machst du mit, Mädchen?«

»Das möchte ich mir um nichts auf der Welt entgehen lassen.«

»Und du, Billy?« Quigley befeuchtete seine trockenen Lippen. Ahern legte ihm eine Hand auf die Schulter. »Bist du dabei oder nicht, Billy?«

Quigley grinste plötzlich. »Warum nicht? Man kann nur einmal sterben. Wie fangen wir es an?«

»Komm mit nach unten. Ich zeige es dir.«

Ahern ging voraus die Treppe hinunter und knipste das Licht an. In einer Ecke der Lagerhalle stand ein Fahrzeug, das mit einer Abdeckplane verhüllt war. Er zog sie weg, und ein grauer Kombiwagen der British Telecom kam zum Vorschein.

»Wo zum Teufel hast du den denn her?« wollte Quigley wissen.

»Jemand hat ihn vor ein paar Monaten für mich gestohlen.

Eigentlich wollte ich ihn mit fünfhundert Pfund Semtex beladen vor einem der katholischen Pubs in Kilburn stehenlassen und damit ein paar von diesen Schweinen in die Luft jagen. Aber dann habe ich mir überlegt, lieber zu warten, bis sich etwas wirklich Wichtiges ergibt.« Ahern lächelte fröhlich. »Und jetzt ist es soweit.«

»Und wie wollen Sie das Ding drehen?« fragte Ali.

»Von diesen Schlitten sind in London hunderte unterwegs. Sie können überall parken, ohne daß sie Aufsehen erregen, denn meistens befindet sich in der Nähe irgendein abgedeckter Kanalschacht, in dem die Techniker gerade Arbeiten vornehmen.«

»Und weiter?« sagte Quigley.

»Fragt mich nicht, wie, aber ich habe über Mittelsleute Zugang zum Terminplan des Präsidenten. Morgen früh gegen zehn Uhr verläßt er die amerikanische Botschaft am Grosvenor Square und fährt zur Downing Street Nummer 10. Dabei nimmt er die Route durch die Park Lane über Constitution Hill am Green Park entlang.«

»Kann man sich darauf verlassen?« fragte Norah.

»Diese Strecke fahren sie immer, Liebes, glaub mir.« Er wandte sich an Quigley und Ali. »Ihr beide zieht Telecom-Overalls an, die bereits im Wagen bereitliegen, und parkt die Kiste in der Constitution Hill. Dort steht eine mächtige Buche. Ihr könnt sie nicht verfehlen. Wie ich schon sagte, ihr parkt dort, öffnet den Kanaldeckel, stellt eure Warnschilder auf und so weiter. Ihr seid gegen halb zehn dort. Um Viertel vor zehn geht ihr durch den Green Park zum Piccadilly. Dort gibt es eine öffentliche Toilette, wo ihr eure Overalls auszieht.«

»Und was dann?« wollte Ali weiter wissen.

»Ich sitze zusammen mit Norah in einem anderen Wagen und warte auf den richtigen Augenblick. Wenn der Präsidentenwagen sich in Höhe des Telecom-Kombis befindet, zünde ich das Ding per Funk.« Er lächelte. »Es funktioniert, das verspreche ich euch. Wahrscheinlich erwischen wir die ganze Kolonne.«

Stille trat ein. Quigleys Gesicht drückte so etwas wie Ehrfurcht aus, und Norah, das Gesicht bleich, konnte ihre Aufregung kaum zügeln. »Du Bastard!«

»Meinst du, es klappt?«

»Aber ja.«

Er sah Ali fragend an. »Und Sie? Wollen Sie mitmachen?«

»Es wird mir eine Ehre sein, Mr. Ahern.«

»Und du, Billy?« Ahern drehte sich zu ihm um.

»Sie werden noch jahrelang von uns reden«, sagte Quigley.

»Du bist ein guter Mann, Billy.« Ahern schaute auf die Uhr. »Es ist sieben. Ich würde jetzt gerne eine Kleinigkeit essen. Und wie ist es mit dir, Norah?«

»Prima Idee«, stimmte sie zu.

»Gut. Ich nehme jetzt den Telecom-Wagen. Ich werde nicht mehr hierher zurückkehren. Euch beide sammle ich morgen früh um neun in der Mall auf. Ihr kommt getrennt dorthin und wartet am Parkeingang gegenüber der Marlborough Road. Norah folgt mir in einem zweiten Fahrzeug. Ihr beide übernehmt den Kombi, und wir fahren hinter euch her. Irgendwelche Fragen?«

Ali Halabi war seine Erregung deutlich anzumerken. »Ich kann es kaum erwarten.«

»Gut, dann verschwindet jetzt. Aber nacheinander.« Der Araber verließ die Lagerhalle als erster, und Ahern streckte Quigley die Hand entgegen. »Ein großer Augenblick, nicht wahr, Billy?«

»Der größte, Michael.«

»Stimmt. Norah und ich verziehen uns jetzt. Komm mit runter und schließ das Tor für uns auf. Und vergiß nicht, das Licht auszumachen, bevor du verschwindest.«

Norah setzte sich auf den Beifahrersitz, aber Ahern schüttelte den Kopf. »Geh nach hinten, wo dich niemand sieht, und reich mir eine der orangefarbenen Jacken. Wir müssen echt aussehen. Falls dich ein Polizist entdeckt, könnte er mißtrauisch werden.«

Der Rücken der Jacke trug die Aufschrift »British Telecom«. »Die merken ganz bestimmt nichts«, versicherte sie ihm.

Er lachte und lenkte den Wagen hinaus auf die Straße und winkte dann Billy zu, der hinter ihnen das Tor schloß. Er fuhr nur ein paar Meter weit, dann bog er in einen Hof ein und stellte den Motor ab.

»Was ist los?« wollte Norah wissen.

»Das wirst du gleich sehen. Komm mit und halte den Mund.« Er öffnete leise die kleine Tür und betrat die Lagerhalle.

Quigley befand sich im Büro. Sie konnten seine Stimme hören, und als sie den Fuß der Treppe erreichten, konnten sie sogar verstehen, was er sagte.

»Ja, Brigadier Ferguson. Es ist äußerst dringend.« Eine kurze Pause trat ein. »Nun verbinden Sie mich schon, Sie Heini, es geht um Leben und Tod.«

Ahern zog eine Walther aus der Tasche und schraubte einen Schalldämpfer auf den Lauf, während er die Treppe hinaufschlich. Norah hielt sich hinter ihm. Die Bürotür stand offen, und Quigley saß auf der Schreibtischkante.

»Brigadier Ferguson?« sagte er plötzlich. »Hier ist Billy Quigley. Sie sagten doch, ich solle Sie nur anrufen, wenn es sich um eine große Sache handelt. Nun, sie könnte nicht größer sein. Michael Ahern und dieses Luder Norah Bell und irgend so ein Iraner namens Ali Halabi wollen morgen den amerikanischen Präsidenten mit einer Bombe aus dem Weg räumen.« Erneutes Schweigen. »Ja, ich soll dabei mitmachen. Tja, das wäre es im wesentlichen...«

»Billyboy«, meldete Ahern sich von der Tür, »das ist aber wirklich gemein von dir.« Als Quigley sich umdrehte, schoß er ihm zwischen die Augen.

Quigley kippte nach hinten auf den Schreibtisch und rutschte zu Boden. Ahern griff nach dem Telefonhörer. »Sind Sie noch da, Brigadier? Hier ist Michael Ahern. Sie brauchen einen neuen Mann.« Er legte den Hörer auf, knipste die Bürolampe aus und drehte sich zu Norah um. »Verschwinden wir, meine Liebe.«

»Du wußtest, daß er ein Spitzel war?« fragte sie.

»Aber ja, deshalb dürften sie ihn ja so frühzeitig aus dem Maze entlassen haben. Vergiß nicht, er hatte lebenslänglich. Sie müssen ihm ein Geschäft vorgeschlagen haben.«

»Dieses dreckige Schwein«, sagte sie. »Jetzt hat er alles vermasselt.«

»Überhaupt nicht«, widersprach Ahern. »Sieh doch, Norah, alles läuft genauso, wie ich es geplant habe.« Er öffnete die Tür des Kombiwagens und half ihr beim Einsteigen. »Wir fahren jetzt eine Kleinigkeit essen, und dann erkläre ich dir, wie wir den Präsidenten wirklich erwischen.«

Im Jahr 1972 verfügte der damalige britische Premierminister angesichts des zunehmenden Terrorismus die Gründung einer kleinen Spezialeinheit, die in Geheimdienstkreisen auf Ablehnung stieß und bissig als die Privatarmee des Premiers bezeichnet wurde, da sie ihm direkt unterstand.

Brigadier Ferguson hatte diese Einheit seit ihrer Gründung geleitet. Dabei hatte er unter verschiedenen Premierministern gedient und verfügte über keinerlei politische Bindungen. Sein Büro befand sich im dritten Stock des Verteidigungsministeriums und gestattete einen ungehinderten Blick auf die Horseguards Avenue. Er hatte noch spät im Büro zu tun gehabt, als Quigleys Anruf zu ihm durchgeschaltet wurde. Er war ein ziemlich unordentlich aussehender Mann mit einer Krawatte der Garde und einem Tweedanzug. Er stand am Fenster und schaute hinaus, als es an der Tür klopfte.

Die Frau, die hereinkam, war Ende Zwanzig und trug einen exzellent geschneiderten rehbraunen Hosenanzug und eine schwarzgeränderte Brille, die einen interessanten Kontrast zu dem kurzgeschnittenen roten Haar bildete. Man hätte sie für eine Chefsekretärin halten können. In Wirklichkeit aber war sie Polizistin im Range eines Detective Chief Inspectors beim Sicherheitsdienst von Scotland Yard. Ferguson hatte sie sich als Assistentin ausgeliehen, nachdem ihr Vorgänger in Ausübung seines Dienstes frühzeitig verstorben war. Sie hieß Hannah Bernstein.

»Gab es etwas Wichtiges, Brigadier?«

»Das kann man wohl sagen. Als Sie bei Scotland Yard in der Terrorismusabwehr gearbeitet haben, sind Sie dort jemals auf einen gewissen Michael Ahern gestoßen?«

»Irischer Terrorist. Gehört zu den Orange Protestants. Ist er nicht auch bei der Red Hand von Ulster gewesen?«

»Und Norah Bell?«

»Aber ja«, sagte Hannah Bernstein. »Eine üble Kundin.«

»Ich hatte einen Informanten, Billy Quigley, perfekt getarnt. Er hat mich gerade angerufen, um mir mitzuteilen, daß Ahern plant, morgen den amerikanischen Präsidenten in die Luft zu sprengen. Er hat Quigley angeworben. Die Bell ist dabei und ein Iraner namens Ali Halabi.«

»Entschuldigen Sie, Sir, aber ich weiß, wer Halabi ist. Er gehört zur Gottesarmee. Das ist eine extreme Fundamentalistengruppe, die sich vehement gegen die Annäherung zwischen Israel und Palästina wehrt.«

»Wirklich?« Ferguson runzelte die Stirn. »Das ist ja interessant. Noch interessanter ist, daß Quigley erschossen wurde, während er mich informierte. Ahern hatte tatsächlich die Dreistigkeit, den Hörer zu nehmen und mit mir zu reden. Er meldete sich sogar mit Namen. Und teilte mir mit, wir bräuchten einen neuen Mann.«

»Ein eiskalter Hund, Sir.«

»Das kann man wohl sagen. Wie dem auch sei, setzen Sie alle in Kenntnis. Die Terrorismusabwehr bei Scotland Yard, den MI5 und den Sicherheitsdienst in der amerikanischen Botschaft. Bestimmt interessieren sich die Leute vom Secret Service, die den Präsidenten beschützen, brennend dafür.«

»In Ordnung, Sir.«

Sie wandte sich schon zur Tür, als er fortfuhr: »Eine Sache noch. Ich brauche Dillon.«

Sie hob fragend die Augenbrauen. »Dillon, Sir?«

»Sean Dillon. Jetzt tun Sie nicht so, als wüßten Sie nicht, wen ich meine.«

»Der einzige Sean Dillon, den ich kenne, Sir, war der gefürchtetste Vollstrecker, den die IRA jemals hatte. Wenn ich mich nicht irre, hat er im Februar 1991 während des Golfkriegs versucht, die Premierministerin und das gesamte Kriegskabinett mit einer Bombe zu vernichten.«

»Das wäre ihm auch beinahe gelungen«, sagte Ferguson. »Aber jetzt arbeitet er für diese Abteilung, Chief Inspector. Besser, Sie gewöhnen sich gleich daran. Erst kürzlich hat er für den Premierminister eine überaus heikle Mission erfolgreich durchgeführt, die der königlichen Familie erheblichen Ärger erspart hat. Ich brauche Dillon, also treiben Sie ihn auf. Und jetzt an die Arbeit.«

Ahern hatte eine Atelierwohnung in einem ehemaligen Lagerhaus am Kanal in Camden. Er stellte den Telecom-Kombi in die Garage und fuhr mit Norah in dem alten Lastenaufzug nach oben. Die Wohnung war schlicht und spärlich möbliert, der Holzfußboden war geschliffen und geölt, hier und da lag ein Teppich, und es gab zwei oder drei größere Sofas. Die Gemälde an den Wänden waren sehr modern.

»Hübsch«, sagte Norah, »aber es sieht überhaupt nicht nach dir aus.«

»Kann es auch nicht. Ich habe die Wohnung bloß für ein halbes Jahr gemietet.«

Er öffnete den Barschrank, holte eine Flasche Jameson Irish Whiskey heraus und schenkte davon etwas in zwei Gläser. Er reichte ihr eins, dann machte er eine Balkontür auf und trat hinaus auf eine kleine Plattform mit Blick auf den Kanal.

»Was läuft jetzt eigentlich, Michael?« sagte sie. »Ich meine, wir haben keine große Chance, den Präsidenten auf der Constitution Hill zu erwischen. Jedenfalls jetzt nicht mehr.«

»Davon bin ich niemals ernsthaft ausgegangen. Du solltest dich eigentlich daran erinnern können, Norah, daß ich meine linke Hand niemals wissen lasse, was meine rechte tut.«

»Das mußt du mir erklären«, bat sie ihn.

»Nach Quigleys Anruf werden alle an jedem Ort, den der Präsident morgen aufsucht, in höchster Alarmbereitschaft sein. Und jetzt paß gut auf. Wenn nun auf seiner beabsichtigten Fahrtroute zur Downing Street irgendwo eine Bombe hochgeht, werden alle aufatmen, um so mehr, wenn sie die Überreste Halabis am Tatort finden.«

»Rede weiter.«

»Sie werden sicher nicht mit einem zweiten Attentat am selben Tag in einer völlig anderen Umgebung rechnen.«

»Mein Gott«, sagte sie. »Du hast das alles von Anfang an geplant. Du hast Quigley regelrecht benutzt.«

»Der arme Teufel.« Ahern schob sich an ihr vorbei und bediente sich erneut von dem Whiskey. »Sobald sie ihre Bombenexplosion hatten, werden sie denken, das war's dann; aber das war es eben nicht. Weißt du, morgen abend um halb acht gehen der amerikanische Präsident, der Premierminister und der israelische Ministerpräsident sowie ausgewählte Gäste am Cardogan Pier am Chelsea Embankment an Bord der *Jersey Lily*. Das ist ein Ausflugsboot. Geplant ist ein fröhlicher Abend mit lockerer Konversation und Cocktails auf der Themse, vorbei am Parlamentsgebäude bis zum Westminster Pier. Die Bewirtung liegt in den Händen von Orsini und Co., wo du und ich als Servicepersonal beschäftigt sind.« Er zog eine Schublade auf und holte zwei Sicherheitsausweise heraus. »Ich heiße Harry Smith – nett und unauffällig. Beachte bitte den falschen Schnurrbart und die Hornbrille. Beides werde ich später meinem Outfit hinzufügen.«

»Mary Hunt«, las Norah den Namen auf ihrem Ausweis vor. »Das klingt hochanständig. Woher hast du mein Foto?«

»Ich hatte noch ein altes. Ein befreundeter Fotograf hat es ein bißchen aufgemöbelt und die Brille reinretuschiert. Geplant ist eine Cocktailparty auf dem Vordeck, falls das Wetter mitmacht.«

»Was ist mit Waffen? Wie kriegen wir die durch den Sicherheitscheck?«

»Dafür wird gesorgt. Ein Genosse von mir gehörte bis gestern zur Schiffsbesatzung. Er hat zwei Walther mit Schalldämpfer, eingewickelt in wasser- und staubdichte Folie, im Sand des Feuerlöscheimers in einer der Herrentoiletten deponiert, und zwar nachdem die Sicherheitsleute mit ihrem Check durch waren.«

»Sehr clever.«

»Ich bin kein Selbstmörder, Norah, ich habe vor, diesen Einsatz zu überleben. Wir schlagen vom Oberdeck aus zu. Dank der Schalldämpfer wird er umkippen, als hätte er einen Herzanfall.«

»Und was geschieht mit uns?«

»Das Schiff besitzt ein Schlauchboot an einer Leine am Heck. Mein Genosse hat alles überprüft. Es verfügt über einen Außenbordmotor. In dem allgemeinen Durcheinander springen wir rein und nehmen Kurs auf die andere Flußseite.«

»Aber nur so lange, wie das Durcheinander ausreicht, um uns entkommen zu lassen.«

»Nichts in diesem Leben ist wirklich perfekt. Machst du mit?«

»Aber ja«, sagte sie. »Bis zum Ende, Michael, wie immer es aussehen mag.«

»Bist ein braves Mädchen.« Er legte einen Arm um ihre Schultern und drückte sie an sich. »So, können wir jetzt endlich essen gehen? Ich sterbe vor Hunger.«

# 2

»Ein seltsamer Mensch, dieser Sean Dillon«, sagte Ferguson.

»Ich würde meinen, seltsam ist stark untertrieben, Sir«, bemerkte Hannah Bernstein.

Sie saßen im Fond von Fergusons Daimler, der sich durch den dichten Verkehr des West End schlängelte.

»Er wurde in Belfast geboren, aber seine Mutter starb bei der Geburt. Sein Vater fand in London Arbeit, daher ging der Junge hier zur Schule. Schauspielerisch unglaublich begabt. Er studierte ein Jahr lang an der Royal Academy of Dramatic Art und bekam sogar zwei oder drei Rollen am Nationaltheater. Außerdem ist er ein Sprachgenie, kann alles vom Irischen bis zum Russischen.«

»Sehr eindrucksvoll, Sir, aber trotzdem erschoß er am Ende Menschen im Auftrag der Provisorischen IRA.«

»Nun, das kam daher, weil sein Vater während einer Fahrt nach Belfast in eine Schießerei geriet und von einer britischen Armeepatrouille getötet wurde. Dillon verpflichtete sich, absolvierte einen Schnellkurs in Waffenkunde in Libyen und hat seitdem einen steilen Aufstieg hinter sich.«

»Weshalb der Wechsel von der IRA in die internationale Szene?«

»Enttäuschung über das edle Anliegen. Dillon ist ein im Grunde unbarmherziger Mensch, wenn es von ihm verlangt wird. Er hat während seiner Laufbahn sehr oft getötet. Aber die wahllos gelegte Bombe, die auch Frauen und Kinder trifft? Sagen wir mal, das ist nicht sein Stil.«

»Wollen Sie damit etwa andeuten, daß er so was wie Moral hat?«

Ferguson lachte. »Nun er hat ganz gewiß keine Lieblinge. Er hat für die PLO gearbeitet, war aber auch als Unterwasserexperte für die Israelis tätig.«

»Gegen Bezahlung, natürlich.«

»Natürlich. Unser Sean liebt nun mal die schönen Dinge im Leben. Bei dem Versuch, Downing Street Nummer 10 in Schutt und Asche zu legen, ging es nur um Geld. Saddam Hussein steckte dahinter. Und nur achtzehn Monate später steuert Sean ein Kleinflugzeug, beladen mit medizinischem Nachschub für Kinder, nach Bosnien und erhält dafür keinen Penny.«

»Was ist passiert, hat Gott durch die Wolken zu ihm gesprochen, oder was?«

»Macht das einen Unterschied? Die Serben hatten ihn geschnappt, und seine Aussichten waren, milde ausgedrückt, ziemlich trübe. Ich machte mit ihnen ein Geschäft, das ihn vor dem Erschießungskommando rettete. Dafür kam er zu mir, um für mich zu arbeiten, und schon hat er wieder eine weiße Weste.«

»Entschuldigen Sie, Sir, aber das ist eine Weste, die wohl niemals wieder weiß wird.«

»Mein lieber Chief Inspector, es gibt viele Gelegenheiten in diesem Job, bei denen es sinnvoll ist, sich eines Diebs zu bedienen, um einen anderen zu schnappen. Wenn Sie weiterhin bei mir arbeiten wollen, müssen Sie sich an diesen Gedanken gewöhnen.« Er schaute hinaus, als sie in die Grafton Street einbogen. »Sind Sie sicher, daß er wirklich dort anzutreffen ist?«

»So hat man es mir mitgeteilt, Sir. Es ist sein Lieblingsrestaurant.«

»Na wunderbar«, sagte Ferguson. »Ich könnte selbst auch einen Happen vertragen.«

Sean Dillon saß in der Bar im ersten Stock von Mulligan's Irish Restaurant, kämpfte sich durch ein Dutzend Austern und spülte kräftig mit Krug-Champagner nach, während er die Abendzeitung las. Er war ein kleiner Mann, unter einssiebzig, mit Haaren, die so hell waren, daß sie weiß erschienen. Er trug eine dunkle Cordjeans, eine alte Fliegerjacke aus schwarzem Leder und einen weißen Schal. Seine Augen waren sein seltsamstes Merkmal, wie Wasser auf einem Stein – klar, ohne Farbe –, und um seine Mundwinkel spielte ein ironisches Lächeln. Es war die Miene eines Mannes, der das Leben nicht mehr allzu ernst nahm.

»Da sind Sie ja«, sagte Charles Ferguson. Dillon blickte auf und stöhnte gequält. »Heute können Sie sich nirgends verstekken. Ich bekomme auch ein Dutzend von denen da und ein Guinness.«

Eine junge Serviererin, die herbeigeeilt war, hatte die Bestellung gehört. Dillon sagte zu ihr auf irisch: »Ein feiner, edler Engländer, ein *colleen*, aber seine Mutter, Gott habe sie selig, war Irin. Also bringen Sie ihm ruhig, was er wünscht.«

Die junge Frau schenkte ihm ein hingebungsvolles Lächeln und entfernte sich. Ferguson nahm Platz, und Dillon sah zu Hannah Bernstein hoch. »Und wer sind Sie, Kleines?«

»Das ist Detective Chief Inspector Hannah Bernstein, Sicherheitsdienst, meine neue Assistentin, und ich möchte nicht, daß Sie sie verderben. Wo bleibt mein Guinness?«

In diesem Moment erlitt Hannah Bernstein ihren ersten Schock, denn während Dillon aufstand, lächelte er, und es war ein Lächeln, wie sie es noch nie zuvor bei jemandem gesehen hatte: warm und unendlich charmant, und es veränderte seine Persönlichkeit grundlegend. Sie war gekommen in dem Glauben, sie würde Abscheu vor diesem Mann verspüren, aber nun...

Er ergriff ihre Hand. »Was hat denn ein so hübsches jüdisches Mädchen in derart schlechter Gesellschaft zu suchen? Möchten Sie ein Glas Champagner?«

»Ich glaube nicht, ich bin im Dienst.« Sie war ein wenig verunsichert und setzte sich zögernd.

Dillon ging zur Bar, kam mit einem sauberen Glas zurück und füllte es mit Krug. »Wenn Sie Champagner satt haben, haben Sie auch das Leben satt.«

»Was für ein Stuß«, sagte sie, nahm aber das Glas entgegen.

Ferguson brach in brüllendes Gelächter aus. »Nehmen Sie sich vor der in acht, Dillon. Letztes Jahr kam sie einem Gauner in die Quere, der mit einer abgesägten Schrotflinte aus einem Supermarkt flüchtete. Zu seinem Pech hatte sie gerade Dienst in der amerikanischen Botschaft und trug in ihrer Handtasche eine Smith & Wesson spazieren.«

»Also haben Sie ihn auf sein schlechtes Benehmen aufmerksam gemacht?« fragte Dillon.

Sie nickte. »So könnte man es ausdrücken.«

Fergusons Guinness und Austern wurden gebracht. »Wir haben Ärger, Dillon. Erzählen Sie es ihm, Chief Inspector.«

Als sie ihren kurzen Bericht beendet hatte, nahm Dillon eine Zigarette aus einem silbernen Etui und zündete sie mit einem altmodischen Zippo-Feuerzeug an.

»Wie denken Sie über die Angelegenheit?« erkundigte sich Hannah.

»Nun, alles, was wir definitiv wissen, ist, daß Billy Quigley tot ist.«

»Aber er hat es noch geschafft, mit dem Brigadier zu sprechen«, sagte Hannah. »Was gewiß zur Folge hat, daß Ahern seine Mission abbläst.«

»Warum sollte er?« sagte Dillon. »Sie haben doch nichts anderes in Händen als den Hinweis, daß er die Absicht hat, irgendwann im Laufe des morgigen Tages den Präsidenten mit einer Bombe zu ermorden. Wo? Wann genau? Haben Sie auch nur die leiseste Ahnung? Außerdem möchte ich wetten, daß sein Terminplan ziemlich umfangreich ist.«

»Das ist er wirklich«, gab Ferguson zu. »Am Vormittag das Treffen in der Downing Street mit dem PM und dem israelischen Ministerpräsidenten. Am Abend dann eine Cocktailparty auf einem Flußdampfer, und zwischendurch noch eine Reihe weiterer Termine.«

»Und er will nichts davon absagen?«

»Ich fürchte, nein.« Ferguson schüttelte den Kopf. »Ich erhielt bereits einen Anruf aus der Downing Street. Der Präsident weigert sich, auch nur eine einzige Änderung vorzunehmen.«

Hannah Bernstein ergriff wieder das Wort. »Kennen Sie Ahern persönlich?«

»O ja«, beantwortete Dillon ihre Frage. »Er hat zweimal versucht, mich zu töten, und außerdem trafen wir zu persönlichen Verhandlungen während eines Waffenstillstands in Derry zusammen.«

»Und seine Freundin?«

Dillon schüttelte den Kopf. »Was immer Norah Bell auch sein mag, seine Freundin ist sie sicher nicht. Sie war ein ganz einfaches Mädchen aus der Arbeiterklasse, bis ihre Familie von einer Bombe der IRA ausgelöscht wurde. Heute würde sie sogar den Papst persönlich töten, wenn sie an ihn herankäme.«

»Und Ahern?«

»Er ist ein ziemlich merkwürdiger Vertreter. Das Ganze ist für ihn schon immer mehr wie ein Spiel gewesen. Er ist ein brillanter Manipulator. Ich erinnere mich an seinen Lieblingsspruch: Daß er es nicht mag, wenn seine linke Hand weiß, was seine rechte gerade tut.«

»Und was soll das heißen?« wollte Ferguson wissen.

»Daß bei Ahern nichts so ist, wie es auf den ersten Blick erscheint.«

Eine kurze Pause trat ein, dann räusperte Ferguson sich. »Jeder beschäftigt sich mit dem Fall«, sagte er. »Wir haben dafür gesorgt, daß ein nicht sehr gutes Foto von dem Mann veröffentlicht wird.«

»Und ein noch schlechteres von der Frau«, sagte Bernstein.

Ferguson verzehrte eine Auster. »Haben Sie irgendwelche Ideen, wo man ihn finden könnte?«

»Allerdings«, sagte Dillon. »In Kilburn gibt es ein protestantisches Pub, das William of Orange. Ich könnte mich dort umhören.«

»Worauf warten wir dann noch?« Ferguson schlürfte seine letzte Auster und stand auf. »Gehen wir.«

Das William of Orange verströmte eine erstaunlich echte Belfaster Atmosphäre mit dem Fresko von König William nach seinem Sieg in der Schlacht von Boyne auf der weiß gekalkten Wand. Es hätte auch jedes andere oranische Pub im Shankill sein können.

»Ihr beiden paßt nicht unbedingt in die Bar«, sagte Dillon, während sie in den Fond des Daimler stiegen. »Ich muß vorher mit einem Mann namens Paddy Driscoll sprechen.«

»Was ist er, Mitglied der Ulster Volunteer Force?« fragte Ferguson.

»Sagen wir, er ist ein Spendeneintreiber. Warten Sie hier. Ich gehe hinten rein.«

»Begleiten Sie ihn, Chief Inspector«, befahl Ferguson.

Dillon seufzte. »Na schön, Brigadier, aber ich bin der Chef.«

Ferguson nickte. »Tun Sie, was er sagt.«

Dillon stieg aus und machte sich auf den Weg. »Sind Sie bewaffnet?« fragte er seine Begleiterin.

»Natürlich.«

»Gut. Man weiß ja nie, was einem in dieser schlechten Welt als nächstes zustößt.«

Er blieb am Eingang zu einem Hof stehen, holte eine Walther aus dem Hosenbund am Rücken, zog einen Carswell-Schalldämpfer aus der Tasche und schraubte ihn auf die Mündung. Dann verstaute er die Waffe in der Innentasche seiner Fliegerjacke. Sie liefen über das regennasse, rutschige Kopfsteinpflaster des Hofs und hörten deutlich aus der Bar, wie irgendeine Loyalistenkapelle »The Sash My Father Wore« lautstark intonierte. Durch ein Hinterfenster konnte man in eine geräumige Küche blicken und auf einen kleinen grauhaarigen Mann, der an einem Tisch saß und Eintragungen in Geschäftsbücher vornahm.

»Das ist Driscoll«, flüsterte Dillon. »Los, gehen wir rein.« Driscoll, in seine Arbeit vertieft, bemerkte, daß einige Papiere in einem plötzlichen Luftzug zu flattern begannen, blickte hoch und gewahrte Dillon, der gerade den Raum betrat, und Hannah Bernstein hinter ihm.

»Gott schütze alle, die hier sind«, sagte Dillon, »und dabei ist die Nacht noch jung, Paddy, mein alter Junge.«

»Herrgott im Himmel, Sean Dillon.« Nackte Angst lag auf Driscolls Gesicht.

»Sowie dein ganz persönlicher Detective Chief Inspector. Wir behandeln dich heute wirklich königlich.«

»Was wollen Sie?«

Hannah lehnte sich an die Tür, während Dillon sich einen Stuhl heranzog und Driscoll gegenüber auf der anderen Seite des Tisches Platz nahm. Er holte eine Zigarette heraus und zündete sie an. »Michael Ahern. Wo könnte der im Augenblick sein?«

»Mein Gott, Sean, den habe ich seit Jahren nicht mehr gesehen.«

»Billy Quigley? Erzähl mir nicht, du hast auch Billy nicht gesehen, denn ich weiß zufälligerweise, daß er hier regelmäßig trinkt.«

Driscoll versuchte, überzeugend zu wirken. »Sicher, Billy ist ständig hier, aber was Ahern betrifft...« Er hob die Schultern. »Er ist ein ganz übler Bursche, Sean.«

»Ja, aber ich bin noch schlimmer.« In einer einzigen schnellen Bewegung zog Dillon die Walther aus seiner Fliegerjacke, zielte und feuerte. Ein dumpfer Knall ertönte, und die untere Hälfte von Driscolls linkem Ohrläppchen löste sich auf. Stöhnend preßte er eine Hand auf sein Ohr, aus dem Blut herausspritzte.

»Dillon, um Gottes willen!« rief Hannah.

»Ich glaube nicht, daß der da oben in dieser Angelegenheit viel ausrichten kann.« Dillon hob drohend die Walther. »Und jetzt das andere.«

»Nein, ich erzähl's ja«, jaulte Driscoll. »Ahern hat gestern hier angerufen. Er hinterließ für Billy eine Nachricht. Ich gab sie ihm gegen fünf Uhr weiter, als er auf einen Drink hereinkam.«

»Und wie lautete sie?«

»Er sollte ihn irgendwo in der Nähe der Wapping High Street treffen, in einem Lagerhaus namens Olivers. Am Brick Wharf.«

Driscoll suchte in seiner Hosentasche nach einem Taschentuch, während er vor Schmerzen schluchzte. Dillon ließ die Waffe wieder in seiner Fliegerjacke verschwinden und stand auf. »Na siehst du«, sagte er. »Das hat doch gar nicht so lange gedauert.«

»Sie sind ein Schweinehund, Dillon«, sagte Hannah Bernstein, während sie die Tür öffnete.

»Das hat man mir schon früher gesagt.« Dillon drehte sich in der Türöffnung um. »Eine Sache noch, Paddy. Michael Ahern hat heute abend Billy Quigley getötet. Das wissen wir genau.«

»Mein Gott!« sagte Driscoll.

»Das stimmt. An deiner Stelle würde ich ihm aus dem Weg gehen.« Nach diesen Worten schloß Dillon leise die Tür hinter sich.

»Soll ich Verstärkung anfordern, Sir?« fragte Hannah Bernstein, während der Daimler langsam über den Brick Wharf an der Themse entlangrollte.

Ferguson drehte das Fenster auf seiner Seite herunter und schaute hinaus. »Ich glaube nicht, daß es einen Unterschied macht, Chief Inspector. Wenn er wirklich hier war, dann ist er längst wieder weg. Gehen wir rein, und sehen wir nach.«

Es war Dillon, der vorausging, die Walther schußbereit in der linken Hand. Er trat durch die kleine Tür im Eingangstor, tastete über die Wand auf der Suche nach dem Schalter und tauchte die

Halle in helles Licht. Am Fuß der Treppe fand er auch den Schalter für die Bürobeleuchtung und ging voraus die Treppe hinauf. Billy Quigley lag auf der anderen Seite des Schreibtischs auf dem Fußboden.

Dillon machte Platz, schob die Walther zurück in seine Fliegerjacke, und Ferguson und Hannah Bernstein traten vor.

»Ist er das, Sir?« fragte sie.

»Ich fürchte es.« Ferguson seufzte. »Veranlassen Sie alles Notwendige, Chief Inspector.«

Sie holte ihr Mobiltelefon hervor und begann mit den entsprechenden Dienststellen Kontakt aufzunehmen, um den Fund zu melden. Ferguson machte kehrt und stieg die Treppe hinunter. Dillon folgte ihm. Der Brigadier ging hinaus auf die Straße, blieb am Geländer stehen und blickte auf die Themse hinunter.

Während Dillon sich zu ihm gesellte, kam auch Hannah Bernstein zu ihnen herüber. »Nun, was denken Sie?« wollte Ferguson von ihr wissen.

»Ich kann nicht glauben, daß er nicht von Anfang an wußte, daß Billy ein Spitzel war«, sagte Dillon.

Ferguson sah Hannah fragend an. »Was bedeutet das?«

»Falls Dillon recht hat, Sir, treibt Ahern mit uns irgendein Spiel.«

»Aber welches?« fragte Ferguson.

»Es gibt Zeiten, in denen man warten können muß, Brigadier, und dies dürfte so ein Augenblick sein«, sagte Dillon. »Wenn Sie wissen wollen, was ich von der Sache halte: Das ist ganz simpel. Ahern hat uns in der Hand. Irgend etwas wird morgen geschehen, eher früher als später. Je nachdem, was geschieht, habe ich vielleicht einige Vermutungen, aber nicht vorher.«

Dillon zündete sich mit seinem alten Zippo eine Zigarette an, machte auf dem Absatz kehrt und schlenderte zum Daimler zurück.

Kurz vor neun am folgenden Morgen lenkte Ahern den Telecom-Kombiwagen über die Mall und hielt vor den Parktoren gegenüber der Marlborough Road an. Norah folgte ihm in einer Toyota-Limousine. Ali Halabi stand am Tor, bekleidet mit einem grünen Anorak und Jeans. Er kam eilig zum Wagen gelaufen.

»Keine Spur von Quigley.«

»Steigen Sie ein.« Der Araber folgte der Aufforderung, und Ahern reichte ihm eine der orangefarbenen Telecom-Jacken. »Er ist krank. Er leidet an chronischem Asthma, und der Streß hat wahrscheinlich einen Anfall ausgelöst.« Ahern zuckte die Achseln. »Aber das macht nichts. Sie brauchen nur den Kombiwagen zu fahren. Norah und ich dirigieren Sie zu Ihrer Position. Dort steigen Sie einfach aus, öffnen den Kanaldeckel und gehen dann durch den Park davon. Wollen Sie noch immer mitmachen?«

»Aber gewiß doch«, sagte Halabi.

»Gut. Dann folgen Sie uns, und alles wird ablaufen wie geplant.«

Ahern stieg aus. Halabi rutschte hinter das Lenkrad. »Gott ist groß«, sagte er.

»Das ist er ganz bestimmt, mein lieber Junge.« Ahern sah sich um und marschierte zu Norah hinüber, die im Toyota saß, den sie am Bordstein geparkt hatte.

Norah machte eine Rundfahrt, fuhr am Buckingham-Palast vorbei, dann zum Grosvenor Place und zurück über Constitution Hill am Park entlang. Auf Aherns Anweisung hin stoppte sie am Bordstein gegenüber der alten Buche und wartete. Ahern ließ einen Arm aus dem Fenster hängen und hob den Daumen. Während sie wieder anfuhren, lenkte der Telecom-Wagen an den Bordstein. Der Verkehr floß in einem stetigen Strom vorbei. Ahern ließ Norah etwa fünfzig Meter weiterfahren, dann bat er sie, wieder anzuhalten. Sie konnten beobachten, wie Halabi ausstieg. Er ging um den Kombiwagen herum zum Heck und öffnete die Türen. Er kehrte mit einer Stahlklammer zurück, bückte sich und wuchtete den Kanaldeckel hoch.

»Der Junge arbeitet gut«, sagte Ahern anerkennend.

Er holte eine kleine Fernsteuerung aus Plastik aus der Tasche und drückte auf einen Knopf. Hinter ihnen wurde der Kombiwagen von einem Feuerball verschlungen, und zwei Fahrzeuge, die sich auf gleicher Höhe befanden und ebenfalls von der Explosion erfaßt wurden, segelten quer über die Straße.

»Das hat man davon, wenn man sich mit Leib und Seele einer Sache verschreibt.« Ahern klopfte Norah auf die Schulter. »So ist es nun mal, mein Kind. Billy hat ihnen gemeldet, es gäbe eine Explosion, und jetzt haben sie eine.«

»Eine teure Geste. Ohne Halabi bekommen wir die Hälfte des Geldes nicht.«

»Zweieinhalb Millionen Pfund in der Schweiz, Norah, sind doch nicht so übel für einen Tag Arbeit, also sei nicht so habgierig. Und jetzt laß uns von hier verschwinden.«

Es war später Nachmittag, und Ferguson saß noch an seinem Schreibtisch im Verteidigungsministerium, als Hannah Bernstein hereinkam.

»Gibt es was Neues?« fragte er sie.

»Absolut nichts, Sir. So unwahrscheinlich es auch klingen mag, aber von Halabi war noch genug vorhanden, um ihn zu identifizieren, seine Fingerabdrücke sowieso. Es scheint, als habe er sich draußen auf der Straße aufgehalten und nicht im Kombiwagen.«

»Und die anderen?«

»Zwei Fahrzeuge wurden von der Explosion erfaßt. Das vordere wurde von einer Ärztin gelenkt, die sofort tot war. Der Mann und die Frau im zweiten Wagen wollten zu einer Verkaufsausstellung. Sie liegen beide auf der Intensivstation.« Sie legte den Bericht auf den Schreibtisch. »Quigley hatte recht, aber wenigstens hat Ahern jetzt sein Pulver verschossen.«

»Glauben Sie?«

»Sir, Sie haben doch den Terminplan des Präsidenten gesehen. Er sollte gegen zehn Uhr auf seinem Weg zur Downing Street die Constitution Hill entlangfahren. Ahern muß das gewußt haben.«

»Und die Bombenexplosion?«

»Zu früh. So etwas passiert immer wieder, das wissen Sie doch, Sir. Halabi war nur ein Amateur. Ich hab' mir seine Akte gründlich angesehen. Er hat an der London School of Economics studiert und eine Prüfung in Rechnungswesen abgelegt.«

»Ja, es klingt durchaus einleuchtend – zumindest für mich.«

»Aber nicht für Dillon. Wo ist er überhaupt?«

»Überall und nirgends. Er schnüffelt herum.«

»Dieser Mensch würde nicht mal seiner eigenen Großmutter trauen.«

»Vermutlich ist er gerade deshalb noch am Leben«, erwiderte Ferguson. »Es ist Kaffee da. Bedienen Sie sich ruhig, Chief Inspector.«

In der Atelierwohnung in Camden stand Ahern vor dem Badezimmerspiegel und massierte Pomade in sein Haar. Er kämmte es nach hinten, zog einen Mittelscheitel, strich anschließend Klebstoff auf einen dunklen Schnurrbart und heftete ihn sorgfältig an. Er nahm eine Hornbrille von der Konsole und setzte sie auf. Dann verglich er sein Spiegelbild mit dem Foto auf dem Sicherheitsausweis. Während er sich umdrehte, kam Norah ins Bad. Sie trug einen schlichten schwarzen Rock und eine weiße Bluse. Ihr Haar war straff zurückgekämmt zu einem festen Knoten. Ebenso wie er trug sie eine Brille. Ihr Modell war schwarz und ziemlich groß. Sie wirkte völlig verändert.

»Wie sehe ich aus?« fragte sie.

»Verdammt toll«, versicherte er ihr. »Und ich?«

»Super, Michael. Erstklassig.«

»Gut.« Er verließ das Badezimmer, ging hinüber zum Barschrank und holte eine Flasche Bushmills und zwei Gläser heraus. »Es ist kein Champagner, Norah Bell, aber guter irischer Whiskey.« Er schenkte ein und hob sein Glas. »Auf unser Land.«

»Auf unser Land«, erwiderte sie und prostete ihm auf jene uralte Weise der Loyalisten zu.

Er leerte sein Glas. »Alles, was ich brauche, ist unser Besteckkasten, und wir können aufbrechen.«

Es war etwa halb sieben, als Ferguson das Verteidigungsministerium zusammen mit Hannah Bernstein verließ und seinen Fahrer anwies, ihn zu seiner Wohnung am Cavendish Square zu bringen. Die Tür wurde von Kim, dem ehemaligen Gurkha-Korporal, geöffnet, der seit Jahren bei ihm die Position des Leibdieners einnahm.

»Mr. Dillon wartet schon auf Sie, Brigadier.«

»Danke«, sagte Ferguson.

Als sie ins Wohnzimmer kamen, stand Dillon mit einem Glas in der Hand an der offenen Terrassentür. Er wandte sich um. »Ich habe mich selbst bedient. Ich hoffe, Sie haben nichts dagegen.«

»Wo waren Sie?« verlangte Ferguson Auskunft.

»Ich habe meine üblichen Quellen angezapft. Bei dieser Sache können Sie die IRA streichen. Es ist tatsächlich Ahern, und das macht mir große Sorgen.«

»Darf ich fragen, warum?« wollte Hannah Bernstein wissen.

Dillon nickte bereitwillig. »Natürlich dürfen Sie. Michael Ahern ist einer der brillantesten Organisatoren, die ich jemals kennengelernt habe. Sehr clever, sehr raffiniert und sehr, sehr verschlagen. Ich sagte ja schon, er läßt die linke Hand nicht wissen, was die rechte tut.«

»Demnach glauben Sie nicht, daß er, um diese Formulierung zu wiederholen, sein Pulver in dieser Sache schon verschossen hat?« fragte Ferguson.

»Es wäre zu einfach. Es mag für Sie kompliziert klingen, aber ich denke, daß alles, von Quigleys Verrat und Tod bis zu der sogenannten unglücklichen Explosion des Telecom-Wagens an der Fahrtroute des Präsidenten, von vornherein geplant war.«

»Ist das Ihr Ernst?« fragte Hannah.

»Und ob. Der Versuch ist fehlgeschlagen, damit wir alle uns in Sicherheit wiegen. Zeigen Sie mir mal den weiteren Terminplan des Präsidenten.«

Hannah reichte ihm eine Kopie, und Ferguson schenkte sich einen Drink ein. »Dieses eine Mal hoffe ich inständig, daß Sie sich irren, Dillon.«

»Da haben wir es«, sagte Dillon. »Cocktailparty auf dem Flußdampfer *Jersey Lily* mit Rundfahrt auf der Themse. Der Premierminister, der Präsident und der Ministerpräsident von Israel. Dort wird er zuschlagen, das hatte er die ganze Zeit geplant, der Rest war nur ein Ablenkungsmanöver.«

»Sie sind verrückt, Dillon«, stellte Ferguson fest. »Sie spinnen wirklich.« Er wandte sich um und sah Hannah Bernsteins Gesichtsausdruck. »O mein Gott«, stieß er hervor.

Sie warf einen Blick auf die Uhr. »Halb sieben, Sir.«

»Richtig«, sagte er und gab sich einen Ruck. »Brechen wir schnellstens auf. Viel Zeit haben wir nicht mehr.«

Zur gleichen Zeit parkten Ahern und Norah den Toyota in einer Seitenstraße des Cheyne Walk. Sie stiegen aus und gingen hinunter zum Cadogan Pier. Dort standen dutzendweise Polizeiwagen herum, uniformierte Männer waren über den ganzen Platz verteilt, und an der Gangway war ein elektronisches Tor aufgebaut worden, durch das jeder hindurchgehen mußte. Daneben standen zwei athletische junge Männer in dunkelblauen Anzügen.

Ahern lächelte kaum merklich. »Secret Service, die Leibwache des Präsidenten. Ich glaube, die kriegen ihre Anzüge allesamt aus demselben Laden.«

Er und Norah hatten sich ihre Sicherheitspässe an die Revers geheftet. Ahern grinste und reichte einem der Männer vom Secret Service einen Plastikkasten. »Es tut mir leid, wenn wir Ihnen Arbeit machen müssen, aber da drin befinden sich zweihundert Messer, Löffel und Gabeln. Bei soviel Metall fliegt bei dem Ding am Ende noch die Sicherung raus.«

»Geben Sie her, und gehen Sie durch«, sagte der Agent.

Sie schritten durch den Bogen, und der Mann vom Secret Service öffnete den Plastikkasten und wühlte mit einer Hand im Besteck herum. In diesem Moment fuhren mehrere Limousinen vor.

»Verdammt noch mal, Mann, das ist der israelische Ministerpräsident!« rief sein Kollege.

Der Secret-Service-Agent sagte zu Ahern: »Sie müssen den Kasten vorerst hierlassen. Gehen Sie jetzt weiter.«

»Wie Sie wünschen.« Ahern schritt die Gangway hinauf, gefolgt von Norah. Auf dem Schiff schlüpfte er schnell durch eine Tür. Er hatte sich den Plan des Dampfers genau eingeprägt und ging zielstrebig voraus zu einer der zahlreichen Toiletten.

»Warte hier«, sagte er zu Norah und verschwand in der Herrentoilette Nummer vier.

Ein Mann hielt sich darin auf und wusch sich die Hände. Ahern begann ebenfalls, sich die Hände zu waschen. Sobald der Mann hinausgegangen war, eilte er zu dem roten Feuereimer in der Ecke, wühlte im Sand herum und fand die beiden in Plastikfolie eingewickelten Pistolen, jede mit einem Schalldämpfer versehen. Die eine steckte er sich hinten in den Hosenbund, die andere verbarg er in seinem Uniformblazer. Als er hinausging, schaute er sich schnell um, ob niemand in der Nähe war, und schob die zweite Pistole Norah zu, die sie in die Innentasche ihres Blazers unter dem linken Arm barg.

»Los geht's«, sagte er.

In diesem Moment erklang eine Stimme mit starkem italienischem Akzent. »He, Sie, was tun Sie da?« Als sie sich umwandten, kam ein grauhaariger Mann in schwarzem Jackett und gestreifter Hose durch den Korridor auf sie zu. »Wer hat Sie geschickt?«

Ahern, der sich gründlich auf diese Mission vorbereitet hatte und über alles Bescheid wußte, sagte: »Signor Orsini. Wir sollten eigentlich am Buffet in der französischen Botschaft eingesetzt werden, aber er meinte, wir sollten schnellstens herkommen. Er dachte, daß Sie vielleicht zu wenig Leute haben.«

»Da hat er recht.« Der Chefkellner nickte Norah zu. »Sie nehmen Kanapees und Sie den Wein«, sagte er zu Ahern. »Die Treppe rauf und dann links. Und jetzt beeilen Sie sich.« Er machte kehrt und ging schnell davon.

Der Premierminister und der Präsident waren bereits an Bord gegangen, und die Besatzung war gerade im Begriff, das Schiff ablegebereit zu machen, als Ferguson, Dillon und Hannah im Daimler vorfuhren. Ferguson lief die Gangway hinauf. Zwei Männer vom Secret Service traten auf ihn zu, um ihn aufzuhalten.

»Brigadier Ferguson. Ist Colonel Candy da?«

Ein hochgewachsener grauhaariger Mann in schwarzem Anzug und mit gestreifter Krawatte kam über das Deck geeilt. »Es ist in Ordnung. Gibt es ein Problem, Brigadier?«

»Das sind meine Helfer, Dillon und Chief Inspector Bernstein.« Hinter ihm wurde die Gangway heruntergelassen, als die Besatzung die Leinen löste und die *Jersey Lily* auf die Themse hinausglitt. »Ich fürchte, es könnte welche geben. Die Bombenexplosion heute morgen, Sie erinnern sich? Wir haben jetzt Anlaß zu der Annahme, daß das Ganze nur ein Ablenkungsmanöver war. Ich habe Ihnen ein Foto von diesem Ahern schicken lassen. Bitte alarmieren Sie Ihre Männer. Es könnte durchaus sein, daß er sich auf dem Schiff befindet.«

»In Ordnung.« Candy fragte nicht lange, sondern wandte sich um zu den beiden Secret-Service-Agenten. »Jack, übernehmen Sie das Heck, und Sie, George, gehen nach vorne. Ich spreche mit dem Präsidenten. Halten Sie jeden zu erhöhter Wachsamkeit an.«

Sie rannten in verschiedene Richtungen davon. Ferguson sagte: »Na schön, dann wollen wir uns auch mal, so gut es auf unsere bescheidene Art geht, nützlich machen, nicht wahr?«

Musik erfüllte die Nachtluft. Sie kam von einer vierköpfigen Jazzcombo, die am Bug stand. Es herrschte dichtes Gedränge. Die Gästeschar bestand vorwiegend aus Politikern und Angestellten der Londoner Botschaften. Der Präsident, der Premierminister und der israelische Ministerpräsident bewegten sich zwischen den Gästen, begrüßten Bekannte, unterhielten sich angeregt. Kellner und Serviererinnen boten Wein und Kanapees auf Tabletts an.

»Der reinste Alptraum«, stöhnte Ferguson.

Candy erschien. Er kam einen Verbindungsgang heruntergeeilt. »Die großen Drei werden in zehn Minuten ein paar Worte sagen. Danach geht die Fahrt weiter vorbei am Parlament zum Westminster Pier. Dort endet die Reise.«

»Na prima.« Ferguson sah Dillon hilfesuchend an, während der Amerikaner sich wieder entfernte. »Es ist hoffnungslos.«

»Vielleicht ist er gar nicht hier«, sagte Hannah. »Vielleicht irren Sie sich, Dillon.«

Es war, als hörte er ihr gar nicht zu. »Er muß irgendeinen Fluchtweg haben.« Er nickte Ferguson zu. »Das Heck! Sehen wir uns mal am Heck um.«

Er ging schnell voraus zum hinteren Teil des Schiffs, stieß Leute beiseite, wenn sie ihm im Weg waren, und beugte sich über die Reling. Nach einem Moment richtete er sich wieder auf. »Er ist hier.«

»Woher wissen Sie das?« fragte Ferguson.

Dillon lehnte sich noch einmal hinaus und zog eine Leine ein. Ein Schlauchboot mit Außenbordmotor kam in Sicht. »Das ist sein Fluchtweg«, sagte er. »Oder besser – er war es.« Er beugte sich etwas tiefer über die Reling und öffnete den Karabinerhaken, an dem die Leine befestigt war. Das Schlauchboot verschwand in der Dunkelheit.

»Was nun?« wollte Hannah wissen.

In diesem Moment verkündete eine Stimme über die Lautsprecheranlage des Schiffs: »Ladies und Gentlemen, der Premierminister.«

Dillon hatte stirnrunzelnd zugehört. »Er ist nicht der Typ, der an Selbstmord denkt«, sagte er nachdenklich. »Deshalb wird er sich ihm ganz sicher nicht in der Menge nähern.« Er schaute hinauf zum Steuerhaus ganz oben auf dem Schiff, drei Decks über ihnen. »Das ist es. Das muß es sein.«

Er rannte zur Treppe, die nach oben führte. Hannah folgte ihm auf dem Fuße, Ferguson etwas langsamer, schwerfälliger. Dillon sah sich auf dem ersten Deck um, das verlassen war, und stürmte sogleich die Stufen zum nächsten hinauf. Als er es erreichte, sagte der Premierminister gerade: »Ich bin stolz und erfreut, Ihnen den Präsidenten der Vereinigten Staaten vorstellen zu dürfen.«

Im gleichen Moment, als Dillon das Deck betrat, sah er, wie Michael Ahern am anderen Ende die Salontür öffnete und hineinging. Ihm folgte Norah Bell, die ein Tablett trug, das mit einer weißen Serviette bedeckt war.

Der Salon war verwaist. Ahern ging langsam nach vorne und schaute durch die Fenster hinunter auf das Vorderdeck, wo der Präsident hinter dem Mikrofon stand, der britische und der israelische Premierminister rechts und links von ihm. Ahern drückte vorsichtig eines der Fenster auf und schob seine Pistole durch die Öffnung.

Die Tür ging leise hinter ihm auf, und Dillon kam herein, die Walther schußbereit im Anschlag. »Mein Gott, Michael, du gibst auch niemals auf, was?«

Ahern fuhr herum, hielt die Pistole gegen seinen Oberschenkel. »Sean Dillon, du alter Bastard.« In diesem Moment schwang seine Hand hoch.

Dillon schoß ihm zweimal ins Herz. Die beiden dicht hintereinander erfolgenden dumpfen Detonationen schleuderten Ahern nach hinten gegen die Kabinenwand. Norah Bell stand dort völlig erstarrt und hielt krampfhaft das Tablett fest.

Dillons Stimme klang völlig ruhig. »Wenn unter dieser Serviette eine Pistole liegen sollte und du die Absicht haben solltest, danach zu greifen, dann müßte ich dich töten, Norah; und das würde keinem von uns beiden gefallen. Schließlich bist du ja ein anständiges irisches Mädchen. Stell einfach das Tablett ab.«

Ganz langsam folgte Norah Bell der Aufforderung und setzte das Tablett auf den nächsten Tisch. Dillon drehte sich um, ließ die rechte Hand sinken und die Walther um seinen Zeigefinger kreisen. Er nickte Ferguson und Hannah zu. »Das wär's dann wohl, Ende gut, alles gut.«

Hinter ihm raffte Norah ihren Rock hoch, zog das Springmesser aus dem Strumpf, ließ die Klinge herausschnellen und bohrte es Dillon in den Rücken. Dillon bäumte sich auf und ließ die Walther fallen.

»Schwein!« kreischte Norah, zog das Messer heraus und stieß erneut zu.

Dillon taumelte gegen den Tisch. Während Norah zu einem dritten Stoß ausholte, warf Hannah Bernstein sich zu Boden, hob Dillons Walther auf und schoß ihr mitten in die Stirn. Im gleichen Moment sank Dillon zusammen und rollte sich auf den Rücken.

Es war gegen Mitternacht in der London Clinic, einem der größten Krankenhäuser der Welt. Hannah Bernstein saß im Empfangsbereich auf dem ersten Stock nicht weit von Dillons Zimmer entfernt. Sie war müde, was unter den gegebenen Umständen keine Überraschung war, hatte sich aber mit schwarzem Kaffee und Zigaretten wachgehalten. Die Tür am Ende des Korridors schwang auf, und zu ihrer großen Verwunderung trat Ferguson in Begleitung des Präsidenten und Colonel Candy ein.

»Der Präsident war gerade unterwegs zur amerikanischen Botschaft«, teilte Ferguson ihr mit.

»Aber unter diesen Umständen dachte ich, ich sollte einmal hereinschauen. Wie ich hörte, sind Sie Chief Inspector Bernstein.« Der Präsident ergriff ihre Hand. »Ich bin Ihnen auf ewig dankbar.«

»Sie schulden Dillon noch viel mehr, Sir. Er war es, der alles aufgeklärt hat. Er wußte genau, daß die beiden sich an Bord befanden.«

Der Präsident trat an die gläserne Trennwand. Dillon lag in einem Krankenhausbett und war an zahlreiche Drähte angeschlossen. Neben ihm saß eine Krankenschwester.

»Wie geht es ihm?«

»Intensivstation, Sir«, sagte sie. »Die Operation hat vier Stunden gedauert. Sie hat ihn zweimal mit dem Messer erwischt.«

»Ich habe Professor Henry Bellamy vom Guy's Hospital benachrichtigt, Mr. President«, sagte Ferguson. »Er ist der beste Chirurg in London.«

»Sehr gut.« Der Präsident nickte. »Ich bin Ihnen und Ihren Leuten dafür einiges schuldig, Brigadier. Das werde ich Ihnen niemals vergessen.«

Er entfernte sich, und Colonel Candy sagte: »Gott sei Dank ist alles ohne Aufsehen abgelaufen. Deshalb können wir es geheimhalten.«

»Ich weiß«, sagte Ferguson. »Als wäre es nie passiert.«

Candy verabschiedete sich ebenfalls. Hannah Bernstein wandte sich zu ihrem Chef um. »Ich habe Professor Bellamy vor einer halben Stunde getroffen. Er kam her, um nach ihm zu sehen.«

»Und was hat er gesagt?« Ferguson runzelte die Stirn. »Er kommt doch wieder auf die Beine, oder?«

»Oh, er wird am Leben bleiben, Sir, wenn Sie das meinen. Das Problem ist nur, daß Bellamy glaubt, daß er nicht mehr so sein wird wie früher. Sie hat ihn fast ausgeweidet.«

Ferguson legte einen Arm um ihre Schultern. »Sind Sie in Ordnung, meine Liebe?«

»Sie meinen, ob ich durcheinander bin, weil ich heute jemanden getötet habe? Überhaupt nicht, Brigadier. Ich bin wirklich nicht das nette jüdische Mädchen, für das Dillon mich hält. Viel eher bin ich ein jüdisches Mädchen aus dem Alten Testament. Sie war ein mörderisches Biest. Sie hat den Tod verdient.« Hannah holte eine Zigarette heraus und zündete sie an. »Nein, es ist Dillon, der mir leid tut. Er hat gute Arbeit geleistet. Er hätte etwas Besseres verdient.«

»Ich dachte, Sie mögen ihn nicht«, sagte Ferguson.

»Dann irren Sie sich, Brigadier.« Sie betrachtete Dillon durch die Glaswand. »Das Problem ist, daß ich ihn viel zu sehr mochte, und das zahlt sich in unserem Gewerbe niemals aus.«

Sie machte auf dem Absatz kehrt und ging davon. Ferguson zögerte, warf einen letzten Blick auf Dillon, dann folgte er ihr.

# 3

Zwei Monate später trat in einem Krankenhaus auf der anderen Seite des Atlantiks der junge Tony Jackson seinen Nachtdienst an. Er war ein hochgewachsener, gutaussehender junger Mann von dreiundzwanzig, der im Jahr zuvor an der Harvard Medical School sein Examen abgelegt hatte. Our Lady of Mercy in New York, ein Wohlfahrtskrankenhaus, dessen Personal vorwiegend aus Nonnen bestand, gehörte nicht zu den Hospitälern, die jungen Ärzten als der ideale Ort für ihre Assistentenzeit vorschwebten.

Aber Tony Jackson war ein Idealist. Er wollte wirklich Medizin praktizieren, und dafür war Our Lady of Mercy ganz gewiß der richtige Ort, wo man kaum fassen konnte, daß man einen derart begabten jungen Mann hatte verpflichten können. Er liebte die Nonnen und fand es faszinierend, mit wie vielen verschiedenen Patienten und Krankheitsbildern er konfrontiert wurde. Die Bezahlung war armselig, aber in seinem Fall bedeutete Geld kein Thema. Sein Vater war bis zu seinem frühen Krebstod ein erfolgreicher Anwalt in Manhattan gewesen und hatte die Familie sehr gut versorgt hinterlassen. Außerdem stammte seine Mutter, Rosa, aus New Yorks Little Italy und hatte einen fürsorglichen Vater, der erfolgreich im Baugeschäft tätig war.

Tony bevorzugte die Nachtschicht und ihre in allen Krankenhäusern der Welt so besondere Atmosphäre. Außerdem bot sie ihm die Möglichkeit, Verantwortung zu tragen. Während des frühen Abends arbeitete er auf der Unfallstation, nähte aufgeschlitzte Gesichter zusammen, betreute, so gut es ging, Süchtige, die zusammenbrachen, weil sie kein Geld mehr hatten für den nächsten Schuß. Nach Mitternacht wurde es gewöhnlich ruhiger.

Er war alleine in der kleinen Kantine, gönnte sich einen Kaffee und ein Sandwich, als die Tür aufging und ein junger Priester hereinschaute. »Ich bin Father O'Brien von St. Mark's. Ich erhielt einen Anruf, ich solle zu Mr. Tanner, einem schottischen Gentleman, kommen. Ich glaube, er verlangt nach der Letzten Ölung.«

»Tut mir leid, Father, ich habe erst heute abend hier angefangen, deshalb weiß ich überhaupt nicht Bescheid. Lassen Sie mich mal auf den Plan schauen.« Er überprüfte ihn schnell, dann nickte er. »Jack Tanner, das muß er sein. Heute nachmittag aufgenommen. Alter fünfundsiebzig. Brite. Er ist im Haus seiner Tochter in Queens zusammengebrochen. Er liegt in einem Privatzimmer im dritten Stock, Nummer acht.«

»Vielen Dank«, sagte der Priester und verschwand.

Jackson trank seinen Kaffee und blätterte die *New York Times* durch. Es gab kaum Neuigkeiten, eine Bombe der IRA in London und im Finanzzentrum der Stadt, ein Artikel über Hongkong, die britische Kronkolonie, die am 1. Juli 1997 der Souveränität Chinas unterstellt würde. Es schien, als wollte der britische Gouverneur dort ein demokratisches Wahlsystem einführen, solange er noch dazu die Chance hatte. Offenbar war die chinesische Regierung in Peking darüber verärgert, was für Hongkong nichts Gutes bedeutete, wenn der Herrschaftswechsel stattfand.

Er warf gelangweilt die Zeitung auf den Tisch, stand auf und ging nach draußen. Die Fahrstuhltüren öffneten sich, und Father O'Brien erschien. »Ah, da sind Sie ja schon, Doktor. Ich habe für den armen Mann getan, was ich konnte, aber er macht es wohl nicht mehr lange. Er kommt aus den Highlands von Schottland, hätten Sie das gedacht? Seine Tochter ist mit einem Amerikaner verheiratet.«

»Das ist interessant«, sagte Jackson. »Ich habe immer geglaubt, alle Schotten seien Protestanten.«

»Nicht in den Highlands«, sagte Father O'Brien zu ihm. »Die katholische Tradition ist dort sehr stark.« Er lächelte. »Aber ich muß mich wieder auf den Weg machen. Gute Nacht.«

Jackson sah ihm nach, dann betrat er den Fahrstuhl und fuhr hinauf zum dritten Stock. Als er den Lift verließ, kam soeben Schwester Agnes, die Nachtschwester, aus Zimmer acht und ging zu ihrem Schreibtisch.

Jackson machte sich durch ein Räuspern bemerkbar. »Ich habe gerade Father O'Brien gesehen. Er erzählte mir, Mr. Tanner sehe nicht sehr gut aus.«

»Da ist seine Krankenkarte, Doktor. Chronische Bronchitis und schwere Emphyseme.«

Jackson studierte die Aufzeichnungen. »Fassungsvermögen der Lungen nur zwölf Prozent, und der Blutdruck ist unglaublich.«

»Ich habe gerade seinen Herzschlag überprüft, Doktor. Sehr unregelmäßig.«

»Sehen wir ihn uns mal an.«

Jack Tanners Gesicht war eingefallen und bleich, das schüttere Haar schneeweiß. Die Augen waren geschlossen, während er in kurzen Stößen atmete und ein intervallartiges rasselndes Geräusch in seiner Kehle erzeugte.

»Sauerstoff?« fragte Jackson.

»Habe ich ihm vor einer Stunde verabreicht.«

»Jawohl, aber eine Zigarette wollte sie mir nicht geben.« Jack Tanner schlug die Augen auf. »Ist das nicht furchtbar, Doktor?«

»Aber, aber, Mr. Tanner«, sagte Schwester Agnes in leicht tadelndem Ton. »Sie wissen, daß das nicht gestattet ist.«

Jackson beugte sich über ihn, um die Schlauchverbindungen zu überprüfen, und bemerkte die Narbe auf der rechten Brustseite. »Ist das eine Schußverletzung?« fragte er.

»Ja, das ist es. Ein Lungenschuß aus der Zeit, als ich beim Schottischen Hochlandregiment diente. Das war 1940 vor Dünkirchen. Ich wäre gestorben, wenn der Laird mich nicht rausgeholt hätte. Dabei war er selbst so schwer verwundet, daß er ein Auge verlor.«

»Der Laird, sagen Sie?« Jacksons Interesse war plötzlich geweckt, aber Tanner begann so heftig zu husten, daß er fast in einen Krampf verfiel. Jackson griff nach der Sauerstoffmaske. »Atmen Sie ganz langsam und gleichmäßig. So ist es gut.« Er nahm die Maske nach einiger Zeit wieder weg, und Tanner lächelte matt. »Ich komme wieder«, versprach Jackson ihm und ging hinaus.

»Sie sagten, seine Tochter wohnt in Queens?«

»Das stimmt, Doktor.«

»Dann sollten wir keine Zeit verlieren. Lassen Sie sie mit dem Taxi herholen, und setzen Sie die Kosten auf meine Rechnung. Ich glaube nicht, daß es mit ihm noch lange dauert. Ich gehe wieder zurück und leiste ihm Gesellschaft.«

Jackson zog sich einen Stuhl heran. »Also, was haben Sie über den Laird erzählt?«

»Das war Major Ian Campbell, Militärverdienstkreuz, der tapferste Mann, den ich je kannte, Laird von Loch Dhu Castle im westlichen Hochland von Schottland, wie seine Vorfahren es schon seit Jahrhunderten gewesen waren.«

»Loch Dhu?«

»Das ist Gälisch. Der Schwarze See. Für uns, die wir dort aufwuchsen, war es immer der Ort der Dunklen Wasser.«

»Demnach kannten Sie den Laird schon als Kind?«

»Wir wuchsen zusammen auf. Lernten, wie man Moorhühner und Rehe schießt, und nirgendwo in der Welt konnte man besser angeln, und dann kam der Krieg. Wir hatten vorher beide in der Reserve gedient. Deshalb ging es gleich ab mit uns nach Frankreich.«

»Das muß aufregend gewesen sein.«

»Es wäre fast unser Ende gewesen. Nachher gaben sie dem Laird den Stabsjob bei Mountbatten. Sie haben schon mal von ihm gehört?«

»Earl Mountbatten, den die IRA mit einer Bombe erwischt hat?«

»Diese Schweine, nach allem, was er im Krieg geleistet hat. Er war der Oberkommandierende in Südostasien mit dem Laird als einem seiner Adjutanten, und der nahm mich mit.«

»Das war sicherlich sehr interessant.«

Tanner brachte mühsam ein Lächeln zustande. »Ist es nicht üblich, daß man einem zum Tode Verurteilten eine Zigarette anbietet?«

»Das ist wahr.«

»Und ich bin doch zum Tode verurteilt, oder nicht?«

Jackson zögerte, dann holte er eine Schachtel Zigaretten heraus. »Genauso wie wir alle, Mr. Tanner.«

»Ich verrate Ihnen was«, sagte Tanner. »Geben Sie mir eine, und ich erzähle Ihnen von dem Tschungking-Abkommen. Vor vielen Jahren habe ich vor dem Laird meinen Schwur abgelegt, aber jetzt scheint es keine Bedeutung mehr zu haben.«

»Was hat keine Bedeutung mehr?« fragte Jackson.

»Nur eine, Doc. Es ist eine gute Geschichte.«

Jackson zündete eine Zigarette an und steckte sie Tanner zwischen die Lippen. Der alte Mann inhalierte, hustete und inhalierte erneut. »Mein Gott, ist das wunderbar.« Er entspannte sich. »Mal sehen, wann genau hat es angefangen?«

Tanner lag mit geschlossenen Augen da. Er war jetzt sehr schwach. »Was geschah nach dem Flugzeugabsturz?« fragte Jackson.

Der alte Mann schlug die Augen auf. »Der Laird war schwer verletzt. Das Gehirn, verstehen Sie? Er lag in Delhi im Krankenhaus, war drei Monate lang im Koma, und ich blieb als sein

Bursche bei ihm. Sie schickten uns per Schiff nach London zurück. Mittlerweile zeichnete sich das Ende des Krieges ab. Er verbrachte einige Monate in der Abteilung für hirnverletzte Armeeangehörige im Guy's Hospital, aber er erholte sich nie mehr. Er hatte sein Gedächtnis fast vollständig verloren. Anfang 1946 war er dem Tod so nahe, daß ich seine Sachen zusammenpackte und sie nach Hause zum Castle Dhu zurückschickte.«

»Und ist er gestorben?«

»Ja, aber erst zwanzig Jahre später. Wir sind auf den Landsitz zurückgekehrt. Dort wanderte er umher wie ein Kind. Ich habe ihn betreut und ihm jeden Wunsch erfüllt.«

»Was ist mit seiner Familie?«

»Hm, er hat nie geheiratet. Er war mit einem Mädchen verlobt, das während der Bombardierung Londons 1940 ums Leben kam. Es gab eine Schwester, Lady Rose, obgleich jeder sie Lady Katherine nannte. Deren Mann war ein Baronet, der im Afrikafeldzug fiel. Sie leitete das Gut und tut es immer noch, auch wenn sie schon achtzig ist. Sie wohnt im Pförtnerhaus. Manchmal vermietet sie das große Haus während der Jagdsaison an reiche Yankees oder Araber.«

»Und das Tschungking-Abkommen?«

»Daraus ergab sich weiter nichts. Lord Louis und Mao sind nie mehr zusammengekommen.«

»Aber die vierte Kopie in der Bibel des Laird, die haben Sie doch gerettet. Wurde sie denn nicht den Behörden übergeben?«

»Sie blieb, wo sie war, nämlich in der Bibel. Das war letztendlich die Sache des Laird, und er hatte wenig Lust, irgendwelchen Leuten überhaupt etwas zu erzählen.« Tanner zuckte die Achseln. »Und dann gingen die Jahre ins Land, und es schien am Ende nicht mehr so wichtig zu sein.«

»Hat Lady Katherine jemals davon erfahren?«

»Ich habe es ihr nie erzählt. Ich habe niemals mit jemandem darüber gesprochen, und der Laird selbst war nicht mehr fähig dazu. Außerdem, wie ich schon sagte, schien es keine Bedeutung mehr zu haben.«

»Aber Sie haben es mir jetzt erzählt.«

Tanner lächelte matt. »Weil Sie ein netter Junge sind, der sich mit mir unterhalten und mir eine Zigarette gegeben hat. Es ist alles so lange her, Tschungking im Regen und Mountbatten und euer General Stilwell.«

»Und die Bibel?« fragte Jackson.

»Wie ich es erzählt habe, ich schickte all seine Habseligkeiten nach Hause, als ich glaubte, er würde bald sterben.«

»Demnach ist die Bibel jetzt in Loch Dhu?«

»So könnte man es ausdrücken.« Aus irgendeinem Grund begann Tanner zu lachen, und das führte dazu, daß er erneut würgen und röcheln mußte.

Während Jackson die Sauerstoffmaske hervorholte, ging die Tür auf, und Schwester Agnes führte ein Ehepaar mittleren Alters herein. »Mr. und Mrs. Grant.«

Die Frau eilte ans Bett und ergriff Tanners Hand. Er lächelte mühsam, atmete schwer, und sie begann mit leiser Stimme und in einer Sprache mit ihm zu reden, die Jackson noch nie gehört hatte.

Er wandte sich mit fragender Miene an den Ehemann, eine imposante, liebenswürdige Erscheinung. »Das ist Gälisch, Doktor. Sie haben miteinander immer Gälisch gesprochen. Er war zu Besuch bei uns. Seine Frau ist im vergangenen Jahr in Schottland an Krebs gestorben.«

In diesem Moment hörte Tanner auf zu atmen. Seine Tochter schrie auf, und Jackson schob sie sanft zu ihrem Mann hinüber und beugte sich über den Patienten. Nach einer Weile drehte er sich zu dem Ehepaar um. »Es tut mir leid, er ist tot«, sagte er einfach.

Damit hätte es zu Ende sein können, wenn Tony Jackson sich nicht nach der Lektüre des Artikels in der *New York Times* über

Hongkong und seine Beziehungen zu China gewundert hätte, ausgerechnet jetzt Tanners Geschichte gehört zu haben. Das war von besonderer Bedeutung, weil Tanner in den frühen Morgenstunden eines Sonntags gestorben war und Jackson, soweit es seine Arbeitszeit im Krankenhaus erlaubte, stets im Hause seines Großvaters in Little Italy zu Mittag aß. Dort führte seine Mutter seit dem Tod der Großmutter für ihren Vater das Haus.

Jacksons Großvater, nach dem er selbst benannt worden war, hieß Antonio Mori. Er war sozusagen ganz knapp in Amerika geboren worden, weil seine schwangere Mutter von Palermo kommend gerade rechtzeitig eingetroffen war, um ihr Baby auf Ellis Island zur Welt zu bringen. Es waren zwar nur vierundzwanzig Stunden, aber die hatten gereicht, um aus dem kleinen Antonio einen Amerikaner zu machen.

Antonios Vater hatte Freunde von ganz spezieller Art, Freunde in der Mafia. Antonio selbst hatte für kurze Zeit seinen Lebensunterhalt als einfacher Arbeiter bestritten, ehe die Freunde ihm zuerst einen Posten im Olivenölgeschäft und später im Gastgewerbe verschafften. Er hatte stets den Mund gehalten und getan, was man von ihm verlangte, wodurch er schließlich zu Wohlstand und Ansehen im Baugewerbe gelangte.

Seine Tochter hatte keinen Sizilianer geheiratet. Das akzeptierte er, genauso wie er hinnahm, daß seine Frau an Leukämie starb. Sein Schwiegersohn, ein reicher angelsächsischer Rechtsanwalt, verlieh der Familie Ehrbarkeit. Sein Tod kam durchaus gelegen. Er führte Mori und seine geliebte Tochter wieder zusammen. Er brachte ihm auch seinen ausgezeichneten Enkel näher, der so begabt war, daß er in Harvard studieren konnte. Es machte nichts, daß er ein Heiliger war und sich für die Medizin entschied. Mori verdiente genug Geld für sie alle, denn er gehörte zur Mafia. Er war ein wichtiges Mitglied der Familie Luca, deren Oberhaupt, Don Giovanni Luca, obwohl nach Sizilien zurückgekehrt, der *Capo di tutti Capi* war: der Boß aller Bosse in der Mafia. Das Ansehen, das Mori dadurch genoß, war unbezahlbar.

Als Jackson im Haus seines Großvaters eintraf, bereitete seine Mutter gerade in der Küche zusammen mit Maria, dem Hausmädchen, das Mittagessen vor. Sie war trotz der grauen Strähnen in ihrem dunklen Haar immer noch eine Schönheit. Sie wandte sich um, küßte ihn auf beide Wangen und hielt ihn dann ein Stück von sich weg.

»Du siehst ja furchtbar aus. So tiefe Ränder unter den Augen.«

»Mama, ich habe eine Nachtschicht hinter mir. Ich habe mal drei Stunden geschlafen, mich schnell geduscht und bin gleich hergekommen, weil ich dich nicht enttäuschen wollte.«

»Du bist wirklich ein guter Junge. Geh und sag deinem Großvater guten Tag.«

Jackson ging ins Wohnzimmer, wo er Mori antraf, der die Sonntagszeitung las. Er bückte sich, um seinen Großvater auf die Wange zu küssen, und Mori sagte: »Ich habe deine Mutter gehört, und sie hat recht. Du tust Gutes und bringst dich gleichzeitig selbst um. Da, trink einen Schluck Rotwein.«

Jackson nahm das Glas entgegen und trank mit Genuß. »Das tut gut.«

»Hattest du eine interessante Nacht?« Mori nahm lebhaft Anteil an der Tätigkeit seines Enkels und langweilte gelegentlich sogar seine Freunde mit den Lobeshymnen auf den jungen Mann.

Jackson, der sich bewußt war, daß sein Großvater ihn verwöhnte, ging zur Terrassentür, öffnete sie und zündete sich eine Zigarette an. Er drehte sich um. »Erinnerst du dich noch an die Solazzo-Hochzeit letzten Monat?«

»Ja.«

»Du hast dich mit Carl Morgan unterhalten und mich kurz mit ihm bekannt gemacht.«

»Mr. Morgan war von dir sehr beeindruckt. Er hat es mir gesagt.« Stolz schwang in Moris Stimme mit.

»Ja, ihr beide habt euch über Geschäftliches unterhalten.«

»Unsinn, welche Geschäfte könnten wir schon gemeinsam haben?«

»Um Gottes willen, Großvater, ich bin nicht dumm, und ich liebe dich. Aber glaubst du, ich hätte nicht langsam begriffen, in welchem Gewerbe du tätig bist?«

Mori nickte langsam und griff nach der Weinflasche. »Möchtest du noch etwas? Und nun verrat mir mal, worauf du hinauswillst.«

»Du und Mr. Morgan habt euch über Hongkong unterhalten. Er erwähnte umfangreiche Investitionen in Wolkenkratzer, Hotels und so weiter und darüber, daß er sich Sorgen macht, was wohl geschieht, wenn die chinesischen Kommunisten die Verwaltung übernehmen.«

»Das ist ganz einfach. Dann gehen Milliarden Dollar den Bach runter«, sagte Mori.

»Gestern stand in der *Times* ein Artikel darüber. Peking verfolgt offensichtlich mit einigem Unmut, daß die Briten im Begriff sind, demokratische Verhältnisse einzuführen, ehe sie sich 1997 zurückziehen.«

»Was meinst du genau?« fragte Mori.

»Gehe ich recht in der Annahme, daß du und deine Partner geschäftliche Interessen in Hongkong verfolgen?«

Sein Großvater musterte ihn nachdenklich. »So könnte man es ausdrücken, aber um was geht es dir eigentlich?«

Jackson holte tief Luft. »Was wäre, wenn ich dir erzählte, daß Mao Tse-tung 1944 zusammen mit Lord Louis Mountbatten ein Dokument namens Tschungking-Abkommen unterzeichnet hat, in dem er sich bereit erklärt, den Hongkong-Vertrag als Gegenleistung für die Unterstützung der Briten im Kampf gegen Japan um hundert Jahre zu verlängern, falls Mao in China an die Macht kommt?«

Sein Großvater fixierte ihn wortlos, dann stand er auf, schloß die Tür und ließ sich wieder in den Sessel sinken.

»Erzähl mal ausführlich«, sagte er.

Als Jackson geendet hatte, saß sein Großvater reglos da und dachte nach. Schließlich erhob er sich, ging zum Schreibtisch und kam mit einem kleinen Kassettenrecorder zurück. »Fang noch mal von vorne an«, bat er. »Und zwar alles, was er dir erzählt hat. Laß nichts aus.«

In diesem Moment öffnete Rosa die Tür. »Das Essen ist gleich fertig.«

»In einer Viertelstunde, *cara*«, sagte ihr Vater. »Das hier ist wichtig, glaub mir.«

Sie runzelte ungehalten die Stirn, zog sich jedoch zurück und schloß die Tür wieder. Er sah seinen Enkel an. »Wie ich sagte, alles«, und schaltete das Diktiergerät ein.

Als Mori an diesem Nachmittag zum Glendale-Polostadion kam, regnete es. Trotzdem drängte sich eine ansehnliche Zuschauermenge unter Regenschirmen und Bäumen am Rand, weil Carl Morgan mitspielte, und Morgan war gut. Sein Handicap von zehn Toren deutete darauf hin, daß er ein Spieler ersten Ranges war. Mit seinen fünfzig Jahren, einsachtzig Körpergröße, breiten Schultern und dem vollen zurückgekämmten Haar sah er hervorragend aus.

Das tiefschwarze Haar hatte er von seiner Mutter geerbt, der Nichte Don Giovannis, die seinen Vater, einen jungen Armeeoffizier, während des Zweiten Weltkriegs geheiratet hatte. Sein Vater hatte sowohl während des Korea- als auch des Vietnamkriegs tapfer und hervorragend gedient. Seinen Abschied hatte er als Brigadegeneral genommen, und sie waren nach Florida gezogen, wo sie dank ihres Sohnes ein komfortables Pensionärsleben führten.

Alles sehr ehrbar und eine gediegene Fassade für Carl Morgan, der 1965 sein Studium an der Yale-Universität abgeschlossen und sich anschließend während des Vietnamkriegs freiwillig zu den Fallschirmspringern gemeldet hatte. Dort erhielt er zwei amerikanische Verwundetenabzeichen, einen Silver Star und eine vietnamesische Tapferkeitsmedaille. Er war ein Kriegsheld, dessen Referenzen ihn in die Wall Street, später ins Hotelgewerbe und in die Bauindustrie eingeführt hatten. Am Ende stand er als Milliardär da, hochangesehen in allen Gesellschaftskreisen von London bis New York.

Ein Polomatch ist unterteilt in sechs Chukkers von jeweils sieben Minuten Dauer. Jede Mannschaft besteht aus vier Spielern. Morgan agierte als Stürmer, weil diese Position die beste Gelegenheit für aggressives Spiel bot, und das war es, was er am meisten liebte.

Das Spiel befand sich in seinem letzten Chukka, als Mori aus dem Wagen stieg und sein Chauffeur eilig den Regenschirm über ihm aufspannte. Ein paar Meter entfernt stand eine aufregend hübsche junge Frau neben einem Kombiwagen. Über ihre Schultern hing ein Burberry-Trenchcoat. Sie war etwa einsfünfundsechzig groß, hatte lange blonde Haare, hohe Wangenknochen und grüne Augen.

»Mr. Morgans Tochter ist wirklich eine schöne Lady«, stellte der Chauffeur fest.

»Stieftochter, Johnny«, korrigierte Mori ihn.

»Natürlich, ich hab's vergessen, weil sie doch seinen Namen trägt. Es war wirklich schlimm, daß ihre Mutter so gestorben ist. Asta ist eigentlich ein seltsamer Name.«

»Er ist schwedisch«, sagte Mori.

Asta Morgan sprang aufgeregt hoch. »Na los, Carl, mach sie fertig!«

Carl Morgan blickte zur Seite, während er vorbeiritt. Seine Zähne blitzten. Er ging den jungen Stürmer des gegnerischen Teams an, hakte seinen Fuß unter dessen Steigbügel und hob ihn, völlig regelwidrig, aus dem Sattel. Eine Sekunde später war er schon durchgebrochen und hatte ein Tor erzielt.

Nachdem das Spiel gewonnen war, trabte Morgan durch den Regen hinüber zu Asta und stieg aus dem Sattel. Ein Knecht nahm ihm das Pferd ab, und Asta reichte Carl ein Handtuch. Dann zündete sie eine Zigarette an und gab sie ihm. Sie blickte zu ihm auf, lächelte, und zwischen ihnen herrschte eine intime Vertrautheit, die alles und jeden völlig ausschloß.

»Er mag das Mädchen sehr«, sagte Johnny.

Mori nickte. »Sieht ganz so aus.«

Morgan wandte sich um, entdeckte ihn und winkte. Mori ging auf ihn zu. »Carl, wie schön, dich zu sehen. Und dich auch, Asta.« Er tippte gegen seine Hutkrempe.

»Was kann ich für dich tun?« fragte Morgan.

»Es geht um etwas Geschäftliches, Carl. Gestern hat sich etwas ergeben, das dich interessieren dürfte.«

Morgan nickte. »Sicherlich nichts, worüber du in Astas Anwesenheit nicht sprechen könntest, oder?«

Mori zögerte. »Nein, natürlich nicht.« Er holte den kleinen Kassettenrecorder aus der Tasche. »Mein Enkel, Tony, hatte im Hospital Our Lady of Mercy einen Patienten, der gestern abend gestorben ist. Er hat Tony eine völlig verrückte Geschichte erzählt, Carl. Ich glaube, das könnte was für dich sein.«

»Okay, dann ab ins Trockene.« Morgan half Asta beim Einsteigen in den Kombiwagen und folgte ihr.

Mori stieg ebenfalls ein. »Hör zu.« Er schaltete den Recorder ein.

Nachdem das Band zu Ende war, saß Morgan still da. Eine Zigarette hing in seinem Mundwinkel, und sein Gesicht war ernst.

Asta ergriff als erste das Wort. »Eine wirklich erstaunliche Geschichte.« Ihre Stimme klang gedämpft und angenehm, eher englisch als amerikanisch.

»Das kannst du laut sagen.« Morgan wandte sich an Mori. »Ich nehme das Band mit. Meine Sekretärin kann es abschreiben und als verschlüsselte Nachricht an Don Giovanni in Palermo faxen.«

»Habe ich das Richtige getan?«

»Gut gemacht, Antonio.« Morgan drückte ihm die Hand.

»Nein, es war Tony, Carl, nicht ich. Was soll ich nur mit ihm anfangen? Er war an der Harvard Medical School, an der Mayo-Klinik, er war ein hervorragender Student, und trotzdem arbeitet er jetzt bei den Nonnen von Our Lady of Mercy für ein Butterbrot.«

»Laß ihn in Ruhe«, sagte Morgan. »Er wird seinen Weg machen. Ich bin nach Vietnam gegangen, Antonio. Niemand kann mir das nehmen. Was kann man noch sagen gegen den reichen Jungen, der in die Hölle ging, als er es nicht brauchte? Das spricht doch für sich. Er wird nicht für immer dort bleiben, aber die Tatsache, daß er dort war, macht ihn in den Augen der anderen Leute zu etwas Besonderem, zu dem sie für den Rest seines Lebens aufschauen können. Er ist ein feiner Kerl.« Er legte eine Hand auf Moris Schulter. »He, ich hoffe, ich klinge nicht zu berechnend.«

»Nein«, protestierte Mori. »Überhaupt nicht. Man kann wirklich auf ihn stolz sein. Danke, Carl, danke. Ich lasse euch jetzt alleine. Asta.« Er nickte ihr zu und entfernte sich.

»Das war nett«, sagte Asta zu Morgan, »was du über Tony gesagt hast.«

»Es stimmt. Dieser Junge ist brillant. Er wird es irgendwann bis in die Park Avenue schaffen, nur wird er dann im Gegensatz zu den anderen Ärzten derjenige sein, der in der Stadt bei den Nonnen von Our Lady of Mercy gearbeitet hat, und das ist eine unbezahlbare Erfahrung.«

»Du bist ein Zyniker«, sagte sie.

»Nein, Schätzchen, ein Realist.« Er rutschte hinter das Lenkrad. »Und jetzt laß uns fahren. Ich bin völlig ausgehungert. Ich lade dich zum Abendessen ein.«

Sie hatten ihre Mahlzeit im Four Seasons beendet und tranken gerade Kaffee, als einer der Kellner das Telefon an ihren Tisch brachte. »Ein Ferngespräch aus Übersee für Sie, Sir. Sizilien. Der Gentleman sagte, es sei äußerst dringend.«

Die Stimme am anderen Ende der Leitung war rauh und unverwechselbar. »Carlo. Hier ist Giovanni.«

Morgan straffte sich auf seinem Stuhl. »Onkel?« Er fiel ins Italienische. »Was für eine wunderbare Überraschung. Wie laufen die Geschäfte?«

»Gut, vor allem, nachdem ich dein Fax gelesen habe.«

»Es war also richtig, daß ich dich von dieser Angelegenheit informiert habe?«

»So richtig, daß du mit der nächsten Maschine herkommen sollst. Es ist eine ernste Sache, Carlo, sehr ernst.«

»Schön, Onkel. Ich bin morgen bei dir. Asta ist gerade hier. Möchtest du ihr hallo sagen?«

»Ich schaue sie mir an. Bitte bring sie mit. Ich freue mich darauf, Carlo.«

Es klickte, die Verbindung wurde unterbrochen. Der Kellner trat heran und nahm ihm das Telefon ab. »Worum ging es denn?« wollte Asta wissen.

»Um Geschäfte. Offensichtlich nimmt Giovanni dieses Tschungking-Abkommen tatsächlich ernst. Er will mich morgen in Palermo sehen. Dich auch, meine Liebe. Es wird Zeit, daß du Sizilien kennenlernst.« Er winkte dem Kellner und bat um die Rechnung.

Am anderen Morgen nahmen sie einen Direktflug nach Rom, wo für Morgan ein Citation-Privatjet bereitstand, mit dem sie zum Punta-Raisa-Flughafen dreißig Kilometer von Palermo entfernt weiterflogen. Dort wartete eine Mercedes-Limousine mit Chauffeur und einem Mann in blauem Nylonregenmantel mit ausgeprägten Wangenknochen und der eingedrückten Nase eines Preisboxers. Er verbreitete eine Aura unbeugsamer Macht, obgleich er dem Aussehen nach eher Slawe als Italiener war.

»Der oberste Vollstrecker meines Onkels«, erklärte Morgan

seiner Stieftochter im Flüsterton. »Marco Russo.« Er lächelte und streckte die Hand aus. »Marco, wir haben uns lange nicht mehr gesehen. Das ist meine Tochter, Asta.«

Marco lächelte knapp. »Angenehm. Willkommen in Sizilien, *signorina*, und es ist schön, Sie wiederzusehen, *signore*. Der Don hält sich nicht in der Stadt auf, er ist draußen in der Villa.«

»Gut, wir sollten ihn nicht zu lange warten lassen.«

Lucas Villa stand außerhalb eines kleinen Dorfs am Fuß des Monte Pellegrino, der knapp fünf Kilometer nördlich von Palermo in den Himmel ragt.

»Während der Punischen Kriege haben die Karthager sich auf diesem Berg drei Jahre lang gegen die Römer gehalten«, wußte Morgan Asta zu erzählen.

»Die Gegend sieht faszinierend aus«, sagte sie.

»Getränkt mit dem Blut von Generationen.« Er hielt die örtliche Zeitung hoch, die Marco ihm besorgt hatte. »Drei Soldaten wurden gestern von einer Autobombe erwischt, ein Priester wurde heute morgen mit Genickschuß aufgefunden, weil man ihn verdächtigte, ein Spitzel zu sein.«

»Wenigstens stehst du auf der richtigen Seite.«

Er ergriff ihre Hand. »Alles, was ich tue, ist völlig legal, Asta; und das ist der entscheidende Punkt. Meine geschäftlichen Interessen und auch die meiner Partner sind so rein wie frisch gefallener Schnee.«

»Ich weiß, Liebling«, sagte sie. »Du dürftest der größte Strohmann sein, der je gelebt hat. Großvater Morgan ist ein General, du bist ein Kriegsheld, Milliardär, Philanthrop und einer der besten Polospieler der Welt. Als wir das letzte Mal in London waren, hat immerhin Prinz Charles dich gebeten, mit ihm zu spielen.«

»Er möchte mich im nächsten Monat in seiner Mannschaft haben.« Sie lachte, und er fügte hinzu: »Aber eines darfst du niemals vergessen, Asta. Die wahre Macht kommt nicht aus New

York. Sie liegt allein in den Händen des alten Mannes, den wir gleich treffen werden.«

In diesem Moment fuhren sie durch das elektronisch gesicherte Tor in der alten, fünf Meter hohen Mauer und rollten durch einen subtropischen Garten auf die große Villa im maurischen Stil zu.

Der Empfangsraum war riesig. Beherrscht wurde er von einem schwarzweißen Fliesenboden, der scheinbar wahllos mit Teppichen bedeckt war und auf dem italienische Möbel des 17. Jahrhunderts aus dunkler Eiche standen. Im Kamin loderte ein Feuer, und die Terrassentüren öffneten sich zu einem prächtigen Garten. Luca saß auf einem hochlehnigen Sofa, hatte eine Zigarre im Mund und stützte sich mit gefalteten Händen auf den Silbergriff eines Spazierstocks. Er war eine eindrucksvolle Erscheinung, mindestens hundert Kilo schwer, mit einem grauen, sorgfältig gestutzten Bart und mit der Ausstrahlung eines römischen Kaisers.

»Komm her, mein Kind«, sagte er zu Asta, während sie auf ihn zuging und auf beide Wangen küßte. »Du bist noch schöner geworden, seitdem ich dich vor achtzehn Monaten in New York gesehen habe. Der Tod deiner Mutter im letzten Jahr war ein schwerer Schlag für mich.«

»Manchmal hat das Schicksal kein Erbarmen«, sagte sie.

»Ich weiß. Jack Kennedy hat einmal gesagt, daß jeder, der glaubt, daß dieses Leben den Gesetzen der Fairneß gehorcht, einem schweren Irrtum unterliegt. Da, setz dich neben mich.« Sie folgte seiner Aufforderung, und er sah zu Morgan hoch. »Es scheint dir gutzugehen, Carlo.« Er hatte schon immer darauf bestanden, ihn so zu nennen.

»Und du, Onkel, siehst auch blendend aus.«

Luca streckte ihm die Hand entgegen, und Morgan küßte sie. »Ich mag es, wenn deine sizilianische Ader durchschlägt. Es war klug von dir, mich wegen dieser Tschungking-Angelegenheit zu informieren, und Mori hat Weitsicht bewiesen, indem er mit dir darüber geredet hat.«

»Wir verdanken es seinem Enkel«, sagte Morgan.

»Ja, natürlich. Tony ist ein guter Junge, ein Idealist, und das ist sehr lobenswert. Wir brauchen unsere Heiligen, Carlo, sie machen uns in den Augen der übrigen Welt um einiges akzeptabler.« Er schnippte mit den Fingern, und ein weißgekleideter Boy eilte herbei.

»Zibibbo, Alfredo.«

»Sofort, Don Giovanni.«

»Er wird dir sicherlich munden, Asta. Ein Wein von der Insel Pantelleria, mit Anis aromatisiert.« Er wandte sich an Morgan. »Marco ist neulich aufs Land zu deinem Bauernhaus in Valdini gefahren.«

»Und wie war es dort?«

»Der Hausmeister und seine Frau scheinen es bestens in Schuß zu halten. Es ist dort sehr friedlich. Du solltest irgend etwas damit tun.«

»Großvater wurde dort geboren, Onkel; es ist ein Stück echtes Sizilien. Wie könnte ich das verändern?«

»Du bist auch ein guter Junge, Carlo. Du magst zwar halber Amerikaner sein, aber du hast ein sizilianisches Herz.«

Während Alfredo die Flasche öffnete, sagte Morgan: »Nun zu diesem Tschungking-Abkommen. Was hältst du davon?«

»Wir haben in Hongkong Milliarden in Hotels und Kasinos investiert, und unsere Beteiligungen sind aufs höchste gefährdet, wenn die Kommunisten 1997 die Verwaltung übernehmen. Alles, was diesen Termin hinauszögern kann, wäre wundervoll.«

»Aber würde das Auftauchen eines solchen Dokuments tatsächlich irgendeine Wirkung haben?« fragte Asta.

Don Giovanni ließ sich von Alfredo ein Glas Zibibbo reichen. »Die Chinesen haben sorgfältig darauf geachtet, sämtliche Änderungen, die den Status Hongkongs betreffen, durch die

Vereinten Nationen absegnen zu lassen. Mittlerweile verlangen sie alles, von internationalem Ansehen bis hin zu den Olympischen Spielen. Wenn das Dokument mit dem heiligen Namen Mao Tse-tungs präsentiert würde – wer weiß, was dann geschieht?«

»Das stimmt«, gab Morgan ihm recht. »Sie würden es sofort als Fälschung hinstellen.«

»Ja«, warf Asta ein, »aber es gibt einen wichtigen Punkt. Es ist keine Fälschung. Wir wissen das, und jeder Experte, der zu Rate gezogen würde, müßte dem zustimmen.«

»Dieses Mädchen ist klug.« Luca tätschelte ihr Knie. »Wir haben nichts zu verlieren, Carlo. Wenn wir dieses Dokument zutage fördern können, dürften wir zumindest die weitere Entwicklung verzögern können. Selbst wenn wir einige Millionen dabei verlieren, würde ich liebend gerne den Chinesen und vor allem den Briten einen Strich durch ihre Planung machen. Schließlich ist es deren Schuld, daß sie nicht schon vor Jahren für klare Verhältnisse gesorgt haben.«

»Was du da sagst, finde ich seltsam«, erklärte Asta. »Ich hätte angenommen, daß Mountbatten genau das schon 1944 versucht hat.«

Er brach in schallendes Gelächter aus und hob sein Glas. »Mehr Wein, Alfredo.«

»Was schlägst du vor?« fragte Morgan.

»Such diese silberne Bibel. Wenn du sie findest, dann hast du auch das Abkommen.«

»Laut Tanners Schilderung muß sie sich irgendwo in diesem Schloß am Loch Dhu befinden«, meldete Asta sich wieder zu Wort.

»Genau. Und da gibt es ein Problem. Ich habe meinen Londoner Anwalt, gleich nachdem ich dein Fax erhalten habe, darauf angesetzt, Informationen über das Schloß zu besorgen. Im Augenblick ist es an einen Scheich aus Oman, einen Prinzen aus der königlichen Familie, vermietet. Deshalb kann man zur Zeit nichts unternehmen. Er wohnt dort und wird nicht vor einem Monat ausziehen. Mein Anwalt hat es danach auf deinen Namen für drei Monate gemietet.«

»Prima«, sagte Morgan. »Dadurch bleibt mir ausreichend Zeit, klar Schiff zu machen, was meine Geschäfte betrifft. Diese Bibel muß doch irgendwo sein.«

»Ich habe meinen Anwalt angewiesen, sofort hinzufahren und sich mit dieser Lady Katherine Rose, der Schwester, zu treffen und den Mietvertrag mit ihr persönlich abzuschließen. Er hat bei dieser Gelegenheit auch die Bibel erwähnt und ihr erzählt, er kenne die Legende, nach der alle Lairds sie in ihren Schlachten bei sich getragen haben. Als er mich anrief, berichtete er, sie sei schon sehr alt und ein wenig verwirrt, und sie habe ihm erklärt, sie habe das Buch schon seit Jahren nicht mehr gesehen.«

»Da ist noch etwas«, sagte Asta. »Tony Jackson hat Tanner gefragt: ›Demnach ist die Bibel nach Loch Dhu zurückgekehrt?‹«

»Und Tanner erwiderte«, fuhr Morgan fort, »›so könnte man es ausdrücken.‹«

Asta nickte. »Und dann, erzählte Tony, habe Tanner zu lachen begonnen. Ich finde das ziemlich seltsam.«

»Seltsam oder nicht, diese Bibel muß dort irgendwo sein«, sagte Luca. »Du wirst sie suchen, Carlo.« Er stand auf. »Und jetzt essen wir.«

Marco Russo stand im Flur neben der Tür, und Luca sagte, während sie an ihm vorbeigingen: »Du kannst Marco mitnehmen für den Fall, daß du ganz spezielle Hilfe brauchst.« Er tätschelte Marcos Wange. »Es geht in die Highlands von Schottland, Marco, du mußt packen.«

»Wie Sie wünschen, *Capo*.«

Marco öffnete die Tür des Eßzimmers, wo zwei Kellner ihres Amtes walteten. Im Empfangsraum räumte Alfredo die Weinflasche und die Gläser ab und brachte alles in die Küche. Er stellte das Tablett neben der Spüle ab, damit die Haushaltshilfe die Teile später spülte. Er sagte zur Köchin: »Ich verschwinde jetzt«, ging hinaus, zündete sich eine Zigarette an und spazierte durch den Garten zum Gesindehaus.

Alfredo Ponti war ein exzellenter Kellner, aber ein noch besserer Polizist. Er gehörte zu jener neuen, engagierten Polizistengeneration, die vom Festland angefordert worden war. Er hatte es vor drei Monaten geschafft, diesen Job bei Luca zu ergattern.

Gewöhnlich telefonierte er stets von außerhalb, wenn er mit einem Vorgesetzten Verbindung aufnehmen wollte. Aber da die beiden anderen Boys, die Köchin und das Hausmädchen gerade arbeiteten, war er im Moment alleine. Wie auch immer – was er mit angehört hatte, schien ihm so wichtig zu sein, daß er beschloß, die Gelegenheit zu nutzen. Er nahm den Hörer vom Wandtelefon am Ende des Korridors ab und wählte eine Nummer in Palermo. Dort wurde der Hörer sofort abgenommen.

»Gagini, ich bin's, Ponti. Ich habe etwas. Carl Morgan traf heute zusammen mit seiner Stieftochter ein. Ich habe mitbekommen, wie er Luca eine sehr merkwürdige Geschichte erzählte. Haben Sie schon mal was vom Tschungking-Abkommen gehört?«

Paolo Gagini, Major bei der italienischen Geheimdienstzentrale in Rom, agierte in Palermo als Geschäftsmann getarnt. »Das ist ja ganz was Neues. Ich schalte mal den Recorder ein. Dem Himmel sei Dank für Ihr fotografisches Gedächtnis. Los, reden Sie. Erzählen Sie alles.«

Was Alfredo auch in aller Ausführlichkeit tat. Als er geendet hatte, sagte Gagini: »Gute Arbeit, obgleich ich nicht erkennen kann, inwieweit sie uns helfen wird. Ich bleibe am Ball. Passen Sie auf sich auf.«

Alfredo legte auf und ging zu Bett.

Gagini saß in seiner Wohnung in Palermo noch lange da und dachte nach. Er könnte Rom von dieser Sache informieren, erwartete aber nicht, daß irgendwer gesteigertes Interesse dafür zeigen würde. Jeder wußte, wer Carl Morgan war, aber er machte legale Geschäfte. Wie dem auch sei – alles, was er in Schottland tat, fiel in die Zuständigkeit der britischen Regierung. Diese Überlegung brachte ihn auf seinen ältesten Freund beim britischen Geheimdienst. Gagini lächelte. Das gefiel ihm. Er holte sein Codebuch hervor und suchte die Nummer des Verteidigungsministeriums in London heraus.

Als sich die Telefonzentrale meldete, sagte er: »Verbinden Sie mich mit Brigadier Charles Ferguson. Äußerste Dringlichkeit, bitte.«

Zwei Stunden nachdem Morgan und Asta sich zurückgezogen hatten, wurde Alfredo wachgerüttelt und erkannte, wie Marco sich über ihn beugte.

»Der *Capo* will dich sehen.«

»Was ist los?«

Marco zuckte die Achseln. »Was weiß ich? Er ist auf der Terrasse.«

Er ging hinaus, und Alfredo zog sich schnell an und folgte ihm. Er sah dem Treffen mit gemischten Gefühlen entgegen. Die Dinge liefen seit drei Monaten bestens, und er war immer besonders vorsichtig gewesen, aber als Rückversicherung steckte er sich eine kleine Automatik in den Hosenbund.

Er traf Luca in seinem Korbstuhl sitzend an. Marco lehnte an einer Säule. Der alte Mann sagte: »Du hast vorhin telefoniert.«

Alfredos Mund wurde trocken. »Ja, mit meinem Vetter in Palermo.«

»Du lügst«, sagte Marco. »Wir haben ein elektronisches Ortungsgerät. Es hat den Strichcode registriert, der das Zurückverfolgen von Anrufen verhindert. Die andere Nummer kann also nicht identifiziert werden.«

»Und so etwas ist nur bei den Sicherheitsdiensten üblich«, sagte Luca.

Alfredo wirbelte herum und rannte durch den Garten zum Zaun. Marco zog eine Pistole mit Schalldämpfer.

»Töte ihn nicht!« rief Luca.

Marco schoß ihm ins Bein, und der junge Mann stürzte, rollte sich jedoch herum und zog dabei die Automatik aus dem Hosenbund. Marco, der in diesem Moment keine andere Wahl hatte, schoß ihm zwischen die Augen.

Luca beugte sich vor, wobei er sich schwer auf seinen Stock stützte. »Der arme Kerl, so jung. Sie werden es sicherlich wieder versuchen. Laß ihn verschwinden, Marco.«

Er machte kehrt und ging davon.

# 4

Ferguson saß in seinem Büro, als Hannah Bernstein hereinkam und einen Schnellhefter auf seinen Schreibtisch legte. »Das ist alles, was wir über Carl Morgan haben.«

Ferguson lehnte sich zurück. »Erzählen Sie.«

»Sein Vater ist ein pensionierter Brigadegeneral, aber seine Mutter ist die Nichte von Giovanni Luca. Und das bedeutet, daß er trotz Yale-Studiums und seiner Kriegsauszeichnungen in Vietnam und seiner Hotels und Baufirmen ein Strohmann der Mafia ist.«

»Man könnte auch sagen, daß er der Mafia als neues, seriöses Aushängeschild dient.«

»Mit allem Respekt, Sir, aber das ist absoluter Quatsch.«

»Aber, aber, Chief Inspector, Sie haben ja ein böses Wort benutzt. Wie ermutigend.«

»Ein Gauner ist und bleibt ein Gauner, auch wenn er Anzüge von Brioni trägt und mit Prinz Charles Polo spielt.«

»Da gebe ich Ihnen völlig recht. Haben Sie sich schon über Loch Dhu Castle und die derzeitige Lage dort informiert?«

»Ja, Sir. Zur Zeit ist es an Prinz Ali ben Yusuf aus Oman vermietet. Er bewohnt es noch für einen weiteren Monat.«

»Das klingt gar nicht erfreulich. Der Umgang mit arabischen Herrscherfamilien ist erfahrungsgemäß ziemlich schwierig.«

»Da ist noch etwas anderes, Sir. Carl Morgan hat das Schloß bereits für drei Monate gemietet, sobald der Prinz ausgezogen ist.«

»Weshalb tut er denn so was?« Ferguson runzelte nachdenklich die Stirn, dann nickte er. »Die Bibel. Das muß der Grund sein.«

»Sie meinen, er muß sie suchen, Sir?«

»Das wird es wohl sein. Was können Sie mir sonst noch über den Besitz erzählen?«

»Er gehört einer Lady Rose, Campbells Schwester. Er war nie verheiratet. Sie wohnt im Pförtnerhaus. Sie ist achtzig Jahre alt und bei schlechter Gesundheit.« Hannah warf einen Blick in den Schnellhefter. »Ich sehe gerade, man kann auch eine kleine Jagdhütte mieten. Ardnamurchan Lodge heißt sie. Etwa zehn Meilen vom Haupthaus entfernt im Hochwildgehege.«

Ferguson nickte. »Versuchen wir es auf dem direkten Weg. Nehmen Sie so bald wie möglich den Learjet von Gatwick und fliegen Sie rauf zu Lady Rose. Erzählen Sie, ich interessiere mich für die Jagdhütte. Erwähnen Sie auch, Sie hätten schon immer ein Faible für diese Gegend gehabt, weil Ihr Großvater mit Campbell im Krieg gewesen sei. Dann kommen Sie auf die Bibel zu sprechen. Wenn wir unwahrscheinliches Glück haben, liegt sie auf irgendeinem Couchtisch herum.«

»In Ordnung, Sir.« Das Telefon auf seinem Schreibtisch klingelte. Sie nahm den Hörer ab, lauschte und legte wieder auf. »Dillon muß zur Abschlußuntersuchung.«

»Ich weiß«, sagte Ferguson.

»Was die Bibel betrifft, Sir, meinen Sie wirklich, daß sie so einfach irgendwo herumliegt?«

»Eigentlich gehe ich nicht davon aus. Luca und Morgan haben sicherlich auch schon daran gedacht. Die Tatsache, daß sie das Schloß mieten, scheint darauf hinzudeuten, daß sie verdammt genau wissen, daß sie dort nicht offen herumliegt.«

»Das leuchtet ein.« Sie legte einen weiteren Schnellhefter auf den Tisch. »Dillons medizinischer Bericht. Nicht sehr gut.«

»Ja. Professor Bellamy hat mit mir darüber gesprochen. Deshalb untersucht er ihn heute auch noch ein letztes Mal. Danach kommt Dillon zu mir.«

»Muß er aufhören, Sir?«

»Es sieht so aus, aber das ist nicht Ihre Sorge, sondern meine. Also, dann mal los zu Scotland Yard, und sehen Sie zu, was Sie herausbekommen können. Ich rede unterdessen mit dem Premierminister. Im Moment dürfte zwar ein Telefonanruf genügen, aber ich denke, er sollte lieber früher als später erfahren, was im Gange ist.«

»Sie können sich jetzt anziehen, Sean«, sagte Bellamy zu ihm. »Ich erwarte Sie in meinem Büro.«

Dillon rutschte von der Liege herab, auf welcher der Arzt ihn untersucht hatte. Seine Muskeln waren geschrumpft, unter seinen Augen lagen dunkle Ränder, die aussahen wie Blutergüsse. Als er über die Schulter blickte, konnte er im Spiegel den grellroten dicken Wulst der Narben sehen, die von den beiden Operationen herrührten, die ihm das Leben gerettet hatten.

Langsam zog er sich an. Er fühlte sich unendlich schwach, und als er in sein Jackett schlüpfte, erschien ihm die Walther, die sich in einer Spezialtasche befand, bleischwer. Er ging hinaus und in Bellamys Büro.

»Wie fühlen Sie sich im großen und ganzen?«

Dillon setzte sich schwerfällig. »Verdammt mies. Schwach, ohne Energie, und dann sind da auch noch die Schmerzen.« Er schüttelte den Kopf. »Wie lange wird das noch dauern?«

»Es braucht seine Zeit«, erwiderte Bellamy. »Sie hat Ihre Wirbelsäule gestreift und Magen, Nieren und Blase beschädigt. Haben Sie überhaupt eine Vorstellung, wie nahe Sie dem Tod waren?«

»Ich weiß, ich weiß«, sagte Dillon. »Aber was soll ich tun?«

»Machen Sie Urlaub, und zwar lange, am besten irgendwo in der Sonne. Ferguson kümmert sich schon darum. Was die Schmerzen angeht ...« Er schob ihm ein Tablettenfläschchen hin. »Ich habe Ihre Morphiumdosis auf zwanzig Milligramm erhöht.«

»Vielen Dank, dann bin ich süchtig, ehe ich mich versehe.« Dillon stand langsam auf. »Ich mache mich dann mal auf den Weg. Ich sollte lieber gleich zu Ferguson gehen und es hinter mich bringen.«

Während er zur Tür ging, sagte Bellamy: »Ich bin immer für Sie da, Sean.«

Hannah, die in einer Stunde in Gatwick sein mußte, klärte die letzten Einzelheiten ihres Trips im Vorzimmer. Loch Dhu lag in einer Region namens Moidart an der Nordwestküste Schottlands nicht weit vom Meer entfernt. Das Gebiet umfaßte etwa 120 Quadratmeilen Berge und Moorlandschaft, und es gab nur wenige Bewohner dort. Eines war ganz günstig. Fünf Meilen vom Loch Dhu entfernt befand sich ein verlassener Flugplatz namens Ardnamurchan, der während des Krieges von der RAF als Seerettungsbasis benutzt worden war. Er eignete sich hervorragend für den Lear. Für die 450 Meilen würde Hannah ungefähr anderthalb Stunden brauchen. Danach bräuchte sie eine Fahrgelegenheit zum Schloß. Sie suchte die Telefonnummer des Pförtnerhauses heraus und rief Lady Rose an.

Es meldete sich eine Frau mit einer robusten Stimme, aber nach einer Weile kam ihre Herrin an den Apparat. Deren Stimme klang anders, irgendwie müde und mit einem leichten Zittern darin. »Katherine Rose«, meldete sie sich.

»Lady Rose? Ich wollte mich erkundigen, ob ich Sie im Auftrag eines Bekannten besuchen kann.« Sie erklärte den Grund für ihre Anfrage.

»Aber natürlich, meine Liebe. Ich schicke meinen Gärtner, Angus, damit er Sie abholt. Ich freue mich auf Ihren Besuch. Übrigens, nennen Sie mich Lady Katherine. Das ist hier so üblich.«

Hannah legte den Hörer auf und zog ihren Mantel an. Die Tür ging auf, und Dillon trat ein. Er sah jämmerlich aus, und ihr wurde das Herz schwer.

»Hallo, Dillon, wie schön, Sie zu sehen.«

»Das bezweifle ich, meine Liebe. Andererseits muß ich feststellen, daß Sie mal wieder so richtig zum Anbeißen aussehen. Ist der große Häuptling da?«

»Er erwartet Sie. Hören Sie, ich muß mich beeilen, der Lear wartet in Gatwick auf mich. Ich muß nämlich schnellstens nach Schottland.«

»Dann will ich Sie nicht länger aufhalten. Kommen Sie gut hin.« Er klopfte an Fergusons Tür und ging hinein.

»Gott schütze alle Anwesenden«, sagte Dillon.

Ferguson blickte auf. »Sie sehen schrecklich aus.«

»Gott schütze auch dich, lautet eigentlich die Antwort darauf«, erklärte Dillon ihm. »Und da ich die Flasche Brandy sehe, bediene ich mich gleich selbst.«

Er leerte sein Glas in einem Zug und zündete sich eine Zigarette an. Ferguson wunderte sich. »Verdammt schlechte Angewohnheiten für einen kranken Mann.«

»Reden wir nicht lange herum. Ziehen Sie mich aus dem Verkehr?«

»Ich fürchte, ja. Ihre Tätigkeit für uns war eigentlich nie richtig offiziell. Das macht das Ganze noch etwas schwieriger.«

»Ach, was soll's, alle guten Dinge haben mal ein Ende.«

Er bediente sich erneut von dem Brandy, und Ferguson sagte: »Normalerweise hätte es eine Pension gegeben, aber bei Ihnen geht das leider nicht.«

Dillon lächelte. »Erinnern Sie sich noch an Michael Aroun, den Kerl, den ich einundneunzig in der Bretagne nach dem Downing-Street-Attentat zur Strecke gebracht habe? Er sollte doch zwei Millionen auf mein Nummernkonto überweisen und legte mich aufs Kreuz.«

»Ich erinnere mich«, sagte Ferguson.

»Ich habe seinen Safe ausgeräumt, ehe ich mich aus dem Staub machte. Alle möglichen Währungen, aber es kamen immerhin

600 000 Pfund zusammen. Ich werde schon zurechtkommen.« Er leerte sein Glas erneut. »Nun, mit Ihnen zusammenzuarbeiten, war eine einmalige Erfahrung, das muß ich zugeben; aber ich verschwinde lieber.«

Während er die Hand auf die Türklinke legte, sagte Ferguson in förmlichem Ton: »Eine Sache noch, Dillon; ich nehme an, Sie führen die übliche Walther mit sich. Ich wäre Ihnen sehr verbunden, wenn Sie die Waffe auf meinen Schreibtisch legten.«

»Sie können mich mal, Brigadier«, sagte Sean Dillon und ging hinaus.

Der Flug nach Moidart war ein Erlebnis. Er führte in 10 000 Meter Höhe über den englischen Lake District, dann kam Schottland mit dem Firth of Forth, den Grampian Mountains rechts davon, und schon bald tauchten die Inseln Eigg und Rhum und die Isle of Skye im Norden auf. Der Lear schwenkte nach Osten in Richtung der weiten, glänzenden Fläche des Loch Shiel, aber davor lagen der Wald, Loch Dhu Castle und das Loch selbst, schwarz und abweisend. Der Kopilot steuerte und deutete nach vorne, während sie in den Sinkflug übergingen. Unter ihnen lag der Flugplatz mit zwei windschiefen Wellblechhütten, zwei Hangars und einem alten Kontrollturm.

»Die Rollbahn von Ardnamurchan. Während des Krieges befand sich hier ein Stützpunkt für die Seenotrettung.«

Er lag auf der anderen Seite des Lochs, dem Schloß gegenüber, und während sie zur Landung ansetzten, sah Hannah, wie ein uralter Kombiwagen näher kam. Der Lear rollte noch ein Stück, dann blieb er stehen. Beide Piloten, die zur RAF gehörten und abkommandiert waren, stiegen mit ihr aus, um sich die Beine zu vertreten. Der Skipper, ein Fliegerhauptmann Lacey, sagte: »Das ist ja hier am Arsch der Welt, Chief Inspector.«

»Sie sollten sich lieber daran gewöhnen, Mr. Lacey. Ich habe den bösen Verdacht, daß wir noch mal hierherkommen«, sagte sie und ging zum Kombiwagen.

Der Fahrer trug eine Tweedmütze und eine Tweedjacke. Er hatte ein rotgeflecktes Gesicht vom zu vielen Whiskytrinken. »Angus, Miß; ihre Ladyschaft schickt mich, um Sie abzuholen.«

»Ich heiße Bernstein«, sagte sie und setzte sich auf den Beifahrersitz. Während sie losfuhren, sagte sie: »Sie glauben gar nicht, wie aufregend ich es finde, hier zu sein.«

»Wie kommt das, Miß?« fragte er.

»Ach, mein Großvater kannte den alten Laird, Major Campbell, während des Zweiten Weltkriegs. Sie haben zusammen mit Lord Mountbatten im Fernen Osten gedient.«

»Ach, davon weiß ich nichts, Miß. Ich bin erst 64, deshalb bin ich nur beim National Service gewesen, und das war 1948.«

»Ich verstehe. Ich erinnere mich, daß mein Großvater erzählte, der Laird habe einen Burschen gehabt, der von diesem Gut stammte, einen Korporal Tanner. Kannten Sie ihn?«

»Aber ja, Miß. Er war jahrelang Gutsverwalter. Besuchte dann seine Tochter in New York und starb dort. Es ist erst neulich passiert.«

»Das ist schlimm.«

»Der Tod trifft uns alle irgendwann«, erklärte er mit ernster Stimme.

Es war wie eine Textzeile aus einem kitschigen Theaterstück, vor allem in diesem harten Highlanderakzent, und sie verfiel in Schweigen, während er den Kombiwagen durch das altertümliche Tor lenkte und neben dem Pförtnerhaus anhielt.

Lady Katherine Rose war alt, und ihr verhutzeltes Gesicht wirkte müde. Sie saß in dem hohen Ohrensessel, eine warme Decke auf den Knien. Das Wohnzimmer, in dem sie Hannah empfing, war geschmackvoll möbliert. Die meisten Stücke waren offensichtlich antik. Im Kamin brannte ein Feuer, aber eine Terrassentür stand offen.

»Ich hoffe, es macht Ihnen nichts aus, meine Liebe«, sagte sie zu Hannah. »Ich brauche die frische Luft, wissen Sie. Meine Brust ist nicht mehr so kräftig wie früher.«

Eine freundliche, ziemlich korpulente Frau Mitte Fünfzig kam mit Tee und Gebäck auf einem Tablett herein und stellte es auf einen Mahagonitisch. »Soll ich einschenken?« fragte sie. Genauso wie Angus sprach auch sie mit kräftigem Highlanderakzent.

»Sie brauchen sich die Mühe nicht zu machen, Jean. Ich denke, Miß Bernstein kann sich gut selbst bedienen. Sie können gehen.«

Jean lächelte, hob eine Stola hoch, die auf den Fußboden gerutscht war, und legte sie um die Schultern der alten Frau. Hannah schenkte den Tee ein.

»Also«, sagte Lady Katherine, »Ihr Auftraggeber ist Brigadier Charles Ferguson. Das sagten Sie doch, nicht wahr?«

»Ja. Er wollte wissen, ob vielleicht die Möglichkeit besteht, Ardnamurchan Lodge für die Jagd zu mieten. Ich habe bei Ihren Agenten in London angefragt, und man teilte mir mit, das große Haus sei vermietet.«

»Das ist es tatsächlich, und zwar an einen arabischen Prinzen mit mehreren Kindern, die mich ständig besuchen. Er ist zu großzügig. Er schickt mir Speisen, die ich nicht essen kann, und Dom Perignon, den ich nicht trinken kann.«

Hannah stellte ihre Teetasse auf einen Beistelltisch. »Ja, ich habe gehört, daß er noch für einen Monat hier wohnt und daß danach ein amerikanischer Gentleman einzieht.«

»Richtig, ein Mr. Morgan. Geradezu unanständig reich. Ich habe sein Bild im *Tatler* gesehen, wie er mit Prinz Charles Polo spielt. Sein Anwalt kam herübergeflogen in einem Düsenjet, um mit mir zu verhandeln, genauso wie Sie. Er hat das Anwesen für drei Monate gemietet.« Sie schien keinen Tee zu mögen. »In der silbernen Dose sind Zigaretten. Geben Sie mir eine, wenn Sie so freundlich wären, und bedienen Sie sich ruhig selbst.« Ihre Hand zitterte, als sie sich von ihrer Besucherin Feuer geben ließ. »Das ist schon besser«, sagte sie, während sie inhalierte. »Das macht mir die Brust frei. Egal, kommen wir zum Grund Ihres Besuchs. Ardnamurchan Lodge ist frei und ein ideales Jagdquartier. Rotwild, Moorhühner im nächsten Monat, und man kann ausgiebig angeln. Die Lodge verfügt über zwei Bäder, fünf Schlafzimmer. Ich könnte auch für Personal sorgen.«

»Das ist nicht nötig. Der Brigadier hat einen Diener, der auch als Koch tätig ist.«

»Das ist ja sehr günstig. Kommen Sie ebenfalls mit?«

»Zumindest für einige Zeit.«

»Der Brigadier ist wahrscheinlich genauso reich wie dieser Amerikaner, wenn er ein Privatflugzeug hat und so weiter. Was macht er denn so?«

»Verschiedenes in der internationalen Szene.« Hannah redete schnell weiter. »Ich habe Ihrem Gärtner erzählt, wie aufregend ich es finde, hier zu sein. Von Loch Dhu hörte ich zum ersten Mal von meinem Großvater mütterlicherseits, als ich noch ein kleines Mädchen war. Er war Armeeoffizier während des Zweiten Weltkriegs und gehörte zum Stab von Lord Mountbatten im Fernen Osten.« Sie improvisierte aus dem Stegreif. »Gort lautete sein Name, Colonel Edward Gort. Vielleicht hat Ihr Bruder ihn mal erwähnt.«

»Ich fürchte, nein, meine Liebe. Sehen Sie, Ian war 1944 in Indien in ein furchtbares Flugzeugunglück verwickelt. Er wurde gerettet von seinem mutigen Burschen Jack Tanner, der mit ihm auf dem Gut aufgewachsen ist. Mein Bruder hat über Jahre immer wieder im Krankenhaus gelegen. Wegen seiner Hirnverletzung. Davon hat er sich nie mehr erholt. Er redete nicht über den Krieg. Um ganz ehrlich zu sein, der arme Kerl hat überhaupt nicht mehr viel geredet. Er war nicht mehr fähig dazu.«

»Wie tragisch«, sagte Hannah. »Das hat mein Großvater nie erwähnt. Ich glaube, das letzte Mal hat er ihn in China gesehen.«

»Das muß dann vor dem Flugzeugabsturz gewesen sein.«

Hannah stand auf und goß sich Tee ein. »Kann ich Ihnen noch etwas geben?«

»Eine Zigarette, meine Liebe. Das ist mein einziges Laster, aber was macht das schon in meinem Alter!«

Hannah erfüllte ihr die Bitte und ging dann zur Terrassentür und schaute hinüber zum großen Haus, das in einiger Entfernung stand. »Es sieht wunderschön aus, mit all seinen Türmen und Wehrgängen. Genauso habe ich es mir vorgestellt.« Sie wandte sich um. »Ich bin eine hoffnungslose Romantikerin. Es war diese Tradition mit dem Laird des Clans, die mich besonders interessiert hat. Dudelsäcke und Kilts und all diese Dinge.« Sie kam von der Tür zurück. »Ach ja, da war auch noch etwas anderes, was ich so herrlich romantisch fand. Mein Großvater erzählte mir, daß Major Campbell stets eine Bibel mit silbernem Einband bei sich getragen hat, ein Erbstück der Familie. Er hatte sie auch in Dünkirchen bei sich, und es hieß, daß alle männlichen Campbells sie während der Jahrhunderte in ihren Schlachten mit sich führten.«

»Das stimmt«, sagte Lady Katherine. »Sie befand sich tatsächlich in Rory Campbells Tasche, als er in der Schlacht von Culloden fiel, wo er für Bonnie Prince Charles gekämpft hat. Es wundert mich, daß Sie die Bibel erwähnen. Ich habe seit Jahren nicht mehr an sie gedacht. Ich nehme an, sie ist bei dem Flugzeugunglück verlorengegangen.«

»Ich verstehe«, sagte Hannah vorsichtig.

»Den Absturz hat niemand überlebt, außer Ian und Jack Tanner natürlich.« Sie seufzte. »Ich habe neulich erst erfahren, daß Jack in New York während eines Besuchs bei seiner Tochter gestorben ist. Ein guter Mann. Er hat sich für mich jahrelang um den Besitz gekümmert. Der neue Mann, Murdoch, ist furchtbar. Sie kennen das ja. Er hat studiert und glaubt offensichtlich, über alles Bescheid zu wissen.«

Hannah nickte und erhob sich. »Dann können wir also Ardnamurchan Lodge haben?«

»Wann Sie wollen. Lassen Sie mir alle nötigen Angaben hier, und Murdoch schickt Ihnen einen Vertrag zu.«

Darauf war Hannah schon vorbereitet, und sie holte einen Briefumschlag aus der Handtasche und legte ihn auf den Tisch. »Da ist alles, was Sie brauchen. Das Büro des Brigadiers befindet sich am Cavendish Square. Ich mache mich mal auf die Suche nach Angus, damit er mich zum Flugzeug zurückbringen kann.«

»Sie finden ihn sicher im Garten.«

Hannah ergriff die Hand der alten Frau. Sie war kühl und federleicht. »Auf Wiedersehen, Lady Katherine.«

»Auf Wiedersehen, meine Liebe, Sie sind wirklich eine ganz reizende Person.«

»Vielen Dank.«

Während sie zur Terrassentür ging, sagte Lady Katherine: »Ein seltsamer Zufall. Als dieser Anwalt hier war, hat er sich ebenfalls nach der Bibel erkundigt. Er erzählte, Mr. Morgan habe davon in einem Artikel über die Legenden der Highlands in irgendeiner amerikanischen Illustrierten gelesen. Ist das nicht merkwürdig?«

»Allerdings«, sagte Hannah. »Sicherlich war er enttäuscht, daß die Bibel nicht zu besichtigen war.«

»Den Eindruck hatte ich.« Die alte Frau lächelte. »Leben Sie wohl, meine Liebe.«

Hannah traf Angus bei der Gartenarbeit an. »Können wir wieder fahren, Miß?«

»Ja«, antwortete sie.

Als sie zum Parkplatz gingen, fuhr ein Range Rover vor, und ein hochgewachsener, finster dreinblickender junger Mann in Jagdjacke und Sherlock-Holmes-Mütze stieg aus. Er sah sie fragend an.

»Das ist Miß Bernstein«, stellte Angus sie vor. »Sie war bei der Lady.«

»Im Auftrag meines Chefs, Brigadier Charles Ferguson«, erklärte Hannah. »Lady Katherine hat sich bereit erklärt, uns Ardnamurchan Lodge zu vermieten.«

Der junge Mann runzelte die Stirn. »Sie hat mir gegenüber

nichts davon erwähnt.« Er zögerte, dann streckte er ihr die Hand entgegen. »Stewart Murdoch. Ich bin der Gutsverwalter.«

»Ich habe sie erst heute morgen angerufen.«

»Das erklärt natürlich alles. Ich war für zwei Tage in Fort William.«

»Ich habe ihr alle notwendigen Angaben dagelassen und erwarte in Kürze den Vertrag.« Sie lächelte ihn an und stieg in den Kombiwagen. »Ich muß mich beeilen, denn in Ardnamurchan wartet eine Maschine. Ich bin sicher, wir sehen uns noch mal.«

Angus setzte sich hinter das Lenkrad und fuhr los. Murdoch sah ihnen nachdenklich nach und ging dann ins Haus.

Der Learjet startete, ging in einen steilen Steigflug und erreichte schnell eine Reisehöhe von 10 000 Metern. Hannah schaute auf die Uhr. Es war erst kurz nach zwei. Mit ein wenig Glück wäre sie um halb vier in Gatwick, bei Rückenwind sogar noch etwas früher. Bis sie im Verteidigungsministerium war, bräuchte sie eine weitere Stunde. Sie nahm den Telefonhörer ab und bat den Piloten, sie mit Ferguson zu verbinden.

Seine Stimme klang klar und deutlich. »Hat der Trip sich gelohnt?«

»Und wie, Sir. Der Mietvertrag für Ardnamurchan Lodge ist uns sicher. Mit der Bibel hatte ich kein Glück. Die Lady hat sie seit Jahren nicht mehr gesehen. Sie hat immer angenommen, sie wäre bei dem Flugzeugabsturz vernichtet worden.«

»Na ja, wir wissen, daß eben das nicht der Fall war, oder?«

»Es sieht so aus, als hätten wir ein Wochenende auf dem Land mit einer Art Schatzsuche vor uns, Sir.«

»Genau wie Morgan, Chief Inspector.«

»Und wie verfahren wir jetzt?«

»Keine Ahnung, ich lasse mir etwas einfallen. Kommen Sie zurück, Chief Inspector. Ich erwarte Sie hier im Büro.«

Sie legte den Hörer auf, bereitete sich eine Tasse löslichen

Kaffee und machte es sich bequem, um in einer Illustrierten zu lesen.

Als sie ins Ministerium kam, lief Ferguson in seinem Büro nervös auf und ab. »Da sind Sie ja endlich, ich wurde schon unruhig«, sagte er ungehalten. »Den Mantel brauchen Sie gar nicht erst abzulegen. Wir dürfen den Premierminister nicht warten lassen.«

Er schnappte sich seinen Mantel von der Garderobe, griff nach seinem Malakkastock und ging hinaus. Etwas verwirrt rannte Hannah hinter ihm her.

»Aber was ist denn los, Sir?«

»Ich habe vorhin mit dem Premierminister gesprochen, und er äußerte, er wolle uns sehen, sobald Sie zurück sind. Also beeilen wir uns lieber.«

Der Daimler wurde an der Sperre am Ende der Downing Street unverzüglich durchgewunken. Die wahrscheinlich berühmteste Haustür der Welt wurde im gleichen Augenblick geöffnet, als sie vorfuhren. Ein Bediensteter nahm ihnen die Mäntel ab und führte sie die Treppe hinauf, vorbei an den Porträts aller früheren Premierminister. Dann ging es weiter durch einen Flur, wo der Bedienstete schließlich an die Tür des Arbeitszimmers klopfte, in dem der große Mann sie erwartete.

Sie traten ein, die Tür wurde hinter ihnen geschlossen, und der Premierminister sah von seinem Schreibtisch hoch. »Brigadier?«

»Darf ich Ihnen meine Assistentin, Detective Chief Inspector Hannah Bernstein, vorstellen, Premierminister?«

»Chief Inspector.« Der Premierminister nickte. »Ihr Anruf heute morgen hat mich natürlich geradezu elektrisiert. Jetzt erzählen Sie mal, was Sie in dieser Angelegenheit bis jetzt herausgefunden haben.«

Ferguson berichtete, ohne etwas auszulassen.

Als er geendet hatte, wandte der Premierminister sich an

Hannah. »Würden Sie mir verraten, was Ihr Besuch auf dem Schloß ergeben hat?«

»Natürlich, Premierminister.«

Nachdem auch sie alles geschildert hatte, sagte er: »Kein Zweifel, daß Lady Katherine sich irren könnte?«

»Ganz bestimmt nicht, Premierminister. Sie erklärte mit Nachdruck, daß sie die Bibel seit Jahren nicht mehr gesehen hat.«

Für einige Zeit trat Schweigen ein, während der Premierminister nachdachte. »Was sollen wir jetzt tun?« fragte Ferguson schließlich.

»Treiben Sie das verdammte Ding auf, ehe die anderen es in die Finger bekommen, Ferguson. Wir hatten schon genug Ärger mit Hongkong. Es ist vorbei, wir ziehen uns zurück, und das wär's dann. Wenn also dieses Ding wirklich existiert, dann suchen und verbrennen Sie es. Und ich möchte nicht, daß die Chinesen davon Wind bekommen. Dann wäre nämlich die Hölle los. Und halten Sie auch unsere amerikanischen Freunde aus der Sache heraus.«

Hannah war so verwegen einzuwerfen: »Glauben Sie wirklich, daß die Geschichte zutrifft, Premierminister? Daß dieses Dokument tatsächlich existiert?«

»Ich fürchte, schon. Nachdem der Brigadier mich heute morgen angerufen hat, unterhielt ich mich mit einem sehr angesehenen Gentleman, mittlerweile über neunzig, der während des Krieges einen hohen Posten im Kolonialministerium bekleidete. Er erzählte mir, daß er sich daran erinnern kann, daß vor vielen Jahren Gerüchte über dieses Tschungking-Abkommen kursierten. Offenbar wurde das Ganze als Phantasterei abgetan.«

»Also, was sollen wir Ihrer Meinung nach tun, Premierminister?«

»Wir können Prinz Ali ben Yusuf kaum um Erlaubnis bitten, das Haus zu durchsuchen, und wir können wohl kaum ein paar Einbrecher hinschicken.«

»Er geht in vier Wochen weg, und unmittelbar danach zieht Morgan ein«, sagte Hannah.

»Selbstverständlich. Und sobald er drin ist, kann er sich Zeit lassen und tun und lassen, was er will.« Der Premierminister sah Ferguson beschwörend an. »Aber Sie werden dann in dieser Ardnamurchan Lodge wohnen und alles überwachen. Was haben Sie vor?«

»Ich werde ein wenig improvisieren, Sir«, antwortete Ferguson lächelnd.

Der Premierminister lächelte ebenfalls. »Darin sind Sie für gewöhnlich ziemlich gut. Nehmen Sie die Sache in die Hand, Ferguson; enttäuschen Sie mich nicht. Und jetzt muß ich mich entschuldigen.«

Während sie wieder in den Daimler stiegen, sagte Hannah: »Was nun?«

»Wir fahren in drei oder vier Wochen, kurz vor Morgan, nach Ardnamurchan Lodge. Bis dahin werde ich ihn im Auge behalten. Und zwar mit Hilfe aller internationalen Polizeikontakte, die mir zur Verfügung stehen. Ich will genau wissen, wohin er geht und was er tut.«

»Na schön.«

»So, und jetzt lade ich Sie zum Essen ein. Ich dachte an Blooms in Whitechapel. Das können Sie unmöglich ablehnen, Chief Inspector. Es ist das beste jüdische Restaurant in London.«

Nach dem Verlassen des Verteidigungsministeriums hatte Dillon einfach ein Taxi angehalten und sich in die Stable Mews bringen lassen, nicht weit von Fergusons Wohnung am Cavendish Square. Er hatte dort am Ende des gepflasterten Hofs ein Häuschen mit zwei Zimmern. Als er dort eintraf, meldeten sich die Schmerzen wieder sehr heftig, und er schluckte eine der Morphiumkapseln, die Bellamy ihm mitgegeben hatte. Danach legte er sich gleich ins Bett.

Die Kapsel mußte ihn total betäubt haben, denn als er aufwachte, war es draußen bereits dunkel. Er stand auf, begab sich ins Bad und spritzte sich kaltes Wasser ins Gesicht. Sein Spiegelbild sah wirklich furchtbar aus. Er schüttelte sich entsetzt und ging nach unten. Er schaute auf die Uhr. Sie zeigte halb acht. Er brauchte dringend etwas zu essen, das war ihm klar; trotzdem erzeugte die Vorstellung von Speisen Ekel in ihm.

Vielleicht würde bei einem Spaziergang sein Kopf wieder klar werden, und dann könnte er sich ja ein Café suchen. Er öffnete die Haustür. Der feine Regen bildete einen zarten Schleier im Licht der Straßenbeleuchtung. Als er sein Jackett anzog, spürte er das Gewicht der Walther und hielt inne. Er fragte sich, ob er die Waffe zu Hause lassen sollte, aber das verdammte Ding gehörte schon so lange zu ihm. Er schlüpfte in einen Regenmantel, nahm einen schwarzen Regenschirm und ging hinaus.

Er wanderte von Straße zu Straße, kehrte nur einmal in ein Pub an einer Straßenecke ein, wo er sich einen großen Brandy und eine Schweinefleischpastete bestellte. Die Pastete schmeckte so ekelhaft, daß er schon nach dem ersten Bissen das Gefühl hatte, sich jeden Moment übergeben zu müssen.

Er wanderte ziellos umher. Mittlerweile war Nebel aufgezogen, der sich zu dichten Schwaden sammelte. Er vermittelte Dillon ein Gefühl des Eingeschlossenseins, als bewege er sich in seiner eigenen, persönlichen Welt. Eine undeutbare Ahnung kündete von herannahender Gefahr, wahrscheinlich eine Art drogenbedingter Verfolgungswahn, und irgendwo in der Ferne schlug Big Ben elfmal. Die Glockenschläge wurden vom Nebel merkwürdig gedämpft. Stille herrschte, die vom unverwechselbaren Ton aus dem Nebelhorn eines Schiffs unterbrochen wurde, während es flußabwärts dampfte. Dillon erkannte, daß er sich in nächster Nähe der Themse befand.

Er bog in eine andere Straße ein und fand sich direkt am Flußufer wieder. Ein Laden hatte noch geöffnet. Er ging hinein und kaufte ein Päckchen Zigaretten. Ein junger Pakistani bediente ihn.

»Gibt es hier in der Nähe ein Restaurant?« fragte Dillon.

»Jede Menge in der High Street, aber wenn Sie chinesische Küche bevorzugen, dann gibt es hier den Red Dragon, gleich um die Ecke am China Wharf.«

»Ein interessanter Name«, sagte Dillon und zündete sich mit zitternder Hand eine Zigarette an.

»Die Teeklipper gingen dort in den alten Zeiten, als der Handel mit China blühte, vor Anker.« Der junge Mann zögerte. »Sind Sie in Ordnung?«

»Machen Sie sich keine Sorgen, ich komme gerade aus dem Krankenhaus«, sagte Dillon. »Aber ich finde es nett, daß Sie gefragt haben.« Er schlenderte weiter durch die Straßen, vorbei an hoch aufragenden Lagerhäusern. Der Regen hatte jetzt zugenommen. Dillon erreichte die betreffende Straßenecke und sah einen drei Meter hohen Drachen in rotem Neonlicht leuchten. Er klappte den Regenschirm zusammen, öffnete die Tür und ging hinein.

Er gelangte in einen langen, schmalen Raum mit dunklen holzgetäfelten Wänden und zwei Dutzend Tischen, jeder mit einer sauberen weißen Leinentischdecke belegt. Verschiedene dekorative Gegenstände standen herum, und an den Wänden hingen chinesische Aquarellbilder.

Nur ein Gast befand sich in dem Laden. Es war ein Chinese von mindestens sechzig Jahren mit kahlem Schädel und einem runden, rätselhaften Gesicht. Er war nicht größer als einsfünfzig und sehr fett und hatte trotz seines braunen Gabardineanzugs eine erstaunliche Ähnlichkeit mit dem bronzenen Buddha, der in einer Ecke stand. Er aß eine Portion Tintenfisch und Gemüse mit einer sehr westlich anmutenden Speisegabel und ignorierte Dillon total.

Hinter dem Tresen arbeitete eine Chinesin. Sie hatte sich eine Blume ins Haar geflochten und trug einen *Cheongsam* aus schwarzer Seide, bestickt mit einem roten Drachen, der genauso aussah wie das Exemplar draußen.

»Es tut mir leid«, sagte sie in perfektem Englisch. »Wir haben gerade geschlossen.«

»Und wie ist es mit einem schnellen Drink?« fragte Dillon.

»Leider haben wir nur eine Lizenz für den Tischverzehr.«

Sie war sehr schön mit ihrem schwarzen Haar und der hellen Haut, den dunklen, wachsamen Augen und den hohen Wangenknochen. Dillon verspürte den unwiderstehlichen Wunsch, die Hand auszustrecken und sie zu berühren. Mit einemmal schien der rote Drache auf ihrem dunklen Kleid lebendig zu werden, sich zu winden und zu krümmen, und Dillon schloß die Augen und hielt sich krampfhaft am Tresen fest.

Einmal im Mittelmeer, während eines Taucheinsatzes für die Israelis, bei dem es darum ging, zwei Hochgeschwindigkeitsboote der PLO lahmzulegen, mit denen nachts Terroristen nach Israel geschmuggelt worden waren, war ihm in 18 Meter Tiefe die Preßluft ausgegangen. Als er halbtot nach oben kam, hatte er das gleiche Gefühl wie in diesem Moment gehabt: nämlich als würde er von einem besonders dunklen Ort ans Licht emporsteigen.

Der fette Mann hielt ihn mit überraschend kräftigem Griff fest und setzte ihn auf einen Stuhl. Dillon holte mehrmals tief Luft und lächelte. »Tut mir leid. Ich war längere Zeit krank und habe mir wahrscheinlich einen zu großen Spaziergang zugemutet.«

Der Gesichtsausdruck des fetten Mannes veränderte sich nicht, und die junge Frau sagte auf kantonesisch: »Ich kümmere mich schon darum, Onkel. Beende du deine Mahlzeit.«

Dillon, der ziemlich gut kantonesisch sprach, hörte interessiert zu, als der Mann erwiderte: »Meinst du, Nichte, sie werden noch kommen?«

»Wer weiß? Sie sind die schlimmsten fremden Teufel, wie Eiter aus einer entzündeten Wunde. Dennoch, ich lasse die Tür noch für einige Zeit offen.« Sie lächelte Dillon an. »Bitte entschuldigen Sie, aber mein Onkel spricht kaum englisch.«

»Es ist schon gut. Wenn ich mich nur noch für einen Moment ausruhen dürfte.«

»Kaffee?« fragte die junge Frau. »Sehr schwarz und mit einem großen Brandy?«

»Gott bewahre, der Brandy ist in Ordnung, aber haben Sie vielleicht auch eine Tasse Tee, meine Liebe? Damit wurde ich großgezogen.«

»Das ist etwas, das wir gemeinsam haben.«

Sie lächelte, ging hinter die Bar und stellte eine Flasche Brandy und ein Glas auf die Theke. In diesem Moment fuhr draußen ein Wagen vor. Sie hielt inne, dann huschte sie zum Ende der Bar und schaute aus dem Fenster.

»Sie sind da, Onkel.«

Die Tür wurde geöffnet, und vier Männer traten ein. Der Anführer war ungefähr einsachtzig groß und hatte ein hartes, grobknochiges Gesicht. Er trug einen Mantel, der sehr teuer aussah.

Er lächelte freundlich. »Da wären wir wieder«, sagte er. »Habt ihr es?«

Der Akzent deutete unverwechselbar auf Belfast hin. Die junge Frau sagte: »Sie vergeuden Ihre Zeit, Mr. McGuire, für Sie ist nichts da.«

Zwei seiner Begleiter waren schwarz, der dritte war ein Albino mit derart hellen Wimpern, daß sie beinahe durchsichtig erschienen. Er sagte: »Mach uns keinen Ärger, Schätzchen, wir waren anständig zu euch. Einen Riesen in der Woche für so einen Laden? Ich würde meinen, daß ihr ganz gut wegkommt.«

Sie schüttelte den Kopf. »Nicht einen Penny.«

McGuire seufzte, nahm die Brandyflasche in die Hand und schleuderte sie in den Spiegel hinter der Bar. Glasscherben regneten herab. »Das war nur der Anfang. Und jetzt du, Terry.«

Der Albino bewegte sich schnell. Seine rechte Hand fand den hohen Kragen des Seidenkleids, riß es bis zur Hüfte auf und entblößte dabei eine Brust. Er zog die junge Frau an sich heran und legte eine Hand auf das nackte Fleisch.

»Sieh mal an, was haben wir denn da?«

Der fette Mann war aufgesprungen, und Dillon beförderte mit einem Tritt einen Stuhl quer durch den Raum, um ihm den Weg zu versperren. »Halten Sie sich raus, Onkel, ich erledige das schon!« rief er ihm auf kantonesisch zu.

Die vier Männer fuhren zu Dillon herum, und McGuire lächelte noch immer. »Was haben wir denn da, einen Helden?«

»Laßt sie los«, befahl Dillon.

Terry grinste und preßte die junge Frau noch fester an sich. »Nein, es gefällt mir viel zu gut.« Alle Frustration, die Wut und die Schmerzen der vergangenen Wochen stiegen wie bittere Galle in Dillons Mund hoch, und er zückte die Walther, feuerte blindlings und gab dem Spiegel den Rest.

Terry stieß die junge Frau von sich. »Seht auf seine Hand«, flüsterte er. »Sie zittert wie verrückt.«

McGuire zeigte keine Spur Angst. »Der Akzent weckt in mir glatt Heimatgefühle«, sagte er.

»Deiner aber auch, mein Sohn«, erwiderte Dillon. »Ob Shankill oder Falls Road, für mich macht das keinen Unterschied. Und jetzt rück deine Brieftasche raus.«

McGuire zögerte nicht einmal und warf sie auf den Tisch. Sie war mit Geldscheinen prall gefüllt. »Ich sehe, du hast deine Runde gemacht«, sagte Dillon. »Das müßte für den Schaden reichen.«

»He, das sind fast zweitausend«, protestierte Terry.

»Alles, was zuviel ist, kann man ja den Witwen und Waisen spenden.« Dillon schaute zu der jungen Frau. »Keine Polizei, klar?«

»Keine Polizei.«

Hinter ihr ging die Küchentür auf, und zwei Kellner und ein Koch erschienen. Die Kellner hatten Metzgermesser, der Koch ein Fleischbeil in den Händen.

»Ich würde an deiner Stelle verschwinden«, sagte Dillon. »Diese Leute können ziemlich gewalttätig werden, wenn man sie reizt.«

McGuire lächelte. »Dich merke ich mir, Freundchen. Kommt, Jungs.« Er machte kegrt und ging hinaus.

Sie hörten einen Motor anspringen, und dann fuhr ein Wagen los. Mit letzter Kraft ließ sich Dillon nach hinten sacken und steckte die Pistole weg. »Jetzt könnte ich einen Brandy gebrauchen.«

Die junge Frau war wütend, und das war seltsam. Sie wirbelte herum und stürmte an den Kellnern vorbei in die Küche.

»Was habe ich falsch gemacht?« fragte Dillon, während ihr das Personal folgte.

»Es ist nichts«, sagte der fette Mann. »Sie ärgert sich. Ich gebe Ihnen Ihren Brandy.«

Er ging zur Bar, holte eine neue Flasche und zwei frische Gläser, kam zurück und setzte sich. »Sie haben kantonesisch mit mir gesprochen. Waren Sie schon oft in China?«

»Nur einige Male. Vorwiegend in Hongkong.«

»Erstaunlich. Ich komme aus Hongkong, und meine Nichte ebenfalls. Ich heiße Yuan Tao.«

»Sean Dillon.«

»Sie sind Ire, waren nur ein paarmal in Hongkong, und trotzdem ist Ihr Kantonesisch hervorragend. Wie ist das möglich?«

»Nun, die Erklärung ist einfach. Es gibt Menschen, die können zum Beispiel schwierige mathematische Rechnungen im Kopf schneller ausführen als ein Computer.«

»Aha?«

»Ähnlich ist es bei mir, wenn es um Sprachen geht. Ich sauge sie regelrecht auf.« Dillon nahm einen Schluck Brandy. »Ich vermute, die Bande war früher schon mal hier.«

»Ich nehme es an. Ich bin erst gestern mit dem Flugzeug angekommen. Vermutlich treiben sie ihre Forderungen hier und anderswo schon seit einigen Wochen ein.«

Die junge Frau kam zurück. Sie trug nun eine lange Hose und einen Pullover. Sie war immer noch wütend, ignorierte ihren Onkel und funkelte Dillon an. »Was wollen Sie hier?«

Yuan Tao schaltete sich ein. »Wir schulden Mr. Dillon eine ganze Menge.«

»Wir schulden ihm gar nichts, und er hat alles verdorben. War es nur ein Zufall, daß er hier hereinkam?«

»Seltsamerweise ja, das war es«, sagte Dillon. »Mein liebes Kind, das Leben ist voll von solchen Zufällen.«

»Und was für ein Mann ist das, der eine Pistole bei sich trägt? Auch ein Verbrecher?«

»Mein Gott«, sagte Dillon zu Yuan Tao, »was für eine Logik. Ich könnte genausogut ein Polizist sein oder der letzte aller Vigilanten, der Charles Bronson imitiert, indem er Bösewichter auslöscht.« Der Brandy stieg ihm allmählich in den Kopf, und er erhob sich. »Ich mache mich wieder auf den Weg. Es hat Spaß gemacht.« Danach war er durch die Tür verschwunden, ehe sie ihn aufhalten konnten.

# 5

Dillon war müde, sehr müde, und das Pflaster schien sich unter seinen Füßen zu bewegen. Er folgte der Straße, und sie führte ihn zur Themse. An einem Geländer blieb er stehen, blickte in den Nebel und nahm wahr, daß da draußen ein weiteres Schiff vorbeistampfte. Er war verwirrt, alles lief wie in Zeitlupe ab, und er merkte nicht, daß jemand hinter ihm war, bis sich ein Arm um seinen Hals legte und ihm die Luft abschnürte. Eine Hand tauchte in seine Tasche und ergriff die Pistole. Dillon wurde gegen das Geländer gestoßen, verharrte dort für einen Moment reglos, drehte sich dann um und machte einen Schritt vorwärts.

Der Albino, Terry, stand vor ihm und hatte die Walther in der Hand. »Da sind wir wieder.«

Eine schwarze Limousine rollte an den Bordstein. Dillon spürte jemanden hinter sich. Er holte tief Luft und mobilisierte seine sämtlichen Reserven. Er trat mit dem rechten Fuß zu, erwischte Terrys Hand, und die Walther segelte über das Geländer in die Themse. Er warf den Kopf nach hinten, brach dem Mann hinter ihm das Nasenbein, dann rannte er davon. Er bog um die Ecke und fand sich auf einem verlassenen Kai wieder, der durch hohe Tore abgesperrt war. Sie waren durch schwere Vorhängeschlösser gesichert.

Während er kehrtmachte, stoppte die Limousine, und sie schienen sich alle gleichzeitig auf ihn zu stürzen. Der erste Mann schwang eine Eisenstange, die klirrend gegen das Tor prallte, während Dillon ausrutschte und zu Boden stürzte. Er rollte sich verzweifelt weiter, um den Fußtritten zu entgehen. Sie rissen ihn hoch, und einer der Männer nagelte ihn mit dem Rücken am Tor fest.

McGuire stand neben der Limousine und zündete sich eine Zigarette an. »Du hast es nicht anders gewollt, Freund«, sagte er, »wirklich nicht. Okay, Terry, schlitz ihn auf.«

Terrys Hand tauchte aus seiner Tasche auf und hielt ein altmodisches Rasiermesser, das er aufklappte, während er vortrat; er war völlig ruhig, und die Klinge glänzte matt im Licht der Straßenlaterne. Irgendwo hallte ein Schrei leise durch die feuchte Luft. Terry und McGuire wirbelten herum, und Yuan Tao kam durch den Regen heran.

Das Jackett des Gabardineanzugs war triefnaß, und irgendwie wirkte er verändert. Er bewegte sich mit einer Art seltsamer Unerbittlichkeit, als könnte nichts ihn aufhalten. McGuire lachte spöttisch. »In Gottes Namen, erlöse ihn von seinem traurigen Schicksal«, befahl er lässig.

Der Mann mit der Eisenstange umrundete schnell die Limousine und rannte auf Yuan Tao zu. Der Chinese fing sich einen Hieb auf seinen linken Unterarm ohne sichtbare Wirkung ein. Im gleichen Moment stieß seine rechte Faust in einer kurzen Drehbewegung vor, die abrupt von dem Brustbein des Mannes gestoppt wurde. Lautlos kippte er um.

Yuan Tao beugte sich für eine Sekunde über ihn, während McGuire die Limousine umrundete und nach dem Chinesen trat. Dieser packte den Fuß mit müheloser Lässigkeit und drehte ihn ruckartig um, so daß Dillon hätte schwören können, das Brechen von Knochen gehört zu haben. Dann hob er McGuire hoch und schleuderte ihn über die Motorhaube des Wagens. Er landete auf dem Pflaster und blieb stöhnend liegen. Yuan Tao kam um die Limousine herum, das Gesicht ruhig und entspannt, und der Mann, der Dillon von hinten festhielt, ließ ihn los und rannte davon.

Terry hielt das Rasiermesser hoch. »Okay, Fettgesicht, jetzt bist du dran.«

»Was ist denn nun mit mir, du Bastard?« erkundigte Dillon sich und donnerte Terry, als dieser sich umdrehte, seine Faust in den Mund.

Terry stürzte fluchend auf den Asphalt, seine Lippen bluteten. Yuan Tao trat auf seine Hand und kickte das Rasiermesser weg. Ein Lieferwagen bog in die Straße ein und bremste. Während der Koch ausstieg, kamen die beiden Kellner um die Ecke. Sie hatten zwischen sich den Mann, der geflüchtet war.

»Ich würde Ihnen raten, ihn heil zu lassen«, sagte Dillon auf kantonesisch. »Sie brauchen ihn, damit er die ganze Bande wegschafft.«

»Eine hervorragende Idee«, sagte Yuan Tao. »Zumindest sind Sie weitgehend unversehrt.«

»Aber nur ganz knapp. Ich fange allmählich an zu begreifen, weshalb Ihre Nichte so zornig war. Ich vermute, Sie haben gehofft, daß McGuire auftauchen würde, nicht wahr?«

»Ich bin aus diesem erfreulichen Anlaß eigens von Hongkong herübergekommen. Meine Nichte Su Yin hat mich telegrafisch um Hilfe gebeten. Eine Familienangelegenheit. Es war nicht leicht für mich, herzukommen. Ich hatte mich nämlich in eines unserer Klöster zurückgezogen.«

»Klöster?« fragte Dillon.

»Das muß ich Ihnen erklären, Mr. Dillon; ich bin ein Shaolin-Mönch, falls Sie wissen, was das ist.«

Dillon lachte verkrampft. »Das weiß ich. Wenn nur McGuire es auch gewußt hätte. Das bedeutet nämlich, daß Sie ein Experte in Kung-Fu sind, stimmt's?«

»Schwarzer Meister, Mr. Dillon, unser höchster Grad. Ich habe mein ganzes Leben studiert. Ich denke, ich bleibe zwei oder drei Wochen hier, um zu gewährleisten, daß es keinen weiteren Ärger mehr gibt.«

»Deshalb würde ich mir keine Sorgen machen. Ich glaube, sie haben verstanden.«

McGuire, Terry und einer der Schwarzen lagen noch immer

auf dem Pflaster, und der Koch und die beiden Kellner brachten den vierten Mann. Yuan Tao sprach mit ihnen kantonesisch und kam dann zurück. »Sie werden sich hier um alles kümmern. Su Yin wartet in ihrem Wagen vor dem Restaurant.«

Sie begaben sich zurück zum Lokal und sahen eine dunkle Limousine unter dem roten Drachen stehen. Während sie darauf zugingen, stieg die junge Frau aus und sagte, wobei sie ihren Onkel ignorierte, auf kantonesisch zu Dillon: »Geht es Ihnen gut?«

»Jetzt ja.«

»Ich möchte mich für mein Benehmen entschuldigen.« Sie verneigte sich. »Ich verdiene eine Strafe, wie mein ehrenwerter Onkel mir erklärt hat. Bitte verzeihen Sie mir.«

»Es gibt nichts zu verzeihen«, erwiderte Dillon, und vom Fluß hallte ein Schrei herüber.

Sie drehte sich zu ihrem Onkel um. »Was war das?«

»Der kleine Wurm mit dem weißen Haar, der dich vor unseren Augen beleidigt hat. Ich habe Anweisung gegeben, ihm das rechte Ohr abzuschneiden.«

Su Yins Gesichtsausdruck veränderte sich nicht. »Ich danke dir, Onkel.« Sie verbeugte sich erneut, dann sah sie Dillon an. »Sie kommen jetzt mit uns, Mr. Dillon.« Diesmal redete sie englisch.

»Liebes Mädchen, das möchte ich um nichts in der Welt versäumen«, sagte er und stieg in den Wagen.

»Wenn Sie Judo und Karate erlernt haben, dann haben Sie sicherlich schon von *kiai* gehört, der Kraft, die einen Menschen zu geradezu wunderbaren Leistungen befähigt. Nur die größten Meister erlangen sie, und das auch erst nach vielen Jahren des Trainings und der Disziplin, und zwar in mentaler wie auch physischer Hinsicht.«

»Nun, Sie verfügen wohl über diese Kraft«, sagte Dillon. »Ich sehe noch immer die Eisenstange von Ihrem Arm abprallen.«

Dillon lag bis zum Hals im Wasser, das so heiß war, daß ihm der Schweiß übers Gesicht strömte. Yuan Tao hockte in einem alten Morgenmantel neben der Badewanne, lehnte sich an die Wand und fixierte ihn durch den Dampf.

Dillon fuhr fort: »Einmal, als ich in Japan war, wurde ich mit einem Mann bekannt gemacht, der achtzig Jahre alt war. Er war Zenpriester und hatte Arme wie Streichhölzer. Ich glaube, er wog nicht viel mehr als fünfzig Kilo. Er saß die ganze Zeit, während zwei Männer, die beide den schwarzen Gürtel des Karatemeisters trugen, ihn wiederholt attackierten.«

»Und?«

»Er wehrte sie mühelos ab. Später erfuhr ich, daß seine Kraft aus etwas entsprang, das sie *tanden* oder zweites Gehirn nannten.«

»So etwas kann nur in jahrelanger Meditation entstehen. All das entwickelte sich aus der uralten chinesischen Kunst des Shaolin-Tempelboxens. Es kam im sechsten Jahrhundert mit dem Zenbuddhismus aus Indien und wurde von den Mönchen des Shaolin-Tempels in der Provinz Hohan ausgeübt.«

»Ist das nicht ein ziemlich rauher Sport für Priester? Sicher, ich hatte einen Onkel, der katholischer Priester war und mir als Junge den Boxkampf mit bloßen Fäusten beibrachte, aber dieser ...«

»Bei uns gibt es ein Sprichwort: Ein Mann vermeidet den Krieg, indem er darauf vorbereitet ist. Die Mönche haben diese Lektion gelernt. Vor vielen Jahrhunderten erlernten Angehörige meiner Familie diese Kunst und vererbten sie weiter. Im Laufe der Jahrhunderte kämpften meine Vorfahren für die Armen gegen verbrecherisches Gesindel, ja, sogar gegen die Streitmacht des Kaisers. Wir haben unserer Gemeinschaft gedient.«

»Reden Sie von der Triaden-Gesellschaft?« fragte Dillon. »Ich dachte, es handelt sich bei ihr einfach um eine Art chinesischer Version der Mafia.«

»Genauso wie die Mafia waren es zuerst geheime Gemeinschaften zum Schutz der Armen vor den reichen Landbesitzern, und genauso wie die Mafia wurden sie im Laufe der Jahre verdorben, aber nicht alle.«

»Ich habe einiges darüber gelesen«, sagte Dillon. »Heißt das, daß Sie ein Triaden-Mitglied sind?«

»Genauso wie meine Vorväter bin ich ein Mitglied des Geheimen Atems, der ältesten Triade, die im 16. Jahrhundert in Hohan gegründet wurde. Im Gegensatz zu den anderen wurde meine Gesellschaft nicht verdorben. Ich bin ein Shaolin-Mönch und verfolge gleichzeitig auch geschäftliche Interessen. Das ist nichts Schlechtes, und deshalb lasse ich mich von niemandem verdrängen.«

»Demnach wurden diese Tradition und Ihre Kampftechnik vererbt?«

»Natürlich. Es gibt viele Methoden, viele Schulen, aber ohne *ch'i* sind sie alle nichts wert.«

»Und was ist das?«

»Eine ganz spezielle Energie. Wenn sie sich unterhalb des Bauchnabels ansammelt, dann hat sie eine elementare Kraft, die unendlich viel größer ist als physische Kraft alleine. Es bedeutet, daß die Faust sozusagen eine Art konzentrierter Überträger ist. Die wuchtigen Schläge, wie sie von westlichen Boxern ausgeteilt werden, sind nicht nötig. Ich schlage aus nur wenigen Zentimetern Entfernung zu und drehe die Faust beim Auftreffen. Die Folgen können eine gerissene Milz oder gebrochene Knochen sein.«

»Das kann ich mir durchaus vorstellen, aber eine Eisenstange mit dem bloßen Arm abzuwehren? Wie schaffen Sie das?«

»Übung, Mr. Dillon, fünfzig Jahre Übung.«

»Soviel Zeit habe ich nicht.« Dillon erhob sich aus der Wanne, und Yuan Tao reichte ihm ein Handtuch.

»Mit Disziplin und Eifer kann man innerhalb weniger Wochen wahre Wunder wirken, und bei einem Mann wie Ihnen bezweifle ich, daß man bei Null anfängt. Auf dem Rücken haben

Sie Narben von Stichwunden, und in der linken Schulter gibt es eine alte Schußverletzung. Und schließlich war da noch die Pistole.« Er zuckte die Achseln. »Sie sind kein gewöhnlicher Mann.«

»Ich wurde erst vor kurzem mit dem Messer von hinten angegriffen«, erzählte Dillon ihm. »Man hat mir durch zwei Operationen das Leben gerettet, aber mein Körper ist vergiftet.«

»Und Ihr Beruf?«

»Ich habe für den britischen Geheimdienst gearbeitet. Heute morgen haben sie mich rausgeworfen und mir mitgeteilt, ich sei nicht mehr dafür geeignet.«

»Dann irren die sich.«

Eine Pause entstand, und Dillon fragte: »Heißt das, daß Sie mich aufnehmen?«

»Ich bin Ihnen etwas schuldig, Mr. Dillon.«

»Jetzt hören Sie aber auf, Sie hatten mich nicht nötig. Ich habe gestört.«

»Aber Sie wußten nicht, daß Sie störten, und das ist der Unterschied. Es sind die Absichten eines Menschen, die zählen.« Yuan Tao lächelte. »Möchten Sie Ihre Leute nicht Lügen strafen?«

»Bei Gott, das würde ich gerne«, sagte Dillon und zögerte dann, als Yuan Tao ihm einen Mantel reichte. »Aber zwischen uns sollte von Anfang an Offenheit herrschen.«

»Und?«

Dillon zog den Mantel an. »Ich war mehrere Jahre lang Mitglied der Provisorischen IRA und stand bei der Königlichen Polizei von Ulster und beim britischen Geheimdienst ganz oben auf der Liste der meistgesuchten Personen.«

»Und trotzdem arbeiteten Sie für die Briten?«

»Nun, am Anfang hatte ich kaum eine andere Wahl.«

»Aber jetzt hat sich in Ihrem Kopf etwas verändert?»

Dillon grinste. »Gibt es etwas, das Sie nicht wissen? Wie dem auch sei, macht das einen Unterschied?«

»Warum sollte es? An der Art und Weise, wie Sie einen der Männer angegriffen haben, glaube ich erkennen zu können, daß Sie Karate gelernt haben.«

»Ein wenig, aber es ist nicht bedeutend. Brauner Gürtel, trainiert für den schwarzen, dann hatte ich keine Zeit mehr.«

»Das ist gut. Ich glaube, wir können eine ganze Menge erreichen. Aber jetzt essen wir erst einmal. Damit Sie wieder was auf die Rippen bekommen.«

Er ging voraus durch einen Flur zu einem Wohnraum, der in einer Mischung aus europäischen und chinesischen Stilformen eingerichtet war. Su Yin saß am Kamin und las in einem Buch. Sie trug einen Hosenanzug aus schwarzer Seide.

»Ich habe Neuigkeiten, Nichte«, sagte Yuan Tao, als sie aufstand. »Mr. Dillon wird drei Wochen lang unser Gast sein. Das macht dir doch nichts aus?«

»Natürlich nicht, Onkel. Ich hole jetzt das Abendbrot.«

Sie ging zur Tür, schaute dabei über die Schulter zu Dillon, und zum ersten Mal, seit sie sich kennengelernt hatten, lächelte sie.

Es war der Morgen des 4. Juli, als Morgan und Asta in London landeten. Sie wurden von einem Rolls-Royce, der von Morgans Geschäftszentrale in London organisiert worden war, in Heathrow abgeholt.

»Ins Berkeley?« fragte sie.

»Wohin sonst? Es ist das beste Hotel der Stadt. Ich habe für uns die Wellington-Suite mit den zwei Zimmern und dem wunderschönen Dachgarten reservieren lassen.«

»Und es liegt so günstig zu Harrods«, bemerkte sie.

Er drückte ihre Hand. »Habe ich dich jemals gebeten, nicht mein Geld auszugeben? Ich setze dich dort ab, ich habe nämlich im Büro zu tun, bin aber bald zurück. Vergiß nicht, daß wir heute abend zur Party anläßlich des 4. Juli in der amerikanischen Botschaft eingeladen sind. Zieh etwas richtig Aufregendes an.«

»Denen werden die Augen aus dem Kopf fallen.«

»Das passiert ihnen bei dir immer, Liebling. Deine Mutter wäre stolz auf dich gewesen«, erklärte er und ergriff ihre Hand, während der Rolls-Royce anfuhr.

Hannah Bernstein klopfte an und betrat Fergusons Büro. Sie fand ihn in seine Arbeit vertieft am Schreibtisch vor. »Papier, Papier und noch mehr Papier.« Er lehnte sich zurück. »Was ist los?«

»Kim in Ardnamurchan Lodge hat mich angerufen. Er ist gestern wohlbehalten mit dem Range Rover, den Sie empfohlen haben, eingetroffen. Er sagte, die Reise sei sehr anstrengend gewesen und daß die Berge ihn an Nepal erinnern, aber die Jagdhütte sei sehr schön. Offenbar ist Lady Katherines Köchin mit einem Kartoffel- und Fleischauflauf dort aufgetaucht, um nachzusehen, ob ihm nichts fehlt.«

»Sehr schön, und Morgan?«

»Der Prinz zieht am Sonntagvormittag aus. Er hat sich von der Flugüberwachung Starttermine vom Flugplatz in Ardnamurchan geben lassen. Ich habe mich erkundigt und erfahren, daß Morgan seine Ankunft gegen Mittag mit seiner Firmenmaschine, einer Citation, angekündigt hat. Damit bleibt uns leider keine Zeit für einen Einbruch.«

»Und wo ist er jetzt?«

»Er ist vor einer Stunde mit seiner Stieftochter in Heathrow gelandet. Sie wohnen in der Wellington-Suite im Berkeley.«

»Lieber Gott, der Herzog muß sich im Grabe umdrehen.«

»Er ist außerdem heute abend in der amerikanischen Botschaft, Sir.«

»Das heißt, daß ich auf diese Party zum 4. Juli verzichten muß. Nicht schlimm. Ist die andere Sache in die Wege geleitet?«

»Ja, Sir.«

»Hervorragend. Dann bis später.«

Er widmete sich wieder seiner Arbeit, und Hannah verließ das Büro.

Dillon erwachte aus seinem tiefen Schlaf und sah sofort das Licht des frühen Abends, das durch den Vorhang drang. Er war alleine. Er drehte sich um, betrachtete das Kissen neben ihm, die Einbuchtung, wo ihr Kopf gelegen hatte. Dann stand er auf, trat ans Fenster und blickte durch den Vorhangschlitz auf das Straßenpflaster der Stable Mews hinunter.

Es war ein schöner Abend, und er wandte sich um und ging zum Kleiderschrank. Er fühlte sich entspannt und lebendig, aber was noch wichtiger war, er fühlte sich völlig wiederhergestellt. Seine Augen blickten ruhig, sein Kopf war klar, und der leichte Schmerz in seinem Magen war echter Hunger. Er stellte sich vor den Spiegel und betrachtete sich. Er sah jünger aus und in jeder Hinsicht fitter als zuvor. Die tiefroten Wülste der Operationsnarben verblaßten bereits zu weißen Linien. Es war phantastisch. Der Abend in Wapping lag kaum vier Wochen zurück. Was Yuan Tao geschafft hatte, war ein Wunder. Dillon schlüpfte in seinen Trainingsanzug, dann ging er dem Geräusch fließenden Wassers im Badezimmer nach. Su Yin stand unter der Dusche.

»Ich bin es«, rief er. »Essen wir heute abend zusammen?«

»Ich habe einige Dinge zu erledigen«, rief sie zurück. »Das hattest du wohl vergessen.«

»Wir könnten später essen.«

»Wir werden sehen, aber jetzt mach deine Übungen.«

Er schloß die Tür und kehrte ins Schlafzimmer zurück. Es war kühl dort und leise. Der Verkehrslärm war nur schwach zu hören. Er konnte die Stille fast spüren und stand da, entspannte sich vollkommen und rief sich die Zeilen des alten taoistischen Gedichts ins Gedächtnis, das Yuan Tao ihn gelehrt hatte.

Sei in der Bewegung wie Wasser
In der Ruhe wie ein Spiegel
Reagiere wie das Echo
Schleiche, als seist du gar nicht da.

Die Fähigkeit, sich völlig zu entspannen, die wichtigste Fähigkeit von allen, beherrschten alle Lebewesen mit Ausnahme des Menschen. Entsprechend ausgebildet und gepflegt, konnte sie eine übermenschliche Kraft erzeugen. Der Weg dorthin führte über strenge Disziplin und ein Übungsschema, das mindestens tausend Jahre alt war. Daraus entstand die innere Energie *ch'i*, die Lebenskraft, die dem Menschen im Ruhezustand die Geschmeidigkeit eines Kindes verlieh und in der Aktion die Kraft eines Tigers.

Er saß mit übereinandergeschlagenen Beinen auf dem Fußboden, entspannte sich total, atmete durch die Nase ein und durch den Mund aus. Er schloß die Augen und bedeckte sein linkes Ohr mit der rechten Hand. Er veränderte die Haltung, indem er nach fünf Minuten das rechte Ohr mit der linken Hand zuhielt, wobei er weiterhin tief und gleichmäßig atmete. Im Anschluß daran bedeckte er beide Ohren und hielt die Arme vor der Brust gekreuzt.

Dunkelheit umhüllte ihn, und als er schließlich die Augen aufschlug, war sein Mund ganz kalt. Er machte einen langen, zitternden Atemzug. Als er schließlich aufstand, schienen alle seine Gliedmaßen von Kraft zu strotzen. Er war gespannt, wie Bellamy reagieren würde, aber die Resultate waren auch für jeden anderen deutlich sichtbar. Eine Hand, die nicht mehr zitterte, ein klares Auge und eine Kraft, die er niemals für möglich gehalten hätte.

In diesem Moment betrat Su Yin das Zimmer. Sie trug eine beige Hose und eine Bluse in leuchtendem Orange. Sie kämmte sich die glänzenden schwarzen Haare. »Du siehst richtig selbstzufrieden aus.«

»Und warum sollte ich das nicht sein? Ich habe den Nachmittag mit einer überaus schönen Frau im Bett verbracht, und ich fühle mich noch immer wie Samson persönlich.«

Sie lachte. »Mit dir ist es hoffnungslos, Sean. Ruf mir ein Taxi, ja?«

Er wählte die bekannte Nummer und drehte sich wieder zu ihr um. »Was ist denn nun mit heute abend? Wir könnten im Ritz essen und uns die Varietévorstellung ansehen.«

»Es geht wirklich nicht.« Sie legte eine Hand gegen seine Wange. »Ich weiß, wie gut du dich in letzter Zeit fühlst, aber du kannst nicht alles haben.« Sie zögerte. »Du vermißt Yuan Tao, nicht wahr?«

»Sehr sogar, was eigentlich seltsam ist, wo er doch erst vor fünf Tagen wieder heimgekehrt ist.«

»Würdest du mich genauso vermissen?«

»Natürlich. Warum fragst du?«

»Ich kehre nach Hause zurück, Sean. Meine Schwester und ihr Mann eröffnen einen Nachtclub in Hongkong. Mein Onkel hat mich gestern angerufen. Sie brauchen mich.«

»Und der Red Dragon?«

»Wird erfolgreich weitermachen wie eh und je, geleitet von meinem Chefkellner, der zum Geschäftsführer befördert wird.«

»Und ich?« fragte er. »Was ist mit mir?«

»Willst du etwa behaupten, du liebst mich?« Er zögerte, ehe er darauf antwortete, und das sagte alles. »Nein, Sean, wir hatten ein paar schöne Wochen zusammen, aber alles ist irgendwann mal vorbei, und es wird für mich Zeit, nach Hause zu gehen.«

»Wann?«

»Wahrscheinlich schon am Wochenende.« Als die Türklingel ertönte, griff sie nach ihrem Aktenkoffer. »Das ist mein Taxi. Ich muß gehen. Ich habe viel zu tun.«

Er brachte sie zur Tür. Das Taxi wartete mit laufendem Motor. Sie blieb auf der Treppe stehen. »Das ist nicht das Ende, Sean. Rufst du mich an?«

Er küßte sie zärtlich auf beide Wangen. »Natürlich.«

Aber er würde es nicht tun, er wußte es, und sie wußte es auch. Er konnte es an der Art und Weise erkennen, wie sie innehielt, ehe sie ins Taxi stieg, und zu ihm zurückblickte, als sei es das letzte Mal. Und dann schlug die Tür zu, und sie war verschwunden.

Er stand gut eine Viertelstunde unter der Dusche und dachte nach, als jemand an der Haustür klingelte. Ob sie zurückgekommen war? Er warf sich einen Bademantel über und ging hinaus, wobei er seine Haare mit einem Handtuch abtrocknete. Als er die Tür öffnete, stand ein Mann in einem braunen Overall vor ihm. Er hatte ein Klemmbrett in der Hand, und hinter ihm auf der Straße parkte ein Kombiwagen der British Telecom.

»Tut mir leid, wenn ich Sie störe, Sir, aber wir hatten heute morgen in dieser Gegend schon vier defekte Anschlüsse. Darf ich mal einen Blick in Ihren Verteilerkasten werfen?« Er zückte einen Dienstausweis der British Telecom mit seinem Foto und dem Namen J. Smith darauf.

»Natürlich, warum nicht?« Dillon wandte sich um und ging voraus durch den Flur. »Der Anschlußkasten befindet sich unter der Treppe. Ich ziehe mir nur eben etwas an.«

Er ging nach oben, trocknete seine Haare, kämmte sich, schlüpfte in einen alten Trainingsanzug und Turnschuhe und ging wieder nach unten. Der Telefontechniker kniete unter der Treppe.

»Ist alles in Ordnung?«

»Ich denke schon, Sir.«

Dillon machte kehrt, um das Wohnzimmer zu durchqueren und die Küche aufzusuchen, und entdeckte mitten im Raum einen großen Wäschekorb. »Was zum Teufel ist das denn?« fragte er.

»Ach, der ist für Sie.«

Ein zweiter Telefontechniker im gleichen Overall tauchte hinter der Tür auf. Er hielt eine italienische Beretta in der Hand. Er sah schon älter aus und hatte ein faltiges und durchaus freundliches Gesicht.

»Mein Gott, Leute, das ist doch nicht nötig. Sagt mir nur, was ihr wollt«, erklärte Dillon, während er zum breiten viktorianischen Kamin ging und eine Hand auf den Kaminsims legte.

»An Ihrer Stelle würde ich nicht versuchen, die Walther zu angeln, die an einem Nagel im Kamin hängt, Sir. Die haben wir bereits entfernt«, teilte ihm der ältere Mann mit. »Also legen Sie sich auf den Fußboden, und verschränken Sie die Hände hinter dem Kopf.«

Dillon folgte der Aufforderung, während Smith von der Treppe herbeikam. »Immer mit der Ruhe, Mr. Dillon«, sagte er, und Dillon spürte, wie sich eine Nadel in seine rechte Gesäßhälfte bohrte.

Was immer es war, es war gut. Gerade noch hellwach, und schon im nächsten Moment weggetreten, so einfach war das.

Er kam genauso schnell zu sich, wie er sich abgemeldet hatte. Mittlerweile war die Nacht angebrochen, und das einzige Licht im Zimmer kam von einer Art Nachtlampe auf der Kommode neben dem Einzelbett, in dem er lag. Er war noch immer mit seinem Trainingsanzug bekleidet. Sie hatten ihm nicht einmal die Turnschuhe ausgezogen. Er schwang die Beine auf den Boden, machte zwei tiefe Atemzüge, dann hörte er Stimmen, und ein Schlüssel rasselte im Schloß. Schnell legte er sich wieder hin und schloß die Augen.

»Immer noch weggetreten. Ist das in Ordnung, Doc?« Dillon erkannte die Stimme von Smith wieder.

Jemand anderer sagte: »Lassen Sie mich mal sehen« und tastete den Puls am rechten Handgelenk. Dann wurde die Trainingsjacke geöffnet und ein Stethoskop auf seine Brust gedrückt. »Der Puls ist in Ordnung, das Herz auch«, sagte der Arzt, schob Dillons Augenlider nacheinander zurück und prüfte die Reaktion der Pupillen mit einer Taschenlampe. Der Arzt war ein hochgewachsener, hagerer Inder in einem weißen Kittel. Dillon mobilisierte seine gesamte Willenskraft, blieb stocksteif liegen und starrte ins Nichts. »Nein, er wacht bald auf. Beim Dosieren der Drogen kann man sich nicht auf genaue Zeitangaben verlassen. Jeder Mensch reagiert anders. Wir sehen ihn uns in einer Stunde noch einmal an.«

Die Tür fiel ins Schloß, der Schlüssel wurde umgedreht. Zusätzlich wurden zwei Riegel vorgeschoben. Dillon glitt aus dem Bett, huschte zur Tür und lauschte. Es hatte wenig Sinn, Zeit mit der Tür zu vergeuden, das war klar. Er bewegte sich zum Fenster, zog die Vorhänge auf und sah vor sich ein solides Eisengitter. Er schaute hinaus. Es regnete in Strömen. Wasser tropfte aus der undichten Regenrinne, die gleich über seinem Kopf angebracht war. Draußen befand sich ein Garten, der an einer hohen Mauer in etwa fünfzig Metern Entfernung endete.

Wenn das über ihm die Regenrinne war, dann mußte er sich direkt unter dem Dach befinden. Es könnte ein Speicher sein, aber es gab nur eine Möglichkeit, das genau festzustellen.

An der Wand standen ein kleiner Tisch und ein Stuhl. Er zog den Tisch in die Ecke neben dem Fenster und kletterte hinauf. Der Verputz der Decke war so alt und porös, daß er sofort zerbröckelte und herabrieselte, als er mit dem Ellbogen dagegen stieß. Er vergrößerte das Loch schnell, riß dabei einige Holzbretter weg, sprang vom Tisch, stellte den Stuhl darauf, kletterte wieder hoch, zog sich mit einem Klimmzug durch das Loch und blickte in einen dunklen leeren Speicher. Hier und da drang Licht durch winzige Spalten im Dach ein.

Vorsichtig bewegte er sich vorwärts, balancierte über Holzbalken. Der Raum schien sich über das gesamte Haus zu erstrekken: der reinste Kaninchenstall mit seinen halbhohen Zwischenwänden und Nischen. Schließlich gelangte Dillon zu einer Falltür, die er behutsam öffnete. Darunter befand sich ein dunkler Treppenabsatz, Stufen führten in die Tiefe, aus der diffuses Licht heraufschien.

Dillon sprang auf den Treppenabsatz, hielt inne, um zu lauschen, und wagte sich dann auf die Treppe. Schließlich kam er zum Ende eines langen, hell erleuchteten Korridors. Er zögerte, und in diesem Moment schwang eine Tür links von ihm auf. Smith und der indische Arzt kamen heraus. Und Smith war schnell, das mußte Dillon ihm lassen. Er riß eine Walther aus der Tasche, während Dillon ihn angriff, ihm eine Faust in den Magen rammte und ihm das Knie ins Gesicht wuchtete, als Smith nach vorne einknickte. Smith ließ im Sturz die Walther fallen, und Dillon hob sie auf.

»In Ordnung, mein Freund«, sagte er zu dem Arzt. »Ein paar Antworten. Wo bin ich?«

Der Inder war völlig verschreckt. »St. Mark's Nursing Home, Holland Park, Mr. Dillon. Bitte.« Seine Hände flatterten. »Ich verabscheue Waffen.«

»Sie werden sie noch mehr verabscheuen, wenn ich mit Ihnen fertig bin. Was geht hier vor? Mit wem habe ich es zu tun?«

»Bitte, Mr. Dillon.« Der Mann schlug jetzt einen flehenden Ton an. »Ich arbeite hier nur.«

Plötzlich erscholl ein lauter Ruf. Dillon wirbelte herum und sah seinen zweiten Entführer am Ende des Korridors stehen. Er zog seine Beretta, Dillon schoß reflexartig mit der Walther, und der Mann kippte nach hinten. Dillon stieß den Inder in das Zimmer, machte kehrt und rannte die Treppe hinunter. Ehe er unten ankam, begann eine Alarmglocke monoton zu schrillen. Dillon zögerte nicht, erreichte den Korridor im Parterre innerhalb weniger Sekunden und sprintete zur Tür am Ende des Flurs. Er entriegelte sie und stürzte hinaus in den Garten.

Es regnete heftig. Er schien sich auf der hinteren Seite des Hauses zu befinden. Irgendwo auf der anderen Seite hörte er laute Stimmen und Hundegekläff. Er sprintete über einen Rasenstreifen und schlug sich quer durch die Büsche. Dabei hielt er eine Hand vor sich, um sein Gesicht vor zurückpeitschenden Zweigen und Ästen zu schützen, bis er die Mauer erreichte. Sie war etwa fünf Meter hoch und mit Stacheldraht gekrönt. Wahrscheinlich war es möglich, auf einen Baum zu klettern und hinüberzuspringen, aber der schwarze Draht oben sah gefährlich aus. Er hob einen langen Ast auf und reckte sich hoch. Sowie der Ast den Draht berührte, funkte ein greller Blitz.

Er machte wieder kehrt und rannte an der Mauer entlang. Mittlerweile war das Hundegekläff lauter und wilder geworden. Aber der Regen beeinträchtigte die Witterung der Tiere. Dillon gelangte zum Rand des Wäldchens und sah vor sich das Tor, das in die Freiheit führte. Es war geschlossen, und zwei Männer bewachten es. Sie trugen Baskenmützen, Tarnuniformen und waren mit Sturmgewehren bewaffnet.

Ein Landrover fuhr vor, und ein Mann in Zivil stieg aus und redete mit ihnen. Dillon rannte zurück zum Haus. Die Alarmglocke verstummte abrupt. Vor der Hintertür, durch die er kurz zuvor herausgekommen war, blieb er stehen. Vorsichtig öffnete er sie. Im Flur war es still. Langsam schlich er bis zum Fuß der Treppe.

In der Ferne erklangen Stimmen. Er lauschte einen Moment und stieg dann leise die Treppe hinauf. Das wäre wohl der letzte Ort, wo sie nach ihm suchen würden, hoffte er im stillen. Er gelangte in den Flur des obersten Stockwerks. Smith und der andere Mann waren verschwunden, aber während Dillon innehielt, um seine nächsten Schritte zu planen, ging zu seiner Rechten die Tür auf, und zum zweiten Mal in dieser Nacht erschien der indische Arzt.

Sein Entsetzen wirkte beinahe komisch. »O mein Gott, Mr. Dillon. Ich dachte, Sie seien längst über alle Berge!«

»Ich bin zurückgekommen, um Sie zu besuchen«, erwiderte Dillon. »Sie haben mir gar nicht Ihren Namen genannt.«

»Chowdray – Doktor Emas Chowdray.«

»Gut. Ich erkläre Ihnen, was wir tun werden. Irgendwo in diesem Haus sitzt derjenige, der das Ganze leitet. Sie werden mich zu ihm bringen. Und wenn nicht«, damit setzte er dem Inder die Pistolenmündung unters Kinn, »werden Sie vor allem Pistolen noch viel mehr hassen.«

»Das wird ganz bestimmt nicht nötig sein. Ich gehorche.«

Er ging voraus die Treppe hinunter, dann durch einen Flur im ersten Stock bis zu einem mit Teppichboden belegten Absatz. Eine geschwungene Regency-Treppe führte hinunter in eine prächtige Vorhalle. Die Hunde bellten immer noch draußen im Garten, aber in der Halle war es so still, daß man das Ticken der Großvateruhr in der Ecke hören konnte.

»Wohin müssen wir?« flüsterte Dillon.

»Dorthin, zu dieser Mahagonitür«, erklärte Chowdray.

»Dann mal los.«

Sie bewegten sich hinunter, durchquerten die Halle und blieben vor der Tür stehen. »Die Bibliothek, Mr. Dillon.«

»Ganz ruhig und friedlich«, sagte Dillon. »Machen Sie auf.«

Chowdray gehorchte, und Dillon schob ihn vor sich her in den Raum. Die Wände waren mit Büchern bedeckt, ein Feuer loderte in einem Adam-Kamin. Detective Chief Inspector Hannah Bernstein stand am Kamin und unterhielt sich mit den beiden falschen Telecom-Technikern.

Sie wandte den Kopf und lächelte. »Kommen Sie herein, Mr. Dillon. Auf Sie habe ich gerade fünf Pfund gesetzt und gewonnen. Ich habe nämlich den beiden hier prophezeit, wo Sie am Ende landen werden.«

## 6

Der Wagen, der Dillon vor seinem Haus in den Stable Mews absetzte, wartete, während er hineinging. Er zog eine graue Hose, einen marineblauen Rollkragenpullover aus Seide und ein Jackett aus Donegal-Tweed an. Dann sammelte er Brieftasche, Zigarettenetui und Feuerzeug ein und war nach wenigen Minuten wieder draußen im Wagen. Kurz darauf kam er am Cavendish Square an und betätigte die Klingel von Fergusons Wohnung. Hannah Bernstein öffnete ihm.

»Führen Sie ihm jetzt auch noch den Haushalt?« erkundigte er sich. »Wo ist Kim?«

»In Schottland«, erwiderte sie. »Sie werden schon noch erfahren, weshalb. Er wartet.«

Sie ging voraus durch die Diele ins Wohnzimmer, wo Ferguson am Kamin saß und die Abendzeitung las. Er blickte hoch. »Da sind Sie ja, Dillon. Ich muß schon sagen, Sie sehen bemerkenswert fit aus.«

»Also schon wieder so ein verdammtes Spiel«, sagte Dillon.

»Ein praktischer Test, der mir, wie ich annahm, einige Zeit ersparen und beweisen würde, inwieweit die Berichte zutreffen, die ich über Sie erhielt.« Er sah zu Hannah. »Sie haben alles auf Video?«

»Ja, Sir.«

Er wandte seine Aufmerksamkeit wieder Dillon zu. »Sie haben dem guten alten Smith eine ordentliche Abreibung verpaßt, und was seinen Kollegen angeht, so kann er von Glück reden, daß in der Pistole nur Platzpatronen waren.« Er schüttelte den

Kopf. »Mein Gott, Dillon, Sie sind wirklich gefährlich, wenn Sie mal richtig loslegen.«

»Gott segne Euer Ehren für diese Streicheleinheit«, sagte Dillon. »Und besteht vielleicht die vage Chance, daß Sie mir verraten, was zum Teufel hier vorgeht?«

»Natürlich«, erwiderte Ferguson. »Auf der Anrichte steht eine Flasche Bushmills. Holen Sie die Akte raus, Chief Inspector.«

»Vielen Dank«, sagte Dillon mit einem ironischen Unterton in der Stimme und bediente sich.

Ferguson staunte. »Wenn ich es nicht mit eigenen Augen gesehen hätte, hätte ich es niemals geglaubt. Ein bemerkenswerter Bursche, dieser Yuan Tao. Ich wünschte, er würde für mich arbeiten.«

»Ich nehme an, Sie könnten versuchen, ihn zu kaufen«, sagte Dillon.

»Eigentlich nicht«, sagte Ferguson. »Er besitzt drei Fabriken in Hongkong und eine der größten Schiffahrtslinien im Fernen Osten. Außerdem ist er an verschiedenen kleineren Unternehmen beteiligt – zum Beispiel an Restaurants und so weiter. Hat er Ihnen das nicht erzählt?«

»Nein«, gestand Dillon und lächelte dann. »Er wollte es wohl nicht. Er gehört nicht zu dieser Sorte Mensch, Brigadier.«

»Seine Nichte ist offenbar ein hübsches Ding.«

»Das ist sie. Sie kehrt an diesem Wochenende ebenfalls nach Hongkong zurück. Ich wette, das wußten Sie nicht.«

»Wie schade. Dann müssen wir uns was anderes ausdenken, womit Sie sich die Zeit vertreiben können.«

»Ich bin sicher, daß Ihnen das kaum schwerfallen wird«, sagte Dillon.

»Wie üblich haben Sie mal wieder den Nagel auf den Kopf getroffen. Natürlich wollte ich Sie so oder so wieder bei mir haben. Aber zufälligerweise hat sich gerade etwas ganz Spezielles ergeben, bei dem ich meine, daß dafür das sogenannte Dillon-

Händchen erforderlich ist. Zum einen ist eine ziemlich attraktive junge Dame darin verwickelt, aber dazu kommen wir später. Chief Inspector, die Akte bitte.«

»Hier ist sie, Sir«, antwortete sie und reichte ihm den Ordner.

»Haben Sie schon mal von einem Mann namens Carl Morgan gehört?«

»Milliardenschwerer Hotelbesitzer, unter anderem Finanzmagnat. Er taucht ständig auf den Klatschseiten der Illustrierten auf. Außerdem unterhält er enge Beziehungen zur Mafia. Sein Onkel ist ein gewisser Don Giovanni Luca. In Sizilien ist er *Capo di tutti Capi*, der Boß aller Bosse.«

Ferguson war sichtlich beeindruckt. »Woher zum Teufel wissen Sie das alles?«

»Ach, vor ungefähr tausend Jahren, als ich bei einer gewissen gesetzeswidrigen Organisation namens IRA arbeitete, war die sizilianische Mafia eine der Quellen, aus denen wir unsere Waffen bezogen.«

»Na wunderbar«, sagte Hannah Bernstein trocken. »Es wäre vielleicht ganz nützlich, wenn Sie sich mal hinsetzten und alles, woran Sie sich erinnern können, zu Papier brächten. Damit auch wir erfahren, wie diese Verbindung funktioniert hat.«

»Keine schlechte Idee«, pflichtete Dillon ihr bei.

Sie reichte ihm einen Schnellhefter. »Sehen Sie sich das mal an.«

»Mit Vergnügen.«

»Ich mache inzwischen Tee, Sir.«

Sie ging hinaus. Dillon ließ sich auf der gepolsterten Fensterbank nieder und zündete sich eine Zigarette an. Nachdem er die Lektüre beendet hatte, kam die Polizistin mit einem Tablett zurück, und Dillon ging hinüber zum Kamin.

»Eine faszinierende Sache, diese Geschichte mit dem Tschungking-Abkommen.« Zu dem Schnellhefter gehörten auch ein paar Fotos, die mit Büroklammern am Deckel befestigt waren. Eins zeigte Morgan in Polokluft. »Das ist der Mann. Sieht aus wie ein Werbefoto für Rasierseife.«

»Er ist gefährlich«, sagte Hannah, während sie Tee einschenkte. »Vertun Sie sich nicht.«

»Ich weiß, meine Liebe«, sagte er. Es gab auch noch andere Fotos. Auf einigen befand Morgan sich in Gesellschaft berühmter Wohltäter, und auf zwei Bildern war er mit Luca zu sehen. »Er kennt wirklich jeden.«

»So könnte man es ausdrücken.«

»Und dies?« fragte Dillon.

Das letzte Foto zeigte Morgan auf seiner Jacht im Hafen von Cannes. Er lag in einem Liegestuhl, ein Glas Champagner in der Hand, und schaute zu einer jungen Frau hoch, die an der Reling lehnte. Dem Aussehen nach war sie um die Sechzehn. Sie trug einen Bikini und hatte blonde Haare, die ihr auf die Schultern herabfielen.

»Seine Stieftochter, Asta; allerdings trägt sie seinen Namen«, lieferte Hannah eine Erklärung.

»Eine Schwedin?«

»Ja. Das Bild wurde vor mehr als vier Jahren aufgenommen. Sie wird in drei Wochen einundzwanzig. Wir haben noch ein weiteres Foto von ihr zusammen mit Morgan aus dem *Tatler*. Es wurde auf dem Rennplatz in Goodwood aufgenommen. Überaus attraktiv, die Kleine.«

»Ich denke, Morgan ist da völlig Ihrer Meinung, wenn man betrachtet, wie er sie auf diesem Foto ansieht.«

»Warum sagen Sie das?« fragte Ferguson.

»Er lächelt gewöhnlich sehr viel, zum Beispiel auf allen anderen Fotos, aber nicht auf diesem hier. Es sieht so aus, als wollte er sagen: ›Ich nehme dich ernst.‹ Was ist mit der Mutter?«

»Sie ertrank vor etwa einem Jahr beim Tauchen in der Nähe der griechischen Insel Hydra«, sagte Hannah.

»Ein Unfall?«

»Ein schadhafter Preßlufttank, so stand es im Autopsiebericht, aber wir haben die Kopie eines Untersuchungsberichts der Athener Polizei.« Hannah holte das Schriftstück aus dem Ordner. »Der Brigadier erzählte mir, Sie seien ein erfahrener Taucher. Deshalb wird dieser Bericht Sie sicherlich interessieren.«

Dillon überflog ihn, dann sah er stirnrunzelnd hoch. »Das war kein Unfall. Jemand muß sich an dem Ventil zu schaffen gemacht haben. War die Angelegenheit damit erledigt?«

»Die Polizei hat Morgan nicht einmal informiert. Ich habe die Kopie von einem Freund beim griechischen Geheimdienst aus der Ablage bekommen«, berichtete Ferguson. »Morgan unterhält in Griechenland zahlreiche geschäftliche Beteiligungen, in der Schiffahrt, an Kasinos, Hotels. Es gab eine Anweisung von oben, die Untersuchung sofort abzubrechen.«

»Sie wären sowieso nicht viel weiter gekommen«, sagte Hannah. »Jedenfalls nicht bei dem Geld, das er besitzt, und bei seiner Macht und seinem Einfluß.«

»Aber wir gehen doch davon aus, daß er entweder seine Frau selbst getötet oder ihren Tod arrangiert hat«, sagte Dillon. »Weshalb sollte er so etwas getan haben? War sie reich?«

»Ja, aber bei weitem nicht so reich wie er«, sagte Ferguson. »Ich denke mir, daß sie vielleicht zuviel wußte.«

»Und was ist Ihre Meinung?« wollte Dillon von Hannah Bernstein wissen.

»Es ist möglich.« Sie nahm das Foto mit der Jacht hoch. »Vielleicht war der Grund aber auch ein anderer. Vielleicht wollte er Asta für sich.«

Dillon nickte. »Das war auch meine Idee.« Er wandte sich an Ferguson. »Wie gehen wir nun in dieser Angelegenheit vor?«

Ferguson übergab Hannah mit einem Kopfnicken das Wort. »Da ist dieses Gut am Loch Dhu – Morgan zieht am kommenden Sonntag dort ein. Der Brigadier und ich fliegen am Freitag dorthin. Wir landen auf dem alten RAF-Flugplatz in Ardnamurchan, und dann beziehen wir die Ardnamurchan Lodge, wo Kim bereits seine Zelte aufgeschlagen hat.«

»Und was ist mit mir?«

»Sie sind mein Neffe«, sagte Ferguson. »Meine Mutter war Irin, erinnern Sie sich? Sie stoßen ein paar Tage später zu uns.«

»Weshalb?«

»Laut unseren Informationen begleitet Asta ihren Stiefvater nicht. Sie besucht einen Ball im Dorchester, der am Montagabend von der brasilianischen Botschaft veranstaltet wird. Eigentlich sollte auch Morgan dort erscheinen, doch sie vertritt ihn«, berichtete Hannah. »Wir haben herausbekommen, daß sie am Dienstag nach Glasgow fliegt und dann mit der Eisenbahn nach Fort William und von dort nach Arisaig reisen will, wo sie von einem Auto abgeholt wird.«

»Woher wissen Sie das?« fragte Dillon.

»Ach, sagen wir einfach, einer unserer Freunde gehört zum Personal des Berkeley«, sagte sie.

»Weshalb besteigt sie in Glasgow einen Zug, wenn sie doch mit Morgans Citation direkt nach Ardnamurchan fliegen könnte?«

»Weiß der Himmel«, sagte Ferguson. »Vielleicht ist ihr die Reise über Land lieber. Der Zug fährt schließlich durch eine der schönsten Landschaften Europas.«

»Also, was soll ich tun?«

»Der Chief Inspector hat eine mit Goldrand versehene Einladung für einen gewissen Sean Dillon zum Ball der brasilianischen Botschaft am Montagabend«, klärte Ferguson ihn auf. »Sie müssen im Frack erscheinen, Dillon. Besitzen Sie so was?«

»Aber ja doch. Schließlich brauche ich ihn, wenn ich als Kellner im Savoy aushelfe. Und was tue ich, wenn ich dort bin?«

Zum ersten Mal verlor Hannah ihre Selbstsicherheit. Sie zuckte ein wenig ratlos die Achseln. »Nun ja, versuchen Sie sie kennenzulernen.«

»Ich soll sie aufreißen, meinen Sie das? Ist es denn kein sonderbarer Zufall, wenn ich wenig später in Ardnamurchan Lodge auftauche?«

»Mir käme das sogar ganz gelegen, alter Junge. Erinnern Sie sich noch an unser kleines Abenteuer auf den Jungfraueninseln?« Ferguson wandte sich an Hannah. »Sicherlich haben Sie die Akten gelesen, Chief Inspector. Der leider so früh verblichene Señor Santiago und seine bunt zusammengewürfelte Mannschaft wußten, wer wir waren, so wie wir wußten, mit wem wir es zu tun hatten und welche Absichten sie verfolgten. Es war eine jener Situationen, wo die eine Seite über die andere bestens informiert war.«

»Und?« sagte Dillon.

»Morgan hält sich mit irgendwelchen finsteren Absichten am Loch Dhu auf, einem einsam gelegenen Gut tief in den Highlands von Schottland. Er stellt fest, daß er während der Jagdsaison Nachbarn hat, die auf der anderen Seite des Lochs in Ardnamurchan Lodge wohnen. Er wird uns überprüfen, sobald er uns dort sieht, mein lieber Freund, und glauben Sie ja nicht, daß wir falsche Namen benutzen können. Bei seinen Verbindungen, und ich denke vor allem an seine Mafiakontakte in London, dürfte er nicht die geringsten Schwierigkeiten haben, sich umfassend über uns ins Bild zu setzen.«

»In Ordnung, kapiert, aber ich kenne Sie, Sie alter Trickser. Hinter der ganzen Sache steckt noch mehr.«

»Hat er nicht eine geschliffene Ausdrucksweise, Chief Inspector?« Ferguson grinste. »Natürlich steckt noch mehr dahinter. Wie ich schon angedeutet habe, möchte ich, daß er von unserer Anwesenheit Kenntnis erhält – er soll ruhig wissen, daß wir ihm ganz dicht auf der Pelle hocken. Natürlich sorge ich auch dafür, daß die Meldung, Morgan zieht in Loch Dhu ein, und Asta vertritt ihn auf dem Ball der Brasilianer, in die Klatschspalte der *Daily Mail* gelangt. Sie können später immer behaupten, Sie hätten diese Notiz gelesen, Ihr Interesse sei geweckt worden, weil Sie das gleiche Ziel gehabt hätten. Deshalb Ihr Wunsch, sie kennenzulernen. Es macht sowieso keinen Unterschied. Morgan wird trotzdem überzeugt sein, daß an der Sache etwas faul ist.«

»Aber könnte das nicht gefährlich werden, Brigadier?« fragte Hannah Bernstein.

»Und ob, Chief Inspector, und deshalb haben wir ja Dillon.« Er stand lächelnd auf. »Es ist schon spät, und es wird Zeit fürs Abendessen. Sie beide müssen ja völlig ausgehungert sein. Ich lade Sie in den River Room im Savoy ein. Dort spielt eine hervorragende Tanzkapelle. Chief Inspector, drehen Sie mit diesem Desperado doch mal eine Runde auf dem Parkett. Es könnte für Sie eine Überraschung werden.«

Am Montagabend erschien Dillon schon früh im Dorchester. Er trug einen dunkelblauen Burberry-Trenchcoat, den er an der Garderobe abgab. Sein Smoking war ein im traditionellen Stil gehaltenes maßgeschneidertes Modell von Armani, einreihig mit Rohseidenrevers. Dazu trug er ein weißes Smokinghemd mit schwarzen Knöpfen. Er war ausgesprochen zufrieden mit seiner äußeren Erscheinung und hoffte, daß Asta Morgan der gleichen Meinung war. Er stärkte sich mit einem Glas Champagner in der Pianobar und begab sich dann hinunter in den großen Ballsaal. Er zeigte seine Einladung vor und wurde eingelassen, wo der brasilianische Botschafter und seine Frau soeben die Gäste begrüßten.

Sein Name wurde aufgerufen, und er trat vor. »Mr. Dillon?« sagte der Botschafter, und seine Stimme hatte einen fragenden Klang.

»Vom Verteidigungsministerium«, klärte Dillon ihn auf. »Ich freue mich über Ihre Einladung.« Er wandte sich an die Gattin des Botschafters und küßte ihr galant die Hand. »Ihr Kleid ist ein Gedicht. Es steht Ihnen blendend.«

Sie errötete erfreut, und während er sich entfernte, hörte er sie auf portugiesisch zu ihrem Mann sagen: »Was für ein charmanter Herr.«

Im Ballsaal herrschte bereits Betrieb. Eine Tanzkapelle spielte. Elegant gekleidete Frauen, die meisten Männer mit

Fliege, dazwischen vereinzelt Herren in militärischer Paradeuniform und hier und da ein kirchlicher Würdenträger. Zusammen mit den Kristallüstern und den Spiegeln war es wirklich eine eindrucksvolle Szene. Dillon nahm ein Glas Champagner vom Tablett eines vorbeigehenden Kellners und schlängelte sich durch die Gästeschar. Er hielt Ausschau nach Asta Morgan, konnte sie aber nirgendwo entdecken. Schließlich kehrte er zum Eingang zurück, zündete sich eine Zigarette an und wartete.

Fast eine Stunde später hörte er, wie ihr Name aufgerufen wurde. Sie trug eine Hochfrisur, so daß ihr Gesicht voll zur Geltung kam: hohe skandinavische Wangenknochen und ein Ausdruck, der zu verkünden schien, daß sie sich um nichts und niemanden scherte. Sie trug ein fast lächerlich schlichtes Kleid aus schwarzer Seide mit einem Bindegürtel, das dicht über ihren Knien endete, und dazu schwarze Strümpfe. Über ihrer Schulter hing ein schwarzes Abendtäschchen an einer schwarzen Kette. Zahlreiche Köpfe drehten sich in ihre Richtung, während sie sich eine Zeitlang mit dem Botschafter und dessen Frau unterhielt.

Wahrscheinlich entschuldigte sie Morgan, dachte Dillon.

Schließlich kam sie die Treppe herunter und blieb kurz stehen, um die Tasche zu öffnen. Sie holte ein goldenes Zigarettenetui heraus und entnahm eine Zigarette. Dann suchte sie ein Feuerzeug. »Verdammt!« murmelte sie halblaut.

Dillon näherte sich ihr und schnippte sein Zippo an. »Egal was man sucht, nie ist es da, wo es sein sollte, nicht wahr?«

Sie musterte ihn kühl, dann hielt sie seine Hand fest und zündete die Zigarette an. »Danke.«

Während sie sich zum Gehen wandte, bemerkte Dillon freundlich: »Diese Absätze sind aber ganz schön hoch. Seien Sie vorsichtig, meine Liebe, ein Gipsverband würde zu diesem engen Kleid nicht sehr gut aussehen.«

Ihre Augen weiteten sich verblüfft, dann lachte sie und entfernte sich.

Sie schien eine Menge Leute zu kennen, schlenderte von Gruppe zu Gruppe und posierte gelegentlich für den einen oder anderen Gesellschaftsfotografen. Dillon hielt sich in ihrer Nähe, um sie zu beobachten, und wartete ganz einfach ab, was der Abend bringen würde.

Sie tanzte einige Male mit verschiedenen Partnern, darunter der Botschafter sowie zwei Minister der Regierung und ein oder zwei bekannte Schauspieler. Dillons Chance ergab sich etwa eine Stunde später, als er Asta mit einem Parlamentsmitglied tanzen sah, der für seine Weibergeschichten berüchtigt war. Nach dem Tanz ließ der Mann seinen Arm auf ihrer Hüfte liegen. Sie blieben am Buffet stehen, und sie versuchte ihn loszuwerden, aber er hatte nun ihre Hand ergriffen.

Dillon ging schnell auf sie zu. »Mein Gott, Asta, entschuldige, daß ich mich verspätet habe. Geschäfte.« Der andere Mann ließ sie mit finsterer Miene los, und Dillon gab ihr einen Kuß auf den Mund. »Sean Dillon«, stellte er sich dabei murmelnd vor.

Sie stieß ihn von sich und sagte schmollend: »Du bist wirklich ein Erzganove, Sean. Immer nur Entschuldigungen. Geschäfte. Ist das alles, was dich interessiert?«

Dillon faßte ihre Hand und beachtete den MP überhaupt nicht. »Nun, ich werde darüber nachdenken. Drehen wir erst mal eine Runde auf der Tanzfläche.«

Die Kapelle spielte einen Foxtrott, und sie lag leicht in seinen Armen. »Donnerwetter, Mädchen, das können Sie aber gut«, sagte er anerkennend.

»Ich hab's im Internat gelernt. Zweimal in der Woche hatten wir in der Turnhalle Tanzstunde. Natürlich haben nur Mädchen miteinander getanzt. Es gab immer Streit, wer führen sollte.«

»Das kann ich mir vorstellen. Wissen Sie, früher als Junge in Belfast sind wir immer als Truppe zusammen ausgegangen, so daß einer von uns den Eintritt für die Tanzhalle bezahlte und dann einen Notausgang öffnete, damit die anderen umsonst reinkamen.«

»So eine Bande«, sagte sie.

»Na ja, mit sechzehn hatte man eben nicht soviel Geld, aber wenn man erst mal drin war, dann gab es kein Halten mehr. Wenn ich an all die Mädchen denke, die nach Talkumpuder rochen.« Sie grinste. »Wir wohnten in einer Arbeitergegend. Parfüm war viel zu teuer.«

»Und dort haben Sie Ihre Rolle perfektioniert?«

»Welche Rolle soll das denn sein?«

»Jetzt hören Sie aber auf«, sagte sie. »Diese raffinierte Nummer, die Sie gerade abgezogen haben. Jetzt soll ich doch dankbar sein, oder?«

»Sie meinen, wir verschwinden in der Nacht, damit ich Sie vernaschen kann?« Er lächelte. »Es tut mir leid, meine Liebe, ich habe etwas anderes vor und Sie sicherlich auch.« Er blieb am Rand der Tanzfläche stehen und küßte ihr die Hand. »Es war ganz lustig, aber achten Sie in Zukunft auf Ihre Gesellschaft.«

Er wandte sich um und ging davon, und Asta Morgan schaute ihm nach, einen Ausdruck der Überraschung im Gesicht.

Der Pianist in der Pianobar des Dorchester war Dillons Londoner Lieblingsmusiker. Als der Ire erschien, winkte er, und Dillon ging zu ihm hin und lehnte sich an den Flügel.

»He, du siehst ja super aus, Mann. Hast du heute was Besonderes vor?«

»Ich war auf dem Ball der brasilianischen Botschaft, wo die Großen und Guten dieser Welt manchmal echte Narren aus sich machen.«

»Das macht doch jeder mal. Willst du einspringen? Ich müßte mal auf die Toilette.«

»Mit Vergnügen.«

Dillon setzte sich ans Klavier. Eine Serviererin erschien lächelnd. »Das gleiche wie immer, Mr. Dillon?«

»Krug, meine Liebe, keine Jahrgangslese.« Dillon holte eine Zigarette aus seinem alten silbernen Etui, zündete sie an und begann mit »A Foggy Day in London Town«, seiner persönlichen Lieblingsnummer.

Er saß da, die Zigarette im Mundwinkel, von der der Rauch aufstieg, in die Musik versunken, aber dennoch genau registrierend, daß Asta Morgan auf ihn zukam.

»Ein Mann mit vielen Talenten, wie ich sehe.«

»Wie ein alter Feind von mir mal gesagt hat, ein passabler Barpianist, mehr nicht. Das sind die Früchte einer verkorksten Jugend.«

»Ein Feind, sagten Sie?«

»Sagen wir einfach, wir verfolgten die gleiche Idee, hatten aber unterschiedliche Vorstellungen, wie man sie verwirklichen kann.«

»Eine Idee, Mr. Dillon? Das klingt sehr ernst.«

»Eine schwere Bürde.« Die Serviererin erschien mit der Flasche Krug in einem Sektkühler, und er nickte. »Ein Glas für die Lady, bitte. Wir setzen uns drüben in die Nische.«

*»I was a stranger in the city«*, sang sie eine Textzeile.

*»Out of town were the people I knew«*, antwortete er. »Bedanken Sie sich bei den Gershwins, George und Ira. Sie müssen diese alte Stadt geliebt haben. Sie haben den Song für einen Film mit dem Titel *Ein Fräulein in Nöten* geschrieben. Fred Astaire hat ihn gesungen.«

»Wie ich hörte, beherrschte er auch einige Tanzschritte«, sagte sie.

In diesem Moment kam der schwarze Pianist zurück. »He, Mann, das ist hübsch.«

»Aber nicht so gut wie von dir. Übernimm mal.« Dillon machte Platz, während der Pianist neben ihn rutschte.

Sie gingen in die Nische, setzten sich, und Dillon gab Asta Feuer und schenkte ihr ein Glas Champagner ein.

»Ich gehe davon aus, daß Sie ein Mensch mit Kultur und hohen Ansprüchen sind; trotzdem trinken Sie keine Jahrgangslese«, sagte sie, während sie auf die Flasche Krug deutete.

»Das ist der beste Champagner, Grand Cuvée«, sagte er. »Er ist ziemlich einmalig. Er wird aus verschiedenen Trauben verschnitten, und das wissen nicht viele. Sie richten sich nach dem, was auf dem Etikett steht, also nach dem äußeren Anschein.«

»Sie sind auch noch Philosoph. Was treiben Sie eigentlich außerhalb Ihrer Freizeit, Mr. Dillon?«

»Sowenig wie möglich.«

»Tun wir das nicht alle? Sie sprachen von einer Idee, nicht von einem Job oder einem Gewerbe, von einem Ziel. Das finde ich sehr interessant.«

»Mein Gott, Asta Morgan, wir sitzen hier in der besten Bar Londons, trinken Krug-Champagner, und Sie wollen sich ernsthaft mit mir unterhalten?«

»Woher kennen Sie meinen Namen?«

»Nun, das *Tatler* kennt ihn und *Hello* und all die anderen Klatschblätter, in denen Sie zu sehen sind. Da bleibt kaum etwas geheim, wenn Sie und Ihr Vater in den höchsten Gesellschaftskreisen verkehren. Sie wurden sogar im letzten Monat in Ascot bei der Queen Mother, Gott schütze sie, in der königlichen Loge gesehen. Und ich bin bloß ein armer irischer Bauernjunge, der sich die Nase am Fenster platt drückt.«

»Ich erhielt die Einladung nur, weil ein Pferd meines Vaters am Start war, und ich bezweifle, daß Sie sich jemals in Ihrem Leben die Nase an einem Fenster platt gedrückt haben, Mr. Dillon. Ich habe statt dessen den starken Verdacht, daß Sie ein solches Fenster viel eher einschlagen würden.« Sie stand auf. »Jetzt muß ich gehen. Es war sehr nett, und ich danke Ihnen noch mal, daß Sie mich gerettet haben. Hamish Hunt ist ein richtiges Schwein, wenn er getrunken hat.«

»Ein Girl wie Sie würde sogar einen Kardinal aus Rom, der keinen Tropfen Alkohol intus hat, in Versuchung führen«, erwiderte Dillon.

Für einen kurzen Moment veränderte sie sich. Die Härte wich aus ihrem Gesicht. Sie errötete und wirkte plötzlich leicht verunsichert. »Aber, aber, Mr. Dillon, Komplimente zu dieser späten Stunde? Was kommt denn als nächstes?«

Dillon sah ihr nach, dann stand er auf und folgte ihr. Er bezahlte hastig seine Rechnung, erhielt seinen Burberry zurück und ging hinaus ins prachtvolle Foyer des Dorchester. Am Eingang war von ihr keine Spur zu sehen, und der Portier tauchte auf.

»Ein Taxi, Sir?«

»Ich suche nach Miß Asta Morgan«, erklärte Dillon ihm. »Aber ich scheine sie verfehlt zu haben.«

»Ich kenne Miß Morgan gut. Sie war heute nacht auf dem Ball. Ich würde meinen, ihr Fahrer holt sie an einem Seiteneingang ab.«

»Danke.«

Dillon schlenderte los und ging die Park Lane entlang. Eine Anzahl Limousinen parkte dort und wartete auf ihre Passagiere. Während er näher kam, erschien Asta Morgan in einem ziemlich theatralischen schwarzen Mantel mit hochgeschlagener Kapuze. Sie hielt inne, sah an der Schlange Limousinen entlang. Offenbar fand sie nicht, was sie suchte, und ging weiter. Im gleichen Moment kam der MP, Hamish Hunt, aus dem Hotel und folgte ihr.

Dillon reagierte schnell, aber Hunt hatte bereits ihren Arm gepackt und sie gegen die Hauswand gedrängt. Die Hände fuhren unter ihren Rock. »Na kommen Sie schon, Asta, nur einen Kuß«, lallte er laut.

Sie drehte das Gesicht weg, und Dillon tippte ihm auf die Schulter. Hunt fuhr überrascht herum, und Dillon trat ihm vors Schienbein. Gleichzeitig verpaßte er ihm einen Kopfstoß, hart und brutal und überaus ökonomisch und wirkungsvoll. Hunt taumelte nach hinten und rutschte an der Wand entlang abwärts.

»Schon wieder betrunken«, sagte Dillon kopfschüttelnd. »Ich bin mal gespannt, was die Wähler dazu sagen.« Er nahm Astas Hand und zog sie hinter sich her.

Eine Mercedes-Limousine stoppte am Bordstein, und ein

livrierter Chauffeur sprang heraus. »Ich hoffe, ich hab' Sie nicht zu lange warten lassen, Miß Asta. Die Polizei hat uns vorhin weitergewunken. Ich mußte einmal um den Block fahren.«

»Das ist schon in Ordnung, Henry.«

Ein unformierter Polizist spazierte auf Hunt zu, der an der Wand lehnte, und Asta öffente die hintere Tür und zog Dillon an der Hand mit sich.

»Kommen Sie, wir verschwinden lieber von hier.«

Er folgte ihr in den Wagen. Der Chauffeur setzte sich hinter das Lenkrad und fädelte sich in den Verkehr ein. »Mein Gott, Ma'am, das ist ja das reinste Schiff, und ich bin nur ein armer irischer Junge vom Land, der hofft, sich ein paar Pfund verdienen zu können.«

Sie lachte schallend. »Ein armer irischer Junge, Mr. Dillon, einen solchen Blödsinn habe ich noch nie gehört. Wenn Sie wirklich sind, was Sie sagen, dann sind Sie der erste arme irische Junge, der Kleider von Armani trägt.«

»Ach, Sie haben es bemerkt?«

»Wenn es eine Sache gibt, in der ich mich auskenne, dann ist es Mode. Das sind *meine* Früchte einer verkorksten Jugend.«

»Sicher, und Sie sind mittlerweile eine schrecklich alte Frau, Asta Morgan.«

»Schon gut«, sagte sie. »Wo können wir Sie hinbringen?«

»Egal wohin?«

»Das ist das mindeste, was ich anbieten kann.«

Er drückte auf den Knopf, der die Trennscheibe herabgleiten ließ. »Bringen Sie mich zum Embankment, Fahrer«, sagte er und ließ das Fenster wieder hochschnurren.

»Zum Embankment?« wunderte sie sich. »Weshalb das denn?«

Er bot ihr eine Zigarette an. »Haben Sie noch nie diese alten Kinofilme gesehen, in denen ein Knabe und seine Freundin dort einen Spaziergang machen und dabei auf die Themse schauen?«

»Das war vor meiner Zeit, Mr. Dillon«, sagte sie und beugte

sich vor zur Feuerzeugflamme. »Aber ich bin bereit, alles wenigstens einmal auszuprobieren.«

Als sie das Embankment erreichten, regnete es. »Jetzt sehen Sie sich das mal an«, sagte Dillon.

Sie ließ die Trennscheibe herunter. »Wir gehen ein Stück zu Fuß, Henry. Holen Sie uns an der Lambeth Bridge ab. Haben Sie einen Regenschirm?«

»Gewiß, Miß Asta.«

Er stieg aus, um die Türen zu öffnen, und spannte einen großen schwarzen Schirm auf, den Dillon übernahm. Asta schob eine Hand unter seinen Arm, und sie wanderten los. »Ist das romantisch genug für Sie?« erkundigte er sich.

»Ich hätte Sie gar nicht für den romantischen Typ gehalten«, sagte sie. »Aber wenn Sie die Frage ernst gemeint haben, ja, es gefällt mir. Ich liebe den Regen, die Stadt bei Nacht, das Gefühl, daß schon hinter der nächsten Ecke die tollsten Dinge auf mich warten können.«

»Heutzutage wahrscheinlich ein Straßenräuber.«

»Jetzt weiß ich, daß Sie kein Romantiker sind.«

Er hielt inne, um seine Zigaretten herauszuholen, und reichte ihr eine. »Nein. Ich habe Sie schon verstanden. Als ich jung und dumm war – das war vor etwa tausend Jahren –, schien das Leben grenzenlose Möglichkeiten bereitzuhalten.«

»Und was kam dazwischen?«

»Das Leben.« Er lachte.

»Sie fackeln nicht lange, nicht wahr? Ich meine, vorhin mit diesem Schwein Hunt, da sind Sie sofort hart zur Sache gegangen.«

»Und was verrät Ihnen das?«

»Daß Sie sich selbst um Ihre Angelegenheiten kümmern können, und das ist ungewöhnlich bei einem Mann, der einen Abendanzug für mindestens fünfzehnhundert Pfund trägt. Was tun Sie eigentlich?«

»Nun, mal sehen. Ich habe die Royal Academy of Dramatic Art besucht, aber das ist schon lange her. Ich spielte den Lyngstand in Ibsens *Die Frau vom Meere* im Nationaltheater. Das war der, der soviel husten mußte.«

»Und danach? Sie müssen die Schauspielerei doch aufgegeben haben, sonst hätte ich von Ihnen gehört.«

»Nicht ganz. Man könnte sagen, daß ich in meiner alten Heimat ein lebhaftes Interesse für das entwickelt habe, was man das Theater der Straße nennen könnte.«

»Seltsam«, sagte sie. »Wenn ich raten müßte, würde ich sagen, Sie waren Soldat.«

»Sie sind aber ein kluges Mädchen.«

»Verdammt noch mal, Dillon«, sagte sie. »Bei Ihnen kommt man von einem Geheimnis auf das andere.«

»Sie müssen mich eben Schicht für Schicht ergründen, so wie man eine Zwiebel schält, aber das würde einige Zeit dauern.«

»Und genau die habe ich nicht«, sagte sie. »Ich reise morgen nach Schottland.«

»Ich weiß«, sagte Dillon. »Heute morgen stand in Nigel Dempsters Klatschkolumne in der *Mail* eine entsprechende Meldung. ›Carl Morgan hat sich für die Jagd auf einem Schloß in den Highlands eingemietet‹, so lautete der Text. Außerdem konnte man nachlesen, daß Sie ihn heute auf dem Ball der brasilianischen Botschaft vertreten haben.«

»Sie sind wirklich bestens informiert.«

Sie hatten mittlerweile die Lambeth Bridge erreicht, und der Mercedes wartete bereits. Dillon half ihr beim Einsteigen. »Hat mir Spaß gemacht.«

»Ich kann Sie zu Hause absetzen«, bot sie an.

»Das ist nicht nötig.«

»Seien Sie nicht albern. Ich möchte sehen, wo Sie wohnen.«

»Ihr Wunsch ist mir Befehl.« Er schlüpfte neben sie. »Stable Mews, Henry, es ist in der Nähe vom Cavendish Square. Ich erkläre es Ihnen genau, wenn wir in der Gegend sind.«

Als sie in die gepflasterte Straße einbogen, regnete es noch immer. Er stieg aus und schloß die Tür. Asta ließ das Fenster herunter und betrachtete das Häuschen.

»Alles dunkel. Keine Freundin, Dillon?«

»Leider nein, aber Sie können ja auf eine Tasse Tee mit hereinkommen, wenn Sie möchten.«

Sie lachte. »O nein, ich hatte genug Aufregung für eine Nacht.«

»Vielleicht ein anderes Mal.«

»Ich glaube, nicht. Ehrlich gesagt bezweifle ich, daß wir uns jemals wiedersehen werden.«

»Meinen Sie, wir sind wie Schiffe in der Nacht?«

»So ähnlich. Nach Hause, Henry.« Und während sie das Fenster hochschnurren ließ, fuhr der Mercedes an.

Dillon sah ihm nach. Dann drehte er sich um und schloß lächelnd seine Haustür auf.

# 7

In dem kleinen Bahnhof am Ufer des Sees herrschte eine friedliche Atmosphäre, und Dillon schaute aus dem hinteren Abteil nach draußen, wobei er darauf achtete, nicht gesehen zu werden. Ihr zu folgen war einfach gewesen. Der Lear hatte ihn bereits am frühen Morgen zum Glasgower Flughafen gebracht, und er hatte gewartet, bis Asta mit der Morgenmaschine aus London eintraf. Danach war er ihr bis zum Hauptbahnhof gefolgt. Es war ihm nicht schwergefallen, während der Fahrt von Glasgow nach Fort William unbemerkt zu bleiben. In dem Zug befanden sich viele Touristen, die sich Loch Lomond und später das malerische Bergpanorama der Highlands ansehen wollten.

Im Bummelzug von Fort William nach Arisaig war es schwieriger gewesen, denn dort fuhren nur eine Handvoll Fahrgäste mit. Er war im letzten Moment auf den fahrenden Zug aufgesprungen und im hintersten Abteil verschwunden. Der Bahnhof, wo sie nun angehalten hatten, hieß laut dem Schild an einer Seite des Fahrkartenschalters Shiel. Sie schienen einige Zeit Aufenthalt zu haben. Es war sehr schön dort, ein Berg ragte tausend Meter hoch in den blauen Himmel, und Sonnenstrahlen glitzerten auf einem Wasserfall, der über Granitfelsen stürzte und zwischen Birken verschwand.

Asta Morgan trat plötzlich auf den Bahnsteig. Sie trug Lederjacke, Leinenhose und Wanderschuhe. Sie bot in der stillen Umgebung einen reizvollen Anblick. Sie ging zum Fahrkartenverkäufer hinüber, der an der Sperre stand. Sie unterhielten sich kurz, dann ertönte Gelächter, und sie passierte die Sperre.

Der Fahrkartenverkäufer ging zu dem Schaffner, der neben Dillon vor der offenen Tür stand. »Du hast einen Fahrgast verloren, Tom.«

»Was du nicht sagst.«

»Ein hübsches Mädchen, eine Miß Morgan, blondes Haar und ein Gesicht, für das man Gott danken kann. Ihr Vater ist dieser Morgan, der gerade Loch Dhu Castle gemietet hat. Sie wandert über den Berg. Du sollst ihr Gepäck in Arisaig ausladen und eine Nachricht hinterlassen.«

Dillon schnappte seinen Trenchcoat und drängte sich an dem Schaffner vorbei. »Heißt das, es gibt eine Abkürzung über den Berg?«

»Nun, es kommt darauf an, wo Sie hinwollen.«

»Nach Ardnamurchan Lodge.«

Der Schaffner nickte. »Über den Gipfel des Ben Breac, und dann sind es auf der anderen Seite noch zwölf Meilen. Wohnen Sie bei Brigadier Ferguson, dem neuen Mieter?«

»Er ist mein Onkel. Er erwartet mich in Arisaig. Vielleicht könnten Sie ihm Bescheid sagen, wo ich abgeblieben bin, und ihm mein Gepäck geben.« Dillon drückte ihm eine Fünfpfundnote in die Hand.

»Überlassen Sie alles mir, Sir.«

Der Schaffner blies in seine Signalpfeife und stieg in den Zug. Dillon wandte sich an den Fahrkartenverkäufer. »Wo muß ich entlang?«

»Durch das Dorf und über die Brücke. Es gibt einen Weg durch den Birkenwald. Schwieriges Gelände, aber Sie können die Steinhaufen, die den Weg markieren, nicht übersehen. Wenn Sie den Gipfel hinter sich haben, ist der Weg bis hinunter ins Tal deutlich zu erkennen.«

»Meinen Sie, das Wetter hält sich?«

Der Mann schaute zur Bergspitze. »Ein wenig Nebel und Regen am Abend. Ich würde mich beeilen. Verlieren Sie auf dem Gipfel nicht zuviel Zeit.« Er lächelte. »Ich würde das auch der jungen Lady sagen, Sir. Das ist kein Ort für ein junges Mädchen, um dort allein herumzuirren.«

Dillon lächelte. »Das tue ich. Es wäre schade, wenn sie naß würde.«

»Und *wie* schade es wäre, Sir.«

In dem kleinen Dorfladen kaufte er zwei Schachteln Zigaretten und zwei dicke Riegel Vollmilchschokolade als Verpflegung. Zwölf Meilen waren es noch auf der anderen Seite des Berges, und dabei waren die Meilen bis zum Gipfel noch gar nicht mitgezählt. Irgendwie hatte er eine Ahnung, daß er Hunger haben würde, ehe er Ardnamurchan erreichte.

Er marschierte die Straße entlang und überquerte die Brücke. Der Weg schlängelte sich zwischen den Birken hindurch und stieg steil an. Es war kühl und dunkel, und Dillon genoß jeden Augenblick. Von Asta war nichts zu sehen, was ihm im Moment ganz recht war.

Die Bäume wurden spärlicher, und er gelangte auf eine mit Farn bewachsene Kuppe. Ab und zu stieg ein Moorhuhn oder ein Regenpfeifer aus dem Dickicht auf. Schließlich blieb er vor einer mit dicken Gesteinsbrocken übersäten Wiese stehen, die sich bis zu den Ausläufern des Ben Breac erstreckte. Dort sah er auch Asta, die gut zweihundert Meter höher auf der Bergschulter stand.

Als sie sich umwandte, um ins Tal zu blicken, ließ er sich einfach in den Farn fallen. Wenige Sekunden später war sie hinter der Bergschulter verschwunden. Sie bewegte sich ausgesprochen schnell vorwärts.

Es gab natürlich auch noch einen anderen Weg, obgleich nur ein Narr ihn benutzen würde. Er führte nämlich an der Bergwand empor und über Granitfelsen direkt zum Gipfel. Dillon holte eine amtliche topografische Karte von Moidart heraus und verschaffte sich einen Überblick. Er schaute nach oben. Zum Teufel, alles, was er brauchte, waren starke Nerven, und wenn er ein wenig Glück hätte, gelänge es ihm vielleicht, sie zu überholen. Er band sich seinen Burberry um die Taille und begann mit dem Aufstieg.

Auf den unteren Hängen kam er dank seiner wiedergewonnenen Kraft gut voran, aber nach einer halben Stunde gelangte er zu einem großen, steilen Geröllfeld, dessen Steine sich trügerisch unter seinen Füßen bewegten. Er wich nach links aus, stieß auf den Wasserfall, den er vom Bahnhof aus bereits gesehen hatte, und folgte der Route zur Bergspitze, wobei er sich von Bergschulter zu Bergschulter bewegte.

Schließlich erreichte er das Gipfelplateau, und die letzten Felsen befanden sich vor ihm. Sie waren weniger furchteinflößend, als sie vom Bahnhof her ausgesehen hatten. Sie waren bis zum Gipfel von Bachläufen und Kanälen durchzogen. Er sah sich die Route an, verzehrte einen halben Schokoladenriegel, vergewisserte sich dann, daß er seinen Regenmantel nicht verlieren konnte, und brach auf. Er kletterte zügig und überprüfte jeden Haltepunkt, ehe er ihn belastete. Er blickte nach unten. Der Bahnhof im Tal kam ihm vor wie ein Kinderspielzeug. Als er das nächste Mal hinuntersah, war das Gebäude verschwunden, eingehüllt in Nebel, und ein kalter Wind kam plötzlich auf und ließ ihn frösteln.

Er schwang sich ein paar Minuten später über die Granitkante, die inzwischen auch von Nebel umgeben war. Er hatte genug Zeit im Bergland verbracht, um zu wissen, daß es unter diesen Bedingungen nur eines gab, was man tun konnte: sich hinsetzen und abwarten. Genau das tat er, zündete sich eine Zigarette an und überlegte, wie Asta Morgan wohl vorankommen mochte. Etwa eine Stunde später zerriß eine Windböe den Nebelvorhang, und die Täler lagen dunkel und still im Licht der Abendsonne.

In einiger Entfernung ragte ein Steinhaufen auf und bezeichnete den höchsten Punkt des Berges, aber da war keine Asta. Er blieb auf dem Weg und ging zurück bis zu einer Stelle, von wo aus er fast tausend Meter auf die Eisenbahnstrecke hinunterschauen konnte. Auch jetzt entdeckte er keine Spur von ihr. Demnach war sie vor ihm auf dem Gipfel gewesen, was ihn kaum überraschte. Da sie sich nur an den Weg zu halten brauchte, hatte der Nebel ihr keine Probleme bereitet.

Er machte kehrt, folgte dem Pfad bis zum Abstieg auf der anderen Seite und blieb plötzlich stehen, als er auf das unglaubliche Panorama hinunterblickte. Das Meer in der Ferne war ruhig, die Inseln Rhum und Eigg wirkten wie aus einem Bilderbuch ausgeschnitten, und am dunklen Horizont war die Isle of Skye zu erkennen, die letzte Barriere vor dem Atlantischen Ozean. Es war eine der schönsten Aussichten, die er je gesehen hatte, und er begann mit dem Abstieg.

Asta war müde, und ihr rechter Knöchel begann zu schmerzen; ein Überbleibsel von einem alten Skiunfall. Den Ben Breac zu überwinden, war doch mühsamer gewesen, als sie es sich vorgestellt hatte, und nun erwartete sie noch ein Zwölf-Meilen-Marsch. Was ihr anfangs als hübsche Idee erschienen war, entwickelte sich mehr und mehr zu einer Strapaze.

Der Weg durch das Tal war trocken und staubig und tat ihren Füßen gar nicht gut. Nach einer Weile gelangte sie zu einem Gittertor mit einem Schild LOCH DHU CASTLE – BETRETEN VERBOTEN. Das Tor war mit einem Vorhängeschloß versperrt. Sie kletterte hinüber und humpelte weiter. Sie erreichte eine Wegbiegung und entdeckte eine kleine Jagdhütte an einem Bach. Die Tür war abgeschlossen, aber als sie die Hütte umrundete, fand sie auf der hinteren Seite ein offenes Fenster. Sie kletterte hindurch und stand in einer kleinen Kochnische.

Es war dämmrig, die Dunkelheit brach herein. Nach einigem Suchen fand Asta eine Petroleumlampe und eine Schachtel Streichhölzer. Sie zündete die Lampe an und ging damit in den anderen Raum. Er war jagdmäßig möbliert, hatte weiß gestrichene Wände und einen Holzfußboden. Im Kamin war Holz für ein Feuer aufgeschichtet. Sie zündete es an und sank in einen der hochlehnigen Sessel. Sie war plötzlich müde. Die Wärme aus dem Kamin tat ihr gut, und der Knöchel schmerzte nicht mehr. Während sie weiter Tannenscheite auf das Feuer legte, hörte sie draußen ein Auto vorfahren. Ein Schlüssel klirrte im Schloß, und die Haustür wurde geöffnet.

Der Mann, der in der Türöffnung stand, war mittelgroß und hatte ein schlaffes, finsteres Gesicht, das dringend einer Rasur bedurfte. Er trug einen schäbigen Tweedanzug und eine Tweedmütze. Sein gelbblondes Haar war schulterlang, und in der Hand hielt er eine doppelläufige Schrotflinte.

»Hat man so was schon gesehen?« meinte er verblüfft.

»Was wollen Sie?« fragte Asta ruhig.

»Das finde ich gut«, sagte er, »eine Einbrecherin. Wie zum Teufel sind Sie reingekommen?«

»Durch das Küchenfenster.«

»Ich glaube nicht, daß meinem Chef das gefällt. Er ist neu. Erst gestern eingezogen, dieser Mr. Morgan, aber ich erkenne den harten Burschen auf Anhieb. Ich wollte sagen, wenn er von diesem Vorfall etwas erfährt, geht er vielleicht zur Polizei.«

»Stellen Sie sich nicht so an. Ich habe mir beim Aufstieg auf den Ben Breac den Fuß verstaucht. Ich mußte mich ausruhen, mehr nicht. Jetzt, wo Sie da sind, können Sie mich mit dem Wagen fahren.«

Er kam näher, und seine Hand zitterte, als er sie auf ihre Schulter legte. »Das kommt ganz darauf an, nicht wahr?«

Sein fleckiges Gesicht und der Whiskygestank in seinem Atem erzeugten in ihr plötzlich ein Ekelgefühl. »Wie heißen Sie?«

»Das klingt doch schon viel freundlicher. Fergus heiße ich – Fergus Munro.«

Sie wich vor ihm zurück und brachte ihn mit einem heftigen Stoß vor die Brust ins Schwanken. »Machen Sie keine Dummheiten, Fergus Munro.«

Er streckte wütend die Hand aus und ließ die Schrotflinte fallen. »Du Biest, dir werde ich's zeigen.« Er schnappte nach ihr, erwischte die Bluse unter der Lederjacke, und der dünne Stoff zerriß von ihrer linken Schulter bis zur Brust.

Sie stieß einen Wutschrei aus, schlug nach ihm, wobei ihre Fingernägel seine rechte Wange zerkratzten. Und dann sah sie hinter ihm einen Mann aus der Dunkelheit im Türrahmen erscheinen.

Dillon boxte ihm in die Nieren, riß ihn am Kragen zurück und schleuderte ihn quer durch den Raum. Munro prallte gegen die Wand und sank auf ein Knie. Er griff nach der Schrotflinte, aber Dillon beförderte sie mit einem Tritt außer Reichweite. Dann packte Dillon Munros rechte Hand, verdrehte sie und rammte den Mann mit dem Kopf gegen die Wand. Munro kämpfte sich mit blutigem Gesicht hoch und taumelte durch die offene Tür nach draußen.

Als Dillon ihn verfolgen wollte, rief Asta: »Lassen Sie ihn laufen!«

Dillon hielt inne, stützte sich mit beiden Händen am Türrahmen ab. Dann schloß er die Tür und drehte sich um. »Sind Sie in Ordnung?«

Draußen sprang ein Motor an. »Ja, schon, was war das?«

»Er war mit einem Shogun hier.«

Sie ließ sich wieder in den Sessel sinken. »Ich hatte schon alle Hoffnung aufgegeben, Dillon. Ich dachte, Sie würden mich nie einholen. Was zum Teufel treiben Sie hier?«

»Jetzt muß ich wohl beichten«, sagte er. »Ich habe einen Onkel, Brigadier Charles Ferguson, der ein Haus namens Ardnamurchan Lodge, nicht weit von hier, im Jagdrevier gemietet hat, das zum Loch Dhu Castle gehört.«

»Tatsächlich? Mein Vater wird sich wundern. Er mag es nicht, wenn er irgend etwas mit anderen teilen muß.«

»Na ja, nun, also – als ich die Meldung in der Klatschkolumne der *Daily Mail* las, konnte ich nicht anders, als mir eine Einladung zu dem Ball in der brasilianischen Botschaft zu verschaffen, um Sie kennenzulernen.«

»Einfach so?«

»Ich habe ausgesprochen gute Beziehungen bis in die höchsten Kreise. Sie wären überrascht.«

»Bei Ihnen würde mich gar nichts überraschen, und wenn ich es recht überlege, glaube ich von all dem kein Wort.« Sie verlagerte ihr Gewicht und zuckte zusammen. »Verdammt!«

»Probleme?«

»Eine alte Verletzung.«

Sie versuchte das rechte Bein aus ihrer Hose zu ziehen. Er löste vorsichtig den Schuh von ihrem Fuß und streifte den Socken ab. »Ich hatte wirklich erwartet, Sie würden mich einholen.«

»Ich habe es mit der kürzeren Route direkt auf den Berg versucht. Aber sie erwies sich als zeitaufwendiger. Ich mußte nämlich darauf warten, daß der Nebel sich verzog.«

»Ich bin weitergegangen. Ich habe Sie auf dem Bahnhof in Glasgow entdeckt. Ich kam aus der Toilette und sah, wie Sie im Zeitungsladen eine Landkarte kauften. Ich wartete, bis Sie den Zug bestiegen. Sehr spannend, das Ganze, vor allem als Sie ebenfalls in Fort William umstiegen.«

»Demnach sind Sie aus dem Zug gestiegen, um mich hinter sich herzulocken?«

»Natürlich.«

»Verdammt, Asta, dafür sollte ich Sie übers Knie legen.«

»Ist das ein Versprechen? Wir Schweden sollen ja angeblich total oversexed sein.«

Er lachte laut auf. »Ich kümmere mich lieber um den Fuß. Fergus Munro rast nämlich gerade zum Loch Dhu Castle, um dort die Geschichte seines Mißerfolges loszuwerden. Ich glaube, wir können bald mit Besuch rechnen.«

»Das hoffe ich doch. Ich habe nämlich nicht die geringste Lust, weiterzulaufen.«

Dillon betrachtete den Fuß. Der Knöchel war geschwollen und hatte eine Narbe.

»Woher haben Sie das?«

»Vom Skilaufen. Es gab mal eine Zeit, da war ich so was wie eine Olympiahoffnung.«

»Schade. Ich nehme mal kurz die Lampe mit.«

Er ging in die Küche, schaute in den Schubladen nach und fand ein paar Küchentücher. Er tauchte eines in kaltes Wasser und kehrte ins Wohnzimmer zurück.

»Eine kalte Kompresse hilft Ihnen sicher.« Er bandagierte fachgerecht ihren Knöchel. »Müde?«

»Nicht sehr. Aber ich habe Hunger.«

Er holte einen Schokoladenriegel aus seiner Manteltasche. »Reinstes Gift für Ihre Figur, aber energiereich.«

»Sie sind ein Zauberer, Dillon.« Sie aß gierig die Schokolade, und er zündete sich eine Zigarette an und setzte sich ans Feuer. Sie hielt plötzlich inne. »Was ist denn mit Ihnen?«

»Ich habe schon ein Stück gehabt.« Er streckte sich. »Ein herrlicher Ort. Fische im Bach, Rehe im Wald, ein Dach über dem Kopf und ein hübsches kräftiges Mädchen wie Sie als Hilfe auf dem Feld.«

»Vielen Dank. Ein ärmliches Leben, würde ich doch meinen.«

»Kennen Sie denn das alte italienische Sprichwort nicht? Man kann sehr gut von Brot und Käse leben.«

»Oder von Schokolade.« Sie hielt den Rest des Riegels hoch, und sie lachten beide.

Dillon stand auf und öffnete die Tür. Es war Vollmond, und das einzige Geräusch kam vom Bach, dessen Wasser sprudelnd vorbeiströmte.

»Es kommt mir so vor, als seien wir die einzigen Menschen auf der Erde«, sagte sie.

»Nicht mehr lange, ich höre ein Auto.« Er ging hinaus vor die Hütte und wartete.

Zwei Shoguns bremsten scharf. Fergus Munro lenkte den ersten, Murdoch saß neben ihm. Während Munro ausstieg, kam der Gutsverwalter um den Wagen herum. Er hielt eine Schrotflinte in der Hand. Carl Morgan saß am Steuer des zweiten Wagens und kletterte heraus. Er wirkte in seinem Schaffellmantel ungemein imposant.

Murdoch sagte etwas zu Munro und spannte die Schrotflinte. Munro öffnete die Tür des Shogun, und Murdoch stieß einen leisen Pfiff aus. Im Wageninneren entstand für einen kurzen Moment heftige Unruhe, und ein schwarzer Schatten glitt aus dem Dunkel und bezog neben ihm Position.

»Scheuch ihn raus, Junge.«

Als das Tier auf ihn zuhetzte, erkannte Dillon einen Dobermann, einen der gefährlichsten Hunde der Welt. Er ging ihm entgegen.

»Guter Junge«, sagte er und streckte eine Hand aus.

Der Hund erstarrte, ein Knurren entstand ganz hinten in seiner Kehle, und Munro sagte: »Das ist er, Mr. Morgan. Das ist das Schwein, das mich angegriffen hat, und seine schöne Freundin ist sicherlich noch drin.«

»Das ist Privatbesitz, mein Freund«, sagte Morgan. »Sie hätten lieber wegbleiben sollen.«

Der Hund knurrte wieder, drohend und bösartig, und Dillon pfiff leise. Es war ein gespenstischer Ton, der einem durch Mark und Bein ging. Die Ohren des Hundes legten sich nach hinten, und Dillon kraulte ihn unter der Schnauze und streichelte ihn.

»Lieber Himmel!« stieß Murdoch hervor.

»Es ist ganz einfach, wenn man weiß, wie es geht«, verriet Dillon ihm. »Ich habe es von einem Mann gelernt, der mal mein Freund war.« Er lächelte. »Später hat er bereut, mir überhaupt etwas beigebracht zu haben. Aber so ist das Leben manchmal.«

Morgan blieb ganz ruhig. »Wer zum Teufel sind Sie?«

In diesem Moment betrat Asta die Szene. »Carl, bist du das? Gott sei Dank!«

Sie stolperte durch die Tür nach draußen, und Morgan, einen Ausdruck der Verblüffung im Gesicht, beeilte sich, sie aufzufangen und zu umarmen. »Asta, um Gottes willen, was ist los?«

Er geleitete sie wieder in die Hütte, und Fergus Munro sagte zu Murdoch: »Asta? Wer ist Asta, verdammt noch mal?«

»Irgendeine geheimnisvolle Stimme flüstert mir zu, daß auf Sie eine sehr unangenehme Überraschung wartet, mein alter Junge«, sagte Dillon zu ihm, wandte sich um und folgte den anderen ins Haus. Dabei wich der Dobermann nicht von seiner Seite.

Asta saß wieder im Sessel, und Morgan kniete neben ihr und hielt ihre Hand. »Es war furchtbar, Carl. Ich bin in Shiel aus dem Zug gestiegen und über den Berg gewandert. Dabei bin ich mit dem Fuß umgeknickt und war ziemlich schachmatt und angeschlagen, als ich auf die Hütte stieß und durchs Küchenfenster eingestiegen bin. Und dann kam dieser Mann, der Mann da draußen. Er war schrecklich.«

Morgan stand auf. »Der Mann draußen?« fragte er, und sein Gesicht war leichenblaß.

»Ja, Carl, er hat mich angegriffen und bedroht.« Ihre Hand deutete auf die zerrissene Bluse. »Er war einfach widerlich, und dann kam Mr. Dillon dort herein, und es gab einen kurzen Kampf, und er warf ihn raus.«

In Morgans Augen funkelte der nackte Mord. Er wandte sich zu Murdoch um, der in der Türöffnung stand. »Ist Ihnen klar, wer das ist? Meine Tochter, Asta. Wo ist dieses Schwein Fergus, das uns hergebracht hat?«

Das Aufheulen eines Motors beantwortete seine Frage. Morgan stieß Murdoch zur Seite und rannte hinaus, um Zeuge zu werden, wie einer der Shoguns davonfuhr.

»Soll ich ihm nachfahren?« fragte Murdoch.

»Nein.« Morgan schüttelte den Kopf und entspannte die Fäuste. »Den nehmen wir uns später vor.« Er wandte sich an Dillon und streckte ihm eine Hand entgegen. »Ich bin Carl Morgan. Ich glaube, ich stehe in Ihrer Schuld.«

»Dillon – Sean Dillon.«

Morgan drehte sich zu Asta um. »Heißt das etwa, daß du heute nachmittag über den Berg gegangen bist?«

»Zuerst fand ich die Idee ganz reizvoll. Ich dachte mir, ich tauche einfach bei dir auf und überrasche dich.«

Morgan wendete sich wieder Dillon zu, der ihm, während er sich eine Zigarette anzündete, zuvorkam. »Ich bin unterwegs, um meinen Onkel, Brigadier Charles Ferguson, auf die Jagd zu begleiten. Er hat eine Hütte gemietet. Sie heißt Ardnamurchan Lodge.«

Ein seltsames Glitzern flackerte kurzfristig in Morgans Augen auf, aber er sagte lediglich: »Damit wären wir Nachbarn. Ich nehme an, Sie hielten es ebenfalls für eine gute Idee, eine Bergwanderung zu unternehmen?«

»Überhaupt nicht. Ich hielt es für eine blöde Idee. Dieser Meinung war auch der Fahrkartenverkäufer, als Ihre Tochter aus dem Zug stieg. Ehrlich gesagt kannte ich ihr Ziel aufgrund der Gepäckaufkleber. Ich stieg aus, um mir die Beine zu vertreten, und sah sie losziehen. Als ich den Fahrkartenverkäufer fragte, erzählte er mir, sie wolle zu Fuß über den Berg. Wie ich schon erwähnte, er hielt nicht viel von dieser Idee und ich auch nicht. Deshalb beschloß ich ihr zu folgen. Unglücklicherweise entschied ich mich für eine andere Route und wurde durch den Nebel aufgehalten, so daß ich sie erst einholte, als sie im Haus war.«

Asta lächelte verlegen. »Ich fürchte, ich hab' mich ziemlich dumm angestellt. Können wir jetzt fahren, Carl?«

Sie spielte ihre Rolle voll aus, und Dillon, selbst Schauspieler, erkannte es, nicht aber Morgan, der besorgt einen Arm um sie legte. »Natürlich fahren wir.« Er nickte Dillon zu. »Wir setzen Sie unterwegs ab.«

»Das wäre nett«, sagte Dillon.

Murdoch steuerte den Wagen ins Tal, Morgan, Dillon und Asta teilten sich die Sitzbank. Der Dobermann lag zu ihren Füßen, und Dillon kraulte seine Ohren.

»Ein Wachhund, sagte man mir.« Morgan schüttelte den Kopf. »Bei Ihnen benimmt er sich eher wie eine etwas zu groß geratene Schoßkatze.«

»Zwischen uns herrscht eine gewisse emotionale Beziehung, Mr. Morgan. Er mag mich.«

»Er liebt Sie, würde besser passen«, sagte Asta. »So etwas habe ich noch nie gesehen.«

»Trotzdem möchte ich nicht der Eindringling sein, der über die Mauer steigt und ihm dann begegnet.«

»So, Brigadier Ferguson ist Ihr Onkel?« sagte Morgan. »Ich hatte noch nicht das Vergnügen, allerdings bin ich selbst auch erst gestern auf Loch Dhu Castle angekommen.«

»Ja«, sagte Dillon, »das habe ich gehört.«

»Ist der Brigadier pensioniert oder noch in irgendeiner Weise tätig?«

»Ach, er war jahrelang in der Armee, aber nun arbeitet er als Berater für eine Reihe weltweit tätiger Unternehmen.«

»Und Sie?«

»Ich helfe ihm dabei. Als eine Art Mittelsmann, könnte man sagen. Ich habe eine Begabung für Fremdsprachen, deshalb meint er, ich sei für ihn nützlich.«

»Das sind Sie ganz bestimmt.«

Murdoch schaltete herunter, lenkte den Wagen durch ein Tor und rollte dann über eine schmale Zufahrt zu einem Haus, dessen Fenster erleuchtet waren. Er bremste. »Ardnamurchan Lodge«, sagte er erklärend.

Es regnete wieder, die Tropfen prasselten auf die Windschutzscheibe. »So sieht es hier meistens aus«, stellte Morgan fest, »an sechs von sieben Tagen. Das Wetter kommt vom Atlantik.«

»Stell dir nur mal vor«, warf Asta ein. »Wir könnten jetzt auf Barbados sein.«

»Nun, das hat bestimmt einiges für sich«, sagte Dillon.

Sie ergriff seine Hand. »Ich hoffe, ich bekomme Gelegenheit, mich angemessen bei Ihnen zu bedanken. Vielleicht morgen?«

»Dazu ist noch genug Zeit«, bemerkte Morgan. »Ich bereite etwas vor. Sie sollten sich erst mal häuslich einrichten.«

Während Dillon ausstieg, folgte Morgan ihm. »Ich bringe Sie noch zur Tür.«

In diesem Moment erschien Ferguson. »Du liebe Güte, bist du das, Sean? Wir haben deine Nachricht in Arisaig erhalten, aber ich fing schon an, mir Sorgen zu machen. Was ist passiert?«

»Eine lange Geschichte, ich erzähl' sie dir später. Darf ich dir unseren Nachbarn, Carl Morgan, vorstellen?«

»Sehr angenehm.« Ferguson schüttelte Morgan die Hand. »Ihr Ruf eilt Ihnen voraus. Möchten Sie einen Drink, ehe Sie weiterfahren?«

»Nein, ich muß meine Tochter nach Hause bringen«, lehnte Morgan ab. »Ein anderes Mal.«

»Ich glaube, wir teilen uns das Jagdrevier«, sagte Ferguson freundlich.

»Ja, nur hat man mich nicht darüber informiert, als ich den Mietvertrag unterschrieb«, erklärte Morgan ihm.

»Na, so was, aber ich hoffe, es macht Ihnen nichts aus.«

»Ich wüßte nicht, weshalb, solange wir nicht aufeinander schießen.« Morgan lächelte. »Gute Nacht.« Er stieg in den Shogun und fuhr davon.

»Er weiß Bescheid«, sagte Dillon.

»Natürlich tut er das«, pflichtete Ferguson ihm bei. »Und jetzt kommen Sie endlich aus diesem verdammten Regen und erzählen mir, was Sie erlebt haben.«

Als der Shogun auf Loch Dhu Castle eintraf, half Morgan Asta beim Aussteigen und sagte zu Murdoch: »Kommen Sie auch mit, wir müssen etwas besprechen.«

»Sehr wohl, Mr. Morgan.«

Die massige, mit Eisenbeschlägen versehene Eichentür wurde von Marco Russo geöffnet. Er trug ein schwarzes Alpakajackett und gestreifte Hosen. »Mein Gott, Marco«, sagte Asta staunend. »Ich kann es nicht glauben, jetzt als Butler?«

Sie war vermutlich das einzige menschliche Wesen, für das er sich je zu einem Lächeln durchgerungen hatte, und er tat es wieder. »Nur ein kurzes Engagement, Miß Asta.«

»Bitten Sie das Hausmädchen, ein Bad vorzubereiten«, sagte Morgan und wandte sich an Murdoch. »Warten Sie in der Bibliothek.«

Er führte Asta durch die prachtvolle Halle zu einem wuchtigen Eichensessel am Feuer, das im offenen Kamin loderte.

»Schön«, begann er. »Dillon. Er ist dir über den Berg gefolgt. Weshalb?«

»Er hat es dir doch erzählt.«

»Alles Blödsinn.«

»Nun, er wußte, wer ich bin und wohin ich wollte, aber nicht von meinen Gepäckaufklebern.«

»Erklär mal.«

Sie erzählte von dem Ball in der brasilianischen Botschaft, von der Notiz in der Klatschkolumne der *Daily Mail*, eben alles.

»Ich hätte es mir denken können«, sagte Morgan, als sie ihren Bericht beendet hatte.

»Weshalb sagst du das?«

»Sobald ich von dem neuen Mieter in Ardnamurchan Lodge erfuhr, habe ich ihn überprüfen lassen. Brigadier Charles Ferguson, liebe Asta, ist Chef einer Eliteabteilung des britischen Geheimdienstes. Gewöhnlich beschäftigt er sich mit der Terrorismusabwehr und ist direkt dem Premierminister unterstellt.«

»Aber ich verstehe immer noch nicht.«

»Sie wissen Bescheid«, sagte er. »Über das Tschungking-Abkommen.«

»Mein Gott!« sagte sie erschrocken. »Und Dillon arbeitet für ihn.« Sie nickte. »Jetzt ergibt es auch einen Sinn.«

»Was meinst du?«

»Nun, ich hab' dir erzählt, daß Dillon mich auf dem Ball vor diesem Tier Hamish Hunt beschützt hat. Was ich dir noch nicht erzählt habe, ist, daß Hunt mir anschließend in der Park Lane aufgelauert hat. Er war total betrunken, Carl, und ziemlich brutal.«

Sein Gesicht wurde wieder bleich. »Und?«

»Dillon erschien und verprügelte ihn. Etwas Derartiges habe ich noch nie gesehen. Er ging richtig ökonomisch zu Werke.«

»Das sollte er auch als echter Profi. Ich hab's mir gedacht.« Morgan lächelte. »Demnach bin ich ihm nicht nur einmal, sondern zweimal etwas schuldig.« Er half ihr aus dem Sessel hoch. »Und jetzt schnell in die Badewanne. Wir essen später zu Abend.« Während sie hinausging, rief er: »Marco?«

Der Sizilianer tauchte aus dem Schatten auf. *»Signore?«*

»Hören Sie zu.« Sehr schnell setzte Morgan ihn auf italienisch über das Geschehen ins Bild.

Als er geendet hatte, sagte Marco: »Das scheint ein gefährlicher Bursche zu sein, dieser Dillon.«

»Setzen Sie sich sofort mit London in Verbindung. Ich erwarte Antworten, und zwar in einer Stunde. Machen Sie denen das klar.«

»Wie Sie meinen, *Signore*.«

Er entfernte sich. Morgan ging zur Bibliothek und öffnete die Tür. Es war ein gemütlicher Raum, mit einer hohen Glastür, die zu einer Terrasse führte, und einem offenen Kamin, in dem ein Feuer brannte. Murdoch rauchte eine Zigarette und starrte nachdenklich in die Flammen.

Morgan ließ sich am Schreibtisch nieder, öffnete eine Schublade und holte ein Scheckheft heraus. »Kommen Sie her.«

»Ja, Mr. Morgan.« Murdoch durchquerte das Zimmer, und Morgan füllte einen Scheck aus und reichte ihm das Papier. Der Gutsverwalter betrachtete den Scheck verblüfft. »25 000 Pfund. Aber wofür, Mr. Morgan?«

»Für Ihre Loyalität, Murdoch. Ich mag habgierige Menschen, und ich bin zu der Überzeugung gelangt, daß Sie auch einer sind.«

Murdoch war wie vom Donner gerührt. »Wenn Sie meinen, Sir.«

»Aber natürlich, und jetzt die nächste gute Nachricht, Murdoch. Wenn ich ausziehe, erhalten Sie den gleichen Betrag – für geleistete Dienste, natürlich.«

Murdoch hatte sich mittlerweile gefangen, und ein leichtes Lächeln umspielte seine Lippen. »Natürlich, Sir, alles geschieht in Ihrem Sinn.«

Morgan räusperte sich. »Im Laufe mehrerer Jahrhunderte nahmen die Lairds von Loch Dhu stets eine silberne Bibel mit in die Schlacht. Sie wurde jedesmal geborgen, selbst wenn ihr Besitzer im Kampf fiel. Sie befand sich auch bei dem alten Laird, als sein Flugzeug 1944 in Indien abstürzte. Ich habe Grund anzunehmen, daß sie auf das Schloß gebracht wurde. Aber wo ist sie, Murdoch? Wo ist das Ding?«

»Lady Katherine, Sir ...«

»Die weiß gar nichts. Sie hat sie seit Jahren nicht mehr gesehen. Sie ist hier, Murdoch, irgendwo versteckt, und wir werden sie suchen und finden. Klar?«

»Ja, Sir.«

»Reden Sie mit dem Personal. Erklären Sie den Leuten, sie sei ein wertvolles Familienerbstück, und daß es eine Belohnung für denjenigen gibt, der sie findet.«

»Das werde ich tun, Sir.«

»Sie können jetzt gehen.« Murdoch hatte die Tür schon geöffnet, als Morgan ihn noch einmal rief. »Und, Murdoch?«

»Ja, Sir?«

»Dieser Brigadier Ferguson und Dillon, sie stehen nicht auf unserer Seite.«

»Ich habe verstanden, Sir.«

»Gut, und vergessen Sie das niemals. Ach ja, ich möchte

wissen, wo man dieses Schwein Fergus Munro antreffen kann, am liebsten noch heute.«

»Ja, Sir.«

»Noch eins. Gibt es jemanden beim Gutspersonal, der auch in Ardnamurchan Lodge arbeitet?«

»Ferguson hat seinen eigenen Mann, Sir. Diesen Gurkha, seinen Leibdiener. Da ist aber Lady Katherines Gärtner, Angus. Er kümmert sich um die Anlagen und den täglichen Brennholzvorrat.«

»Ist er käuflich?«

Murdoch nickte. »Das würde ich doch meinen.«

»Gut. Ich möchte möglichst viele Augen und Ohren haben, die für mich arbeiten. Kümmern Sie sich darum, und dann suchen Sie Fergus.«

»Wird erledigt, Sir.« Murdoch ging hinaus und schloß die Tür.

Morgan saß eine Weile nachdenklich da und bemerkte dann die Leiter. Aus einem Impuls heraus stand er auf und schob sie an das Ende eines der Bücherregale. Er stieg bis ganz hinauf und begann, die Bücher eins nach dem anderen aus dem Regal zu ziehen, um zu sehen, was sich dahinter befand.

# 8

Nachdem Dillon gebadet hatte und in einen bequemen Trainingsanzug geschlüpft war, streckte er sich vor dem Feuer aus. Hannah Bernstein saß ihm gegenüber in einem Sessel. Er hatte soeben seinen Bericht über die Ereignisse des Tages abgeschlossen, und Ferguson schenkte am Barschrank in der Ecke Drinks ein.

»Für Sie auch einen, Chief Inspector?«

»Nein, danke, Sir.«

»Nun, unser Freund könnte sicherlich einen Brandy vertragen.«

»Es war ein ziemlich langer Marsch«, sagte Dillon und nahm das Glas entgegen. »Was halten Sie davon?«

»Von Morgan? Oh, er weiß Bescheid, das war mir nach unserem kurzen Gespräch völlig klar.«

»Und wie sieht sein nächster Schritt aus?« fragte Hannah.

»Ich weiß es nicht. Mal sehen, was morgen geschieht.« Ferguson setzte sich. »Es ist übrigens eine interessante Situation, das mit den Jagd- und den Fischrechten. Kim erzählte mir, er habe am Tag vor unserer Ankunft im Loch Dhu geangelt, als ein paar finstere Burschen, die für diesen Murdoch als Waldhüter arbeiten, zu ihm kamen und ihm nicht sehr freundlich empfahlen, zu verschwinden.«

»Wer sind die?«

»Ich habe einige Nachforschungen angestellt. Kesselflicker – die letzten Überreste eines zerfallenen Clans. Sie wissen ja, über allem schwebt dieser romantische schottische Unsinn. Sie zögen seit Culloden durch die Highlands und so weiter. Old Hector Munro und seine Sippe. Ich sah sie gestern in Ardnamurchan Village, und ich habe nichts Romantisches an ihnen finden können. Sie sind ein Haufen abgerissener, stinkender Gauner. Da ist erst mal der alte Hector, dann Fergus ...«

»Dem bin ich ja schon begegnet.«

»Dann ist da der andere Bruder, Rory, ein großer, brutal aussehender Bursche mit Pferdeschwanz. Also wirklich, warum tun sie das? Sie tragen sogar Ohrringe. Wir leben doch nicht mehr im 17. Jahrhundert.«

Hannah brach in schallendes Gelächter aus, und Dillon sagte: »Die haben es sich aber gründlich mit Ihnen verdorben, Brigadier. Und Sie sagen, sie hätten Kim vom Grundstück verjagt?«

»Ja, ich habe Kim mit einem bösen Beschwerdebrief für diesen Murdoch, den Gutsverwalter, zum Schloß geschickt, daß ich in Erwägung ziehen würde, beim Polizeipräsidenten des Bezirks Klage einzureichen.«

»Und was geschah?«

»Murdoch tauchte blitzschnell auf und entschuldigte sich wortreich. Er sagte, er werde sie in Zukunft besser an der Kandare halten. Er erzählte mir irgendeine wilde Geschichte über eine arktische Seeschwalbenart, die am Loch Dhu brütet und die nicht gestört werden soll. Er entschuldigte sich für die Munros. Versprach, er werde sie in den Hintern treten und so weiter.«

Dillon stand auf und holte sich einen zweiten Brandy. Er kam zum Feuer zurück. »Wir sind also hergekommen, um zu jagen und zu angeln?«

»Selbstverständlich«, sagte Ferguson. »Morgan paßt das natürlich gar nicht in den Kram. Das hat er doch sofort durchblikken lassen, oder?«

»Dann wollen wir ihm diesen Zahn mal ziehen. Ich werde morgen den Kopf in den Rachen des Tigers legen. Haben Sie alles eingepackt, was wir zum Angeln brauchen?«

»Und für die Jagd.«

»Schön, dann versuche ich morgen früh mein Glück am Loch Dhu. Ich denke, dort gibt es jede Menge Forellen.«

»Massenweise, mein Junge. Gelegentlich sogar Einpfünder.«

»Prima, ich ziehe nach dem Frühstück mit der Angel los.«

Hannah hatte Bedenken. »Die Munros könnten ziemlich unangenehm werden, wenn sie denen in die Finger fallen, vor allem nach Ihrem Intermezzo mit Fergus. Ich habe den Brigadier begleitet, als wir sie in Ardnamurchan Village trafen. Ein wirklich gefährlich aussehender Clan. Nicht von der Sorte, die es sich so einfach gefallen läßt, verprügelt zu werden.«

»Ich auch nicht.« Dillon leerte sein Glas. »Wir sehen uns beim Frühstück.« Danach ging er zu Bett.

Zur gleichen Zeit saßen Asta und Morgan vor dem Kamin im großen Wohnsaal des Schlosses, als Marco mit einem Stück Papier in der Hand hereinkam.

»Ein Fax aus London, *Signore*.«

Morgan überflog es schnell, dann lachte er laut auf. »Lieber Himmel, hör dir das an. Diese Bernstein ist Detective Chief Inspector des Sicherheitsdienstes bei Scotland Yard, aber Dillon ist der absolute Spitzenmann. Sean Dillon, früher Schauspieler, Royal Academy of Dramatic Art und Nationaltheater; hervorragende Sprachbegabung, beherrscht mehrere Fremdsprachen. Erstklassiger Pilot und erfahrener Taucher. Gütiger Himmel, er hat in Beirut für die Israelis gearbeitet.«

»Aber was hat er dort getan?«

»Offenbar Schiffe der PLO versenkt. Er ist nicht wählerisch, unser Mr. Dillon. Er hat praktisch schon für jeden gearbeitet, und das schließt in den alten Tagen selbst den KGB ein.«

»Du meinst, er ist eine Art Söldner?« fragte Asta.

»So kann man es auch ausdrücken. Aber davor war er ein paar Jahre bei der Provisorischen IRA und galt als einer ihrer meistgefürchteten Vollstrecker. Es gab sogar Vermutungen, daß er hinter dem Angriff auf Downing Street während des Golfkriegs gesteckt habe.«

»Weshalb arbeitet er dann für Ferguson?«

»Ich nehme an, die Briten waren die einzigen Leute, für die er noch nicht tätig war; und du weißt ja, wie skrupellos sie sein können. Sie würden jeden einsetzen, um ihre Ziele zu verfolgen.«

»Ein wahrlich gefährlicher Mann«, sagte Asta. »Wie aufregend.«

Morgan reichte Marco das Fax. »Ach, wir sind auch schon früher mit wahrlich gefährlichen Männern fertig geworden, nicht wahr, Marco?«

»Sehr oft sogar, *Signore*. Brauchen Sie sonst noch etwas?«

»Ja, bringen Sie mir Kaffee und sagen Sie Murdoch Bescheid, ich erwarte ihn jetzt.«

Asta stand auf. »Ich muß ins Bett. Können wir morgen ein wenig ausreiten?«

»Warum nicht?« Er ergriff ihre Hand. »Schlaf gut.«

Sie küßte ihn auf die Stirn und stieg die Treppe hinauf. Morgan nahm sich eine Zigarre, schnitt die Spitze ab und zündete sie an. Murdoch erschien mit nassem Regenmantel.

»Und?« fragte Morgan.

»Leider kein Glück; dieser alte Bastard Hector Munro war ziemlich stur. Er sagte, Fergus sei zu seiner abendlichen Runde aufgebrochen, und sie hätten ihn seitdem nicht mehr gesehen. Er lügt natürlich.«

»Was haben Sie getan?«

»Ihre stinkenden Wohnwagen durchsucht, was ihm nicht gefiel, aber ich bestand darauf.«

»Ich will Fergus«, sagte Morgan. »Ich will ihn dort haben, wo ich mich persönlich um ihn kümmern kann. Er hat mit seinen schmutzigen Händen meine Tochter angefaßt, und das tut kein Mann ungeschoren. Versuchen Sie es morgen noch einmal.«

»Ja, Mr. Morgan; gute Nacht, Sir.«

Murdoch ging hinaus, und Marco kam mit dem Kaffee herein. Während er einschenkte, sagte Morgan auf italienisch: »Was halten Sie von ihm?«

»Murdoch? Ein Stück Scheiße, *Signore*; keine Ehre, nur Geld zählt für ihn.«

»Das habe ich mir auch schon gedacht; werfen Sie gelegentlich ein Auge auf ihn. Sie können jetzt zu Bett gehen.«

Marco ging hinaus, und Morgan saß brütend da, trank seinen Kaffee und starrte ins Feuer.

Er saß am folgenden Morgen um acht in der Bibliothek an seinem Schreibtisch und arbeitete sich durch einige Geschäftsunterlagen, als es an der Tür klopfte und Murdoch auftauchte.

»Ich habe Angus hier, Sir.«

»Bringen Sie ihn rein.«

Angus nahm seine Tweedmütze ab und knetete sie mit den Händen. »Mr. Morgan, Sir.«

Morgan betrachtete ihn eingehend. »Sie sehen aus wie ein praktisch veranlagter Mensch, habe ich recht?«

»Ich hoffe es, Sir.«

Morgan öffnete eine Schublade und holte ein Bündel Banknoten heraus, die er über den Tisch schob. Angus ergriff die Scheine. »Fünfhundert Pfund. Wenn in Ardnamurchan Lodge irgend etwas Ungewöhnliches geschieht, dann rufen Sie Murdoch an.«

»Das werde ich tun, Sir.« Der Gärtner schwitzte leicht.

»Waren Sie heute morgen dort?«

»Um den Holzvorrat aufzufüllen, Sir.«

»Und was war los?«

»Mr. Dillon nahm ein frühes Frühstück ein, ehe er zum Loch Dhu aufbrach, um zu angeln. Er bat mich um meinen Rat.«

Morgan nickte. »Gut. Dann nichts wie los.«

Angus ging, und Murdoch sagte: »Falls die Munros ihm begegnen, könnte er in Schwierigkeiten kommen.«

»Genau das habe ich auch gedacht.« Morgan lächelte, und in diesem Moment kam Asta in Reitjacke und Reithose herein.

»Da bist du ja«, sagte sie. »Du meintest, wir könnten ausreiten.«

»Warum eigentlich nicht?« Er sah Murdoch an. »Machen Sie die Pferde bereit. Sie können mitkommen.« Er lächelte. »Wir könnten uns bei der Gelegenheit auch mal den See anschauen.«

Das Wasser des Loch Dhu war noch dunkler, als der Name andeutete, still und glatt im grauen Morgenlicht und dennoch vom Regen gekräuselt. Dillon trug Watstiefel, einen alten Regenhut und einen wasserdichten australischen Weidemantel mit Pelerine. Er hatte die Sachen in der Jagdhütte gefunden.

Er zündete sich eine Zigarette an und ließ sich Zeit damit, die Angelrute zusammenzusetzen. Das Heidekraut hinter ihm stand hüfthoch, dahinter eine Baumreihe, und ein Regenpfeifer flatterte auf. Ein Windhauch wühlte die Oberfläche des Lochs auf, und eine Forelle sprang hinter der Sandbank fast einen halben Meter in die Luft und verschwand wieder.

Plötzlich vergaß Dillon alles und erinnerte sich nur noch an die Schaffarm seines Onkels im County Down und an die Lektionen in dieser wundervollen Kunst, die sein Onkel ihm erteilt hatte. Er befestigte die Fliege, die Ferguson empfohlen hatte, offenbar eine aus seiner eigenen Produktion, und begann zu angeln.

Sein erstes Dutzend Würfe war schlecht und ungeübt, aber nach und nach kehrte die alte Geschicklichkeit zurück, und er bekam zwei Viertelpfünder an den Haken. Es regnete immer noch in Strömen. Er ließ zwei weitere Meter Schnur aus, hob die Rutenspitze und warf den Köder bis hinter die Sandbank, wo eine schwarze Rückenflosse durch das Wasser schnitt. Dieser Wurf war der bisher präziseste. Die Fliege landete auf der Wasseroberfläche, die Rute wurde gebogen, und die Schnur spannte sich.

Mindestens zwei Pfund. Die Schnur sang, als die Forelle am Haken in tieferes Wasser flüchtete, und er ging an der Sandbank entlang und operierte vorsichtig mit der Leine. Sie wurde schlapp, und er dachte schon, er hätte den Fisch verloren, aber die Forelle ruhte sich nur aus. Eine Sekunde später spannte die Schnur sich wieder. Er kämpfte zehn Minuten lang, ehe er den zappelnden Fisch aus dem Wasser heben konnte. Er entfernte den Haken und wollte ans Ufer zurückkehren.

Eine rauhe Stimme sagte: »Gut gemacht, Freundchen, eine prima Mahlzeit für uns.«

Der Mann, der das gesagt hatte, war mindestens siebzig. Er trug einen Tweedanzug, der schon bessere Tage gesehen hatte, und unter seiner Glengarry-Mütze schaute schlohweißes Haar hervor. Sein Gesicht war vom Wetter gegerbt, faltig und voller Bartstoppeln. In der rechten Armbeuge hielt er eine Schrotflinte.

Hinter ihm erhoben sich zwei Männer aus dem Heidekraut. Einer war groß und grobknochig und grinste ständig. Das muß Rory sein, sagte Dillon sich. Der andere war Fergus, einen leuchtendroten Bluterguß auf einer Gesichtshälfte. Die Lippen waren geschwollen.

»Das ist er, Da, das ist das Schwein, das mich angegriffen hat.« Während er das sagte, hob er den Lauf der Schrotflinte.

Rory schlug die Waffe zur Seite, und sie entlud sich ins Erdreich. »Versuch nicht wie immer den Idioten zu spielen, kleiner Bruder«, sagte er auf gälisch.

Dillon hatte als Ire keine Probleme, alles zu verstehen, so auch, daß Hector sagte: »Der sieht aber ziemlich mickrig aus«, während er zu einem Boxhieb ausholte.

Dillon duckte sich, entging dem Hieb, aber er rutschte aus und stürzte ins seichte Wasser. Er rappelte sich hoch, und der alte Mann richtete drohend die Schrotflinte auf ihn. »Nicht jetzt, du tapferer Zwerg«, sagte er auf englisch. »Du bekommst schon deine Chance. Immer mit der Ruhe. Geh voraus.«

Während Dillon sich in Bewegung setzte, sagte Fergus:

»Warte ab, bis ich mit dir fertig bin.« Dabei schwang er den Kolben seiner Schrotflinte. Dillon wich lässig aus, und Fergus sackte auf ein Knie.

Rory zog ihn am Kragen wieder hoch. »Hörst du jetzt, oder soll ich dir einen Arschtritt verpassen?« fragte er auf gälisch und stieß ihn vor sich her.

»Gott helfe ihm, aber der lernt es nicht«, erklärte Dillon ihm auf irisch. »Einige Menschen werden eben nie erwachsen.«

Rorys Mund klappte vor Erstaunen auf. »Bei Gott, Da, hast du das gehört? Das ist das seltsamste Gälisch, das ich je gehört habe.«

»Weil es Irisch ist, die Sprache der Könige«, sagte Dillon. »Aber immer noch ähnlich genug, daß wir uns verstehen können.« Danach ging er vor ihnen her.

Rauch stieg hinter den Bäumen auf, und Kinderstimmen waren zu hören. Demnach brachten sie ihn nicht zu Morgan, und er begriff, daß er sich verrechnet hatte. Sie stiegen in eine Senke hinunter, in der ein Lager aufgeschlagen war. Die drei Wagen waren alt und mit geflickten Zeltplanen bedeckt und weit von der romantischen Vorstellung einer Karawane entfernt. Die Aura der Armut lag über allem, von den schäbigen Kleidern der Frauen, die am Feuer hockten und Tee tranken, bis zu den nackten Füßen der Kinder, die im Gras in der Nähe mehrerer magerer Pferde spielten.

Fergus versetzte Dillon einen Stoß, der ihn vorwärtsstolpern ließ, und die Frauen wichen auseinander. Die Kinder unterbrachen ihr Spiel und kamen neugierig näher. Hector Munro setzte sich auf eine alte Kiste, die von einer der Frauen frei gemacht worden war, legte sich die Schrotflinte quer über die Knie und holte eine Tabakspfeife hervor. Fergus und Rory blieben dicht hinter Dillon stehen.

»Ein Angriff auf einen von uns ist ein Angriff auf uns alle, Mr. Dillon, oder wie immer Ihr Name lauten mag. Das große Pech ist, daß Sie das nicht wußten.« Er stopfte Tabak in seine Pfeife. »Rory.« Rory reagierte schnell, riß Dillons Arme nach hinten, und der alte Mann sagte: »Bedien dich, Fergus.«

Fergus wartete nicht lange und rammte Dillon abwechselnd die rechte und die linke Faust in die Magengrube. Dillon rührte sich nicht, sondern spannte nur seine Muskeln an, und Fergus bearbeitete mit den Fäusten die rechte Seite seines Brustkorbs. »Und jetzt zu deiner hübschen Visage«, sagte er. »Halte seinen Kopf hoch, Rory.«

Als er mit der Hand Dillons Haare packte, mußte Rory sein Opfer mit einem Arm loslassen. Dillon ließ seinen Fuß vorschnellen und erwischte Fergus im Schritt, drehte sich dann halb um und stieß Rory wuchtig den Ellbogen unters Kinn. Der massige Mann ließ ihn frei und taumelte nach hinten. Dillon rannte davon, stürzte aber lang hin, als eine der Frauen ihm ein Bein stellte.

Er rollte sich verzweifelt über den Erdboden, während alle nach ihm traten, sogar die Kinder. Plötzlich erklang Hufgetrappel. Eine Stimme rief: »Hört auf, verdammt noch mal!« Und eine Schrotflinte wurde abgefeuert.

Die Frauen und Kinder stoben davon, und Dillon rappelte sich auf. Vor ihm auf einem Pferd saß Murdoch, die Schrotflinte lag schußbereit auf seinem Oberschenkel. Hinter ihm kamen Carl Morgan und Asta in die Senke heruntergeritten. Dillon bemerkte, wie Fergus sich unter einem der Wagen verkroch. »Bleib dort, du dämliches Schwein«, zischte Rory auf gälisch und schaute dann erschrocken zu Dillon, als ihm bewußt wurde, daß er die Warnung ebenfalls gehört hatte.

Carl Morgan lenkte sein Pferd in die Senke. Er zog am rechten Zügel, so daß das Tier sich umdrehte und mit den Hinterbeinen auskeilte und Hector Munro einen Tritt vor die Brust verpaßte, der ihn zu Boden streckte.

Morgan zügelte sein Pferd. »Sagen Sie ihnen, wer ich bin«, befahl er.

»Das ist Mr. Carl Morgan, der neue Mieter von Loch Dhu Castle«, verkündete Murdoch, »und euer Arbeitgeber.«

»Ist das so?« sagte Hector Munro, während er sich aufrichtete.

»Deshalb entblöße den Schädel, du ungehobelter Bastard«, verlangte Murdoch, beugte sich von seinem Pferd herab, riß dem alten Mann die Mütze vom Kopf und schleuderte sie weg.

Rory machte einen Schritt vorwärts, und Dillon sagte auf irisch: »Ruhig, Junge, alles zu seiner Zeit.«

Rory drehte sich mit finsterer Miene um, und sein Vater sagte: »Der Mann da, Dillon, hat im Loch geangelt. Wir haben nur unsere Pflicht getan.«

»Lügen Sie mich nicht an, Munro«, warnte Murdoch ihn. »Mr. Dillon ist der Neffe von Brigadier Ferguson, dem Mieter von Ardnamurchan Lodge, und machen Sie mir nur nicht weis, das hätten Sie nicht gewußt. Ihr Gesindel erfahrt ja alles hier im Bezirk, noch bevor es überhaupt passiert.«

»Das reicht«, sagte Morgan und blickte auf Munro herab. »Wollen Sie weiter für das Gut arbeiten?«

»Natürlich, Sir.«

»Dann sehen Sie zu, daß Sie sich in Zukunft anständig benehmen.«

»Jawohl, Sir.« Munro hob seine Mütze auf und stülpte sie sich über den Kopf.

»Und jetzt zu Ihrem Sohn Fergus. Er hat sich an meiner Tochter vergriffen. Ich will ihn haben.«

»Und wir haben ihn nicht gesehen, Sir; das habe ich schon Mr. Murdoch erklärt. Wenn er sich gegenüber der jungen Lady danebenbenommen hat, dann bitte ich um Entschuldigung, aber Fergus ist ständig auf Achse.«

»Manchmal bleibt er tagelang weg«, sagte Rory. »Dann weiß niemand, wo er sich rumtreibt.« Er blickte kurz zu Dillon, doch Dillon schwieg.

Morgan nickte. »Na schön, ich kann warten. Wir gehen jetzt, Mr. Dillon.«

»Ich komme schon klar«, sagte Dillon. »Ich will nur mein Angelzeug holen. Ich gehe zu Fuß zurück.« Er ging zu Astas Pferd hinüber und schaute zu ihr hoch.

»Sind Sie in Ordnung?« erkundigte sie sich.

»Es ist alles klar«, beruhigte Dillon sie. »So was mache ich fast jeden Morgen. Danach schmeckt mir das Mittagessen um so besser.«

»Ich melde mich noch bei Ihnen, Dillon«, versprach Morgan. »Jetzt komm, Asta.« Er trabte davon.

Dillon schaute auf die Munros in der Senke. Fergus kroch gerade unter dem Wagen hervor, und Dillon rief auf irisch: »Da bist du ja, du Bengel. An deiner Stelle wäre ich etwas vorsichtiger.«

Er ging hinunter zum Ufer und sammelte seine Angel und den Korb ein. Als er sich zum Gehen wandte, tauchte Rory Munro zwischen den Bäumen auf. »Ich möchte wissen, weshalb Sie das für Fergus getan haben, wo Sie beide nicht gerade Freunde sind«, sagte er auf gälisch.

»Weil ich Morgan noch viel weniger leiden kann. Sicher, das mit dem Mädchen ist was anderes. Wenn Fergus sie noch einmal anrührt, breche ich ihm beide Arme.«

Rory lachte. »Aha, Sie sind wohl ein ganz harter Bursche, kleiner Mann, was?«

»Sie können es ja mal ausprobieren«, schlug Dillon ihm vor.

Rory studierte ihn einige Sekunden lang, dann erschien ein Lächeln in seinem Gesicht. »Vielleicht kommt der Zeitpunkt irgendwann«, sagte er, drehte sich um und verschwand zwischen den Bäumen.

Dillon saß in Ardnamurchan Lodge am Kamin und trank Tee, während er Ferguson und Hannah Bernstein die Ereignisse des Vormittags schilderte.

»Die Dinge kommen allmählich in Bewegung«, sagte Ferguson.

»Sie hatten eine Menge Glück, daß Morgan rechtzeitig erschienen ist«, bemerkte Hannah. »Andernfalls könnten Sie jetzt im Krankenhaus liegen.«

»Ja, ein glücklicher Zufall«, pflichtete Ferguson ihr bei.

»Sie wissen ja, wie sehr ich an solche Zufälle glaube«, sagte Dillon.

Hannah runzelte die Stirn. »Sie denken, Morgan steckte hinter der Angelegenheit?«

»Sicher bin ich mir nicht, aber ich glaube, er hatte damit gerechnet. Deshalb ist er dort aufgekreuzt.«

»Durchaus möglich.« Ferguson nickte. »Was uns zu der Frage bringt, woher er wußte, daß Sie heute morgen angeln wollten.«

»Ich weiß. Das Leben ist ein einziges großes Geheimnis«, sagte Dillon. »Wie geht's weiter?«

»Zeit zum Mittagessen, mein Junge. Ich dachte mir, wir statten Ardnamurchan Village einen Besuch ab und testen die Köstlichkeiten des örtlichen Pubs.«

»Ordinäres Restaurantessen, Brigadier? Sie?« staunte Hannah.

»Und Sie auch, Chief Inspector, obgleich ich kaum annehme, daß es koscher ist.«

»Ich erkundige mich«, sagte sie. »Ich glaube, dieser Angus arbeitet im Garten.« Sie öffnete die Terrassentür, ging hinaus und kam kurz darauf wieder zurück. »Er sagt, das Campbell Arms hat eine Küche. Dort gibt es Sheperd's Pie und ähnliche Spezialitäten.«

»Also etwas Deftiges«, sagte Ferguson. »Wie schön. Dann sollten wir schnellstens aufbrechen.«

Morgan stand mit Asta an der Terrassentreppe, als Murdoch zu ihnen heraufkam. »Ich erhielt soeben einen Anruf von Angus. Unsere Freunde speisen im Campbell Arms zu Mittag.«

»Tatsächlich?« sagte Morgan.

»Es könnte durchaus interessant werden. Übermorgen finden hier das Dorffest und die Highland Games statt. Mit Kesselflikkern, Pferdehändlern und so weiter. Die Munros sind wahrscheinlich auch dort.«

»Was Sie nicht sagen.« Morgan lächelte und wandte sich an Asta. »Das dürfen wir doch nicht versäumen, oder?« Er erhob seine Stimme. »Marco!« rief er. Russo erschien in der Terrassentür. »Holen Sie den Kombiwagen. Wir wollen auf einen Drink ins Dorf, und Sie fahren. Ich habe das Gefühl, als könnten wir Sie brauchen.«

Das Campbell Arms war ein sehr altes, graues Granitgebäude mit einem frisch gestrichenen Schild über der Tür. Dillon parkte auf der anderen Straßenseite. Sie mußten einen Moment warten, ehe sie die Straße überqueren konnten, weil ein junger Zigeuner auf einem ungesattelten Pferd vorbeiritt und drei andere Tiere hinter sich herzog. An der Wand hing ein Plakat, das auf die Ardnamurchan Fair and Games hinwies.

»Das scheint ja ganz lustig zu werden«, sagte Ferguson, öffnete die Tür und trat als erster ein.

Sie kamen in eine altmodische kleine Bar, wie sie früher den Frauen vorbehalten war. Der Raum war leer, aber durch eine weitere Tür gelangte man in einen großen Gastraum mit wuchtigen Deckenbalken. Es gab eine lange Bartheke mit einer Marmorplatte, dahinter unzählige Flaschen, die vor einem Wandspiegel aufgereiht waren. Im Kamin brannte ein Torffeuer. Außerdem gab es Tische, Stühle und einzelne Nischen mit hochlehnigen Holzbänken. Das Pub war mit etwa dreißig Gästen gut besucht. Die meisten davon waren Zigeuner, die offensichtlich zum Jahrmarktpersonal gehörten. Der Rest waren Gäste aus dem Ort, alte Männer mit Highlandmützen und in Schottentracht, so wie Hector Munro, der zusammen mit Rory und Fergus am anderen Ende der Bar stand.

Es herrschte ein angeregtes Stimmengemurmel, das abrupt verstummte, als Ferguson mit Hannah und Dillon im Schlepptau eintrat. Die Frau hinter der Bar kam nach vorne und trocknete sich die Hände an einem Handtuch ab. Sie trug eine alte selbstgestrickte Jacke und Hosen. »Seien Sie herzlich willkommen, Brigadier«, sagte sie mit kräftigem Highlandakzent und ergriff seine Hand. »Ich heiße Molly.«

»Schön, hier zu sein, meine Liebe«, erwiderte er. »Ich habe gehört, Ihr Essen sei hervorragend.«

»Kommen Sie.« Sie geleitete sie zu einer der Nischen am Feuer und drehte sich um. »Trinkt weiter, während ich die verdammten Engländer abfertige«, sagte sie auf gälisch zu den anderen Gästen.

Sean Dillon wechselte ins Irische über. »In meinem Fall machen Sie einen großen Fehler, Frau Wirtin, aber ich verzeihe Ihnen, wenn Sie mir eine Flasche Bushmills hinstellen.«

Sie fuhr herum und starrte ihn entgeistert an. Dann legte sie eine Hand auf seine Schulter. »Ein Ire, nicht wahr? Sie sind ein anständiger Kerl, und es könnte sein, daß ich eine Überraschung für Sie habe.« Während sie sich setzten, fuhr sie auf englisch fort: »Heute gibt es Fischpastete, frischen Kabeljau, Zwiebeln und Kartoffeln.«

»Das klingt ja unglaublich lecker«, sagte Ferguson. »Ich bekomme ein Guinness, ein Lager für die Dame und was immer Sie und mein Freund ausgesucht haben.«

»Sie sind ein Mann nach meinem Herzen, und einen guten schottischen Namen haben Sie auch.«

Sie entfernte sich, und als die allgemeine Unterhaltung wieder in Gang kam, zündete Dillon sich eine Zigarette an. »Der alte Mann mit dem wie aus Granit gehauenen Gesicht und der Schottenmütze am Ende der Bar ist Hector Munro, der leicht Lädierte ist Fergus, und der Klotz mit den breiten Schultern, der Sie, meine Liebe, so bewundernd angafft, ist Rory.«

Hannah errötete. »Nicht mein Typ.«

Dillon wandte den Kopf und nickte den Munros grüßend zu. »Ach, ich weiß nicht, wenn Sie ein paar Drinks intus haben zu vorgerückter Stunde, kann alles Mögliche passieren.«

»Sie sind ein Ferkel, Dillon.«

»Ich weiß, das hat man mir schon früher vorgeworfen.«

Hector Munro wischte sich den Mund mit dem Handrücken ab und kam herüber, wobei er jeden mit der Schulter beiseite schob, der ihm im Weg stand. »Mr. Dillon, Sie haben meinem Sohn geholfen«, sagte er auf englisch, »und dafür bedanke ich mich bei Ihnen. Vielleicht haben Sie uns einfach auf dem falschen Fuß erwischt.«

»Das ist mein Onkel, Brigadier Ferguson«, sagte Dillon.

»Ich kenne den Namen Ferguson«, sagte Munro. »Es gibt ein paar Fergusons wenige Meilen von hier in Richtung Tomentoul. Sie bildeten unsere linke Flanke in Culloden, als wir gegen die verdammten Deutschen von König Georg kämpften.«

»Sie haben aber ein tolles Gedächtnis«, stellte Ferguson fest. »Die Geschichte spielte vor fast 250 Jahren. Ja, meine Vorfahren haben in Culloden für Bonnie Prince Charles gekämpft.«

»Sie sind ein guter Mann.« Munro drückte ihm die Hand und kehrte an die Bar zurück.

»Meine Güte, jetzt wühlen wir schon in der Vergangenheit herum«, klagte Ferguson, während Molly die Getränke brachte. Im gleichen Moment ging die Tür auf. Herein kamen Morgan und Asta, dicht gefolgt von Murdoch und Marco.

Erneut trat Stille ein. Morgan ließ seinen Blick durch den Raum schweifen, und dann kam er mit Asta herüber. Marco blieb an der Bar, und Murdoch begann ein Gespräch mit Molly. Morgan und Asta nahmen auf der Bank gegenüber Ferguson und seiner Begleitung Platz.

»Brigadier, es ist mir ein Vergnügen, Sie hier anzutreffen. Ich hatte gestern keine Gelegenheit, Sie mit meiner Tochter bekannt zu machen. Asta – Brigadier Ferguson.«

»Freut mich aufrichtig, meine Liebe«, versicherte Ferguson ihr. »Meinen Neffen kennen Sie. Diese reizende Lady ist übrigens meine Sekretärin, Miß Hannah Bernstein.«

Murdoch kam mit Gläsern und einer Flasche Weißwein von der Bar herüber. »Keine große Auswahl, Sir, es ist ein Chablis.«

»Solange sie ihn nicht auf dem Hinterhof zusammengepanscht haben, ist er ganz in Ordnung«, sagte Morgan. »Und was ist mit Essen?«

»Fischpastete mit Kartoffeln, alter Junge«, klärte Ferguson ihn auf. »Es gibt jeden Tag nur ein Gericht.«

»Dann eben Fisch und Kartoffeln«, sagte Morgan. »Schließlich sind wir hier nicht im Caprice.«

»Das wirklich nicht«, bestätigte Ferguson. »Das sind völlig verschiedene Welten.«

»Genau.« Murdoch schenkte den Wein ein, und Morgan erhob sein Glas. »Auf was sollen wir anstoßen?«

»Verwirrung für unsere Feinde«, sagte Dillon. »Ein guter irischer Trinkspruch.«

»Er paßt perfekt.«

Asta trank einen Schluck Wein und sagte: »Ich freue mich, Sie kennenzulernen, Miß Bernstein. Seltsam, aber als wir zusammen waren, hat Dillon nie von Ihnen gesprochen. Jetzt, wo ich Sie sehe, verstehe ich natürlich, warum.«

»Warum versuchen Sie nicht mal zur Abwechslung, sich anständig zu benehmen?« fragte Dillon.

Ihre Augen weiteten sich vor Zorn, und Morgan machte ein finsteres Gesicht. Dann beugte Murdoch sich vor, flüsterte ihm etwas ins Ohr, und Morgan drehte sich zur Bar um. In diesem Moment huschte Fergus gerade zur Tür.

Morgan gab dem Italiener ein Zeichen. »Halten Sie ihn fest, Marco. Das ist der Kerl, hinter dem ich her bin.«

Marco legte Fergus eine Hand auf die Brust und schob ihn zurück. Hector Munro und Rory rückten gegen ihn vor. »Lassen Sie meinen Sohn in Ruhe, oder Sie bekommen es mit mir zu tun«, sagte der alte Mann.

»Munro«, rief Morgan, »ich habe Sie heute früh nach Ihrem Sohn gefragt, und Sie haben behauptet, nicht zu wissen, wo er sei.

Als Ihr Arbeitgeber hätte ich etwas mehr Loyalität von Ihnen erwartet.«

»Mein Sohn ist meine Angelegenheit. Wer sich mit ihm anlegt, legt sich mit uns allen an.«

»Bitte ersparen Sie mir diese lächerliche Bauernromantik. Er hat meine Tochter angegriffen, und dafür muß er bezahlen.«

Fergus hatte jetzt Angst. Sein Gesicht war schneeweiß und verzweifelt. Er versuchte sich um Marco herumzuschlängeln, aber Marco hatte keine Mühe, ihn festzuhalten. Er packte ihn am Kragen, drehte ihn um und gab ihm einen Tritt, so daß er vor Morgan auf den Knien landete.

In der Bar herrschte völlige Stille. »Nun denn, du Tier«, sagte Morgan.

Rory stürmte vor. »Das ist für dich«, brüllte er und traf Marcos Wirbelsäule mit einem wütenden Schwinger. Der Sizilianer steckte ihn ohne sichtbare Reaktion ein, drehte sich lässig, blockte Rorys nächsten Schlag ab und konterte mit einer rechten Geraden, die auf Rorys linker Wange landete und ihn zurückwarf.

Fergus, der vor Angst zitternd auf dem Boden kauerte, erkannte seine Chance, sprang auf und sprintete zur Tür. Marco drehte sich bereits nach ihm um und wollte ihn abfangen, als Hannah Bernstein ein Bein ausstreckte und ihn zu Fall brachte. Marco ging zu Boden, und Fergus flitzte wie ein Wiesel nach draußen.

»Schlimm, nicht wahr?« sagte Ferguson zu Morgan. »Ich kann sie nirgendwohin mitnehmen.«

Während Marco aufstand, löste Rory sich von der Bar, doch Dillon sprang auf und schob sich zwischen sie. »Dieser Hund gehört mir«, sagte er auf irisch zu Rory. »Jetzt trinken Sie Ihr Bier aus wie ein braver Junge und belassen Sie es dabei.«

Rory starrte ihn an, die nackte Wut in den Augen, dann holte er tief Luft. »Wie Sie meinen, Irishman, aber wenn er sich noch einmal mit mir anlegt, dann mache ich ihn fertig.« Damit drehte er sich um und ging wieder an die Bar.

»Merkwürdig«, sagte Ferguson zu Morgan, »aber seit ich Sie kennengelernt habe, hat das Leben für mich eine ganz neue Bedeutung gewonnen.«

»Ist das Ihr Ernst?« fragte Morgan freundlich. In diesem Moment erschien Molly mit einem großen Tablett.

»Also, das riecht wirklich köstlich.« Ferguson strahlte vor Vergnügen. »Langen wir ordentlich zu, ich bin sicher, wir werden unsere ganze Energie brauchen.«

Als sie später draußen auf der Straße standen, sagte Morgan: »Ich hatte gedacht, wir könnten vielleicht morgen bei mir zu Abend essen. Es wäre doch sicher nett, zu dieser Gelegenheit auch Lady Katherine einzuladen.«

»Eine glänzende Idee«, sagte Ferguson. »Ich nehme die Einladung gerne an.«

»Können Sie reiten, Dillon?« fragte Asta.

»Das denke ich doch.«

»Vielleicht haben Sie Lust, uns morgen früh zu begleiten. Ein Pferd wäre für Sie vorhanden.«

»Nun, da muß ich leider absagen«, entgegnete er. »Mein Onkel hat mir versprochen, mich morgen auf die Rehpirsch mitzunehmen. Haben Sie so etwas schon mal gemacht?«

»Eine Rehpirsch? Das klingt richtig abenteuerlich.« Sie schaute über die Schulter. »Carl? Ich würde liebend gerne mitgehen.«

»Das ist nichts für mich, und außerdem habe ich morgen einige geschäftliche Dinge zu erledigen.«

Ferguson rieb sich zufrieden die Hände. »Wir würden uns freuen, wenn Sie uns begleiten, meine Liebe; das heißt, wenn Sie nichts dagegen haben, Morgan.«

»Weshalb sollte ich? Eine gute Idee.«

»Wir holen Sie ab«, sagte Ferguson. »Um halb zehn.« Er lüftete seinen Tweedhut. »Einstweilen auf Wiedersehen.« Dann ging er zurück zum Range Rover.

»Okay, dann«, sagte Morgan, und Asta ging voraus zum Kombiwagen.

»Einen Moment, Sir«, murmelte Murdoch. »Ich habe eine Idee, wo Fergus sich verkrochen haben könnte.«

»Wirklich?« sagte Morgan. »Na schön, wir bringen Miß Asta nach Hause, und dann können Sie es mir zeigen.«

In Ardnamurchan Lodge schlüpfte Ferguson aus seinem Mantel und stellte sich mit dem Rücken zum Feuer vor den Kamin. »Und was sollen wir jetzt von all dem halten?«

»Der Bursche, der die Tür versperrt hat, Sir, ist sein derzeitiges Faktotum, ein gewisser Marco Russo«, antwortete Hannah Bernstein. »Ich habe mich bei der Paßkontrolle erkundigt. Er ist zusammen mit Morgan angekommen. Laut den Informationen, die von der italienischen Polizei kamen, ist er ein Vollstrecker der Mafia und ein Mitglied der Luca-Familie.«

»Ein ganz schwieriges Stück Arbeit liegt vor uns, wenn Sie mich fragen«, sagte Ferguson und wandte sich an Dillon. »Was sollte dieser Unsinn mit der Rehpirsch, hä?«

»Sind Sie noch nie auf Rehpirsch gegangen, Brigadier?« Dillon schüttelte den Kopf. »Dann haben Sie noch nie richtig gelebt – und das bei einem Angehörigen der Oberklasse!«

»Natürlich bin ich schon auf Rehpirsch gewesen«, korrigierte Ferguson ihn. »Ihre albernen Kommentare sollten Sie netterweise für sich behalten. Was ich wissen möchte, ist, weshalb wir morgen das Mädchen mitnehmen sollen. Es war offensichtlich Ihr Wunsch, nur deshalb habe ich sie gefragt.«

»Ich kann es nicht genau sagen«, gestand Dillon. »Ich würde sie gerne etwas besser kennenlernen. Vielleicht bringt uns das ein wenig weiter.«

Hannah Bernstein machte ein bedenkliches Gesicht. »Dillon, eines sollten Sie sich klarmachen: Sie haben es mit einer abgebrühten, fähigen und intelligenten jungen Dame zu tun. Wenn Sie glauben, daß sie keine Ahnung davon hat, wie Morgan sein

Geld verdient, dann machen Sie sich etwas vor. Beobachten Sie die beiden aufmerksam, benutzen Sie Ihre Augen. Sie sind ein intimes, miteinander sehr vertrautes Paar. Ich möchte fast wetten, daß die Kleine genau weiß, weshalb sie hergekommen sind.«

Dillon nickte. »Und eben deshalb möchte ich unsere Bekanntschaft pflegen.«

»Ich gebe Ihnen recht«, sagte Ferguson. »Wir starten also wie geplant morgen vormittag. Kim kann als Gewehrträger fungieren, und Sie, Chief Inspector, bleiben hier und halten die Stellung.«

»Wie Sie wünschen, Sir.«

Ferguson wandte sich an Dillon. »Sonst noch etwas?«

»Ja, ich habe mir vorgenommen, dem Schloß heute noch einen Besuch abzustatten. Ich möchte mich ein wenig umsehen, mich informieren, was dort vor sich geht. Irgendwelche Einwände?«

»Überhaupt nicht. Genau betrachtet ist es sogar eine gute Idee.« Ferguson lächelte. »Seltsam, aber Morgan wirkt doch ganz zivilisiert, wenn man sich mit ihm unterhält. Finden Sie nicht?«

»Nein, Sir«, erklärte Hannah Bernstein mit Nachdruck. »Wenn Sie mich fragen, dann ist er nichts anderes als ein ganz ordinärer Gauner in einem Maßanzug.«

# 9

Fergus hockte auf einem Rollbett in der alten Schutzhütte am westlichen Ende des Loch Dhu und trank aus einer Whiskyflasche. Er hatte keine Angst mehr, nachdem er heil aus dem Pub herausgekommen war, aber er war wütend, vor allem wenn er an Asta dachte.

»Du Biest«, murmelte er vor sich hin. »Alles deine Schuld.« Er setzte die Flasche wieder an. »Warte ab. Wenn ich dich jemals wieder in die Finger bekomme.«

Plötzlich ertönte ein Knarren, die Tür schwang auf, und Murdoch schlüpfte herein. »Da ist er, Sir«, sagte er, und Morgan trat mit einer Reitgerte in der Hand hinter ihm über die Schwelle.

»Also, du Stück Dreck«, sagte Morgan.

Fergus geriet in Panik. Er stand auf, umklammerte die Whiskyflasche. »Hören Sie, das ist doch nicht nötig, es war ein Irrtum. Ich wußte nicht, wer sie war.«

»Irrtum?« wiederholte Morgan. »Ah ja, dein Irrtum, du armseliges Schwein.« Er wandte sich um. »Marco.«

Marco streifte Lederhandschuhe über. Fergus zerschlug plötzlich die Whiskyflasche, so daß ihr Inhalt auf das Bett spritzte, und hielt drohend das schartige Ende hoch. »Ich mach' dich fertig, ich schwöre es.«

Während Marco auf ihn zuging, holte Fergus mit dem Flaschenhals aus. Der Sizilianer fing den Arm ab, drückte ihn zur Seite weg und verpaßte seinem Angreifer einen wuchtigen Boxhieb unter den Rippenbogen. Fergus ließ die Flasche fallen und taumelte rückwärts aufs Bett.

Morgan sagte: »Lassen Sie ihn.«

Marco trat zurück. »Du hast mit deinen schmierigen Pfoten meine Tochter angefaßt.«

Morgan zog Fergus die Reitgerte übers Gesicht, wieder und wieder, und Fergus versuchte, sich schreiend mit erhobenen Armen zu schützen. Schlag auf Schlag ließ Morgan auf ihn niedersausen, dann hielt er inne, und Marco löste ihn ab. Er warf Fergus auf den Fußboden und trat ihn mit brutaler Präzision.

»Das reicht.« Marco ließ von ihm ab. Fergus blieb stöhnend auf dem Boden liegen. Morgan wandte sich um und fixierte Murdoch, der in der Türöffnung stand. Er sah genauso entsetzt aus wie Fergus, als sie eingedrungen waren. »Haben Sie ein Problem?« erkundigte sich Morgan.

»Nein, Mr. Morgan.«

»Gut. Dann können wir ja gehen.«

Er verließ die Hütte als erster. Sie stiegen in den Kombiwagen, Marco ließ den Motor an, und sie fuhren davon.

Einige Zeit später, der Abend brach schon herein, erschien Fergus in der Türöffnung. Er sah schrecklich aus. Sein Gesicht war blutüberströmt. Er stand einige Zeit da, schwankte leicht, dann stolperte er den Abhang zum See hinunter. Er watete ins seichte Wasser und sank auf die Knie. Er spritzte sich Wasser ins Gesicht und tauchte schließlich den ganzen Kopf ein. Der Schmerz war furchtbar, der schlimmste, den er je verspürt hatte. Es war wirklich eine gnädige Erlösung, als alles um ihn herum schlagartig schwarz wurde und er nach vorne ins Wasser kippte.

Es war 23 Uhr und es regnete heftig, als Hannah Bernstein den Range Rover neben die Mauer des Loch Dhu Castle lenkte. »Mein Gott«, sagte sie, »es muß einem ja vorkommen wie ein Wunder, wenn es hier mal nicht regnet.«

»So ist das eben im schönen Schottland«, sagte Dillon. Er war ganz in Schwarz gekleidet – Pullover, Jeans, Turnschuhe –, und nun zog er sich auch noch eine schwarze Skimütze über den Kopf, die nur Augen und Mund freiließ.

»In dieser Verkleidung wirken Sie richtig überzeugend«, stellte sie fest.

»So sollte es auch sein.« Er streifte dünne schwarze Lederhandschuhe über, holte eine Walther aus dem Handschuhfach und schraubte den neuen Harley-Schalldämpfer auf die Mündung.

»Mein Gott, Dillon, Sie ziehen doch nicht in den Krieg.«

»Das denken aber auch nur Sie, Schätzchen.« Er schob die Waffe in seinen Hosenbund, und seine Zähne blitzten in der kleinen Öffnung der Skimütze, als er lächelte. »Dann mal los. Geben Sie mir eine Stunde.« Er öffnete die Tür und wurde von der Nacht verschluckt.

Die Mauer war nur vier Meter hoch und ziemlich einfach zu überwinden. Eine brüchige Kante oder zwei als Handgriff, und er war drüben und landete im feuchten Gras. Er schlich zwischen Bäumen hindurch, gelangte an eine offene Rasenfläche und joggte zum Schloß hinüber. In einer anderen Baumgruppe blieb er stehen und blickte über den gepflegten Rasen hinweg zu den erleuchteten Fenstern.

Es regnete unaufhörlich. Während er dastand, ein wenig von einem Baum geschützt, öffnete sich die große Eichentür, und Marco Russo erschien mit dem Dobermann. Marco schob den Hund mit dem Fuß nach draußen, offenbar damit er sein Geschäft verrichtete, und ging wieder hinein. Der Hund blieb stehen, hielt die Nase schnüffelnd in den Regen, dann hob er ein Bein. Dillon gab den leisen, seltsamen Pfeifton von sich, den er bereits in der Jagdhütte hatte erklingen lassen. Die Ohren des Dobermanns stellten sich auf, dann kam er zu ihm herübergetrabt.

Dillon ging in die Hocke, streichelte die Ohren des Tieres und ließ zu, daß der Hund ihm die Hand leckte. »Guter Junge«, murmelte er. »Und jetzt sei brav und mucks dich nicht.«

Er huschte über den Rasen, schaute durch verschiedene Terrassentüren und entdeckte Asta in der Bibliothek, wo sie am Kamin in ein Buch vertieft saß. Sie bot einen aufregenden Anblick in dem zweiteiligen Hausanzug aus schwarzer Seide. Dillon schlich weiter, den Hund im Schlepptau, blickte durch ein hohes, schmales Fenster und sah die leere Halle.

Er kam zum anderen Ende des Gebäudes und hörte Stimmen. Er fand eine Terrassentür, die offenstand. Die Vorhänge waren halb zugezogen, und als er vorsichtig durch einen Spalt hineinspähte, sah er Morgan und Murdoch in einem großen Wohnraum. Mehrere Bücherregale standen an den Wänden, und Morgan stellte gerade einige Bände zurück.

»Ich habe jeden Zentimeter in diesem Zimmer abgesucht, habe jedes Buch herausgeholt, in jeder Schublade, in jedem Schrank nachgesehen und habe das gleiche auch in der Bibliothek getan. Nicht eine verdammte Spur. Wie sieht es beim Personal aus?«

»Sie haben alle ihre Anweisungen erhalten, Sir. Jeder ist ganz scharf darauf, sich die tausend Pfund Belohnung zu verdienen, die Sie versprochen haben.«

»Sie muß hier irgendwo sein. Halten Sie die Leute an, in ihrem Eifer bei der Suche nicht nachzulassen.«

Der Dobermann winselte, schlüpfte durch die Tür und rannte zu Morgan, der das Tier ziemlich überrascht und mit sichtlichem Vergnügen begrüßte. »Na, du Bestie, wo hast du dich denn rumgetrieben?« Er beugte sich vor, um das Tier zu streicheln. »Mein Gott, er ist triefnaß, er holt sich noch eine Lungenentzündung. Bringen Sie ihn in die Küche, Murdoch, und trocknen Sie ihn ab. Ich gehe zu Bett.«

Murdoch führte den Dobermann am Halsband hinaus, und Morgan stand auf und kam zur Terrassentür. Er blickte einige Sekunden lang in die Nacht, dann durchquerte er den Raum, knipste das Licht aus und verließ das Zimmer.

Dillon schob sich durch den Vorhangspalt, eilte zur Tür, verharrte für einen Moment und lauschte. Als er Stimmen hörte, öffnete er die Tür einen Spaltbreit. Es waren Asta und Morgan.

Die Tür der Bibliothek stand offen, und er hörte Morgan sagen: »Ich bin müde und gehe ins Bett. Was ist mit dir?«

»Ich glaube, das tue ich auch«, sagte Asta. »Wenn ich morgen früh im Moor hinter Rotwild hersteigen will, muß ich frisch sein.«

»Und wachsam«, sagte er. »Achte auf alles, was Ferguson und Dillon sagen. Höre genau zu und merke dir alles.«

»Ja, o Herr.«

Sie lachte, und als sie herauskamen, hatte Morgan einen Arm um ihre Taille gelegt. »Du bist ein tolles Mädchen, Asta, ein ganz spezielles dazu.«

Seltsam, aber als er sie zusammen die breite Treppe hinaufsteigen sah, reagierte Dillon irgendwie überrascht. Es gab überhaupt keinen Hinweis auf eine ungewöhnliche Art von Intimität, und am oberen Treppenende küßte Morgan sie nur auf die Stirn. »Gute Nacht, Liebes«, sagte er und ging in die eine Richtung davon und sie in die andere.

»Mich laust der Affe«, murmelte Dillon leise.

Er dachte nach. Es hätte wenig Sinn, weiter vorzudringen. Er hatte eine nützliche Information erhalten: nämlich daß sie mit ihrer Suche nach der Bibel nicht weitergekommen waren, und das reichte eigentlich als Ausbeute dieser Nacht. Tatsache aber war, daß er das, was er gerade tat, eigentlich nur aus Jux und Tollerei begonnen hatte.

Andererseits könnte er einen Drink vertragen, und er hatte durch die Terrassentür den Barschrank in der Bibliothek gesehen. Er eilte durch die Halle zur Bibliothek. Als er die Tür öffnete, erschien der Dobermann, rutschte auf den Fliesen aus, als er zu bremsen versuchte, und schlitterte an ihm vorbei in die Bibliothek.

Dillon schloß die Tür und knipste eine Tischlampe an. »Du Riesenmonster«, sagte er zu dem Hund, während er ihn hinter den Ohren kraulte.

Im Barschrank fand er keinen irischen Whiskey, deshalb gab

er sich mit Scotch zufrieden. Er schlenderte zum Kamin, blieb davor stehen und blickte ins Feuer. Er hatte keine Eile. Plötzlich ging hinter ihm die Tür auf. Während er herumfuhr und dabei die Walther aus dem Hosenbund zog, kam Asta herein. Sie bemerkte ihn nicht sofort, schloß die Tür und drehte sich um.

Sie zeigte nicht die geringsten Anzeichen von Furcht, als sie ihn entdeckte. Sie sah ihn ruhig an. Dann sagte sie: »Das sind doch wohl nicht Sie, Dillon, oder etwa doch?«

Dillon lachte leise. »Mein Gott, Kindchen, Sie stehen wirklich auf Morgans Seite, was?«

Er verstaute die Walther wieder im Hosenbund auf dem Rücken und zog die Skimütze aus.

»Warum sollte ich das auch nicht tun? Er ist schließlich mein Vater.«

»Stiefvater«, meinte Dillon, nahm sich eine Zigarette aus einem silbernen Kästchen und zündete sie mit seinem Zippo an, das ihn überallhin begleitete. »Ein Mafiastiefvater.«

»*Vater*, soweit es mich betrifft. Der einzige anständige, den ich bisher kennengelernt habe. Die erste Version war eine Ratte, jener Typ Mann, der hinter allem herhechelt, das einen Rock trägt. Er machte meiner Mutter das Leben zur Hölle. Es war ein Segen, als sein Wagen eines Tages von der Straße abkam und er bei dem Unfall verbrannte.«

»Das muß ziemlich hart gewesen sein.«

»Es war ein Segen, Dillon, und dann, nach ein oder zwei Jahren, lernte Mutter Carl kennen, den besten Mann auf der ganzen Welt.«

»Tatsächlich?«

Sie nahm ebenfalls eine Zigarette aus dem Kästchen. »Sehen Sie, Dillon, ich weiß alles über Sie, alles über die IRA, das ganze Zeug; und ich weiß, was der nette alte Ferguson wirklich ist. Carl hat es mir erzählt.«

»Ich wette, er erzählt Ihnen alles. Deshalb nehme ich an, daß

Sie mir alle Einzelheiten über das Tschungking-Abkommen verraten können.«

»Natürlich könnte ich das, Carl spricht mit mir über alles.«

»Na, ich weiß nicht. Ich meine, da ist der Carl Morgan aus den Klatschspalten, der Polospieler, Mann des Jahres, Milliardär, und dann, versteckt und getarnt, laufen all die anderen Mafiageschäfte wie Geldwäscherei, Drogenhandel, Glücksspiel, Prostitution und Erpressung.«

Sie ging zur Terrassentür, öffnete eine Hälfte und blickte hinaus in den Regen. »Langweilen Sie mich nicht, Dillon. Ausgerechnet Sie müssen so etwas sagen. Was ist denn mit all Ihren Jahren bei der Provisorischen IRA? Wie viele Soldaten haben Sie getötet, wie viele Frauen und Kinder haben Sie in die Luft gesprengt?«

»Ich enttäusche Sie wirklich sehr ungern, aber ich habe in meinem ganzen Leben keine Frau und kein Kind in die Luft gejagt. Soldaten, ja, einige habe ich getötet, aber so wie ich es betrachte, herrschte Krieg. Mir fällt ein, daß ich auch zwei Schiffe der PLO im Hafen von Beirut versenkt habe. Aber diese sollten Terroristen an der Küste Israels absetzen, die die ausdrückliche Absicht hatten, Frauen und Kinder mit Bomben umzubringen.«

»In Ordnung, ich hab's schon verstanden. Was haben Sie überhaupt hier zu suchen?«

»Ich bin nur neugierig, mehr nicht. Ich habe mich gefragt, ob Sie weiterkommen, aber ich hörte, wie Morgan sich mit Murdoch darüber unterhielt, daß es von der Bibel noch keine Spur gibt.«

»Sie muß hier sein«, sagte das Mädchen. »Tanner sagte, sie sei zurückgekehrt.« Sie runzelte die Stirn. »Ich verrate doch nichts, oder? Ich meine, Sie und Ferguson wären doch gar nicht hier, wenn Sie nicht Bescheid wüßten.«

»Das stimmt«, sagte er. »Lord Louis Mountbatten; der Laird, Ian Campbell; der Absturz der Dakota in Indien.«

»Sie brauchen nicht weiterzureden. Carl würde liebend gerne wissen, wie Sie es herausbekommen haben, aber ich nehme nicht an, daß Sie es mir erzählen wollen.«

»Streng geheim.« Er leerte sein Glas, und draußen in der Halle ertönte ein Geräusch. »Ich mache mich lieber auf den Weg.« Er zog sich die Skimütze über den Kopf und sagte, während er durch die Terrassentür verschwand: »Bis morgen früh.«

Die Tür öffnete sich, und Morgan kam herein. Er zuckte zusammen. »Du liebe Güte, Asta, hast du mich vielleicht erschreckt. Ich dachte, du liegst längst im Bett.«

»Ich wollte mein Buch holen, und stell dir vor, Dillon war hier.«

Morgans Augen verengten sich. »Wirklich?«

»Er sah schrecklich dramatisch aus. Ganz in Schwarz und mit einer Skimaske. Wie Carlos, der Schakal, an einem schlimmen Samstagabend in Beirut. Er ist gerade verschwunden.«

»Was hat er gesucht?«

»Er schnüffelte nur herum, um nachzusehen, was im Gange ist. Offensichtlich hat er dein Gespräch mit Murdoch über die erfolglose Suche nach der Bibel belauscht.« Morgan schenkte sich einen Brandy ein und trat neben sie ans Fenster. »Sie wissen alles, Carl – Mountbatten, Korporal Tanner, der Laird –, wirklich alles«, sagte sie.

»Soviel hast du aus ihm herausgeholt?«

»Es war einfach, Carl. Er mag mich, und er verriet nichts. Er wollte mir nicht erzählen, wie sie dich gefunden haben; und du hast selbst gesagt, es sei offensichtlich, daß sie Bescheid wissen. Würde sich sonst ein Mann wie Ferguson hier herumtreiben?«

Er nickte. »Und es ist ihnen egal, daß wir informiert sind. Eine interessante Taktik.« Er trank ein wenig von dem Brandy. »Bleibt es dabei, daß sie dich morgen früh abholen?«

»Ja.«

»Gut.« Er leerte sein Glas und schloß die Terrassentür. »Dann nichts wie ins Bett, und diesmal wirklich.«

»Demnach sind die Gefechtsstationen alle besetzt«, sagte Ferguson.

»Sie haben gesagt, Sie wollten, daß er weiß, wie dicht wir ihm auf den Fersen sind«, erinnerte Dillon ihn.

»Ja, es ist eine gute Taktik, meinen Sie nicht auch, Chief Inspector?«

Er wandte sich zu Hannah Bernstein um, die an seinem Schreibtisch lehnte. »Ich denke doch, Sir. Das heißt, sofern wir mit ihnen irgendwelche Spielchen treiben wollen.«

»Was meinen Sie denn, was wir hier machen?«

»Es tut mir leid, Sir, aber ich habe nicht gerade das Gefühl, als kämen wir in dieser Sache weiter. Wir wissen, was Morgan vorhat; und er weiß, daß wir es wissen. Ich bin mir nicht sicher, daß das Ganze einen Sinn ergibt.«

»Das wird es, meine Liebe, wenn diese Bibel auftaucht.«

»Wirklich? Angenommen, er würde sie heute rein zufällig in irgendeiner Schublade aufstöbern, Brigadier. Sie könnten ihre Citation besteigen und morgen in aller Frühe das Land verlassen, ohne daß wir irgend etwas dagegen unternehmen könnten.«

»Nun, wir müssen eben abwarten, oder?« Kim kam herein und brachte den Tee auf einem Tablett. Ferguson schüttelte den Kopf. »Ich muß ins Bett, wir sehen uns dann morgen früh.«

Er ging hinaus. Kim schenkte den Tee ein und verschwand ebenfalls. Hannah streckte sich und lehnte sich zurück. »Wie denken Sie darüber?« wollte sie von Dillon wissen.

»Sie könnten durchaus recht haben, aber ich habe eine Ahnung, daß es nicht passieren wird.« Er ging zur Terrassentür, öffnete sie und beobachtete den Regen, der auf die Steinplatten niederprasselte. »Ich glaube nicht, daß die Bibel sich an irgendeinem beliebigen Ort befindet, wo ein Hausmädchen sie beim Staubwischen finden könnte.« Er drehte sich um. »Erinnern Sie sich, was Tanner gesagt hatte, als der Arzt ihn fragte, ob die Bibel nach Loch Dhu Castle zurückgekehrt sei?«

»Ja, seine Antwort lautete: ›So könnte man es ausdrücken.‹«

»Und dann lachte er. Weshalb wohl?«

Hannah zuckte die Achseln. »Irgendein ganz privater Scherz?«

»Genau. Ein Geheimnis, und ich habe heute nacht sogar noch ein weiteres entdeckt.«

»Und welches?«

»Als ich anfangs um das Schloß herumschlich«, erzählte Dillon, »beobachtete ich, wie Morgan und Asta in den ersten Stock hinaufstiegen, um zu Bett zu gehen.«

»Und?«

»Es sah nicht so aus, wie ich eigentlich erwartet hatte. Ich fand keinen Hinweis auf irgendeine sexuelle Beziehung. Auf dem Treppenabsatz gab er ihr einen Kuß auf die Stirn, und dann trennten sich ihre Wege.«

»Das ist wirklich interessant«, staunte Hannah Bernstein.

»Das ist es vor allem dann, wenn man die Theorie aufstellt, daß sein Motiv für den Mord an Astas Mutter die Tatsache gewesen sein soll, daß er sich an Asta heranmachen wollte.« Dillon leerte seine Teetasse und grinste. »Sie können mal Ihr vortreffliches Sicherheitsdienstgehirn anschmeißen und sich mit diesem Punkt befassen, meine Liebe, aber was mich betrifft, ich gehe jetzt schlafen.« Damit überließ er sie ihren Gedanken.

Am folgenden Morgen hatte es zum ersten Mal seit zwei Tagen aufgehört zu regnen. Während der Range Rover mit Kim am Lenkrad vor dem Loch Dhu Castle vorfuhr, kamen Asta und Morgan heraus. Sie trug eine Glengarry-Mütze, eine Lederjacke und einen Schottenrock.

»Sehr folkloristisch«, stellte Dillon fest, während er ausstieg.

»Guten Morgen«, rief Ferguson aufgeräumt. »Mit ein wenig Glück dürfte das ein erfolgreicher Tag werden. Bin ich froh, daß dieser verdammte Regen sich endlich verzogen hat.«

»Ich auch«, pflichtete Morgan ihm bei. »Hatten Sie eine gute Nacht, Brigadier?«

»Aber sicher. Ich habe geschlafen wie ein Murmeltier. Das macht diese Highlandluft.«

»Und Sie?« wandte Morgan sich an Dillon.

»Ich bin da wie eine Katze, ich mache immer nur kleine Nickerchen oder döse.«

»Das ist sicherlich sehr nützlich.« Morgan wandte sich wieder an den Brigadier. »Wie steht's mit dem Dinner? Paßt es Ihnen um sieben Uhr?«

»Ausgezeichnet«, sagte Ferguson. »Smoking?«

»Natürlich, und bringen Sie Ihre Sekretärin mit. Ich versuche derweil Lady Katherine zu überreden, daß sie ebenfalls kommt.«

»Ich freue mich schon darauf. Wir sehen uns dann heute abend.« Morgan half Asta in den Range Rover und verschwand.

Als die Sonne höher stieg und sie sich immer weiter vom Tal entfernten, vergaß Dillon beinahe, weshalb er diesen wilden und einsamen Ort aufgesucht hatte. Er und Asta stiegen voraus, während Ferguson und Kim in gemächlicherem Tempo folgten.

Dillon verspürte eine Art träger, gelassener Zufriedenheit. Tatsache war, daß er die Gesellschaft des Mädchens genoß. Er hatte nie viel Zeit für Frauen gehabt, es lag in der Natur seines Gewerbes, wie er stets zu sagen pflegte, und für irgendwelche Beziehungen hatte er überhaupt keine Zeit. Aber in diesem Falle gab es da ein elementares Empfinden, das ihn tief in seinem Innern anrührte. Sie redeten nicht viel und konzentrierten sich ausschließlich auf den Aufstieg. Unter ihnen lag das vom Heidekraut violette Tal und in der Ferne das ruhige Meer mit seinen verstreuten Inseln.

»Ich glaube nicht, daß ich je etwas Schöneres gesehen habe«, sagte Asta.

»Ich aber«, verriet Dillon ihr.

Der Wind preßte den Rock gegen ihre Beine, so daß sich die Konturen ihrer Oberschenkel abzeichneten, und als sie ihre Glengarry-Mütze abnahm und den Kopf schüttelte, schimmerte ihr fast weißes Haar in der Sonne. Sie paßte makellos in die Szenerie, ein goldenes Mädchen an einem goldenen Tag.

»Ihr Haar und meines haben fast die gleiche Farbe, Dillon.« Sie setzte sich auf einen Felsklotz. »Wir könnten miteinander verwandt sein.«

»Mein Gott, Kindchen, wünschen Sie sich nur das nicht.« Er zündete zwei Zigaretten an, wobei er die Hände schützend um die Feuerzeugflamme wölbte, gab ihr eine und streckte sich neben ihr im Gras aus. »In Irland gibt es häufig blondes Haar. Vor tausend Jahren war Dublin eine Wikingerstadt.«

»Das wußte ich nicht.«

»Haben Sie Morgan von meinem nächtlichen Besuch erzählt?«

»Natürlich. Sie beide wären sich ja sogar beinahe noch begegnet. Das Geräusch, das Sie draußen im Flur gehört hatten, das war Carl.«

»Und was meinte er dazu?«

»Liebe Güte, Dillon, Sie erwarten aber verdammt viel für Ihre Zigarette.« Sie lachte. »Na schön, ich habe ihm alles weitergegeben, was Sie mir erzählt haben über dieses Tschungking-Abkommen und so weiter. Aber das hatten Sie doch im Grunde gewollt, nicht wahr?«

»Das ist richtig.«

»Carl sagte, es mache ihm nichts aus. Er hat Ferguson in dem Augenblick überprüfen lassen, als er feststellte, daß er das Jagdhaus bewohnte. Schon nach wenigen Stunden wußte er über ihn Bescheid – und über Sie. Ihm war klar, daß Sie bemerkt haben mußten, was hier vor sich ging, weshalb wären Sie sonst hier? Er ist kein Narr, Dillon. Sonst wäre er kaum dort, wo er heute steht.«

»Sie halten wirklich große Stücke auf ihn, nicht wahr?«

»Wie ich gestern schon andeutete, ich weiß alles über Sie, Dillon. Also verschwenden Sie keine Zeit damit, mir zu erklären, was für ein schlechter Mensch Carl ist. Da würde ein Esel den anderen Langohr schelten, meinen Sie nicht?«

»Sie sind ja eine wahre Formulierungskünstlerin.«

»Ich habe nun mal eine hervorragende Ausbildung genossen«, sagte sie. »In einem hervorragenden Mädcheninternat der Kirche von England. Dann kamen das St. Michael's and St. Hugh's College und zum Schluß Oxford.«

»Was Sie nicht sagen. Ich wette, Sie haben sich vom vielen Beten keine Schwielen an den Knien geholt.«

»Sie sind ein Mistkerl«, sagte sie freundlich, und in diesem Moment kam Ferguson über die Anhöhe. Ihm folgte Kim mit dem Gewehrfutteral und einem altmodischen Zeiss-Feldstecher um den Hals.

»Da wären wir endlich.« Ferguson ließ sich ins Gras sinken. »Ich werde allmählich alt. Kaffee, Kim.«

Der Gurkha legte das Gewehrfutteral beiseite, öffnete den Proviantbeutel, der über seiner Schulter hing, und holte eine Thermosflasche und mehrere Pappbecher heraus. Er füllte und verteilte sie.

»Das gefällt mir«, sagte Asta. »Ich habe schon seit Jahren kein Picknick mehr gemacht.«

»Diesen Gedanken können Sie sich aus dem Kopf schlagen, junge Dame«, sagte Ferguson zu ihr. »Dies ist eine ernsthafte Expedition, deren Sinn darin besteht, Sie mit den Feinheiten der Rehpirsch vertraut zu machen. Und nun trinken Sie aus, es geht weiter.«

Während sie anschließend im Sonnenschein durch das Heidekraut stapften, gab er laufend Kommentare ab und betonte immer wieder den unglaublich scharfen Geruchssinn des Rehs, der eine Annäherung nur gegen den Wind möglich machte.

»Ich nehme an, Sie können schießen?« fragte er sie.

»Natürlich. Carl hat es mir beigebracht, vorwiegend beim Tontaubenschießen. Und während der Saison habe ich ihn oft auf die Moorhuhnjagd begleitet.«

»Nun, das ist doch schon was.«

Sie waren seit einer guten Stunde unterwegs, als Kim plötzlich den Arm ausstreckte und nach vorne deutete. »Da, sehen Sie, *Sahib*.«

»Alle in Deckung«, befahl Ferguson, und Kim reichte ihm den Feldstecher.

»Hervorragend.« Ferguson gab das Glas an Dillon weiter. »Dreihundert Meter. Zwei Kühe und ein Kapitalhirsch mit einem prächtigen Geweih.«

Dillon sah es sich an. »Mein Gott, tatsächlich«, sagte er und reichte Asta das Fernglas.

Als sie die Sehschärfe einstellte, sprangen ihr der Hirsch und die Hirschkühe regelrecht entgegen. »Wie herrlich«, hauchte sie und wandte sich zu Ferguson um. »Solche wundervollen Kreaturen können wir doch wohl nicht erschießen, oder?«

»So was kann nur von einer verdammten Frau kommen«, knurrte Ferguson. »Ich hätte es wissen müssen.«

Dillon lächelte verständnisvoll. »Der Spaß liegt in der Pirsch, Asta. Es ist wie ein Spiel. Die Tiere können sehr gut auf sich selbst aufpassen, glauben Sie mir. Mit einigem Glück kommen wir bis auf hundert Meter an sie heran.«

Kim feuchtete einen Finger an und hielt ihn in die Luft. »Der Wind bläst uns entgegen, *Sahib*. Im Augenblick ist unsere Position okay.« Er schaute zum Himmel, wo sich Wolken bildeten. »Ich denke, der Wind dürfte bald drehen.«

»Dann müssen wir uns beeilen«, sagte Ferguson. »Gib mir das Gewehr.«

Es war eine alte Jackson-and-Whitney-Flinte mit Bolzenschloß. Er lud sie sorgfältig und sagte: »Denken Sie daran, sie stehen ziemlich weit hangabwärts.«

»Ich weiß«, sagte Dillon. »Niedrig halten. Dann mal los.«

Für Asta folgte eine der anstrengendsten Stunden ihres Lebens. Sie wanderten geduckt durch tiefe Rinnen hinter Kim her.

»Er beherrscht sein Metier aber aus dem Effeff«, sagte sie irgendwann zu Dillon.

»Das will ich wohl meinen«, bemerkte Ferguson zu ihr. »Früher in Indien war er der beste Spurenleser bei der Tigerjagd, den ich je kannte.«

Schließlich tauchten sie ins Heidekraut ein und krochen hintereinanderher, bis Kim ihnen bedeutete, anzuhalten und sie in einer kleinen Senke verharrten. Vorsichtig lugte er über den Rand. Das Rotwild äste zufrieden nicht mehr als 75 Meter entfernt.

»Es geht nicht näher, *Sahib*.« Er schaute zum Himmel. »Der Wind dreht bereits.«

»In Ordnung.« Ferguson betätigte den Spannhebel und beförderte eine Patrone in die Kammer. »Die Ehre gebührt Ihnen, meine Liebe.«

»Wirklich?« Astas Gesicht war vor Erregung gerötet. Vorsichtig nahm sie das Gewehr entgegen, stützte sich auf die Ellbogen und preßte den Kolben fest gegen die Schulter.

»Nicht ziehen, sondern ganz langsam drücken«, erklärte Dillon ihr.

»Das weiß ich.«

»Und zielen Sie tief«, fügte Ferguson hinzu.

»In Ordnung.« Sekunden verstrichen, ohne daß etwas geschah. Dann rollte sie sich auf den Rücken und hielt ihm das Gewehr hin. »Ich kann es nicht, Brigadier. Der Hirsch ist viel zu schön, um schon zu sterben.«

»Nun, wir alle sterben irgendwann einmal«, sagte Ferguson, und in diesem Augenblick hob der Hirsch den Kopf.

»Der Wind hat sich gedreht, *Sahib*, er wittert uns«, sagte Kim, und im gleichen Moment sprangen die drei Tiere mit unglaublichem Tempo durch das Dickicht davon.

Dillon wälzte sich lachend im Heidekraut, und Ferguson sagte: »Verdammt!« Er machte ein finsteres Gesicht. »Das ist nicht lustig, Dillon, überhaupt nicht.« Er reichte Kim das Gewehr. »Na schön, steck es weg und hol die Sandwiches raus.«

Auf dem Rückweg einige Zeit später machten sie auf einer Anhöhe Rast, von der aus sie einen wunderschönen Blick auf das Tal unterhalb des Schlosses und Ardnamurchan Lodge auf der anderen Seite hatten. Dillon entdeckte etwas, das ihm vorher noch nicht aufgefallen war. Unterhalb des Schlosses befand sich ein Landungssteg, an dem ein Boot festgemacht war.

»Geben Sie mir mal das Fernglas«, bat er Kim, justierte es und betrachtete ein acht Meter großes Motorboot mit Ruderhaus. »Ich wußte gar nichts von dem Boot«, sagte er und reichte Ferguson den Feldstecher.

»Meinen Sie das Boot?« fragte Asta. »Es gehört zum Schloß und heißt *Katrina*.«

»Sind Sie damit schon mal rausgefahren?« wollte Dillon wissen.

»Es gab noch keinen Anlaß. Carl interessiert sich nicht fürs Angeln.«

»Es ist besser als unseres.« Ferguson richtete das Fernglas auf den wackligen Steg unterhalb Ardnamurchan Lodge auf der anderen Seite des Sees. Das Boot dort war ein alter Walfänger mit Außenbordmotor. Daneben lag noch ein Ruderboot. Er gab Kim das Fernglas zurück. »Okay, weiter geht's.«

»Offen gesagt macht mir der Weg keinen Spaß mehr«, sagte Asta. »Können wir nicht einfach querfeldein runterlaufen, Dillon?«

Er sah zu Ferguson, der die Achseln zuckte. »Lieber Sie als ich, sofern Sie es unbedingt wollen. Komm weiter, Kim.« Er folgte dem Weg.

Dillon ergriff Astas Hand. »Versuchen wir's, aber geben Sie acht, wir wollen doch nicht, daß Sie sich wieder den Knöchel verstauchen.« Sie tasteten sich langsam den Abhang hinunter.

Der größte Teil des Weges über den Berghang, der bis zum See hinunterreichte, war ziemlich anstrengend. Dillon ging voraus und suchte sorgfältig einen gangbaren Pfad. Dann, als das Gelände einfacher wurde, nahm er wieder ihre Hand, und sie gingen nebeneinander weiter, bis sie plötzlich das Gleichgewicht verlor, laut lachte, hinfiel und Dillon mit sich zog. Sie rollten ein Stück und landeten auf einem weichen Bett aus Heidekraut in einer kleinen Senke. Sie lag auf dem Rücken, schnappte nach Luft, und Dillon richtete sich auf einem Ellbogen auf, um sie zu betrachten.

Ihr Lachen versiegte, sie streckte die Hand aus und berührte sein Gesicht, und für einen kleinen Moment vergaß er alles außer der Farbe ihres Haars und den Duft ihres Parfüms. Als sie sich küßten, war ihr Körper weich und nachgiebig, alles, was ein Mann sich auf der Welt wünschen konnte.

Er rollte sich auf den Rücken, und sie setzte sich auf. »Ich habe mich schon gefragt, wann Sie es tun würden, Dillon. Ich bin sehr zufrieden.«

Er holte zwei Zigaretten aus seinem Etui, zündete sie an und gab ihr eine. »Schreiben Sie es der Höhenluft zu. Es tut mir leid.«

»Mir nicht.«

»Das sollte es aber. Ich bin Ihnen um zwanzig Jahre voraus.«

»Das muß etwas typisch Irisches sein«, stellte sie fest. »Dieser viele Regen. Könnte es sein, daß er sich auf die Liebe hemmend auswirkt?«

»Was hat Liebe damit zu tun?«

Sie blies Zigarettenrauch aus, ließ sich nach hinten sinken und legte eine Hand hinter ihren Kopf. »Sie haben es aber auch nicht mit der Romantik, oder?«

Er richtete sich auf. »Sie haben eine zu lebhafte Phantasie, Asta; Sie sind nicht in mich verliebt.«

Sie drehte den Kopf und sah ihn an. »Sie haben es selbst gesagt. Was hat Liebe damit zu tun?«

»Morgan wäre davon nicht gerade begeistert.«

Sie setzte sich ebenfalls hin und zuckte die Achseln. »Er bestimmt nicht über mein Leben.«

»Wirklich nicht? Ich hätte gedacht, daß er genau das tut.«

»Verdammt noch mal, Dillon!« Sie war wütend und drückte mit heftigen Bewegungen ihre Zigarette auf einem Felsklotz aus. »Sie haben soeben einen wunderschönen Tag versaut. Können wir jetzt gehen?«

Sie stand auf und setzte den Abstieg fort. Nach einer Weile erhob er sich ebenfalls und folgte ihr.

Etwa eine halbe Stunde später erreichten sie den Rand des Sees und folgten dem Verlauf der Uferlinie. Seit dem kleinen Zwischenfall in der Senke hatten sie nicht mehr miteinander gesprochen. »Reden wir wieder miteinander oder was?« brach Dillon das Schweigen.

Sie lachte und ergriff seinen Arm. »Sie sind ein Mistkerl, Dillon, aber ich mag Sie.«

»Das ist alles Teil meines unwiderstehlichen Charmes«, sagte er und blieb abrupt stehen.

Sie hatten sich dem westlichen Ende des Sees genähert. Links von ihnen stand die alte Schutzhütte, wo Morgan und Marco sich Fergus vorgenommen hatten.

»Mein Gott«, stieß Asta hervor, »liegt da nicht jemand?«

»Sieht ganz so aus.«

Sie rannten den Abhang hinunter und gelangten zur Sandbank. Asta blieb dort stehen, während Dillon hineinwatete und Fergus auf den Rücken drehte. Asta stieß einen erschreckten Ruf aus. »Fergus!«

»Ja.« Dillon watete zurück. »Ich würde sagen, er wurde gründlich verprügelt. Warten Sie hier.«

Er ging hinauf zur Schutzhütte. Kurz darauf erschien er wieder. »Nach Lage der Dinge hat dort der Kampf stattgefunden. Nachdem sie verschwunden waren, muß er zum Ufer gegangen sein, um sich wieder zu berappeln, und ist dabei ins Wasser gefallen. So ähnlich dürfte es wohl gewesen sein.«

»Ein Unfall«, sagte sie, und ihr Gesicht strahlte eine seltsame Ruhe und Gelassenheit aus. »Das war es.«

»So könnte man es darstellen«, sagte Dillon. »Carl Morgan würde es bestimmt so schildern.«

»Lassen Sie die Finger davon, Dillon.« Sie faßte seine Schultern. »Tun Sie es für mich, halten Sie sich raus. Ich regle das schon.«

Plötzlich lag etwas Eindringliches in ihrem Auftreten, das völlig neu war. Er wunderte sich darüber. »Allmählich fange ich an, mich zu fragen, ob ich Sie wirklich kenne, Asta. Na schön, soll Morgan zusehen, wie er damit fertig wird.«

Sie nickte. »Vielen Dank. Ich gehe jetzt lieber nach Hause.« Sie entfernte sich ein Stück, hielt inne, drehte sich um. »Bis heute abend.«

Er nickte. »Das lasse ich mir auf keinen Fall entgehen.«

Sie eilte davon. Er schaute noch einmal zu der Leiche auf der Sandbank hinüber, dann stieg er den Hang hinauf und gelangte auf die Straße. Er war etwa fünf Minuten lang gegangen, als eine Hupe ertönte und der Range Rover neben ihm auftauchte.

Ferguson öffnete die Tür. »Wo ist die Kleine?«

»Sie ist alleine zum Schloß gelaufen.«

Dillon stieg ein, und Kim fuhr weiter. »Ich muß schon sagen, Sie sehen ganz schön nachdenklich aus, mein Junge.«

»Das würden Sie an meiner Stelle auch«, gab Dillon zurück, zündete sich eine Zigarette an und brachte ihn auf den neuesten Stand der Ereignisse.

Als sie in die Bibliothek kam, saß Morgan hinter seinem Schreibtisch und unterhielt sich mit Marco. Er drehte sich lächelnd um. »War der Tag schön?«

»Das war er – bis auf das schlimme Ende.«

Sein Lächeln erstarb, und er sagte zu Marco: »Du kannst gehen.«

»Nein, er soll hierbleiben. Ihr habt Fergus aufgestöbert, nicht wahr? Ihr habt ihn verprügelt?«

Morgan nahm sich eine Zigarre und schnitt die Spitze ab. »Er hatte es darauf angelegt, Asta. Aber egal, wie hast du es erfahren?«

»Dillon und ich haben gerade seine Leiche gefunden. Er lag unten am Rand des Sees unterhalb der alten Schutzhütte. Er ist wohl reingefallen und ertrunken.«

Morgan warf Marco einen vielsagenden Blick zu, dann legte er die Zigarre beiseite. »Was hat Dillon getan?«

»Nichts. Ich habe ihn gebeten, alles mir zu überlassen.«

»Und er war einverstanden?«

Sie nickte. »Er sagte, du solltest sehen, wie du damit fertig wirst.«

»Ja, das ist genau seine Taktik.« Morgan nickte. »Und auch Fergusons. Eine polizeiliche Untersuchung wäre dem alten Brigadier überhaupt nicht recht, jedenfalls nicht jetzt.« Er sah Marco an. »Und ohne Leiche würde sie auch nicht viel erbringen, oder?«

»Nein, *Signore*.«

Morgan stand auf. »Na schön, kümmern wir uns darum. Du bleibst hier, Asta«, entschied er und ging mit Marco hinaus.

Ferguson und Dillon warteten zwischen den Bäumen am Rand des Lochs unterhalb von Ardnamurchan Lodge unweit des kleinen Landungsstegs. Der Ire blickte durch das Zeiss-Glas. Das Tageslicht verblaßte, aber die Sicht war immer noch gut genug, so daß er erkennen konnte, wie das Motorboot, die *Katrina*, auf der anderen Seite am Ufer entlangfuhr.

»Da sind sie«, sagte er und stellte das Fernglas scharf.

Morgan stand im Ruderhaus und lenkte nun das Boot zum Ufer. Marco hielt sich am Bug bereit. Er sprang ins Wasser, und Morgan ging nach vorne, um ihm zu helfen. Kurz darauf wurde Fergus über die Reling gehievt. Morgan kehrte ins Ruderhaus zurück und drehte das Boot zur Seemitte. Dillon reichte Ferguson das Fernglas.

Der Brigadier schaute hindurch. »Es sieht so aus, als wickelte

Marco eine Eisenkette um die Leiche.« Er schüttelte den Kopf. »Nein, wie häßlich.«

Er gab Dillon das Fernglas zurück. Er sah nun, wie Marco die Leiche über den Bootsrand ins Wasser rollte. Sie versank sofort, und Sekunden später nahm die *Katrina* Fahrt auf und kehrte zum Schloß zurück.

»Das wär's also«, sagte Dillon und setzte das Fernglas ab. »Wollen Sie die Angelegenheit auf sich beruhen lassen?« fragte er Ferguson.

»Ich denke, schon. Zweifellos wurde ein Verbrechen begangen, aber ehrlich gesagt möchte ich nicht, daß die örtliche Polizei auf Loch Dhu Castle einfällt. Wir haben hier einen viel dickeren Fisch an der Angel, Dillon.«

»Ich habe meine Zweifel, daß unser guter Chief Inspector Bernstein damit einverstanden ist«, sagte Dillon. »Die Lady achtet peinlich genau auf die Einhaltung von Gesetz und Ordnung.«

»Aus diesem Grund erzählen wir ihr auch kein Sterbenswörtchen.«

Dillon zündete sich eine neue Zigarette an. »Von einem können wir ausgehen: Der gute Fergus wird zumindest während der nächsten Tage von niemandem vermißt. Die Munros werden annehmen, daß er einstweilen untergetaucht ist.«

»Genau darauf verläßt Morgan sich anscheinend. Ich denke, er hofft, daß er schon bald wieder von hier verschwinden kann.« Ferguson stand auf. »Sehen wir zu, daß wir zurückgehen. Wir sind zum Dinner eingeladen. Das verspricht ein höchst interessanter Abend zu werden.«

# 10

Sie kamen wenige Minuten nach sieben Uhr auf dem Schloß an. Dillon lenkte den alten Kombiwagen, der zur Jagdhütte gehörte. Er und Ferguson trugen Smokingjacken, Hannah Bernstein hatte sich für einen cremefarbenen Hosenanzug aus Seidenkrepp entschieden. Die Tür wurde ihnen von Marco geöffnet, der wieder sein Alpakajackett und gestreifte Hosen trug. Er bat sie mit ausdrucksloser Miene herein und führte sie in den Wohnsaal. Dort stand Morgan am Kamin, während Asta, in einem grünen Seidenkleid, neben Lady Katherine Rose auf dem Sofa saß.

»Ah, da sind Sie ja«, begrüßte Morgan sie ausgesucht freundlich. »Kommen Sie herein. Ich glaube, Lady Katherine, Brigadier Ferguson kennen Sie bereits, nicht wahr?«

»Aber ja. Er hat mich besucht und bei mir Tee getrunken. Er und sein charmantes junges Mädchen.«

Hannah lächelte amüsiert, und Ferguson ergriff die Hand der Lady. »Es freut mich, Sie wiederzusehen. Ich glaube, meinen Neffen, Sean Dillon, kennen Sie noch nicht.«

»Mr. Dillon.«

Dillon empfand auf Anhieb Sympathie für die Frau. »Es ist mir überaus angenehm.«

»Ire?« erkundigte sie sich. »Ich mag die Iren, Rabauken, alle wie sie da sind, aber sehr nett. Rauchen Sie, junger Mann?«

»Mein einziges Laster.«

»Wie gut Sie lügen können. Geben Sie mir eine, ja?«

»Lady Katherine, es tut mir leid.« Morgan ergriff eine silberne Zigarettendose und kam herüber. »Ich hatte keine Ahnung.«

Sie nahm eine Zigarette und ließ sich von Dillon Feuer geben. »Ich rauche schon mein Leben lang, Mr. Morgan. Es brächte gar nichts, wenn ich jetzt damit aufhörte.«

Marco erschien mit einer Flasche Crystal in einem Sektkühler und sechs Gläsern auf einem Tablett. Er stellte alles auf einen Beistelltisch und fragte in schwerfälligem Englisch: »Soll ich den Champagner öffnen, Sir?«

»Für mich nicht«, wehrte Lady Katherine ab. »Er bekommt mir gar nicht mehr. Ein Wodka Martini, sehr trocken, das wäre genau das richtige. Der hat mich durch den Krieg gebracht; der und die Zigaretten.«

»Ich hole ihn«, sagte Asta und ging zum Barschrank, während Marco den Champagner entkorkte.

»Sie haben demnach im Krieg gedient, Lady Katherine?« fragte Ferguson.

»Und wie ich das getan habe! All dieser Unsinn über junge Frauen, denen heute in der RAF erlaubt wird zu fliegen.« Sie schnaubte. »Ein uralter Hut. Ich war ab 1940 Pilotin bei der alten Air Transport Auxiliary. Sie nannten uns nur die Attagirls.«

Asta brachte den Martini und nahm neben ihr Platz. Sie war fasziniert. »Aber was genau haben Sie damals getan?«

Die alte Dame kostete von dem Drink. »Hervorragend, meine Liebe. Wir haben Kampfflugzeuge zwischen den Fabriken und den RAF-Stützpunkten hin- und hergeflogen, damit die Piloten für die Einsätze frei waren. Ich habe alles geflogen, wir alle haben das. Spitfires und Hurricanes und einmal sogar einen Lancaster-Bomber. Die Bodentruppe auf dem RAF-Stützpunkt, wo ich die Maschine ablieferte, traute ihren Augen nicht, als ich meinen Fliegerhelm abnahm und meine langen Haare zum Vorschein kamen.«

»Aber alles in allem muß es doch außerordentlich gefährlich gewesen sein«, sagte Hannah.

»Einmal legte ich eine Bruchlandung in einer Hurricane hin. Sie stellte sich auf den Kopf. Es war nicht meine Schuld, der

Motor streikte. Ein anderes Mal brach eine alte Gloucester-Gladiator, ebenfalls ein Doppeldecker, mitten in der Luft regelrecht auseinander, so daß ich mit dem Fallschirm abspringen mußte.«

»Mein Gott!« sagte Morgan. »Das ist ja unglaublich!«

»Oh, es ging hart zu«, sagte sie. »Von den Frauen in meiner Einheit kamen sechzehn ums Leben, aber wir mußten schließlich den Krieg gewinnen, nicht wahr, Brigadier?«

»Das haben wir auch getan, Lady Katherine.«

Sie hielt ihr leeres Glas hoch. »Vielleicht ist jemand so nett, mir noch einen zu mixen. Und dann werde ich Sie von meiner Gegenwart erlösen.«

Asta ging den Drink holen, und Morgan sagte: »Leider möchte Lady Katherine auf das Abendessen verzichten.«

»Ich esse mittlerweile nur noch winzige Kleinigkeiten.« Sie nahm den Drink entgegen und sah zu Morgan hoch. »Nun, haben Sie die Bibel schon gefunden?«

Er war für einen kurzen Moment völlig verwirrt. »Die Bibel?«

»Ach, nun hören Sie schon auf, Mr. Morgan. Ich weiß, daß Ihre Diener alles auf den Kopf gestellt haben. Weshalb ist sie so wichtig?«

Er fing sich und hatte schnell wieder alles unter Kontrolle. »Es steckt eine Legende dahinter, Lady Katherine, die für Ihre Familie von großer Bedeutung ist. Ich dachte mir, es sei doch ganz nett, sie zu finden und Ihnen dann zu schenken.«

»Nein, wirklich.« Sie wandte sich an Hannah, und irgend etwas spielte in ihren Augen. »Dieses plötzliche Interesse an der Bibel finde ich schon seltsam. Und ich kann Ihnen nicht weiterhelfen. Ich habe sie seit Jahren nicht mehr gesehen. Ich bin immer noch überzeugt, daß sie bei dem Flugzeugabsturz verlorenging, bei dem mein Bruder so schwer verletzt wurde.«

Morgan warf einen Blick zu Ferguson, der lächelte und den entschlossenen Versuch unternahm, das Thema zu wechseln. »Erzählen Sie mal, Lady Katherine, wie alt ist das Schloß?«

Asta stand auf und ging hinüber zur Terrassentür am Ende des

Wohnsaals und öffnete sie, und Dillon gesellte sich zu ihr. Sie traten zusammen hinaus und ließen das Gemurmel der Stimmen hinter sich.

Die Buchen oberhalb des Lochs wirkten vor dem orangefarbenen Himmel über den Bergen wie Scherenschnitte. Sie ergriff seinen Arm, und sie spazierten über den Rasen. Dillon zündete sich dabei eine Zigarette an.

»Möchten Sie auch eine?«

»Nein, ich bediene mich an Ihrer.« Das tat sie auch und gab sie ihm nach einem kurzen Augenblick zurück. »Hier draußen ist alles so friedlich und alt. Alles hat Wurzeln, die sehr tief reichen. Jeder braucht Wurzeln, meinen Sie nicht auch, Dillon?«

»Vielleicht sind es eher Menschen als Orte«, sagte er. »Nehmen Sie sich selbst, zum Beispiel. Wahrscheinlich sind Ihre Wurzeln Morgan.«

»Das wäre ein Gedanke, aber Sie, Dillon, was ist mit Ihnen? Wo sind Ihre Wurzeln?«

»Wahrscheinlich nirgendwo, meine Liebe. Oh, es gibt die eine oder andere Tante oder einen Onkel und hier und da auch ein paar Neffen und Nichten in Ulster, aber niemanden, der sich in meine Nähe wagen würde. Das ist der Preis des Ruhms.«

»Wohl eher des schlechten Rufs.«

»Ich weiß, daß ich der typische Böse bin. Deshalb hat Ferguson mich ja auch eingestellt.«

»Sie wissen, daß ich Sie mag, Dillon. Ich habe das Gefühl, als würde ich Sie schon lange kennen; aber was soll ich mit Ihnen anfangen?«

»Lassen Sie sich Zeit, liebes Kind. Ich bin sicher, daß Ihnen etwas einfallen wird.«

Morgan erschien auf der Terrasse und rief: »Asta, bist du da draußen?«

»Hier sind wir, Carl.« Sie gingen zurück zur Terrasse. »Was ist los?«

»Lady Katherine will sich verabschieden.«

»Wie schade. Ich wünschte, sie würde bleiben. Sie ist wunderbar.«

»Auf ihre Art einmalig«, pflichtete Morgan ihr bei. »Aber so ist das nun mal. Ich bringe sie runter zum Pförtnerhaus.«

»Nein, das tust du nicht«, widersprach Asta ihm. »Ich kümmere mich darum. Du hast Gäste, Carl. Wir dürfen unsere guten Manieren nicht vergessen.«

»Soll ich Sie begleiten?« fragte Dillon.

»Mein Gott, es sind doch nur dreihundert Meter die Auffahrt hinunter«, sagte sie. »Ich bin sofort wieder zurück.«

Sie gingen hinein, und Lady Katherine sagte: »Da sind Sie ja. Wir dachten schon, Sie seien verlorengegangen.«

Sie stützte sich auf ihren Stock und erhob sich. Asta legte einen Arm um sie. »Ganz bestimmt nicht, ich bringe Sie nämlich jetzt nach Hause.«

»Das ist aber wirklich nett von Ihnen.« Lady Katherine lächelte die Anwesenden an. »Es war mir ein großes Vergnügen. Über einen Besuch würde ich mich jederzeit freuen. Ihnen allen eine gute Nacht.«

Morgan trat zu ihr, bot ihr seinen Arm an, und gemeinsam geleiteten er und Asta sie zum Schloßtor. Wenig später sprang der Motor des Kombiwagens an, und Morgan kehrte zu seinen Gästen zurück.

Er gab Marco mit einem Fingerschnippen ein Zeichen. »Champagner.«

Marco füllte die Gläser auf, und Ferguson sah sich in der weiträumigen Wohnhalle um, betrachtete die Waffen an den Wänden, die Trophäen, die Rüstungen. »Eine erstaunliche Sammlung. Faszinierend.«

»Da gebe ich Ihnen recht«, sagte Hannah. »Vor allem, wenn man sich am liebsten mit dem Tod beschäftigt.«

»Sind Sie nicht ein wenig streng?« bemerkte Morgan.

Sie trank von ihrem Champagner. »Wenn es eine Ausstellung in einem Museum wäre, trüge sie sicherlich den Titel ›Zum

Ruhme des Krieges‹. Sehen Sie sich doch nur diese gekreuzten langen Schwerter unter den Schilden an? Ihr einziger Nutzen bestand darin, jemanden den Arm abzuschlagen.«

»Sie irren sich«, sagte Dillon freundlich. »Mit dem Backstroke wurden ausschließlich Köpfe abgetrennt. Diese anderen Klingen sind in den Highlands gebräuchliche Breitschwerter, sogenannte Claymores, und der Schild hieß Targ. Daher auch das Wort ›target‹ für Ziel.«

»Speziell der Schild, den Sie gerade betrachten, wurde vom damaligen Campbell bei der Schlacht von Culloden getragen«, erzählte Morgan. »Er starb im Kampf für Bonnie Prince Charles.«

»Nun, ich betrachte das nicht als eine besondere Leistung.«

»Haben Sie denn gar keinen Sinn für Geschichte?«

»Den kann ich mir nicht leisten. Vergessen Sie nicht, daß ich Jüdin bin, Brigadier. Mein Volk hatte stets genug damit zu tun, in der Gegenwart zu überleben.«

Danach trat Stille ein, und Dillon meinte: »Das war der wirkungsvollste Partykiller, den ich je gehört habe.«

Noch während er redete, kam Asta herein. »Das wäre erledigt. Ich habe sie der Fürsorge der zuverlässigen Jean überlassen. Können wir jetzt endlich essen? Ich sterbe vor Hunger.«

»Wir haben nur auf dich gewartet, Liebes«, sagte Morgan. Er reichte ihr seinen Arm und führte seine Gäste in den Speisesaal.

Der Speisesaal war eine Pracht: Die Wände waren eichengetäfelt, die Tische mit edlem Geschirr und schwerem Silber gedeckt, Kerzen brannten in großen silbernen Ständern. Marco servierte das Essen. Dabei assistierten ihm zwei junge Hausmädchen in schwarzen Kleidern und weißen Schürzen.

»Wir haben uns für eine relativ schlichte Speisenfolge entschieden, da wir nicht wußten, welche Gerichte Sie bevorzugen«, sagte Morgan.

Seine Vorstellung von Schlichtheit bestand aus Belugakaviar

und Räucherlachs, gefolgt von gebratenem Fasan mit den üblichen Beilagen. Dazu trank man einen Château-Palmer-Jahrgangschampagner.

»Absolut delikat«, sagte Ferguson, während er vom Fasan kostete. »Sie müssen eine hervorragende Köchin haben.«

»Sie ist ganz gut, wenn es um einfache Gerichte geht, doch den Fasan hat Marco zubereitet.«

»Ein vielseitig begabter Mann.« Ferguson sah zu Marco hoch, der mit unbewegter Miene Champagner nachschenkte.

»Ja, das kann man wohl sagen«, gab Morgan ihm recht.

Kurz danach verschwand Marco. Es fiel Dillon auf, als die beiden Mädchen die Tafel abräumten. »Und welche Köstlichkeit hast du dir für den Höhepunkt ausgedacht?« fragte Asta.

»So etwas kann man wohl kaum mit einem simplen Pudding abschließen«, stellte Ferguson fest.

»Von simpel kann keine Rede sein, Brigadier; was nun folgt, ist Marcos Spezialität«, verriet Morgan ihm.

Im gleichen Moment betrat Marco den Saal mit einer großen silbernen Schüssel. Die Mädchen folgten ihm. Er öffnete den Deckel, und ein überaus köstlicher Duft breitete sich aus.

»Cannolo!« rief Asta begeistert.

»Ja, die berühmteste Süßspeise Siziliens, und ganz einfach«, sagte Morgan. »Eine Rolle aus Mehl und Ei, gefüllt mit Schlagsahne.«

Ferguson kostete einen Löffel voll und schüttelte den Kopf. »Das ist alles andere als einfach. Der Mann ist ein Genie. Wo zum Teufel hat er das Kochen gelernt?«

»Sein Vater besaß ein kleines Restaurant in Palermo. Er hat sich seine Kochkenntnisse praktisch als Kind angeeignet.«

»Sowie noch eine ganze Reihe anderer Dinge«, sagte Dillon.

»Ja, mein Freund«, sagte Morgan ruhig. »Ich vermute, Sie und Marco haben eine ganze Menge gemeinsam.«

»Na dann, Dillon, konzentrieren wir uns doch auf das Essen«, sagte Ferguson.

Anschließend versammelten sie sich in lockerer Runde in dem Wohnsaal am Kamin, wo jemenitischer *Mocha* gereicht wurde, der edelste Kaffee der Welt.

Ferguson nahm dankbar die angebotene Zigarre an. »Nun, ich muß schon zugeben, Morgan, das war die beste einfache Mahlzeit, die ich je im Leben genießen durfte.«

»Wir bemühen uns stets, unsere Gäste zufriedenzustellen.«

»Ein überaus harmonischer Abend«, entgegnete der Brigadier.

Dillon verspürte den Drang, laut herauszulachen, als er an den Wahnsinn dieser Situation dachte, an die Art und Weise, wie sie alle vorgaben, ein unterhaltsames Spiel zu spielen, an die weltläufig freundliche Art und Weise, mit der der Brigadier Nettigkeiten mit einem Mann austauschte, den sie nur wenige Stunden vorher dabei beobachtet hatten, wie er Fergus Munros Leiche beseitigte.

»Na schön«, sagte er, »ehe wir uns die Finger damit klebrig machen, uns Honig ums Maul zu schmieren, probiere ich meine lieber auf dem Klavier aus, wenn Sie nichts dagegen haben.«

»Aber ganz im Gegenteil«, sagte Morgan.

Dillon ging zum Flügel und klappte den Deckel auf. Das Instrument war sehr alt, ein Schiedmayer-Modell, aber der Klang war gut. Er zündete sich eine Zigarette an, klemmte sie sich in den Mundwinkel und spielte ein paar Standards.

Hannah kam zu ihm herüber, lehnte sich an den Flügel und trank ihren Kaffee. »Sie überraschen mich immer wieder aufs neue, Dillon.«

»Das ist das Geheimnis meines tödlichen Charmes. Irgendwelche Wünsche?«

Asta beobachtete sie mit einem mißbilligenden Stirnrunzeln, und Hannah murmelte: »Das ist wirklich interessant. Ich glaube, sie ist eifersüchtig. Was führen Sie im Schilde, Dillon?«

»Sie sollten sich für Ihre schlimmen Gedanken schämen«, sagte Dillon zu ihr.

Hinter ihnen ergriff Morgan das Wort. »Asta hat mir erzählt, Sie hatten eine aufregende Jagd.«

»Ja«, sagte Ferguson. »Nur als wir einen Königshirsch so nah vor die Flinte bekamen, daß ich ihm in die verdammten Augen schauen konnte, und ihr mein Gewehr reichte, wollte sie nicht abdrücken. Sie sagte, sie könne eine solch wundervolle Kreatur nicht töten.«

Hannah drehte sich um. »Wie nett von Ihnen«, sagte sie zu Asta.

»Es war wirklich ein wundervolles Tier«, erklärte Asta mit Nachdruck.

»Trotzdem eine alberne Einstellung«, beharrte Ferguson.

»Nein, ich glaube, der Chief Inspector hat nicht ganz unrecht«, widersprach Morgan ihm. »Der Hirsch kann sich nicht wehren. Der Stier in der Arena hat immerhin die Chance, den Matador aufs Horn zu nehmen.«

Ein kurzes Schweigen trat ein, bis Dillon das Wort ergriff. »Na klar, und Sie sind rangegangen, nicht wahr, alter Junge?«

»Tja, ich glaube, das habe ich wirklich getan.« Morgan lächelte Hannah an. »Es tut mir so leid, Chief Inspector, das sollte ich doch gar nicht erfahren, oder?«

»Ach, das würde ich nicht unbedingt sagen«, erwiderte Ferguson.

»Alles offen heraus, damit wir alle wissen, wo wir stehen«, sagte Dillon.

»Und danach wünschen wir uns eine gute Nacht und gehen auseinander.« Ferguson erhob sich. »Was immer Sie sonst sein mögen, Morgan, Sie sind auf jeden Fall ein exzellenter Gastgeber. Sie müssen mir irgendwann gestatten, mich bei Ihnen zu revanchieren.«

»Darauf freue ich mich jetzt schon.«

Marco öffnete die Tür, und sie traten hinaus auf die Treppe. Der Himmel war mit Wolken bedeckt, strahlte aber dennoch ein seltsam schimmerndes Licht ab.

»Was ist das?« wollte Hannah wissen.

»Die Aurora borealis«, erklärte Dillon ihr. »Das Nordlicht.«

»Die schönste Erscheinung, die ich je gesehen habe«, sagte Asta. »Eine geradezu ideale Nacht für eine Spazierfahrt. Sollen wir, Carl?«

»Asta, sei vernünftig. Es ist schon spät.«

»Ach, du bist ein richtiger Spielverderber.« Sie wandte sich an Ferguson. »Darf ich mit Ihnen kommen, Brigadier? Ihr Gurkha kann mich ja nach Hause bringen.«

»Natürlich, meine Liebe, wenn Sie unbedingt wollen.«

»Ich mache mich schnell fertig.« Sie eilte ins Haus.

Dillon sagte zu Morgan: »Machen Sie sich keine Sorgen, ich bringe sie selbst zurück.«

»Gerade deshalb mache ich mir Sorgen«, erwiderte Morgan. Asta erschien in einem blauen Nerzmantel.

»Ich bin bereit.« Sie küßte Morgan auf die Wange. »Es dauert bestimmt nicht lange.« Dann setzte sie sich zu Hannah auf den Rücksitz des Kombiwagens.

Dillon nahm den Platz hinterm Lenkrad ein, Ferguson gesellte sich zu ihm, und sie fuhren los.

Die Fahrt am Rand des Sees entlang war auf angenehme Art und Weise gespenstisch. Das Nordlicht spiegelte sich in dem dunklen Wasser wider, so daß es schien, als brenne darin ein seltsames silbernes Feuer.

»Wunderschön«, sagte Asta. »Ich bin froh, daß ich mitgekommen bin.«

Als sie zum östlichen Ende des Sees gelangten, schaltete Dillon herunter, um durch die Bäume den Berg hochzufahren. Der alte Kombiwagen schaffte den Anstieg ohne Schwierigkeiten; sie fuhren über die Kuppe und begannen wieder abwärts zu rollen. Es war sehr steil, und der Weg beschrieb eine oder zwei Kurven. Als ihre Geschwindigkeit zunahm, trat Dillon aufs Bremspedal. Es ließ sich ohne Widerstand bis zum Anschlag durchtreten.

»Verdammt!« stieß er hervor.

»Was ist los?« wollte Ferguson wissen.

»Die Bremsen sind defekt.«

»Du liebe Güte, Mann, wie das denn? Auf der Hinfahrt waren sie völlig intakt.«

»Sie funktionieren nicht mehr, seit der Wagen vor Loch Dhu Castle parkte«, erwiderte Dillon und versuchte verzweifelt herunterzuschalten.

Sie fuhren jetzt wirklich sehr schnell. Das Getriebe knirschte erbärmlich, als er am Schaltknüppel herumzerrte und es schließlich schaffte, den dritten Gang einzulegen. Die erste Kurve tauchte vor ihnen auf.

»Achtung!« rief Ferguson, während Dillon am Lenkrad kurbelte und es so gerade schaffte, den Wagen herumzuziehen.

»Um Gottes willen, Dillon, halten Sie an!« kreischte Asta.

Das hätte er gerne getan, aber er hatte keine Chance dazu. Der Kombiwagen raste ein gerade verlaufendes Wegstück hinunter, an dessen Ende bereits die nächste Kurve wartete. Dillon arbeitete wild mit dem Lenkrad, versuchte es mit der alten Rennfahrertechnik des Kurvenanschneidens, schaffte es auch beinahe, doch dann schrammte der Wagen an der Granitwand zu ihrer Linken entlang und prallte regelrecht davon ab. Das war jedoch ihre Rettung, denn Dillon gewann die Gewalt über den Wagen zurück, während sie den nächsten Abhang in eine Senke hinunterrasten und dann zu einer Steigung gelangten. Nach und nach nahm ihre Geschwindigkeit ab, so daß Dillon in den ersten Gang schalten und schließlich die Handbremse ziehen konnte.

Stille trat ein, und Ferguson sagte: »Das hätte ziemlich schlimm ausgehen können.«

»Sehen wir uns die Schweinerei mal an«, schlug Dillon vor.

Er fand im Handschuhfach eine Taschenlampe, stieg zusammen mit Ferguson aus und öffnete die Motorhaube. Hannah und Asta folgten ihnen.

Dillon warf einen Blick in den Motorraum und nickte. »Da haben wir es schon.«

»Was ist denn los?« erkundigte Hannah sich.

»Sehen Sie diesen Behälter da vorne? Er enthält Bremsflüssigkeit, nur ist er jetzt leer. Das Ventil wurde abgerissen, offenbar mit einem Schraubenzieher. Ohne Flüssigkeit funktionieren die Bremsen nicht. Dann fällt die gesamte Hydraulik aus.«

»Wir hätten zu Tode kommen können«, sagte Hannah. »Wir alle, aber weshalb?«

»Ich glaube, Asta kennt die Antwort«, sagte Dillon.

Asta zog den Kragen ihres Nerzmantels zusammen und erschauerte. »Warum sollte Carl so etwas tun?«

»Viel wichtiger ist die Frage, weshalb er es auch auf Sie abgesehen hat, meine Liebe«, bemerkte Ferguson. »Immerhin hat er keinen Versuch unternommen, Sie davon abzuhalten, uns zu begleiten.« Darauf wußte sie keine Antwort. Ferguson wandte sich an Dillon. »Kommen wir denn überhaupt weg von hier?«

»Ich denke, schon. Bis zur Hütte auf der anderen Seite des Berges verläuft die Straße schnurgerade, und ich bleibe nur im ersten Gang.«

»Na schön. Dann nichts wie los.« Ferguson half den beiden Frauen beim Einsteigen und setzte sich wieder neben Dillon.

»Ich denke, das wird Ihnen wahrscheinlich jetzt guttun«, sagte Ferguson zu Asta, die in der Lodge vor dem offenen Kamin saß und sich immer noch in ihren Nerzmantel verkroch.

Er reichte ihr einen Brandy, und sie ergriff den bauchigen Schwenker mit beiden Händen, blickte einige Sekunden lang hinein und leerte ihn dann in einem Zug. Danach blieb sie reglos sitzen und behielt das Glas in der Hand, bis Dillon es ihr behutsam abnahm.

»Sie steht ein wenig unter Schock«, sagte er zu Ferguson gewandt.

Sie stand auf, zog den Nerzmantel aus und schleuderte ihn auf einen Sessel. »Von wegen Schock. Ich bin wütend, Dillon, verdammt wütend.«

In diesem Moment kam Hannah mit Kim aus der Küche, der sofort damit begann, Kaffee zu verteilen. Der Chief Inspector reichte Asta eine Tasse. »Setzen Sie sich erst mal, Asta, und beruhigen Sie sich.«

Asta nahm die Tasse Kaffee entgegen und befolgte Hannahs Rat. »Wenn er es auf Sie alle abgesehen hätte, ergäbe das für mich einen Sinn, aber warum ich? Das begreife ich nicht.«

»Ich glaube, das werden Sie, wenn Sie einmal in Ruhe nachdenken, Asta«, sagte Dillon.

»Spielen Sie auf seine Verbindung zur Mafia und all das an? Meinen Sie, ich wüßte zuviel? Aber das habe ich doch immer.«

»Ja, aber es ist etwas viel Bedeutenderes eingetreten, und das wissen Sie genau.«

Hannah Bernstein blickte verwirrt drein, und Ferguson sagte: »Sie haben das Gesetz über Landesverrat und die Gefährdung der äußeren Sicherheit unterschrieben, als Sie zu mir kamen. Und das bedeutet, daß alles, was Sie während Ihrer Tätigkeit bei mir sehen und hören, streng geheim ist und gegebenenfalls auch anderen rechtlichen Bewertungsmaßstäben unterliegt. Habe ich recht?«

»Natürlich, Sir.«

»Dillon?« sagte er.

»Ich habe heute Fergus Munros Leiche am Rand des Loch Dhu gefunden. Ich war dort mit Asta unterwegs. Nach meinem ersten Eindruck wurde er furchtbar verprügelt. Ich nehme an, er ist nachher im Wasser zusammengebrochen und ertrunken.«

»Mein Gott!« sagte Hannah.

Dillon wandte sich zu Asta um. »Ich habe Dillon gebeten, nichts weiter zu unternehmen«, erklärte sie.

»Weshalb?« fragte Hannah.

»Weil es irgendwie meine Schuld war. Nur wegen mir wollte Carl ihm eine Lektion erteilen.«

»Ich verstehe.« Hannah sah Ferguson vorwurfsvoll an. »Genau betrachtet, haben Sie ein Kapitalverbrechen vertuscht, Sir; zumindest Totschlag.«

»Sie haben absolut recht, Chief Inspector. Ich kann Ihnen auch noch alle häßlichen Details liefern: Dillon und ich haben Morgan und diesen Marco dabei beobachtet, wie sie die Leiche mit dem Motorboot, der *Katrina*, bargen und anschließend mit einer schweren Kette umwickelt mitten im See versenkten.«

Sie schüttelte entgeistert den Kopf. »Sie haben ihm zugesehen und ihn einfach laufen lassen?«

»Sie sehen die Sache falsch, liebes Kind«, sagte Dillon. »Die Vergeltung kann auch später noch erfolgen.«

»Genau«, pflichtete Ferguson ihm bei. »Im Augenblick gibt es Wichtigeres zu bedenken.« Er ergriff ihre Hand, setzte sich auf die Couch und zog sie neben sich. »Ich habe Sie als meine Assistentin ausgewählt, weil Sie einer der klügsten Köpfe bei Scotland Yard sind.«

»Meinen Sie nicht, daß Sie die Schmeichelei ein wenig übertreiben, Brigadier?«

»Unsinn! Sehen Sie sich doch nur mal an, wo Sie herkommen. Ihr Großvater ist ein hochangesehener Rabbiner, Ihr Vater Professor der Medizin. Sie haben in Cambridge Ihren MA in Psychologie abgelegt. Sie hätten alles mögliche werden können. Sie haben sich jedoch für den Polizeidienst entschieden, sind in Brixton Streife gegangen und dank Ihrer Fähigkeiten aufgestiegen. Ich brauche Sie, und ich will Sie bei mir haben; aber das hier ist keine normale Polizeiarbeit. Unsere Tätigkeit ist eher mit einem überaus komplizierten Spiel zu vergleichen. Wir haben bei allem stets nur das Endergebnis im Auge.«

»Weil der Zweck die Mittel heiligt?«

Es war Dillon, der sich vorbeugte, ihre Hände ergriff und die Polizeibeamtin hochzog. »Gott schütze uns, Mädchen, aber er hat recht, manchmal trifft es zu. Man nennt es das höhere Wohl.«

Er legte einen Arm um sie, und sie lehnte sich gegen ihn. Dann straffte sie sich und brachte mühsam ein mattes Lächeln zustande. »Im Nationaltheater hätte man Sie auf Händen getragen, Dillon, Sie wären sogar zum Ritter geschlagen worden. Statt dessen haben Sie sich für die IRA entschieden.« Sie wandte sich an Ferguson. »Kein Problem, Sir. Kann ich irgend etwas tun?«

Er deutete mit einem Kopfnicken auf Asta, und Hannah setzte sich neben sie und faßte nach ihrer Hand. »Als Sie Morgan erklärten, Sie wollten mit uns fahren, hat er Ihnen diese Bitte doch nicht abgeschlagen. Stimmt's?«

»Ich denke, schon«, sagte Asta.

»Gehen wir doch mal ganz logisch vor. Er hatte es auf uns abgesehen, hatte nicht damit gerechnet, daß Sie uns begleiten würden. Aber als dieser Fall eintrat – als Sie Ihre Bitte äußerten –, sagte er nicht nein.«

Asta saß da und blickte sie verdrossen an. »Weshalb? Er liebt mich.«

»Er schätzt Sie schon sehr, Asta, das ist richtig. Sicher, Sie wußten alles über seine Mafia-Verbindungen und so weiter, und was Sie nicht erkennen, ist, daß dies immer eine gewisse Verpflichtung für ihn darstellte. Aber Fergus ...« Hannah Bernstein schüttelte den Kopf. »Selbst wenn er infolge der Mißhandlungen ertrunken wäre, würde die Anklage auf Totschlag lauten. Damit würde Carl Morgan im Old Bailey sieben Jahre bekommen, und Mafia-Anwälte erzielen vor englischen Gerichten nicht die gleichen Erfolge wie in Amerika. Sieben Jahre, Asta. Sieben Jahre für einen milliardenschweren Polospieler, der an die guten Dinge des Lebens gewöhnt ist. Er durfte unmöglich dieses Risiko eingehen. Sie wußten zuviel.«

Asta sprang auf, ging durch das Zimmer und kam wieder zurück. »Er war immer so gut zu mir. Ich kann es nicht glauben.«

Ferguson sah Dillon fragend an. »Meinen Sie, es ist soweit?«

»Ich denke, schon.«

Ferguson gab Hannah ein Zeichen. »Die griechische Akte,

Chief Inspector.« Hannah ging zum Schreibtisch, und Ferguson nickte Dillon zu. »Am besten übernehmen Sie jetzt.«

Dillon griff Asta bei der Hand, führte sie zum Sofa am Kamin zurück und setzte sich mit ihr. »Was wir Ihnen jetzt zeigen müssen, Asta, ist schlimm, so schlimm, wie es schlimmer nicht sein kann. Es geht dabei um Hydra und um den Tauchunfall Ihrer Mutter.«

Sie musterte ihn stirnrunzelnd. »Was meinen Sie? Das verstehe ich nicht.«

»Warten Sie ab, meine Liebe, Sie werden es verstehen.« Ferguson ließ sich von Hannah Bernstein den Schnellhefter reichen und gab ihn weiter. »Lesen Sie das.«

Asta legte den Hefter beiseite und faltete die Hände. Eine Zeitlang saß sie reglos da. »Das ist unmöglich.«

»Sie haben die Akte gelesen«, sagte Ferguson zu ihr. »Die technischen Einzelheiten stehen außer Zweifel. Jemand hat sich an der Ausrüstung Ihrer Mutter zu schaffen gemacht.«

»Ein Unfall vielleicht?« fragte sie verzweifelt.

»Kein Unfall.« Dillon legte ihr eine Hand auf den Arm. »Ich bin ein erfahrener Taucher. Glauben Sie mir, Asta, die Veränderungen am Tauchgerät Ihrer Mutter wurden ganz gezielt vorgenommen. Und nun verraten Sie mir, wer damals die Verantwortung trug. Fällt Ihnen irgend jemand ein, der Ihrer Mutter etwas antun wollte?« Er schüttelte den Kopf. »Nur Carl, Asta. Wir denken, sie wußte zuviel, und genau das scheint zuzutreffen.«

Sie schloß die Augen und holte tief Luft. Als sie die Augen wieder aufschlug, hatte sie sich erstaunlich gut in der Gewalt. »Ich kann ihn unmöglich davonkommen lassen – nicht damit. Was kann ich tun?«

»Sie könnten uns helfen«, sagte Ferguson. »Halten Sie uns über die Entwicklung im Schloß auf dem laufenden. Am wichtigsten ist, daß Sie uns Bescheid geben, sobald er die Bibel gefunden hat.«

Sie nickte. »In Ordnung. Das tue ich.« Sie atmete noch einmal tief durch. »Könnte ich noch einen Brandy bekommen?«

»Natürlich, meine Liebe.« Ferguson nickte Dillon zu, der aufstand und zum Barschrank hinüberging. Er kehrte mit dem Brandy zurück, und Asta nahm dankbar das Glas entgegen.

Hannah setzte sich neben sie. »Hören Sie, Asta, sind Sie überzeugt, daß Sie das alles schaffen? Bedenken Sie, Sie müssen wieder dorthin zurück, müssen ihn anlächeln und so tun, als wäre nichts geschehen.«

Asta schüttelte fassungslos den Kopf. »Wir haben meine Mutter in Schweden beerdigt, haben sie im Flugzeug von Athen überführen lassen, und wissen Sie was? Er stand an ihrem Grab und hat geweint.« Sie leerte das Brandyglas in einem einzigen Zug. »Ich sorge dafür, daß er dafür bezahlt, und wenn es das letzte ist, was ich tue.« Sie stellte das Glas ab und erhob sich. »Ich glaube, ich sollte jetzt lieber nach Hause zurückkehren.«

»Ich bringe Sie«, sagte Dillon.

Sie ging zur Tür, griff nach ihrem Nerzmantel und zog ihn an. Sie wandte sich um. »Na schön. Bisher hat die Suche nach der Bibel nicht viel erbracht, obgleich Carl demjenigen, der sie findet, eine hohe Belohnung versprochen hat.«

»Vielen Dank für diese interessante Information«, sagte Ferguson.

»Was die zukünftigen Pläne betrifft, werden wir uns morgen auf dem Jahrmarkt in Ardnamurchan blicken lassen. Ich glaube, weitere Überlegungen gibt es noch nicht.«

Dillon nickte. »Okay, aber wir sollten uns jetzt auf den Weg machen, Asta.«

An der Tür drehte sie sich noch einmal um. »Beinahe hätte ich es vergessen – Angus, der Gärtner, steht mittlerweile auch auf Carls Lohnliste.«

»Das werden wir uns merken«, sagte Ferguson.

Sie ging hinaus, und Dillon folgte ihr.

Während der Rückfahrt zum Schloß saß sie im Range Rover neben ihm, raffte den Kragen ihres Nerzmantels zusammen und sagte keinen Ton.

»Ist mit Ihnen alles in Ordnung?« erkundigte Dillon sich, als das Schloßtor in Sicht kam.

»O ja.« Sie nickte. »Machen Sie sich wegen mir keine Sorgen, Dillon. Ich halte meine Rolle schon durch.«

Sie bogen in die Auffahrt ein und stoppten vor der Eingangstreppe. Ehe sie aussteigen konnte, ging bereits die Tür auf, und Morgan erschien.

»Ich hatte mir schon Sorgen gemacht«, sagte er, während Dillon um den Wagen herumging und die Beifahrertür für Asta öffnete.

»Tut mir leid, Carl«, entschuldigte sie sich, während sie die Treppe hinaufstieg. »Aber wir hätten beinahe einen schlimmen Unfall gehabt.«

Sofort glitt ein besorgter Ausdruck über seine Miene. »Was ist denn passiert?«

»Die Bremsen des Kombiwagens haben versagt«, antwortete Dillon. »Der Behälter für die Bremsflüssigkeit hatte offenbar einen Riß, so daß sie ausgelaufen ist und die Hydraulik nicht mehr funktionierte. Der Wagen hat immerhin schon einige Jahre auf dem Buckel.«

»Dillon war wunderbar«, erzählte sie weiter. »Als wir den Berg hinunterrasten, fuhr er wie Nigel Mansell persönlich. Ich hatte wirklich geglaubt, es wäre aus mit uns.«

»Mein Gott!« Er legte schützend einen Arm um sie und drückte sie an sich. »Wie kann ich mich bei Ihnen dafür bedanken, Dillon?«

»Reiner Selbsterhaltungstrieb«, wiegelte Dillon ab. »Ich bemühe mich nun mal nach Kräften, am Leben zu bleiben, Mr. Morgan.«

»Ich gehe rein, Carl«, sagte Asta. »Ich bin müde und möchte so schnell wie möglich ins Bett.«

Sie verschwand im Haus, und Morgan begleitete Dillon zum Range Rover. »Noch einmal vielen Dank«, sagte er, während Dillon einstieg. »Sieht man Sie morgen auf dem Jahrmarkt?«

»Ich denke, doch.«

»Gut, dann bis morgen.« Er ging ebenfalls ins Haus und schloß die Tür.

»Darauf freue ich mich jetzt schon, du Schweinehund«, murmelte Dillon mit zusammengebissenen Zähnen, während er den Motor anließ und die Auffahrt hinunterkurvte.

# 11

Der folgende Tag war ein regionaler kirchlicher Feiertag. In Ardnamurchan Village wimmelte es von Menschen aus der näheren Umgebung und anderen, die viele Meilen gefahren waren, um den Jahrmarkt zu besuchen und an den Wettkämpfen teilzunehmen. Und da waren die Kesselflicker und die Zigeuner mit ihrem Pony- und Pferdehandel. Ferguson, Dillon und Hannah trafen kurz vor dem Mittagessen ein, parkten den Range Rover in der Nähe der Kirche und gingen hinunter ins Campbell Arms.

»Erst einen kleinen Schnaps, und dann hinein ins Jahrmarktvergnügen«, sagte Ferguson.

»Zehn Minuten vor Mittag, Brigadier«, erinnerte Hannah ihn. »Das gilt noch als Frühschoppen.«

»Wenn der Schnaps mein Laster hätte werden sollen, Chief Inspector, dann wäre er es schon längst, genau gesagt seit dem Koreakrieg. Als blutjunger Subalternoffizier saß ich eingeschneit im Graben, bei zwanzig Grad unter Null, während die Chinesen in Horden angriffen. Nur der Rum hat mich auf den Beinen gehalten.« Er stieß die Tür auf und trat als erster ein. Das Lokal war überfüllt. Man konnte nirgendwo sitzen. Aber er drängte sich gutgelaunt bis zur Theke durch, wo Molly fieberhaft arbeitete, unterstützt von vier Frauen aus dem Ort.

»Guinness!« rief Ferguson. »Drei.« Er wandte sich zu Hannah um. »Außerordentlich nahrhaft.«

Molly bediente sie selbst. »Möchten Sie etwas essen, Brigadier?«

»Das wär doch mal was«, sagte er.

»Heute gibt es nichts Besonderes, heiße Pasteten aus Cornwall.«

»Eine seltsame Vorstellung für Schottland, aber warum nicht? Für jeden eine.«

»Geht in Ordnung. Da wird gerade ein Tisch am Feuer frei. Machen Sie es sich bequem. Ich bringe Ihnen die Pasteten rüber.«

Sie hatte recht. Drei Männer erhoben sich in diesem Moment und entfernten sich, und Ferguson wühlte sich durch die Gästeschar, um die Plätze zu besetzen. Er ließ sich nieder und rieb sich die Hände. »Es geht nichts über einen Tag auf dem Land.«

»Meinen Sie nicht, daß wir etwas Wichtigeres zu erledigen haben, Sir?« fragte Hannah.

»Unsinn, Chief Inspector, jeder braucht ab und zu ein wenig Zerstreuung.«

Molly brachte das Guinness und drei riesengroße Pasteten. »Wenn Ihnen das nicht reicht, es gibt auch ein Erfrischungszelt«, sagte sie, während Ferguson zahlte. »Oben auf dem Jahrmarkt.«

»Wir werden daran denken, meine Liebe.«

Ferguson nahm einen Schluck aus seinem Glas, dann probierte er die Pastete. »Lieber Himmel, die ist ja köstlich.«

»Sehr schön, Sir«, sagte Hannah, »aber was geschieht nun?«

»Was soll denn geschehen, wenn es nach Ihnen ginge?« fragte Dillon sie.

»Keine Ahnung. Eigentlich weiß ich nur, daß Morgan sich ziemlich gründlich um Fergus gekümmert und dann gestern abend versucht hat, uns alle umzubringen. Das dürfte eine offene Kampfansage sein.«

»Ja, aber jetzt haben wir Asta auf unserer Seite«, erklärte Ferguson ihr. In diesem Augenblick kam Asta herein, gefolgt von Morgan und Marco.

Sie entdeckte sie sofort und kam zu ihnen herüber. Sie trug den Hut und den Schottenrock, den sie auch zur Rehpirsch angehabt hatte, und es gab im ganzen Raum nicht einen einzigen Mann, der nicht zu ihr herübergeschaut hätte.

Sie lächelte. »Da sind Sie ja.«

Dillon erhob sich, damit sie sich setzen konnte. »Sie sehen heute morgen ganz besonders frisch aus.«

»Nun, so fühle ich mich auch. Fit und bereit für den Kampf, Dillon. Es scheint, als müßte ich das auch sein.«

Morgan unterhielt sich im Hintergrund kurz mit Marco, der daraufhin zur Bar ging, während Morgan sich der Gruppe zuwandte. »Wie geht es Ihnen? Asta hat mir berichtet, was gestern abend passiert ist. Das ist ja schrecklich.«

»Aufregend, gelinde gesagt«, pflichtete Ferguson ihm bei. »Aber der junge Mann hier hat einen kühlen Kopf bewahrt und ist gefahren wie Stirling Moss zu seinen besten Zeiten.« Er lächelte. »Das ist zwar schon lange her, aber er ist noch immer der einzige englische Rennfahrer, der sein Geld wert war, wenn Sie mich fragen.«

Marco brachte zwei Lager, reichte eins Morgan und das andere Asta und zog sich dann zur Tür zurück. Asta sagte: »Dieser Jahrmarkt ist sicherlich ein Riesenvergnügen. Ich freue mich schon darauf.«

Die Tür öffnete sich erneut, und Hector Munro kam in Begleitung von Rory herein. Als er sie am Kamin sah, blieb er kurz stehen und tippte grüßend mit dem Finger gegen die Stirn. »Ladies«, sagte er höflich und wollte zur Bar.

»Ich nehme an, von Ihrem Sohn haben Sie weder etwas gehört noch gesehen«, sagte Morgan.

»Ach ja, Fergus besucht Verwandte, Mr. Morgan«, informierte Hector ihn. »Ich glaube nicht, daß er so bald zurückkommt.«

Er folgte seinem Sohn zur Theke, und Ferguson leerte sein Glas. »Na schön, dann wollen wir mal.« Er stand auf. »Bis später, Morgan«, verabschiedete er sich und verließ das Pub.

Es gab ein Erfrischungszelt, zwei oder drei Kinderkarussells und einen primitiven Boxring, der im Augenblick verwaist war. Was soeben stattfand, als sie auf dem Platz eintrafen, war die Pferdeauktion. Vom Rand der Zuschauermenge aus verfolgten sie, wie die Zigeunerjungen mit den Pferden am Zügel hin und her rannten, um den Interessenten die Tiere in den verschiedenen Gangarten vorzuführen. Dillon entdeckte zwischen den Zuschauern Hector Munro und Rory, die gerade zwei Pferde begutachteten.

Er schlenderte hinüber, zündete sich eine Zigarette an und sagte auf irisch: »Die beiden taugen höchstens noch als Hundefutter.«

»Das braucht mir keiner zu sagen«, erwiderte Hector auf gälisch.

Rory grinste. »Sie sind wohl Experte was?«

»Ich habe als Kind genug Zeit auf der Farm meines Onkels im County Down verbracht, um auf den ersten Blick zu erkennen, was Schrott ist und was nicht.«

Dillon lächelte gewinnend und kehrte zu den anderen zurück. »Die Wettkämpfe fangen gerade an«, sagte Ferguson. »Kommen Sie.«

Es gab Fünfzig-Meter-Läufe und Sackhüpfen für die kleineren Kinder, aber die Erwachsenensportarten waren interessanter. Kräftige Männer schmissen den Caber, ein Ungetüm, das aussah wie ein Telegrafenmast. Außerdem wurden Hammerwerfen und Weitsprung veranstaltet, sogar schottische Radtänze zur Dudelsackmusik.

Morgan und Asta, hinter ihnen Marco, erschienen auf der anderen Seite der Zuschauerschar. Die junge Frau entdeckte Dillon und winkte zu ihm herüber. Er erwiderte ihren Gruß und wandte sich dann dem Wettkampf zu. Vierschrötige Männer in Kilts und mit baumstammdicken Oberschenkeln rangen mit der Kraft und Schnelligkeit von Sumo-Ringern, wobei das Publikum sie lautstark anfeuerte.

»Hier geht es ganz schön hoch her.« Ferguson zauberte einen Flachmann hervor. Er schraubte ihn auf und nahm einen Schluck. »Genauso wie Samson. Hat er nicht die Philister nach Strich und Faden verprügelt, Chief Inspector?«

»Ich glaube, schon, Sir, aber ehrlich gesagt habe ich dafür nicht viel übrig.«

»Das hatte ich auch nicht erwartet.«

Danach wanderten die Zuschauer weiter zum Boxring und zogen sie mit. Dillon nickte eifrig. »Das sieht schon viel interessanter aus.«

»Was passiert denn hier?« wollte Hannah wissen.

»Preisboxen im alten Stil, würde ich sagen. Mal sehen, wie es abläuft.«

Ein Mann mittleren Alters in Boxstiefeln und Boxerhose kletterte durch die Seile in den Ring. Er hatte die flache Nase eines Profiboxers und Narbengewebe um die Augen. Auf dem Rükken seines abgetragenen Nylonmantels befand sich die Aufschrift »Tiger Grant«.

»Bei Gott, der hat schon einige Ringschlachten hinter sich«, sagte Ferguson.

»Ein harter Brocken.« Dillon nickte zustimmend.

In diesem Augenblick gesellte Asta sich zu ihnen, nachdem Marco für sie und Morgan einen Weg durch die Menge gebahnt hatte. Der Sizilianer blickte mit rätselhafter Miene zu Tiger Grant hoch.

Dillon räusperte sich. »Seinem Gesicht nach hat unser Marco sich auch in diesem Metier betätigt, oder?«

»Er war in jungen Jahren Mittelgewichts-Champion von Sizilien«, erklärte Morgan. »Er hat 22 Kämpfe hinter sich.«

»Und wie viele hat er gewonnen?«

»Alle. Dreimal nach Punkten, zwölfmal durch K. o., und siebenmal hat der Ringrichter den Kampf abgebrochen.«

»Tatsächlich?« staunte Dillon. »Dann möchte ich ihm aber lieber nicht nachts begegnen.«

Marco drehte den Kopf in seine Richtung und musterte ihn seltsam, aber in diesem Moment schlängelte sich ein kleiner Mann in Tweedanzug und -mütze und mit Boxhandschuhen unter dem Arm zwischen den Ringseilen hindurch, wandte sich um und bat mit einem Handzeichen um Ruhe.

»Sicherlich gibt es unter Ihnen ein paar sportliche Gentlemen, denen ich hiermit Gelegenheit gebe, ein wenig Geld zu verdienen.« Er zog ein Bündel Banknoten aus der Innentasche seines Jacketts. »Fünfzig Pfund, meine Freunde, für jeden, der drei Runden gegen Tiger Grant übersteht. Fünfzig Pfund!«

Er brauchte nicht lange zu warten. Dillon gewahrte auf der anderen Ringseite zwei stämmige junge Männer, die sich mit den Munros unterhielten. Einer zog seine Jacke aus, reichte sie Rory und stieg durch die Seile in den Ring.

»Ich bin dabei«, sagte er, und das Publikum applaudierte.

Der kleine Mann half ihm beim Anlegen der Boxhandschuhe, während Tiger Grant seinen Mantel jemandem zuwarf, der in der Ringecke die Rolle des Sekundanten spielte. Der kleine Mann verließ den Ring, holte eine Stoppuhr aus seiner Tasche und schlug den Gong.

»Die Runde drei Minuten. Der Kampf soll beginnen!«

Der junge Mann stürmte sofort auf Grant los. Die Zuschauer johlten begeistert, und Asta umklammerte Dillons Arm. »Das ist aufregend.«

»Schlachtfest wäre wohl eine bessere Beschreibung dafür«, stellte Hannah Bernstein fest.

Sie hatte durchaus recht, denn Grant wich den wilden Boxhieben seines Herausforderers lässig aus, gelangte schnell an den Mann und verpaßte seinem Gegner einen wuchtigen Schlag in die Magengrube, der ihn zu Boden streckte. Er krümmte sich vor Schmerzen. Die Zuschauermenge brüllte, während der Sekundant und der kleine Mann dem unglücklichen Jungen aus dem Ring halfen.

Der kleine Mann kam zurück. »Gibt es noch mehr mutige

Kämpfer?« Aber der andere junge Mann, der bei den Munros gestanden hatte, kletterte bereits in den Ring. »Ich mach' dich fertig. Das war nämlich mein Bruder.«

Grant ließ sich nicht aus der Ruhe bringen, und als der Gong ertönte und der junge Mann auf ihn losschoß, verwirrte Grant ihn durch schnelle Schritte zur Seite, blockte seine ungezielten wütenden Schläge ab und schickte ihn am Ende genauso auf die Bretter wie seinen Bruder.

Die Menge stöhnte enttäuscht, und Hannah schüttelte angeekelt den Kopf. »Das ist ja schrecklich!«

»Es hätte schlimmer sein können«, sagte Dillon. »Grant hätte die beiden zu Hackfleisch verarbeiten können. Er ist in Ordnung.«

Plötzlich bemerkte er, wie Morgan etwas zu Marco sagte. Er konnte wegen des Lärms, den die Zuschauer verursachten, nichts verstehen, sah aber, wie der Sizilianer sein Jackett abstreifte und wenige Sekunden vor Rory Munro in den Ring kletterte.

»Ein weiterer Sportsfreund!« rief der kleine Mann, obgleich sein Lächeln ein wenig verkrampft wirkte, während er Marco die Boxhandschuhe überzog und sie zuband.

»O Gott, jetzt ist er gar nicht mehr so siegessicher«, stellte Ferguson fest.

»Haben Sie Lust auf eine kleine Wette nebenher, Brigadier?« fragte Morgan. »Sagen wir um hundert Pfund?«

»Sie verlieren Ihr Geld«, sagte Dillon zu Ferguson.

»Das brauchen Sie mir nicht zu erzählen, mein Junge. Tut mir leid, Morgan.«

Der Gong wurde geschlagen. Marco blieb still im Ring stehen und ließ die Arme herabhängen. Aus irgendeinem Grund wurde die Menschenmenge plötzlich still. Grant ging in Boxstellung und tänzelte schnell auf seinen Gegner zu. Marco pendelte mit erstaunlichem Tempo zur Seite, drehte sich und schoß zwei gestochene Gerade gegen Tiger Grants Rippen ab. Die Treffer übertönten sogar den Lärm der Menge. Grants Kopf fuhr hoch, und Marco versetzte ihm einen Kinnhaken, der völlig ansatzlos geschlagen wurde und voll ins Schwarze traf. Grant kippte um wie ein Mehlsack und blieb reglos liegen. Ein Raunen ging durch das Publikum.

Der kleine Mann kniete sich neben seinen Kämpfer und versuchte ihn wieder auf die Beine zu holen. Sein Sekundant half ihm dabei. Währenddessen tigerte Marco durch den Boxring wie ein nervöses Tier. »Mein Geld, wo ist mein Geld?« verlangte er, streifte den rechten Boxhandschuh ab und hob den kleinen Mann hoch. Dieser, die Augen vor Entsetzen weit aufgerissen, holte die Banknoten hastig aus der Tasche und stopfte sie dem Fremden in den linken Boxhandschuh.

Marco stolzierte durch den Ring und schwenkte das Banknotenbündel über dem Kopf hin und her. »Sonst noch jemand?« fragte er.

Laute Buhrufe und Pfiffe erklangen, während der kleine Mann und der Sekundant Grant aus dem Ring schafften. Dann rief eine Stimme: »Ich komme schon, du Schwein!« Rory Munro zog sich hoch in den Ring.

Marco schob die Reservehandschuhe mit einem Fußtritt zu ihm hinüber, und Dillon sagte: »In einer Wirtshausschlägerei mag er sich ja ganz gut behaupten, aber das hier könnte sein Untergang sein.«

Rory griff entschlossen an und steckte Marcos ersten Treffer tatsächlich ohne sichtbare Wirkung ein. Er kam sogar mit einem Schwinger durch, der auf der rechten Gesichtshälfte des Sizilianers landete. Marco täuschte an und verpaßte Rory einen Haken auf die Nieren. Aber Rory nahm auch diesen Treffer und landete einen zweiten Treffer auf Marcos rechter Wange, der die Haut aufplatzen ließ. Marco tänzelte zurück, berührte mit dem Handschuh seine Wange und sah das Blut. Nun funkelte nackte Wut in seinen Augen, als er mit gesenktem Kopf angriff und Rorys Brustkorb bearbeitete, ein Treffer, zwei, dann ein dritter.

»Ehe er mit ihm fertig ist, hat er ihm ein paar Knochen gebrochen«, sagte Dillon.

Ferguson nickte. »Und dieser dumme Junge wird nicht aufgeben.«

Rory schwankte, hatte offensichtlich große Schmerzen, und Marco boxte ihm mehrmals ins Gesicht, wobei er den Kopf mit der anderen Hand im Nacken festhielt. Das Publikum protestierte gegen diese Regelwidrigkeit, und Marco, dessen Wut sich nun auch gegen die Zuschauer richtete, trat zurück und nahm Maß für einen letzten Treffer, während Rory schwankend und unfähig, sich zu verteidigen, dastand.

»O Gott, nein!« rief Hannah aus.

Dillon schlüpfte zwischen den Ringseilen hindurch, schob sich zwischen Marco und Rory und hob vor dem Sizilianer beschwichtigend die Hand. »Er hat jetzt genug.«

Er wandte sich um, half Rory beim Aufstehen und stützte ihn. Er brachte ihn in seine Ecke, zog ihm die Handschuhe aus und bugsierte ihn zwischen den Ringseilen hindurch in die Arme seines Vaters und anderer Helfer. »Wenn ich dreißig Jahre jünger wäre, dann würde ich diesen Bastard eigenhändig fertigmachen«, sagte Munro auf gälisch.

»Aber das sind Sie nun mal nicht.«

Dillon wandte sich um und sah sich Marco gegenüber, der die Hände in den Boxhandschuhen in die Hüften stützte und ihn herausfordernd musterte. »Willst du auch eine kleine Kostprobe, du irischer Hund?« fragte er auf italienisch.

»Das läßt sich einrichten«, erwiderte Dillon in derselben Sprache.

»Dann zieh die Handschuhe an.«

»Wer braucht denn so was?« Dillon beförderte sie mit einem Tritt aus dem Ring. »Mit Handschuhen kann ich dir nicht richtig weh tun.«

Er reizte ihn ganz bewußt, und Marco fiel darauf herein. »Es soll mir eine Freude sein.«

»Nein, Dillon, nein!« warnte Asta entsetzt. »Er bringt Sie um!«

Bewege dich wie Wasser, das hatte Yuan Tao ihn gelehrt. Völlig ruhig, total kontrolliert. Dies war kein normaler Boxkampf mehr, und Marco unterlag einem schlimmen Irrtum.

Der Sizilianer griff schnell an, holte aus und schlug zu. Dillon pendelte zur Seite, trat ihm von oben auf die linke Kniescheibe, wirbelte herum und boxte Marco in die Seite. Dabei drehte er die Faust, wie Yuan Tao es ihm gezeigt hatte. Marco brüllte vor Schmerzen auf, und Dillon erwischte ihn auf die gleiche Weise ein zweites Mal, wandte ihm dann den Rücken zu, führte einen Ellbogenstoß aus und traf damit Marcos Mund.

Die Menge johlte, als Dillon sich von seinem Gegner entfernte. Marco, der sich erstaunlich schnell erholte, stürmte hinter ihm her wie ein Rasender und setzte Dillon, als er sich umdrehte, eine Gerade dicht unter die linke Wange. Dillon wurde von der Attacke nach hinten geschleudert, federte von den Seilen zurück, stürzte auf den Ringboden, wo Marco ihm in die Rippen trat.

Die Menge raste jetzt. Dillon rollte sich schnell weg und kam auf die Füße. »Jesus, mein Lieber, allmählich fange ich an, mich zu langweilen«, sagte er und packte, als Marco zu seinem nächsten Schlag ausholte, die rechte Faust des Sizilianers. Er schwang sie herum, bis der Arm im Ellbogen durchgedrückt war, und schleuderte seinen Gegner mit dem Kopf zuerst gegen die Seile und aus dem Boxring heraus, wo er auf Bauch und Gesicht vor Ferguson, Morgan und den beiden Frauen landete.

Während Marco sich auf den Rücken wälzte, setzte Dillon elegant über die Ringseile und stellte einen Fuß auf den Hals des Italieners. »Bleib ganz brav liegen wie ein gehorsamer Hund, sonst breche ich dir das Genick.«

»Hör auf, Marco«, sagte Morgan auf italienisch. »Ich befehle es dir.« Er reichte dem Mann sein Jackett und wandte sich zu Dillon um. »Sie sind ein bemerkenswerter Bursche, mein Freund.«

»Ein Held.« Asta schmiegte sich an seinen Arm.

»Nein, das ist er nicht, er ist ein verdammter Narr«, sagte Ferguson. »Wir sollten jetzt dem Erfrischungszelt einen Besuch abstatten, Dillon. Ich glaube, nach diesem kleinen Intermezzo haben wir alle einen Drink verdient.« Damit wandte er sich um und drängte sich als erster durch die Schar der Gratulanten, die Dillon auf die Schulter klopfen wollten.

Es war verhältnismäßig ruhig im Zelt, da die meisten Leute das schöne Wetter genossen. Ferguson ging zur Bar, die aus einem langen Zeichentisch bestand. Dillon und Hannah nahmen an einem Tisch Platz, und sie holte ihr Taschentuch hervor und tauchte es in die Wasserkaraffe auf dem Tisch. »Dillon, es ist eine Platzwunde. Sie müßte mit einigen Stichen genäht werden.«

»Wir werden sehen. Im Augenblick spüre ich nichts.«

»Schön, aber halten Sie jetzt mal für eine Weile das Taschentuch drauf.«

»Ich glaube, es ist besser, wenn die Wunde an der Luft trocknet.« Er zündete sich eine Zigarette an.

»Und außerdem bringen Sie sich mit diesen Dingern allmählich selbst um.«

»Sie sind ein Faschist. Als nächstes verbieten Sie Alkohol und danach Sex.« Er grinste. »Und dann ist nichts mehr übrig.«

»Ich hatte schon immer vermutet, daß Sie so was wie einen Todeswunsch haben«, sagte sie zu ihm, aber dabei lächelte sie.

Ferguson kam mit Getränken auf einem Tablett zurück. »Scotch für uns, Gin und Tonic für Sie, Chief Inspector.«

»Ich hätte lieber Tee, Sir, und Dillon würde er auch nicht schaden.« Sie erhob sich und ging zur Erfrischungsbar.

»Ich wußte es«, sagte Ferguson. »Wenn dieses Girl heiratet, dann wird sie eine dieser jüdischen Mütter sein, von denen man immer liest. Ich meine die, die ihre Ehemänner mit einer Eisenstange herumdirigieren und allen Leuten erklären, was sie tun müssen.«

»Mein Gott, Brigadier, allmählich werden Sie wirklich alt. Ich habe Neuigkeiten für Sie. So mancher Mann würde sich liebend gern in die Schlange derer einreihen, die von Hannah Bernstein mit einer Eisenstange dirigiert werden wollen.«

In diesem Moment erschien Asta am Zelteingang, schaute sich suchend um, entdeckte sie und kam zu ihnen herüber. »Da sind Sie ja.«

Sie setzte sich, und Dillon fragte: »Wo ist Morgan?«

»Er bringt Marco runter ins Bezirkskrankenhaus nach Arisaig. Er meint, es sei möglich, daß Sie ihm eine Rippe gebrochen haben. Ich habe gesagt, ich würde alleine zum Schloß zurückfahren.«

»Das sind ja glänzende Neuigkeiten«, freute Ferguson sich.

Hannah trug ein Tablett mit Tassen und zwei Teekännchen vor sich her. »Ich habe Sie hereinkommen sehen«, sagte sie zu Asta. »Bedienen Sie sich.«

Asta verteilte die Tassen und Untertassen auf dem Tisch, während Hannah einschenkte. »War Dillon nicht wunderbar?«

»Ich denke, das hängt vom Standpunkt des Betrachters ab.«

»Ich bitte Sie, Chief Inspector, dieser schreckliche Mensch war längst überfällig.«

Hector Munro kam herein und ging zur Bar. Sie beobachteten, wie er eine kleine Flasche Whisky kaufte und sich zum Gehen wandte. Er sah sie, zögerte und ging dann auf sie zu.

»Ladies«, sagte er höflich mit einem Kopfnicken und meinte dann auf gälisch zu Dillon. »Sicherlich erwarten Sie jetzt meinen Dank, nicht wahr?«

»Eigentlich nicht«, erwiderte Dillon. »Wie geht es ihm?«

»Er hat einen harten Schädel, aber dieses Schwein hat ihm ordentlich weh getan.« Er grinste plötzlich. »Sie sind selbst ja auch ein kleiner Schweinehund, Mr. Dillon.«

Er entfernte sich, und Asta fragte: »War das gälisch?«

»Richtig, und ich habe irisch gesprochen. Es ist dem Gälischen ziemlich ähnlich.«

»Hat er sich bei Ihnen dafür bedankt, daß Sie seinen Sohn gerettet haben?« fragte Hannah.

Dillon lächelte. »Der hat sich noch nie im Leben bedankt.«

Jemand stieß einen lauten Ruf aus. »Da sind Sie ja!« Sie drehten sich um und sahen Lady Katherine durch die Menschenmenge kommen. Sie stützte sich auf ihren Gehstock und hatte sich mit dem anderen Arm bei Jean untergehakt.

»Meine liebe Lady.« Ferguson sprang auf. »Ich staune, Sie hier inmitten der vielen Menschen anzutreffen.«

Jean schob ihr einen Stuhl zurecht, damit sie sich setzen konnte, und Lady Katherine entgegnete: »Ich muß mich wenigstens einmal zeigen. Das erwarten die Leute von mir, wissen Sie.« Sie nickte Dillon zu. »Ich habe Sie von weitem über die Köpfe der Zuschauer hinweg beobachtet. Eine ziemlich häßliche Geschichte, und nicht unbedingt sportlich. Mein Gott, er hat Ihr Gesicht ja furchtbar zugerichtet.«

»Stimmt schon, Ma'am, aber er sieht schlimmer aus«, tröstete Dillon sie.

Sie lächelte amüsiert und wandte sich an Ferguson. »Ich muß jetzt wirklich gehen. Ich darf mich nicht überanstrengen, aber ich habe nachgedacht.«

»Nachgedacht, Lady Katherine?«

»Ja, über die Bibel. Mir ist da etwas eingefallen. Warum schauen Sie auf dem Nachhauseweg nicht kurz bei mir herein? Ich erzähle Ihnen dann alles.« Sie stand mühsam auf. »Kommen Sie, Jean, brechen wir auf. Auf Wiedersehen.«

Sie verließ das Zelt, vertrauensvoll gestützt auf Jeans Arm. Hannah sah ihr nach und meinte: »Scheint so, als hätte sie eine dicke Überraschung für uns.«

»Ganz bestimmt«, pflichtete Ferguson ihr bei. »Ehrlich gesagt kann ich es kaum erwarten, was sie zu erzählen hat. Was meinen Sie, Dillon?«

Dillon zündete sich eine Zigarette an und dachte stirnrunzelnd nach. »Was immer es ist, es dürfte etwas Besonderes ein. Ich glaube nicht, daß die Überraschung darin besteht, in der dritten Schublade des Schreibtischs in der Bibliothek nachzusehen oder so was in der Richtung.« Er nickte langsam. »Nein, es muß etwas sein, woran wir noch gar nicht gedacht haben.«

»Und Carl auch nicht.« Asta sah Ferguson bittend an. »Darf ich mitkommen, Brigadier? Ich möchte unbedingt miterleben, wie Sie ihm zuvorkommen.«

Ferguson grinste. »Natürlich, meine Liebe, warum nicht? Schließlich stehen Sie ja jetzt auf unserer Seite.«

Dillon lenkte den Range Rover über die Straße nach Loch Dhu Castle. Bevor sie den Jahrmarkt verließen, hatte er das Sanitätszelt aufgesucht, und nun zierte ein großes Heftpflaster seine rechte Wange. Allerdings hatte die diensthabende Sanitäterin ihm geraten, sich umgehend in ärztliche Behandlung zu begeben.

»Sind Sie wieder auf dem Damm, mein Junge?« fragte Ferguson, während sie vor dem Pförtnerhaus aus dem Wagen stiegen.

»Ich bin okay, vergessen Sie's.« Dillon grinste. »Es ist alles nur äußerlich.«

Ferguson klopfte an die Tür, und Jean öffnete nach ein paar Sekunden. »Ihre Ladyschaft erwartet Sie im Salon.«

Ferguson ging voraus. Lady Katherine saß in einem Sessel am Kamin. Eine Decke lag über ihren Knien. »Schön, daß Sie hergefunden haben. Kommen Sie herein, und setzen Sie sich. Tee und Gebäck, Jean, und mach bitte eine der Terrassentüren auf. Es ist hier drin viel zu schwül.«

»Sehr wohl, Euer Ladyschaft.« Jean führte den Auftrag aus.

Die Besucher suchten sich Sitzplätze. Dillon lehnte sich gegen das Klavier und zündete sich eine Zigarette an. »Hier gefällt es mir«, erklärte er.

»Sie dürfen mir einen Ihrer Sargnägel geben, junger Mann, und dann reichen Sie mal das Foto im silbernen Rahmen, das hinter Ihnen auf dem Klavier steht.«

»Gerne, Ma'am.« Er bot ihr eine Zigarette an, gab ihr Feuer und nahm dann das Foto. Es zeigte eine junge Frau in einer Fliegerjacke der RAF und mit einem Helm, wie er im Zweiten Weltkrieg getragen wurde. Sie stand neben einer Spitfire. Es war eindeutig Lady Katherine.

»Sie sehen aus wie ein Filmstar in einem dieser alten Kriegsfilme«, sagte er und gab das Bild an Ferguson weiter.

Der Brigadier lächelte. »Erstaunlich, Lady Katherine, eine echte Überraschung.« Er reichte das Foto an Hannah und Asta, die beide auf der Couch saßen.

»Ja, das waren noch Zeiten. Sie haben mir das MBE, Mitglied des Britischen Empire, verliehen, wissen Sie. Als wir uns beim Dinner gestern abend darüber unterhielten, kam alles wieder. Ich habe heute früh nachgedacht. Ich konnte nicht schlafen. Sehen Sie, soviel ist damals passiert, dann waren da die vielen tapferen Frauen, die gefallen sind, und plötzlich erinnerte ich mich an eine seltsame Angelegenheit. Eine hervorragende Fliegerin namens Betty Keith-Jopp lenkte eine Barracuda während eines Flugs über Schottland, als sie in eine Schlechtwetterfront geriet. Sie mußte im Firth of Forth notlanden und versank zwölf Meter tief. Sie schaffte es noch rechtzeitig, aus der Maschine auszusteigen, und kam wieder hoch. Wenig später wurde sie von einem Fischerboot aufgelesen.«

»Toll«, sagte Ferguson, »aber was hat das mit der Bibel zu tun?«

Lady Katherine fuhr geduldig fort: »Als ich darüber nachdachte, kam mir plötzlich die Lysander in den Sinn, die in den Loch Dhu gestürzt ist, als sie versuchte, auf der RAF-Basis in Ardnamurchan zu landen. Sehen Sie, es ist mir wieder eingefallen. Es war nämlich die Maschine, in der sich die Habe meines Bruders befand.«

»Es war 1946, im März, soweit ich mich entsinne. Ich sollte Ihnen auch noch erzählen, daß mein Bruder außer der Gehirnverletzung bei jenem schrecklichen Flugzeugunglück in Indien schwere Verbrennungen an seinem rechten Arm und seiner rechten Hand erlitten hatte. Als man nun annahm, daß er kräftig genug war, wurde er zu einem Ort namens East Grinstead gebracht.«

»Darüber weiß ich Bescheid«, sagte Ferguson. »Es war diese Einheit, die von Archibald McIndoe geschaffen wurde. Er war Spezialist in kosmetischer Chirurgie und behandelte vorwiegend Flugpersonal, das Verbrennungen erlitten hatte.«

»Ein wunderbarer Mensch«, sagte sie. »Seine Patienten kamen nicht immer von der RAF. Wie mein Bruder, zum Beispiel.«

»Was ist passiert?« fragte Dillon.

»Ian erlitt einen schweren Rückschlag, der eine weitere Hirnoperation notwendig machte. Jack Tanner war bei ihm und arbeitete als sein Bursche. Wie dem auch sei, sie gaben ihn auf und rechneten damit, daß er bald sterben würde.«

»Und?« fragte Ferguson.

»Zu jener Zeit bekam er Besuch von einem Offizier der RAF, der einige Monate lang mit ihm im Lazarett gelegen und inzwischen den Dienst wiederaufgenommen hatte. Es war ein Geschwaderkommandeur Smith – Keith Smith. Ich glaube, er ist später befördert worden und nahm zuletzt einen ziemlich hohen Rang ein. Er leitete dann den RAF-Posten auf der Insel Stornoway in den Äußeren Hebriden und sollte in einer Lysander, die er selbst steuerte, hinfliegen.«

»Eine Lysander?« fragte Asta. »Was für ein Flugzeug war das denn?«

»Es war ein Hochdecker mit starrem Fahrgestell. Ich bin sie selbst sehr oft geflogen. Sie hatte Platz für einen Piloten und zwei Passagiere. Sie konnte auf sehr kleinen Feldern starten oder landen.«

Ferguson hatte Mühe, seine Ungeduld zu zügeln. »Ich verstehe, aber welche Rolle spielt Geschwaderkommandeur Smith in dieser Geschichte?«

»Nun, wenn er nach Stornoway fliegen sollte, würde sein Kurs ihn hier vorbeiführen, verstehen Sie, und der RAF-Stützpunkt in Ardnamurchan war noch in Betrieb. Als es so aussah, als würde mein Bruder tatsächlich sterben, meinte er zu Jack Tanner, daß er, wenn Jack Ians persönliche Habe zusammenpackte, diese mitnehmen, in Ardnamurchan landen und dort abliefern würde. Dann würde er auftanken und nach Stornoway weiterfliegen.«

»Mein Gott.« Hannah Bernstein seufzte. »Jetzt fange ich allmählich an zu verstehen.«

Lady Katherine erzählte weiter. »Ich hatte damals Urlaub und war zu Hause. Das Wetter war sehr schlecht, ein Gewitter und tiefe Wolkendecke. Ich habe nicht gesehen, wie es passierte, denn es ging alles so schnell. Beim Anflug über den See schmierte seine Maschine über dem See ab und stürzte hinab wie ein Stein, aber er schaffte es, auszusteigen und an Land zu schwimmen.«

Einige Zeit herrschte Schweigen, und es war Asta, die als erste wieder das Wort ergriff. »Jetzt ergibt alles einen Sinn. Als Tanner mit Tony Jackson im Krankenhaus in New York sprach, erzählte er diesem, daß er die Habe das Laird nach Hause geschickt hätte, weil er annahm, daß er bald sterben würde.«

»Und Jackson fragte ihn, ob die Bibel nach Loch Dhu zurückgekehrt sei«, warf Dillon ein.

»Und Tanner erwiderte, ›das kann man wohl sagen‹, und begann, laut Jackson, zu lachen.« Hannah nickte langsam. »Über den Sinn dieser Bemerkung habe ich mir schon den Kopf zerbrochen.«

»Nun, jetzt ist er ja wohl klar.« Ferguson wandte sich an Lady Katherine. »Und es gab keinen Versuch, die Sachen zu bergen?«

»Sie hatten nicht die geeignete Ausrüstung. Keith Smith besuchte mich natürlich. Ein reizender Mann. Bei ihm ist einiges ein wenig seltsam. Er hat nie in einem Jäger oder einem Bomber gesessen. Er machte seine Witze, daß er nur Transporterpilot sei, aber er hat ein Kriegsverdienstkreuz und zwei Fliegerkreuze.

Darüber habe ich mich des öfteren gewundert. Nein, wie ich schon sagte, sie haben die Lysander im See liegengelassen. Man stellte immerhin ihre Position fest und so weiter, jedenfalls hat er es mir gegenüber erwähnt.« Sie lächelte. »So, jetzt wissen Sie Bescheid. Die Bibel des armen alten Ian liegt in einem seiner Koffer auf dem Grund des Lochs. Das heißt, falls davon überhaupt noch etwas übrig ist. Und jetzt trinken wir noch eine Tasse Tee.«

»Wir haben Ihre Zeit schon weit über Gebühr in Anspruch genommen, liebste Lady«, wehrte Ferguson ab.

»Unsinn, ich bestehe darauf.« Sie klingelte nach Jean.

Ferguson gab Dillon mit einem Kopfnicken ein Zeichen und ging zur Terrassentür. Dillon folgte ihm. Während sie hinaustraten, sagte Ferguson: »Wir müssen jetzt schnell handeln. Ich lasse den Learjet herkommen und möchte, daß Sie und der Chief Inspector nach London runterfliegen und die ganze Geschichte im Archiv der RAF nachprüfen.«

Dillon legte stirnrunzelnd eine Hand auf Fergusons Arm. Der Brigadier drehte sich um und entdeckte Angus dicht an der Mauer zwischen dem Efeu. Er hatte eine Gartenschere in der Hand.

»Hallo, Angus«, begrüßte Ferguson ihn. »Stehen Sie schon lange da?«

»Ich hab' nur die Büsche gestutzt, Sir. Ich bin jetzt damit fertig.« Er sammelte eilig die abgeschnittenen Zweige zusammen, warf sie in seine Schubkarre und entfernte sich damit.

Hannah trat in die offene Tür. Auch Asta erschien in der Öffnung. »Meinen Sie, wir wurden belauscht?« fragte Hannah.

»Natürlich wurden wir das«, antwortete Dillon. »Nichts anderes hat dieser Kerl hier getan. Er wird sicherlich gleich zu Morgan rennen.«

»Zweifellos.« Ferguson nickte Asta zu. »Wenn Sie zu Morgan zurückkehren, müssen Sie jeden Verdacht von sich abwälzen, indem Sie ihm alles erzählen, haben Sie verstanden? Das dürfte Ihre Position stärken.«

»Ja.« Sie nickte.

»Gut.« Er schaute auf die Uhr. »Es ist jetzt drei. Wenn ich die Zentrale anrufe, wird der Lear umgehend starten. Er hat bei der Flugkontrolle absoluten Vorrang.« Er zuckte die Achseln. »Müßte spätestens um fünf hier sein. Wird sofort umkehren und nach London zurückfliegen.«

»Und dann?« fragte Dillon.

»Vertiefen Sie sich in die Unterlagen der RAF und versuchen die genaue Position der Lysander herauszubekommen. Anschließend beschaffen Sie die richtige Ausrüstung für eine Suche.« Er lächelte. »Es sieht so aus, als dürften Sie bald wieder tauchen, Dillon.«

»Das scheint mir auch so«, sagte Dillon.

Ferguson wandte sich um und ging hinein, und sie hörten ihn sagen: »Was meinen Sie, liebste Lady, darf ich mal Ihr Telefon benutzen?«

# 12

Gut zwei Stunden später verfolgte Asta, wie der Shogun vor dem Haus vorfuhr und Morgan und Marco ausstiegen. Eine Gesichtsseite des Sizilianers war bedeckt mit Verbandsmull und Heftpflaster. Angus drückte sich in der Nähe des Hauses herum und kam herbeigeeilt, als Morgan und Marco die Treppe hochstiegen. Sie redeten längere Zeit miteinander, und dann holte Morgan seine Brieftasche hervor und gab ihm mehrere Geldscheine. Asta zog sich vom Fenster zurück und setzte sich an den Kamin.

In dem Moment, als die Tür aufging und Morgan eintrat, sprang sie auf und flog ihm entgegen. »Gott sei Dank, du bist wieder da. Ist mit Marco alles in Ordnung?«

»Sie haben ihn geröntgt. Zwei Rippen sind angebrochen, aber es sind nur Haarrisse, und seine Wange wurde genäht.«

»Das war auch bei Dillon nötig«, berichtete sie.

»Du hast ihn gesehen?«

»Sie alle, Carl. Lady Katherine lud uns zum Tee ein und hatte eine sensationelle Neuigkeit für uns.«

»Tatsächlich?« sagte er und nahm sich eine Zigarre. »Erzähl doch mal.«

Als sie ihren Bericht beendet hatte, ging er zum Fenster. »Das ist es, das muß es sein.«

»Und was wirst du jetzt tun?«

»Abwarten, mein Schatz; sie die ganze Arbeit machen lassen. Vergiß nicht, daß Dillon ein erfahrener Taucher ist. Wenn sie das

Flugzeug tatsächlich entdecken sollten, dann wird er runtergehen und raufholen, was er in der Kiste findet.«

»Und dann?«

»Nehmen wir es ihm ab. Ich lasse die Citation in Ardnamurchan startklar machen, damit wir schnellstens von hier verschwinden können.«

»Und du glaubst, daß Dillon und Ferguson tatenlos zuschauen und zulassen, daß du die Bibel mitnimmst?«

»Ich regle das schon, Asta.«

Von der anderen Seite des Sees drang der Lärm eines startenden Flugzeugs herüber. Sie traten rechtzeitig genug auf die Terrasse, um beobachten zu können, wie der Learjet in den abendlichen Himmel aufstieg.

»Da fliegen sie.« Er lächelte und legte ihr einen Arm um die Schultern. »Ich habe in dieser Sache ein gutes Gefühl, Asta. Ich glaube, es wird alles wie geplant klappen.«

»Natürlich könnte dieses Dokument schon längst verfault sein«, sagte sie. »Es liegt seit Ewigkeiten im Wasser.«

»Sicher«, gab er zu, »aber es steckt in der Bibel. Deshalb glaube ich nicht, daß es sehr gelitten hat.« Er lächelte. »Verlaß dich auf mich.«

Im Learjet saß Dillon Hannah gegenüber. »Aufregend, was?« sagte er. »Man hat nicht eine ruhige Minute.«

»Es ist schlimmer als bei Scotland Yard«, gestand sie.

Er öffnete die Barbox, nahm eine Miniflasche Whisky heraus, goß ihren Inhalt in einen Plastikbecher und fügte ein wenig Wasser hinzu. »Man könnte sich glatt wie zu Hause fühlen.«

»Ein Glas Wasser wäre für Sie wahrscheinlich besser, Dillon, zumal in dieser Flughöhe.«

»Ist das nicht furchtbar?« entgegnete er. »Aber ich war noch nie richtig vernünftig.«

Sie lehnte sich mit einem leicht beleidigten Gesichtsausdruck zurück. »Und was geschieht nun?«

»Wir bringen soviel wie möglich über den Absturz der Lysander und so weiter in Erfahrung.«

»Es könnte schwierig werden, Archivmaterial der RAF aus dieser Zeit zutage zu fördern.«

»Na gut, früher war es das Luftfahrtministerium, und jetzt heißt der Laden Verteidigungsministerium, für das auch Sie im Augenblick arbeiten. Wenn Sie die Akten nicht finden, wer sollte es dann schaffen?« Er grinste. »Macht, Einfluß, Hannah, das ist hier der springende Punkt. Hängen Sie sich lieber ans Telefon und machen Sie den Leuten im Informationszentrum Beine.«

»Nein, das kommt erst an zweiter Stelle«, sagte sie. »Zuerst versorgen wir Ihr Gesicht.«

»Gott helfe mir«, sagte Dillon. »Da ist endlich die Mutter, die ich nie hatte.« Er verschränkte die Arme vor der Brust und schloß die Augen.

Sie hatten derart starken Rückenwind, daß sie Gatwick schon nach einer Stunde und zwanzig Minuten erreichten. Eine weitere Stunde später fand Dillon sich in einem kleinen Operationssaal der London Clinic wieder, wo Professor Bellamy die Platzwunde in seiner linken Wange nähte.

»Haben Sie seit neulich noch irgendwelche Schmerzen?«

»Ich spüre nicht das geringste«, antwortete Dillon.

»Das will ich aber verdammt noch mal auch gemeint haben.« Bellamy ließ die Nähnadel in die Schale fallen, die die Krankenschwester ihm hinhielt. »Das war nämlich eine meiner größten Leistungen. Ich habe sogar einen Aufsatz über Ihren Fall geschrieben. Er wurde in *Lancet* veröffentlicht...«

»Das ist ja toll«, staunte Dillon. »Dann bin ich ja sozusagen unsterblich geworden.«

»Seien Sie nicht albern.« Bellamy tupfte die Wundnaht ab und bedeckte sie mit einem breiten Wundpflaster. »Ich flicke Sie zusammen, und dann ziehen Sie los und versuchen, Selbstmord zu begehen.«

Dillon schwang die Beine von der Operationsliege und griff nach seinem Jackett. »Mir geht es gut. Sie sind wirklich ein medizinisches Genie.«

»Mit Schmeicheleien kommen Sie bei mir nicht weit. Bezahlen Sie Ihre Rechnung, und falls Sie irgendwann mal Lust haben sollten, mir das Geheimnis Ihrer bemerkenswerten Genesung zu verraten, dann würde ich es gerne hören.«

Sie gingen hinaus in den Flur, wo Hannah wartete. »Sechs Stiche, Chief Inspector. Damit wäre seine Schönheit ruiniert.«

»Glauben Sie, daß ihr das etwas ausmacht?« fragte Dillon.

Hannah klappte den Kragen seines Jacketts herunter. »Er trinkt am liebsten irischen Whiskey und raucht zuviel, Professor. Was soll ich mit ihm tun?«

»Sie hat Ihnen verschwiegen, daß ich auch gerne Karten spiele«, sagte Dillon.

Bellamy lachte schallend. »Na los, verschwinden Sie von hier, Sie verrückter Kerl. Ich habe zu arbeiten.« Er wandte sich um und entfernte sich.

Die Nachtbereitschaft im Informationszentrum des Verteidigungsministeriums hatte gewöhnlich nur wenig zu tun. Auf dem Posten saß eine Witwe namens Tina Gaunt, eine mütterlich wirkende Dame um die fünfzig, deren Mann, ein Armeefeldwebel, im Golfkrieg gefallen war. Sie war sehr nett zu Dillon und kannte seine Personalakte. Zwar entsetzte sie seine frühere Zugehörigkeit zur IRA, aber insgeheim fand sie den Mann aufregend.

»Die RAF-Akten aus dem Zweiten Weltkrieg und die Unterlagen über den Wehrdienst nach dem Krieg werden in den Hurlingham Cellars aufbewahrt, wie wir sie nennen. Aber die befinden sich draußen, in Sussex. Wir haben zwar einige Daten auf Mikrofiche gespeichert, die per Computer abgerufen werden können. Aber dabei handelt es sich eher um stichwortartige Angaben. Ich glaube, ich kann Ihnen nicht helfen.«

»Aber ja doch. Ich kann mir nicht vorstellen, daß eine so nette Lady wie Sie mir nicht behilflich sein soll«, sagte Dillon zu ihr.

»Ist er nicht schrecklich, Chief Inspector?« sagte Tina Gaunt.

»Der Schlimmste von allen«, versicherte Hannah ihr. »Fangen wir ganz einfach mit der Personalakte an. Geschwaderkommandeur Keith Smith.«

»Moment, gleich haben wir ihn.« Tina Gaunts Finger huschten geschickt über die Tasten, und sie betrachtete den Bildschirm, wartete, runzelte die Stirn. »Geschwaderkommandeur Smith, Fliegerkreuz, Kriegsverdienstkreuz, Ehrenlegion. Liebe Güte, ein wahres As.« Sie schüttelte den Kopf. »Das verstehe ich nicht. Mein Vater lenkte während des Krieges einen Lancaster-Bomber. Das war schon immer eine Art Hobby von mir – die Piloten der Schlacht um England, die berühmten –, aber von dem habe ich noch nie etwas gehört.«

»Das ist aber seltsam«, sagte Hannah.

Tina Gaunt versuchte erneut ihr Glück. Nach einigen Sekunden ließ sie sich geschlagen zurücksinken. »Das ist ja noch seltsamer. Es gibt eine Sicherheitssperre. Ich bekomme nur seinen Dienstrang und seine Auszeichnungen, aber keinerlei Angaben über seinen Dienst.«

Hannah warf Dillon einen fragenden Blick zu. »Was halten Sie davon?«

»Sie sind die Polizistin. Tun Sie etwas.«

Sie seufzte. »In Ordnung, ich rufe den Brigadier an.« Sie ging hinaus.

Tina Gaunt stand hinter ihrem Tisch und preßte den Telefonhörer ans Ohr. Sie nickte. »In Ordnung, Brigadier, ich tu's, aber sorgen Sie bitte dafür, daß ich in jeder Hinsicht abgesichert bin.« Sie legte den Hörer auf. »Der Brigadier hat mir versprochen, daß morgen ein entsprechendes vom Verteidigungsminister unterzeichnetes Diensthilfeersuchen auf meinem Schreibtisch liegt. Unter diesen Umständen bin ich zu einer Ausnahme bereit.«

»Sehr schön«, sagte Dillon. »Dann wollen wir mal.«

Sie setzte sich wieder an ihren Computer und bearbeitete die Tastatur. Erneut lehnte sie sich stirnrunzelnd zurück. »Jetzt werde ich zur SOE verwiesen.«

»SOE? Was ist das?« fragte Hannah.

»Special Operations Executive«, erklärte Dillon ihr. »Eine spezielle Dienststelle, die auf Churchills Anweisung hin vom britischen Geheimdienst geschaffen wurde, um den Widerstand und die Untergrundbewegungen in Europa zu koordinieren.«

»›Steckt ganz Europa in Brand‹, hat er verlangt«, erzählte Tina Gaunt und ließ die Finger erneut über die Tasten huschen. »Aha, da ist die Erklärung.«

»Lassen Sie mal hören«, bat Dillon.

»Es gab eine Schwadron in Tempsford, 138. Sonderaufgaben. Man nannte sie die Moonlight-Schwadron, alles streng geheim. Sogar die Frauen der Piloten glaubten, daß ihre Männer nur Transportflüge unternahmen.«

»Und was haben sie tatsächlich getan?« fragte Hannah.

»Nun, sie steuerten schwarze Halifax-Bomber nach Frankreich und setzten dort per Fallschirm Agenten ab. Sie brachten sie auch mit Lysanders hin.«

»Meinen Sie damit, daß sie mit ihren Maschinen in besetztem Gebiet landeten oder starteten?« fragte Hannah.

»O ja, es waren echte Helden.«

»Jetzt wissen wir also, wie Geschwaderkommandeur Keith Smith seine zahlreichen Auszeichnungen errungen hat«, sagte Dillon. »Wann ist er gestorben?«

Sie schaute wieder auf den Bildschirm. »Hier ist kein Datum vermerkt. Er wurde 1920 geboren. Kam 1938 mit achtzehn Jahren zur RAF. Setzte sich 1972 als Luftmarschall zur Ruhe. Wurde anschließend in den Adelsstand erhoben.«

»Lieber Himmel«, sagte Dillon. »Haben Sie eine Adresse von ihm?«

Sie versuchte wieder ihr Glück, wartete. »Keine Privatadresse.

Wie ich schon sagte, die Informationen auf dem Mikrofiche sind eher dürftig. Wenn Sie mehr wissen wollen, müssen Sie morgen die Hurlingham Cellars aufsuchen.«

»Verdammt«, sagte Dillon. »Noch mehr vergeudete Zeit.« Er lächelte. »Machen Sie sich nichts draus, Sie haben uns schon sehr geholfen, meine Liebe. Gott segne Sie.«

Er wandte sich schon zur Tür, als Hannah das Wort ergriff. »Mir ist gerade etwas eingefallen, Tina«, sagte sie. »Wissen Sie etwas von dieser Einrichtung in East Grinstead während des Krieges, wo Patienten mit schweren Verbrennungen behandelt wurden?«

»Aber das Krankenhaus gibt es noch immer. Es ist das Queen Victoria Hospital. Einige Patienten, die während des Krieges dort behandelt wurden, kehren alljährlich dorthin zurück, um sich untersuchen oder weiterbehandeln zu lassen. Weshalb?«

»Smith war dort auch Patient. Er hatte sich die Hände verbrannt.«

»Nun, die Telefonnummer kann ich Ihnen geben.« Tina befragte ihren Computer, schrieb ein paar Zahlen auf ihren Notizblock, riß das oberste Blatt ab und reichte es über den Tisch.

»Sie sind ein Engel«, sagte Hannah und folgte Dillon nach draußen.

In Fergusons Büro war es still. Hannah hockte auf der Schreibtischkante, hatte den Telefonhörer am Ohr und wartete. Schließlich erhielt sie ihre Auskunft.

»Ich verstehe. Luftmarschall Sir Keith Smith«, sagte eine anonyme Stimme. »Ja, der Luftmarschall war im Juni zu seiner jährlichen Generaluntersuchung hier.«

»Schön, und haben Sie auch seine Privatadresse?« Hannah begann zu schreiben. »Vielen Dank.« Sie drehte sich zu Dillon um. »Hampstead Village, hätten Sie das erwartet?«

»Jeder Kreis schließt sich irgendwann.« Dillon warf einen Blick auf seine Uhr. »Fast halb zehn. Heute können wir den alten

Knaben nicht mehr belästigen. Wir erwischen ihn sicher morgen. Kommen Sie, wir gehen eine Kleinigkeit essen.«

Sie saßen in der Pianobar des Dorchester, tranken Champagner, und eine Kellnerin servierte Rühreier und geräucherten Lachs.

»Ist das Ihre Vorstellung von einer Kleinigkeit?« fragte Hannah.

»Was ist falsch daran, sich das Beste kommen zu lassen, wenn man es sich leisten kann? Dieser Gedanke hielt mich aufrecht, als ich von englischen Fallschirmjägern durch die Gassen und die Abwasserkanäle der Bogside in Derry gehetzt wurde.«

»Fangen Sie nicht schon wieder damit an, Dillon, ich will es gar nicht wissen.« Sie aß ein wenig von ihrem geräucherten Lachs. »Wie, glauben Sie, wird es mit dem guten Luftmarschall laufen?«

»Ziemlich gut. Ein Mensch mit so vielen Orden und von seinem Dienstrang muß eine außergewöhnliche Persönlichkeit sein. Ich möchte wetten, er hat überhaupt nichts vergessen.«

»Nun, das werden wir ja morgen früh erfahren.« Die Kellnerin brachte ihnen Kaffee, und Hannah holte ihr Notizbuch hervor. »Sie sollten mir lieber eine Liste von den Tauchutensilien geben, die Sie benötigen. Dann kann ich die Sachen gleich morgen früh beschaffen lassen.«

»Na schön, passen Sie auf. Ihr Lieferant wird schon wissen, was er zusammenpacken muß. Eine Maske, einen Tauchanzug aus Nylon in Medium, mit einer Kapuze gegen die Kälte; Handschuhe, Flossen, vier Ballastgürtel mit je zwölf Pfund Gewichten, einen Atemregulator, ein Gerät zur Auftriebskontrolle und ein halbes Dutzend leere Preßlufttanks.«

»Leer?« fragte sie.

»Ja, wegen der Flughöhe. Sie könnten sonst explodieren. Besorgen Sie außerdem einen tragbaren Jackson-Kompressor, und zwar das elektrische Modell. Ich fülle die Tanks damit. Und dann brauche ich noch einen Orca-Tauchcomputer.«

»Sonst noch was?«

»Hundert Meter Nylonseil, Karabinerhaken, zwei Unterwasserlampen und ein großes Messer. Das müßte eigentlich ausreichen. Ach ja, und zwei Sterling-Maschinenpistolen mit Schalldämpfer.« Er lächelte. »Um Störenfriede zu verscheuchen.«

Sie verstaute das Notizbuch in ihrer Handtasche. »Gut, kann ich jetzt gehen? Wir haben morgen einen großen Tag.«

»Natürlich.« Sie schlenderten zur Tür. Während sie ins Foyer hinausgingen, sagte er: »Sie haben nicht vor, unterwegs einen kleinen Schlenker nach Stable Mews zu machen?«

»Nein, Dillon, ich möchte lieber meiner Mutter einen Überraschungsbesuch abstatten.«

Fergusons Fahrer lenkte den Daimler an den Bordstein, und der Portier hielt ihnen die Wagentür auf. »Das finde ich wunderschön«, sagte Dillon. »Es beweist eine zärtliche Ader.«

»Geschenkt, Dillon«, sagte sie, stieg ein, und der Daimler fädelte sich in den Verkehr ein.

»Taxi, Sir?« fragte der Portier.

»Nein danke, ich gehe zu Fuß«, erwiderte Dillon, zündete sich eine Zigarette an und spazierte davon.

Das Haus befand sich in einer stillen Seitenstraße nicht weit von Hampstead Heath entfernt. Es war kurz nach halb zehn am nächsten Morgen, als Dillon und Hannah in Fergusons Daimler dort eintrafen. Der Chauffeur parkte den Wagen auf der Straße. Sie gingen durch ein schmales Tor in einer hohen Mauer, durchquerten einen kleinen Vorgarten und gelangten zur Eingangstür eines viktorianischen Landhauses. Es regnete leicht.

»Hier gefällt es mir«, stellte Hannah nach einem Rundblick fest und betätigte die Klingel.

Nach einer Weile wurde die Haustür von einer dunkelhäutigen Frau mittleren Alters geöffnet. »Ja, was kann ich für Sie tun?« fragte sie mit westindischem Akzent.

»Wir kommen vom Verteidigungsministerium«, erklärte

Hannah. »Ich weiß, daß es noch ziemlich früh am Tag ist, aber wir würden gerne mit Sir Keith sprechen, wenn das möglich ist.«

»Es ist nicht zu früh für ihn.« Die Frau lächelte. »Er arbeitet schon seit einer Stunde im Garten.«

»Bei diesem Regen?« fragte Dillon.

»Es gibt nichts, das ihn davon abhalten könnte, sich um seinen Garten zu kümmern. Kommen Sie, ich zeige Ihnen den Weg.« Sie führte sie über einen Plattenweg und um eine Ecke in den Hausgarten. »Sir Keith, Sie haben Besuch.«

Sie überließ die Besucher sich selbst, und Hannah und Dillon gingen weiter zu einer kleinen Terrasse, deren Türen offenstanden und Zugang zum Haus gestatteten. Auf der anderen Seite einer Rasenfläche entdeckten sie einen kleinen Mann in einem alten Anorak und mit einem Panamahut auf dem Kopf. Er beschnitt gerade einen Rosenstrauch. Er wandte sich zu ihnen um. Seine blauen Augen leuchteten klar in einem sonnengebräunten Gesicht, das immer noch durchaus attraktiv genannt werden konnte.

Er kam auf sie zu. »Guten Morgen. Was kann ich für Sie tun?«

Hannah zeigte dem pensionierten Luftmarschall ihren Dienstausweis. »Ich bin Detective Chief Inspector Hannah Bernstein. Zur Zeit bin ich Assistentin von Brigadier Charles Ferguson im Verteidigungsministerium.«

»Und mein Name ist Dillon, Sean Dillon.« Der Ire streckte dem älteren Mann die Hand entgegen. »Ich arbeite für denselben Verein.«

»Ich verstehe.« Der Luftmarschall nickte. »Ich weiß über die Arbeit Brigadier Fergusons Bescheid. Ich war nach meiner Pensionierung fünf Jahre lang im Sicherheitskomitee für die drei Geheimdienste tätig. Kann ich daraus schließen, daß es um eine Sicherheitsangelegenheit geht?«

»So ist es, Sir Keith«, sagte Hannah Bernstein.

»Aber es bezieht sich auf Ereignisse, die lange zurückliegen«, erklärte Dillon ihm. »Und zwar interessieren wir uns für die

Zeit, als Sie 1946 mit einer Lysander im Loch Dhu in den schottischen Highlands notlanden mußten.«

Der alte Mann machte aus seiner Verblüffung keinen Hehl. »Das liegt wirklich lange zurück. Kommen Sie lieber ins Haus. Ich bitte Mary, Tee zu bereiten, dann können wir uns darüber unterhalten.« Nach diesen Worten ging er durch die Terrassentür voraus ins Haus.

»Das ist schon so lange her«, sagte Sir Keith. Seine Haushälterin brachte den Tee auf einem Tablett herein. »Es geht schon, Mary«, sagte er zu ihr. »Wir schaffen das alleine.«

»Ich schenke ein, wenn Sie gestatten«, sagte Hannah.

»Natürlich, meine Liebe. Was wollen Sie denn genau von mir?«

»Sie haben in der Spezialklinik für Verbrennungen in East Grinstead einen Major Ian Campbell kennengelernt«, begann Dillon.

»Das habe ich tatsächlich.« Sir Keith hob seine beiden Hände. Die Haut war dünn und glänzend, und an der linken Hand fehlte der Mittelfinger. »Ein Überbleibsel von einer Begegnung mit einer ME 262, dem Düsenjäger, den die Deutschen gegen Ende des Krieges so erfolgreich eingesetzt haben. Es geschah 1945. Wurde über Nordfrankreich vom Himmel geholt. Ich war in einer Lysander unterwegs, wissen Sie; ich hatte überhaupt keine Chance.«

»Ja, wir haben uns Ihre Akte im Verteidigungsministerium angeschaut«, sagte Dillon. »Daraus erfuhren wir auch von Ihrer Tätigkeit für die Special Operations Executive. Wir mußten dazu ein paar Beziehungen spielen lassen. Sie unterliegen noch immer der Geheimhaltung.«

»Tatsächlich? Lieber Himmel.« Er nahm die Tasse Tee, die Hannah ihm reichte, und lachte.

»Wir kamen auf Sie durch Ian Campbells Schwester«, fuhr Hannah fort. »Lady Katherine Rose.«

»Du meine Güte, sie lebt noch? Sie war doch während des Krieges Pilotin bei der ATA. Eine wunderbare Frau.«

»Ja, sie wohnt im Pförtnerhaus des alten Loch Dhu Castle«, sagte Dillon. »Sie hat uns von Ihrer Notlandung mit der Lysander im See berichtet.«

»Das ist richtig. Es war im März '46. Ich war unterwegs zu einem neuen Kommando in Stornoway. Ich versuchte bei verdammt schlechtem Wetter in Ardnamurchan zu landen und verlor beim Landeanflug die Gewalt über meine Maschine und stürzte in den See ab. Ich hatte Glück, daß ich schnell aus der Kiste rauskam. Sie versank sofort.« Er löffelte Zucker in seinen Tee. »Aber weshalb interessieren Sie sich dafür?«

»Erinnern Sie sich noch, wie Sie in East Grinstead waren und feststellten, daß Ian Campbell praktisch dem Tode geweiht war?« fragte Hannah.

»Das ist richtig, allerdings hörte ich später, er habe sich erholt.«

»Sie erzählten seinem Burschen, Sie wollten nach Stornoway fliegen, und boten an, die persönliche Habe seines Laird mitzunehmen und in Ardnamurchan auszuladen.«

»Auch das ist richtig. Es waren zwei Koffer. Deshalb wollte ich dort überhaupt nur landen.« Er schaute ein wenig verwirrt drein. »Aber was hat das denn mit Ihrem Besuch zu tun?«

»In einem dieser Koffer befand sich etwas geradezu Lebenswichtiges«, sagte sie. »Etwas von nationaler Bedeutung.«

»Mein Gott, was sollte das denn gewesen sein?«

Sie zögerte. »Nun, Sir Keith, eigentlich fällt die ganze Angelegenheit unter die Geheimhaltungsvorschriften. Wir sind sozusagen im Auftrag des Premierministers mit dieser Sache befaßt.«

»Das habe ich mir schon gedacht, wenn Ferguson seine Finger im Spiel hat.«

Dillon wandte sich an Hannah. »Mein Gott, Mädchen, er hat mehr Orden bekommen als ein Christbaum Kugeln, wurde von der Queen zum Ritter geschlagen und beendete seinen Dienst als

Luftmarschall. Wer, wenn nicht er, sollte ein Geheimnis für sich behalten können?«

»Ja, Sie haben recht«, sagte sie. »Natürlich haben Sie recht.« Sie drehte sich wieder zu Sir Keith um. »Aber streng vertraulich.«

»Sie haben mein Wort darauf.«

Und so erzählte sie ihm von dem Tschungking-Abkommen – und zwar jedes winzige Detail.

Sir Keith durchsuchte die unterste Schublade seines Schreibsekretärs, fand einen alten Schnellhefter aus Pappe und eine zusammengefaltete Landkarte. Beides brachte er hinüber zum Eßtisch.

»In dem Hefter befindet sich eine Kopie des offiziellen Unfallberichts. Es mußte eine Anhörung durchgeführt werden, wie in solchen Fällen üblich, aber ich wurde von jeglicher Schuld freigesprochen.« Er hielt erneut seine Hände hoch. »Die Verletzungen haben mich nie vom Fliegen abgehalten.«

»Und die Landkarte?« fragte Dillon.

»Sehen Sie sich die Karte an. Ein Meßtischblatt von der Gegend. Im großen Maßstab, wie Sie sehen.« Er faltete sie auseinander. Da waren Loch Dhu, das Schloß und Ardnamurchan Lodge. »Ich habe besonders sorgfältig meine Position bestimmt und eingezeichnet, nachdem die Lysander abstürzte. Sehen Sie die rote Linie, die von dem kleinen Bootssteg bei Ardnamurchan Lodge wegführt? An dieser Stelle bin ich notgelandet.«

Dillon fuhr mit dem Finger die Linie entlang. »Das erscheint mir ziemlich eindeutig.«

»Hundert Meter südlich des Stegs. Ein *X* markiert den Punkt, und ich weiß, daß ich recht habe, denn die Jungs vom Stützpunkt haben mit einem großen Greifhaken nach ihr geangelt und ein Stück vom Rumpf nach oben gezogen.«

»Wie tief liegt die Maschine?« fragte Dillon.

»Etwa dreißig Meter. Das Luftfahrtministerium entschied, es

lohne sich nicht, die Kiste zu bergen. Man hätte dazu Spezialgerät heranschaffen müssen, und der Krieg war schließlich vorüber. Sie verschrotteten Flugzeuge, also warum soviel Aufwand treiben? Was anderes wäre es gewesen, wenn sich irgend etwas Wertvolles in der Maschine befunden hätte.«

»Was der Fall war, nur ahnte das niemand«, schaltete Hannah sich ein.

»Tja, das ist natürlich Ihr Pech.« Er wandte sich an Dillon. »Ich vermute, Sie ziehen eine Art von Bergung in Erwägung?«

»Ja, ich bin ein ganz guter Taucher. Ich gehe mal runter und schaue mich um, ob ich irgend etwas aufstöbern kann.«

»Ich würde an Ihrer Stelle nicht zuviel erwarten, jedenfalls nicht nach all den Jahren. Möchten Sie die Karte mitnehmen?«

»Auf jeden Fall. Ich sorge dafür, daß Sie sie zurückbekommen.«

Hannah erhob sich. »Wir haben genug von Ihrer Zeit beansprucht«, sagte sie. »Sie waren uns wirklich eine große Hilfe.«

»Das hoffe ich sehr. Ich bringe Sie hinaus.« Er begleitete sie zur Haustür und öffnete sie. »Verzeihen Sie einem alten Knochen die Unverschämtheit, meine Liebe, aber ich muß sagen, wenn ich Sie so vor mir sehe, daß die Polizei seit meiner Zeit erhebliche Fortschritte gemacht hat.«

Spontan gab sie ihm einen Kuß auf die Wange. »Es war mir eine große Ehre, Sie kennenzulernen.«

»Viel Glück für Sie beide mit diesem Morgan. Sorgen Sie dafür, daß ihm das Handwerk gelegt wird, Dillon, und richten Sie Ferguson meine herzlichen Grüße aus.«

»Das werde ich tun«, versprach Dillon.

»Ach, hören Sie, Dillon?« rief Sir Keith ihnen hinterher, als sie das Gartentor erreicht hatten.

Sie blieben stehen, wandten sich um. »Ja, was ist?« fragte Dillon.

»Falls die Koffer wirklich noch da unten sind, dann werden Sie keine zwei Koffer finden, sondern drei. Einer davon gehört mir.

Ich erwarte zwar nicht sehr viel nach 47 Jahren, aber ich fände es trotzdem schön, wenn ich ihn zurückbekäme.«

»Ich werde dafür sorgen«, sagte Dillon und trat auf die Straße.

Sie stiegen in den Daimler, und Hannah sagte: »Ein geradezu überwältigender Mann.«

»Ja, solche wie ihn gibt es heutzutage nicht mehr«, sagte Dillon. »Was nun?«

»Zu einem Laden namens Underseas Supplies in Lambeth. Dort habe ich die Ausrüstungsgegenstände bestellt, die Sie haben wollten. Der Inhaber meinte, bis Mittag sei alles komplett. Er möchte, daß Sie die Teile kontrollieren, ehe er sie zum Flughafen transportieren läßt.«

»Und die beiden Sterlings, die ich haben wollte?«

»Liegen im Kofferraum. Ich hab' sie heute morgen, ehe ich Sie abholte, aus der Waffenkammer des Ministeriums besorgt.«

»Sie sind schon ein tolles Mädchen«, sagte Dillon anerkennend. »Dann mal nichts wie los.«

Der Laden in Lambeth war vollgestopft mit Tauchgerät aller Art. Der Inhaber, ein Mann namens Speke, kümmerte sich persönlich um alles, und Dillon ging mit ihm die Liste durch und begutachtete dabei jedes Teil.

»Das ist ja eine ungeheure Menge«, stellte Hannah fest. »Brauchen Sie all das wirklich? Ich meine, was ist das denn zum Beispiel?«

Sie hielt einen gelben Orca-Computer hoch. »Das ist meine Lebensversicherung, liebes Kind«, erklärte Dillon ihr. »Ein Tauchcomputer, der mir verrät, in welcher Tiefe ich mich aufhalte, wie lange ich schon dort bin und wieviel Zeit ich noch zur Verfügung habe. Er warnt mich sogar, wenn ich zu schnell aufsteige.«

»Ich verstehe.«

»Ich brauche das Gerät genauso dringend wie dies hier.« Er hob den schweren Tauchanzug aus orangefarbenem und grünem

Nylon hoch. »Da unten wird es ziemlich kalt sein und sehr dunkel. Das ist schließlich nicht die Karibik.«

»Was die Sicht betrifft, Mr. Dillon«, sagte Speke, »so habe ich Ihnen als Lampen zwei von den neuen Halogenleuchten der Royal Navy dazugepackt. Sie sind doppelt so stark wie die herkömmlichen Lampen.«

»Hervorragend«, sagte Dillon. »Das wär's dann. Schaffen Sie das Zeug so schnell wie möglich nach Gatwick.«

»Das dauert mindestens zwei Stunden, Sir, wenn nicht sogar drei.«

»Beeilen Sie sich trotzdem«, sagte Hannah.

Während sie in den Daimler stiegen, sagte Dillon: »Was meinen Sie, um wieviel Uhr starten wir?«

»Um drei«, antwortete sie.

»Gut.« Er ergriff ihre Hand. »Dann haben Sie und ich ein wenig Freizeit verdient. Wie wäre es mit einem Abstecher zu Mulligan's auf ein paar Austern und ein Guinness? Schließlich schwimme ich morgen Gott weiß wo herum.«

»Verdammt noch mal, Dillon, warum eigentlich nicht?« Sie lachte. »Wir haben es uns verdient. Auf zu Austern und Guinness bei Mulligan's.«

# 13

Der Flug von London-Gatwick verlief verhältnismäßig ruhig bis auf das letzte Stück, als das Wetter sich verschlechterte, die Wolken immer tiefer sackten und es zu regnen begann. Während sie über dem See zum Landeanflug ansetzten, teilte Fliegerhauptmann Lacey über die Bordsprechanlage mit: »Das Hauptquartier hat den Brigadier von unserer Ankunftszeit unterrichtet. Er ist unterwegs, um Sie abzuholen.«

Sie setzten auf der Landebahn auf, und während sie über die Piste rollten, sahen sie die Citation in einem der Hangars stehen.

»Was tut die denn hier?« fragte Hannah.

»Ich würde meinen, sie steht bereit für einen schnellen Start«, sagte Dillon. »Leuchtet mir durchaus ein. Ich würde das gleiche veranlassen.«

Während er die Tür für sie öffnete, bemerkte Fliegerhauptmann Lacey: »Sie haben Gesellschaft, Chief Inspector.«

»Das ist das Privatflugzeug von Mr. Carl Morgan, der zur Zeit Loch Dhu Castle bewohnt«, informierte Dillon ihn.

»Der Polospieler?«

»Mein Gott, lieber Junge«, sagte Dillon lachend, »das nenne ich eine wirklich treffende Beschreibung.«

Der Range Rover kurvte über den rissigen Asphalt auf sie zu. Kim steuerte, Ferguson saß neben ihm. Der Wagen hielt an, und der Brigadier stieg aus. »Ist alles wunschgemäß gelaufen?«

»Es könnte nicht besser sein«, erwiderte Dillon. »Ich habe eine Karte vom See mit der genauen Position. Übrigens, raten Sie mal, wer damals die Lysander gesteuert hat?«

»Spannen Sie mich nicht auf die Folter.«

»Luftmarschall Sir Keith Smith«, sagte Hannah.

Ferguson machte ein überraschtes Gesicht. »Natürlich! Ich habe einfach nicht geschaltet, als Lady Katherine uns seinen Namen nannte. Dabei waren die Informationen eindeutig. Ich meine, 1946 und Geschwaderkommandeur.«

»Wir müssen das ganze Zeug noch in den Range Rover umladen, Brigadier. Vielleicht könnte Ihr Bursche uns behilflich sein.«

»Natürlich.« Ferguson nickte Kim zu. Dann holte er einen großen Golfschirm aus dem Range Rover und spannte ihn gegen den Regen auf.

»Morgans Maschine scheint hier mittlerweile fest stationiert zu sein«, bemerkte Hannah.

»Ja, das Schwein ist selbst anwesend und beobachtet uns. Ich habe ihren Shogun im Hangar neben der Citation stehen sehen. Wahrscheinlich haben sie im Augenblick ihre Feldstecher auf uns gerichtet.«

»Dann wollen wir ihnen auch ein hübsches Schauspiel liefern«, sagte Dillon. »Reichen Sie mir mal die beiden Sterling-Maschinenpistolen, Fliegerhauptmann.«

Lacey holte die Waffen aus dem Flugzeug und übergab sie Dillon. Ferguson lächelte. »Eine hübsche Idee. Halten Sie mal bitte meinen Regenschirm fest, Chief Inspector.« Er überprüfte fachmännisch eine der Sterlings und meinte dann: »Schön, gehen wir lieber ein Stück ins Freie, damit sie sehen können, was wir haben.«

Dillon und er erlaubten sich den Spaß, traten für ein paar Sekunden hinaus in den Regen, hantierten betont auffällig mit den Waffen herum und gingen dann zum Range Rover.

»Das sollte eigentlich reichen«, sagte Dillon und legte die Maschinenpistolen auf den Rücksitz.

»Sie beide haben gerade ausgesehen wie zwei Lausbuben, die auf dem Schulhof Räuber und Gendarm spielen«, sagte Hannah.

»Ach, wenn es doch so wäre, Chief Inspector, aber der Zeitpunkt rückt unaufhaltsam näher, an dem diese ganze Angelegenheit todernst wird. Ich habe Morgan gerade sozusagen eine Warnung zukommen lassen, aber wir sollten uns etwas eingehender vergewissern. Machen wir einen kleinen Spaziergang.«

Er schritt direkt auf den Hangar und die Citation zu, und sie gingen mit, wobei alle drei unter dem breiten Golfschirm Schutz suchten. Als sie näher kamen, sahen sie Marco und Morgan an den Shogun gelehnt. Zwei Männer in Fliegerkombinationen drückten sich auf der rechten Seite des Flugzeugs herum. Hannah schob ihre rechte Hand in die Handtasche, die an einem Schultergurt bis auf ihren Oberschenkel herunterhing.

»Das ist nicht nötig, Chief Inspector«, murmelte Ferguson. »Er hat nicht vor, jetzt schon den offenen Krieg zu erklären.« Er erhob die Stimme. »Aha, da sind Sie ja, Morgan. Ich wünsche einen guten Tag.«

»Das gleiche für Sie, Brigadier.« Morgan trat vor, gefolgt von Marco mit seinem zerschlagenen Gesicht, der stehenblieb und Dillon wütend anfunkelte.

»War Ihr Ausflug erfolgreich, Chief Inspector?« erkundigte Morgan sich.

»Er hätte nicht besser sein können«, klärte sie ihn auf.

»Wer hätte das gedacht?« Er drehte sich um und blickte hinaus auf den See, der still im Regen dalag. »Da schlummert es jahrelang unten in der Tiefe. Ort der Dunklen Wasser, ist das nicht der gälische Name, den die Einheimischen diesem Gewässer verliehen haben? Eine passende Bezeichnung, nicht wahr, Dillon? Ich denke, daß Sie da unten einige Probleme haben werden.«

»Wer weiß das schon?« erwiderte Dillon.

»Wie ich sehe, halten Sie Ihr Flugzeug startbereit«, sagte Ferguson.

»Ja, wir brechen schon im Morgengrauen auf. Wir starten um Punkt acht. Seien wir doch ganz ehrlich, Brigadier, Sie haben gewonnen, und ich habe absolut genug von den Schönheiten von Loch Dhu Castle und diesem verdammten ewigen Regen.«

»Tatsächlich?« sagte Ferguson. »Carl Morgan gibt auf? Das zu glauben fällt mir schwer.«

»Ach, er ist einfach nur ein guter Verlierer, stimmt's, Morgan?« sagte Dillon.

»Aber natürlich«, sagte Morgan ruhig.

»Nun, richten Sie Asta unsere herzlichsten Grüße aus, da wir sie wahrscheinlich nicht mehr sehen werden«, bat Ferguson ihn.

»Das tue ich gerne.«

»Na schön, dann machen wir uns mal auf den Weg.«

Während sie zum Learjet zurückgingen, sagte Hannah: »Ich glaube nicht ein Wort. Er fliegt nirgendwohin.«

»Oder wenn er tatsächlich startet, dann hat er die Absicht zurückzukommen«, sagte Dillon. »Ich weiß nicht genau, wie, aber genau das wird er tun.«

»Natürlich«, sagte Ferguson. »Wir fangen also wieder an mit diesen Spielchen, die der ganzen Angelegenheit von Anfang an ihren Stempel aufgedrückt haben. Wir wissen, daß er zurückkommen will, und er weiß, daß wir es wissen.« Er schüttelte den Kopf. »Unvorstellbar, daß er jetzt aufgeben würde. Das geht gegen seine Natur. Haben Sie schon mal gesehen, wie er bei einem Polospiel einen Gegner mit einem Tritt aus dem Sattel befördert? Nun, das ist Carl Morgan. Er muß immer und um jeden Preis gewinnen.«

»Ich würde meinen, daß dies eine Situation ist, in der Asta uns helfen könnte, Sir«, sagte Hannah.

»Nun, wir werden sehen.«

Sie erreichten den Learjet, und Lacey sagte: »Es ist alles im Wagen verstaut, Brigadier; können wir sonst noch etwas tun?«

»Im Augenblick nicht, Fliegerhauptmann, außer daß Sie nach Gatwick zurückfliegen. Wie üblich soll die Maschine rund um die Uhr startbereit sein.«

»Ich werde dafür sorgen, Brigadier.«

»Sehr schön, dann nichts wie los.« Er winkte den anderen. »Kommen Sie. Verschwinden wir von hier.«

Sie stiegen in den Range Rover, und Kim klemmte sich wieder hinter das Lenkrad. Während sie losfuhren, startete hinter ihnen bereits der Learjet zu seinem Rückflug.

Morgan begab sich in die Bibliothek, schenkte sich einen Drink ein und stellte sich vor den Kamin. Er trank genüßlich von seinem Brandy, als die Tür sich öffnete und Asta hereinkam.

»Sie sind also wieder da. Ich habe gerade das Flugzeug gehört.«

Er nickte. »Sie haben eine Menge Tauchutensilien ausgeladen, und Ferguson und Dillon haben ziemlich demonstrativ mit zwei Sterling-Maschinenpistolen herumgefuchtelt – sozusagen eine kleine Sondervorstellung speziell für mich. Wir hatten eine nette Unterhaltung.«

»Und?«

»Ich habe Ferguson mitgeteilt, ich wolle mich aus dem Getümmel zurückziehen und hätte die Absicht, morgen früh um acht von hier zu verschwinden.«

»Und sie haben dir geglaubt?«

Er lächelte. »Natürlich nicht. Ferguson weiß verdammt genau, daß ich auf irgendeinem Weg wieder zurückkomme. Natürlich ist an der ganzen Sache nur wichtig, daß ich weiß, daß er damit rechnet; daher ist alles nur eine Frage des richtigen Timings.«

»Wie meinst du das?«

Er lächelte. »Da drüben im Eiskübel steht eine Flasche Champagner, mein Schatz. Komm, wir öffnen sie, und ich erzähle es dir.«

In der Garage von Ardnamurchan Lodge brannte Licht. Die Tauchausrüstung war säuberlich auf dem Boden ausgebreitet. Der Kompressor summte beruhigend, während Dillon damit beschäftigt war, Kim zu erklären, wie die Preßluftflaschen gefüllt wurden.

Hannah kam herein, verschränkte die Arme vor der Brust und schaute den beiden Männern zu. »Weiß er denn, was er tun muß?«

»Kim?« Dillon lachte. »Ich habe es ihm doch gerade gezeigt, und einem Gurkha zeigt man derlei Dinge nur ein einziges Mal.« Er wandte sich an Kim. »Alle sechs Flaschen müssen gefüllt werden.«

»Jawohl, *Sahib*, ich erledige das.«

Dillon folgte Hannah durch die Seitentür und die Küche in den Salon, wo Ferguson am Schreibtisch saß.

Er blickte auf. »Alles in Ordnung?«

»Bis jetzt ja«, antwortete Dillon.

»Gut, demnach ist unser Plan recht einfach. Sobald Morgan mit dem Lear startet, fangen wir an. Sie halten im Haus die Stellung, Chief Inspector, während Kim und ich mit Dillon im Walfänger rausfahren.«

»Dillon, ich habe überhaupt keine Ahnung vom Tauchen«, sagte sie, »deshalb verzeihen Sie meine dummen Fragen. Aber wie schwierig ist es, und wie lange wird es dauern?«

»Nun, zuerst einmal komme ich ziemlich schnell runter, dabei hilft mir der Ballastgürtel. Wenn Sir Keiths Positionsangabe zutrifft, kann ich innerhalb weniger Minuten am Flugzeug sein. Da unten dürfte es jedoch reichlich düster sein, und wir haben keine Ahnung, wie der Boden beschaffen ist. Durchaus möglich, daß sich meterweise Schlamm angesammelt hat. Wichtig ist auch, wie tief ich runtersteigen muß. Je tiefer man operiert, desto mehr Luft wird verbraucht. Es ist verblüffend, welchen Einfluß drei oder fünf Meter mehr Tauchtiefe auf die Zeit haben, die man sich unten aufhalten kann. Ideal wäre es, wenn ich mich in Tiefen bewegen würde, die man beim Sporttauchen erreicht. Wenn nicht, dann muß ich beim Auftauchen Dekompressionspausen einlegen, und die kosten eine Menge Zeit.«

»Weshalb das?«

»Je tiefer man runtergeht und je länger man sich dort aufhält, desto mehr Stickstoff dringt in den Blutkreislauf ein. Es ist ähnlich wie Kohlensäure in einer Flasche Champagner, die unter Druck steht. Wenn man zu schnell auftaucht, kann es zu Krämpfen oder anderen Schäden führen. Schlimmstenfalls sogar zum Tode.« Er lächelte. »Und damit endet die Lektion.«

»Ich muß schon sagen, das klingt ziemlich beängstigend.«

»Es wird schon schiefgehen.« Er begab sich zur Bar und schenkte sich einen Bushmills ein. »Mir ist da noch ein Gedanke gekommen, Brigadier.«

»Und welcher?«

»Kim soll morgen früh mit einem Fernglas zum Flugplatz gehen. Schön, wir hören zwar, wenn die Maschine startet, aber wir sollten uns lieber vergewissern, daß nicht nur die Piloten an Bord sind.«

»Gute Idee«, sagte Ferguson. Er warf einen Blick auf die Uhr. »Es ist jetzt elf. Ich habe sogar noch eine bessere Idee, Dillon. Wie wäre es mit einem Ihrer nächtlichen Besuche oben im Schloß? Vielleicht treffen Sie Asta und erfahren irgend etwas von ihr.«

»Ich wundere mich sowieso, weshalb wir noch nichts von ihr gehört haben«, sagte Hannah.

»Ich wundere mich gar nicht. Es ist für die Kleine viel zu gefährlich, das Telefon zu benutzen, wenn sie nicht absolut sicher sein kann, daß Morgan nicht in der Nähe ist«, erklärte Ferguson. »Nein, Sie bringen Dillon rauf, wie Sie es schon mal getan haben, Chief Inspector, und dann werden wir sehen, was geschieht.«

Es regnete noch immer, als Hannah neben dem Schloß anhielt und den Motor ausschaltete. Wie auch schon beim ersten Mal trug Dillon schwarze Kleidung. Er holte die Walther heraus, inspizierte sie und schob sie sich auf dem Rücken in den Hosenbund.

»Mir kommt es so vor, als hätten wir all das schon mal gemacht.«

»Ich weiß«, sagte Hannah lächelnd. »Sie müssen sich endlich etwas Neues einfallen lassen.«

Er zog sich die geradezu unheimlich aussehende Skimütze, die nur seine Augen und seine Lippen unbedeckt ließ, über den Kopf. »Ich könnte Ihnen zum Beispiel einen Abschiedskuß geben.«

»Während Sie dieses Ding tragen? Das ist ja ekelhaft, Dillon. Na los, verschwinden Sie schon.«

Die Tür schloß sich leise, und er verschmolz innerhalb einer Sekunde mit der Dunkelheit.

Er überwand die Mauer auf die gleiche Art und Weise wie vorher schon und schlich durch das Wäldchen bis zur Rasenfläche. Zwischen den Bäumen blieb er stehen und schaute hinüber zum erleuchteten Schloß. Nach einer Weile schwang eine der Terrassentüren zur Bibliothek auf, und Morgan erschien. Er rauchte eine Zigarre. Asta folgte ihm nach draußen. Sie trug einen dicken Pullover und eine lange Hose. In der Hand hielt sie einen Regenschirm.

»Was hast du vor?« wollte Morgan wissen.

»Mit dem Hund spazierenzugehen. Du kannst gerne mitkommen, Carl.«

»Bei diesem Regen? Du bist wohl ein wenig verrückt. Bleib nicht zu lange weg«, bat er sie und kehrte wieder ins Haus zurück.

Sie spannte den Regenschirm auf und kam die Terrassentreppe hinunter. »Komm, mein Junge«, rief sie, und der Dobermann schoß wie ein Blitz aus der Bibliothek heraus und rannte über den Rasen.

Ein Stück entfernt stand ein kleines Sommerhaus. Dillon huschte dorthin und postierte sich in seinem Schatten. Der Hund blieb abrupt stehen und winselte. Dillon stieß seinen seltsamen leisen Pfiff aus, und der Hund kam zu ihm herübergetrabt und leckte zärtlich seine Hand.

»Wo bist du?« rief Asta nach dem Hund.

»Hier drüben«, antwortete Dillon leise.

»Sie sind es, Dillon.« Sie beschleunigte ihre Schritte und stand vor ihm. Sie hielt krampfhaft den Regenschirm fest. »Was haben Sie denn diesmal vor?«

»Ach, ich wollte Sie nicht ohne Abschied von hier weglassen«, sagte er. »Sie reisen doch morgen ab, nicht wahr?« Er streifte seine Skimütze ab.

»Um acht Uhr«, bestätigte sie.

»Ja, das hat uns Morgan auf dem Flugplatz gesagt. Er machte auch als Verlierer eine tolle Figur. So toll, daß wir ihm kein Wort geglaubt haben. Er kommt zurück, nicht wahr, Asta?«

Sie nickte. »Er hat gar nicht erwartet, daß Sie ihm glauben, meinte er. Er sagte, Sie würden mit seiner Rückkehr rechnen, daher käme es nur auf das Timing an.«

»Na schön, dann erzählen Sie mal.«

»Wir starten um acht mit der Citation. Carl sagte, er rechne damit, daß Sie in dem Moment tauchen, in dem wir starten.«

»Was dann?«

»Wissen Sie, wie weit Arisaig entfernt ist?«

»Etwa zwanzig Meilen.«

»Genau. Dort gibt es ein ähnliches Rollfeld wie in Ardnamurchan. Er und Marco haben den Kombiwagen dorthin gebracht und sind mit dem Shogun zurückgefahren. Die Citation wird dort kurz nach dem Start in Ardnamurchan landen. Wir kommen danach mit dem Kombiwagen hierher zurück. Die Piloten geben uns eine Stunde Zeit, danach fliegen sie zurück nach Ardnamurchan.«

»Wo wir sozusagen mit heruntergelassener Hose erwischt werden?« fragte Dillon.

»Genau.«

»Na schön, dann müssen wir uns überlegen, was wir dem entgegensetzen können.« Er legte eine Hand auf ihre Schulter. »Schaffen Sie es durchzuhalten?«

»Ja«, sagte sie. »Ich komme ganz gut zurecht.«

»Schön für Sie.« Er zog sich wieder die Skimütze über den Kopf. »Halten Sie die Ohren steif«, sagte er und verschwand in der Dunkelheit.

Carl Morgan trat auf die Terrasse. »Bist du da, Asta?«

»Ja, Carl, ich komme«, meldete sie sich und schlenderte über den Rasen. In der einen Hand hatte sie den Regenschirm, während die andere den Hund am Halsband festhielt.

Kim war um halb acht auf dem Rollfeld. Er hatte den Wagen nicht genommen, für den Fall, daß er gesehen wurde, und lag mit einem Feldstecher am Rand eines kleinen Wäldchens, um die Citation im Hangar zu beobachten. Er konnte die beiden Piloten sehen, wie sie die Maschine überprüften. Nach einer Weile erschien der Shogun. Er stoppte vor dem Hangar, und Morgan und Asta stiegen aus. Die beiden Piloten kamen heraus, eine kurze Unterhaltung entspann sich, und sie luden das Gepäck aus. Während Morgan und Asta in den Hangar gingen, lenkte Marco den Shogun hinein.

Kim wartete. Nach einer Weile wurden die Triebwerke angelassen, und die Citation schob sich hinaus ins Freie, rollte zum Ende der Startbahn und drehte sich in den Wind. Er verfolgte, wie das Flugzeug über die Startbahn jagte, am Ende abhob und in den grauen Himmel aufstieg. Dann sprang er auf und rannte zum Jagdhaus zurück.

Dillon war bereits in seinen Tauchanzug geschlüpft und schob eine Schubkarre, die mit vier Preßluftflaschen beladen war, zum schmalen Steg hinunter, wo Hannah und Ferguson im Walfänger warteten. Es regnete gnadenlos, und trotzdem hing eine drei bis vier Meter dicke Nebelbank über dem Wasser und schränkte die Sicht erheblich ein. Ferguson trug einen Anorak und einen Regenhut. Hannah hatte sich einen alten Regenmantel und eine Kapuze übergezogen. Beides hatte sie an der Garderobe gefunden. Neben dem Steg lag auch noch ein kleineres Ruderboot, in dem das Wasser einige Zentimeter hoch stand.

Während Hannah aus dem Walfänger kletterte, kam Dillon auf den Steg. »Schieben Sie den kleinen Kahn ein Stück aus dem Weg«, sagte er.

Sie schaffte es ohne Schwierigkeiten, und während er Ferguson die erste Preßluftflasche nach unten reichte, war deutlich das Dröhnen eines startenden Flugzeugs zu hören. »Da fliegen sie«, sagte Ferguson.

»Stimmt«, sagte Dillon. »Ich denke, ich komme mit den vier Flaschen aus. Wenn ich Glück habe, brauche ich nicht einmal alle davon. Ich hole eben den Rest meiner Ausrüstung.«

Er schob die Schubkarre zur Jagdhütte zurück, lud die übrigen Teile und die Maschinenpistolen ein. Während er zum Steg zurückkehrte, tauchte Kim im Laufschritt zwischen den Bäumen auf. Er holte Dillon ein, ehe dieser den Walfänger erreichte.

»Du hast gesehen, wie sie gestartet sind?« fragte Ferguson.

»Ja, *Sahib*. Sie sind mit dem Shogun gekommen. Ich habe gesehen, wie Morgan und die junge Lady anschließend ins Flugzeug stiegen. Der andere Mann, Marco, war auch dort. Er hat den Shogun in den Hangar gefahren. Kurz danach rollte die Maschine heraus und startete.«

»Das heißt, sie sind im Hangar eingestiegen?« fragte Dillon.

»Ja, *Sahib*.«

Dillon runzelte die Stirn. Er hielt für einen Moment beim Entladen der Schubkarre inne. Ferguson sah ihn fragend an. »Sie machen sich Sorgen.«

»Aus verschiedenen Gründen, ja.«

»Ich wüßte nicht, weshalb. Er hat uns selbst erzählt, daß er abreisen wollte. Wir haben erwartet, daß er uns auszutricksen versucht, und Asta hat uns genau geschildert, was er vorhatte. Und Kim hat ihren Abflug beobachtet.«

»Er hat gesehen, wie das Flugzeug gestartet ist«, korrigierte Dillon ihn. »Aber was soll's, beeilen wir uns lieber.«

Kim sprang in den Walfänger, und Dillon reichte ihm die restlichen Ausrüstungsgegenstände. Ferguson legte die beiden Maschinenpistolen auf die hintere Sitzbank. »Eines ist sicher, mein Lieber: Jeder, der sich mit uns anlegen will, muß total den Verstand verloren haben.«

»Hoffen wir, daß es so ist.« Dillon reichte Hannah die Hand. »Passen Sie auf sich auf.«

Sie holte eine Pistole aus der Tasche. »Keine Sorge. Ich habe dies hier.«

»Nun, ich mache mir aber Sorgen. Nur so habe ich es geschafft, noch am Leben zu sein.«

Er sprang ins Boot, ging zum Heck und ließ den Außenbordmotor an. Hannah löste die Leine und warf sie ins Boot. »Viel Glück!« rief sie, während der Walfänger langsam vom Steg wegglitt.

»Wie ich gesagt habe, passen Sie gut auf sich auf. Zuviel Vorsicht hat noch niemandem geschadet«, rief Dillon ihr zum Abschied zu und lenkte dann das Boot in einer weiten Kurve auf den See hinaus.

Hannah schaute ihnen nach, dann wandte sie sich um und ging zur Jagdhütte zurück. Sie trat durch die vordere Tür ein, zog den Regenmantel aus und nahm den alten Filzhut ab. Ihr war kalt, und sie hatte nasse Füße. Sie fröstelte, entschied, daß ihr jetzt eine Tasse Kaffee guttun würde, und begab sich in die Küche. Sie füllte den Wasserkessel an der Spüle. Ein leises, unheimliches Knarren erklang hinter ihr. Die Tür der Speisekammer schwang auf, und Hector Munro kam heraus. Er hielt eine Schrotflinte mit abgesägtem Lauf im Anschlag.

*Und ihre Walther steckte im Regenmantel.* O Gott, Dillon, dachte sie, Sie haben recht, ich bin so dumm, man kann wirklich nicht vorsichtig genug sein. Sie wirbelte herum und rannte zur offenen Küchentür – und Rory Munro in die Arme. Wie sein Vater hatte auch er eine abgesägte Schrotflinte in der Hand.

Sein Gesicht sah schrecklich aus, blutig und verschwollen, aber er lächelte trotzdem. »Wo möchten Sie denn so eilig hin, Schätzchen?«

Er hielt Hannah fest im Griff und schob sie langsam in den Raum zurück, wo Hector es sich auf der Tischkante bequem gemacht hatte und seine Pfeife stopfte. »Seien Sie ein braves Mädchen, dann passiert Ihnen nichts. Da unten wartet ein gemütlicher trockener Keller auf Sie. Wir haben bereits nachgesehen.«

»Dort gibt es keine Fenster, die man einschlagen kann«, sagte Rory, »nur eine massive Eichentür mit zwei Riegeln. Dafür bräuchten Sie eine Axt.«

»Genau«, sagte Hector Munro. »Dort haben Sie es richtig gemütlich, wir müssen Sie nicht einmal fesseln.«

»Begreifen Sie jetzt, was für ein Glückskind Sie sind?« sagte Rory.

Sie machte sich von ihm los und zog sich zur anderen Seite der Küche zurück. Sie betrachtete die Männer ohne ein Zeichen von Furcht. »Sie arbeiten für Morgan, nicht wahr? Aber weshalb?« Sie deutete auf Rory. »Denken Sie doch nur daran, wie es ihm im Boxring ergangen ist. Sehen Sie sich an, was dieser brutale Marco mit dem Gesicht Ihres Sohnes angerichtet hat.«

»Aber damit hatte Mr. Morgan überhaupt nichts zu tun. Das war eine rein sportliche Angelegenheit. Mein Junge kann einiges vertragen.« Der alte Mann zündete seine Pfeife mit einem Streichholz an. »Und dann sind da auch noch die zehntausend Pfund, die wir dafür bekommen, daß wir ihm ein wenig behilflich sind.«

»Und was hat er vor?«

»Nun, das werden Sie schon abwarten müssen«, erwiderte Hector Munro.

Sie holte tief Luft. »Ich bin Polizeibeamtin. Wußten Sie das?«

Rory brach in schallendes Gelächter aus. »Was für einen verdammten Unsinn erzählen Sie denn da, Kindchen?« sagte Hector Munro. »Jedermann weiß, daß Sie die Sekretärin des Brigadiers sind.«

»Ich kann Ihnen meinen Dienstausweis zeigen. Erlauben Sie mir, daß ich ihn heraushole. Ich bin Detective Chief Inspector bei Scotland Yard.«

»Detective Chief Inspector?« Hector Munro schüttelte mit trauriger Miene den Kopf. »Jetzt haben die Ereignisse sie wirklich um den Verstand gebracht, Rory.« Er stand auf, ging zur Kellertür und öffnete sie. »Runter mit ihr.«

Rory stieß sie über die Schwelle, die Tür schloß sich mit einem lauten Knall, die Riegel wurden klirrend vorgeschoben. Hannah verlor das Gleichgewicht, rutschte mehrere Stufen hinunter und stieß sich schmerzhaft das Knie. Und dann fiel ihr das eine Wort ein, das sie hätte aussprechen sollen, das Wort, das vielleicht eine Wirkung hätte haben können: *Fergus*.

Sie stieg die Stufen hinauf, fand den Lichtschalter und schaltete ihn ein. Sie trommelte mit den Fäusten gegen die Tür.

»Lassen Sie mich raus!« rief sie. »Ich muß Ihnen etwas mitteilen. Er hat Ihren Sohn getötet. Er hat Fergus auf dem Gewissen!«

Aber zu diesem Zeitpunkt war niemand mehr da, der ihre Bitte hörte.

Hector Munro und sein Sohn wanderten durch den Regen hinunter zum Bootssteg. Sie hörten zwar den Außenbordmotor des Walfängers, konnten aber das Boot wegen des dichten Nebels nicht sehen. Sie gingen bis zum Ende des Stegs und blieben neben dem Ruderboot stehen.

»Verdammt, das Ding ist ja voll Wasser«, stellte Rory enttäuscht fest.

»Und unter dem Sitz liegt ein Eimer, mit dem du es rausschöpfen kannst, also fang schon damit an.« Hector zog eine alte silberne Taschenuhr hervor und warf einen Blick aufs Zifferblatt. »Wir brauchen uns nicht zu beeilen. Nach meiner Rechnung haben wir noch eine halbe Stunde Zeit.«

Rory hatte die Schrotflinte auf den Steg gelegt und ließ sich ins Ruderboot hinunter. Er fluchte, als seine Stiefel ins Wasser eintauchten. Er blickte hinauf zum grauen Himmel, aus dem der Regen unaufhörlich herabrauschte. »Wir können nur hoffen, daß Fergus ein Dach über dem Kopf hat, wo immer er sich im Augenblick rumtreiben mag.«

»Wenn nicht, ist das auch nicht so schlimm. Er braucht sich nicht mehr lange zu verstecken. Die Leute verschwinden sowieso bald von hier«, sagte Hector Munro. »Und jetzt mach weiter, Junge.«

Rory bückte sich nach dem Eimer und begann zu schöpfen.

Ferguson übernahm die Ruderpinne, während Dillon sich die Landkarte ansah. Nach einer Weile sagte der Ire: »Hier müßte die Stelle sein.« Er drehte sich um und konnte über der Nebelbank schemenhaft die Kamine der Jagdhütte und die Bäume dahinter erkennen. »Ja, das ist wohl die Linie, so wie Sir Keith sie auf der Karte eingezeichnet hat. Schalten Sie den Motor aus.« Sie trieben nur noch langsam weiter. Dillon drehte sich zu Kim um und sah, daß er bereits den Anker geworfen hatte.

Dillon hatte das lange Nylonseil in zwei Stücke von je hundert Meter zerschnitten. Die Enden hatte er mit Karabinerhaken versehen. Er band an jedes Seil einen Ballastgürtel und gab Kim ein Zeichen, während er die Seile an der mittleren Sitzbank befestigte.

»Über Bord damit«, befahl Dillon, und der Gurkha hievte die Bleigürtel ins Wasser.

Dillon stülpte sich die Kapuze seines Tauchanzugs über den Kopf und schnallte die orangefarbene Scheide mit dem Messer an den Unterschenkel. Dann suchte er seine Ausrüstung zusammen, hängte eine Preßluftflasche an sein Tauchfloß. Der Orca-Computer wurde an das Atemventil angeschlossen. Danach half Kim ihm in die Jacke und hielt die schwere Preßluftflasche fest, bis Dillon die Klettbänder der Tragegurte auf seiner Brust geschlossen hatte. Er schnallte sich den Ballastgürtel um den Leib, zog die Handschuhe an und schlüpfte in seine Schwimmflossen. Die Prozedur war sehr mühsam, weil das Boot so klein war, aber daran ließ sich nun mal nichts ändern. Er nahm sich eine der Lampen und legte die Schlaufe um sein linkes Handgelenk. Er spuckte in die Tauchmaske, beugte sich über den Bootsrand, spülte sie mit Wasser aus und setzte sie auf. Dann kauerte er sich auf den Rand, vergewisserte sich, daß die Luft ungehindert durch sein Mundstück strömte, winkte Ferguson zu und ließ sich rückwärts ins Wasser fallen.

Er schwamm unter dem Bootsrumpf hindurch, bis er das Ankerseil fand, an dem er, wie es allgemein üblich war, nach unten tauchte. Dabei hielt er zweimal an, um den Druck auf seinen Ohren durch kräftiges Schlucken auszugleichen. Zu seiner Überraschung war das Wasser völlig klar – dunkel, aber eher wie schwarzes Glas.

Während er mit den Füßen zuerst abtauchte, sah er, daß die beiden anderen Leinen, die Kim mit den Bleigürteln beschwert ins Wasser geworfen hatte, sich in Reichweite befanden. Er verfolgte seinen Abstieg auf dem Orca-Computer. 13 Meter, 18, 23, 24. Hier war es noch dunkel. Er knipste den Scheinwerfer an und erblickte den Grund des Sees.

Es sah ganz anders aus, als er erwartet hatte, keine Spur von Schlick. Statt dessen große Sandflächen zwischen einer Art Seegras, das aus mindestens zwei Meter langen Ranken bestand, die in der Strömung elegant hin und her schwangen.

Er hielt inne, ließ vom Computer berechnen, wieviel Tauchzeit ihm zur Verfügung stand, dann entfernte er sich vom Ankerseil. Der Lichtstrahl der Halogenlampe fächerte sich vor ihm auf. Da war sie, die Maschine: zuerst nur ein dunkler Schatten. Sie stand auf der Nase, und der Schwanz ragte hoch.

Da der Rumpf weitgehend weggerostet war, konnte man in den Bristol-Perseus-Motor hineinschauen. Der dreiflügelige

Propeller war noch vorhanden. Das Kabinendach war zurückgeschoben. Offensichtlich hatte Smith es geöffnet, um schnellstens auszusteigen, nachdem das Flugzeug in den See gestürzt war. Eine verrostete Leiter führte ins Passagierabteil, und daneben waren die Umrisse der RAF-Symbole zu erkennen.

Dillon drang zuerst in die Pilotenkabine ein. Es war noch alles da, wenn auch in einem eher skeletthaften Zustand: die Instrumententafel, der Steuerknüppel. Er drehte sich um und tastete sich weiter ins Passagierabteil. Zwei Sitze befanden sich dort, von denen nur noch die Metallrahmen vorhanden waren. Leder- und Stoffbezüge waren längst verfault.

Auch die Koffer waren noch da. Aus irgendeinem Grund hatte Dillon keine Sekunde daran gezweifelt, daß er sie vorfinden würde. Einer war aus Metall, die beiden anderen aus Leder, und als er einen von ihnen berührte, begann er zu zerfallen. Dillon wischte mit der Hand über den Metallkoffer, und ein nur schwach erkennbarer Namenszug erschien. Er bestand aus drei Wörtern. Die beiden ersten waren nicht mehr zu erkennen, aber als er etwas fester über die Kofferhülle rieb und den Lampenstrahl auf die Stelle richtete, war der Name »Campbell« deutlich zu lesen.

Er trat den Rückzug an, holte zuerst den Metallkoffer aus der Kabine und legte ihn neben die Lysander in den Sand, dann kehrte er zurück, um die beiden anderen Koffer zu bergen. Der erste blieb einigermaßen intakt, doch der zweite schien sich in seinen Händen aufzulösen. Er sah ein paar verrostete Toilettenartikel, die Reste einer RAF-Mütze und einer Uniformjacke mit den RAF-Schwingen über einer Ordensleiste. Offensichtlich war das der Koffer von Sir Keith Smith. Dillon stöberte in den Überresten herum und fand ein geschwärztes silbernes Zigarettenetui. Wenigstens etwas, womit er dem alten Knaben eine Freude machen konnte. Er verstaute das Etui in seiner Rettungsweste und schwamm dorthin zurück, wo die beiden Nylonschnüre mit den Bleigürteln auf dem Seegrund verankert waren.

Er befestigte den Koffer an einem der Karabinerhaken, holte dann den Metallkoffer und hängte ihn an die andere Schnur.

Er hielt inne, überzeugte sich, daß er nichts vergessen hatte, und begann den Aufstieg mit dreißig Zentimetern pro Sekunde.

Ferguson und Kim, die im strömenden Regen warteten, vernahmen plötzlich das Brummen eines Motors. Schnell reichte Ferguson Kim eine Maschinenpistole und brachte die andere in Anschlag. Er spannte sie.

»Zögere keine Sekunde«, sagte er zu Kim. »Wenn es Morgan ist und dieser Marco, dann töten sie uns, ohne mit der Wimper zu zucken.«

»Haben Sie keine Angst, *Sahib*, ich habe schon viele Gegner getötet, wie der *Sahib* sicherlich weiß.«

Eine hohe, klare Stimme ertönte. »Sind Sie das, Brigadier? Ich bin's – Asta!«

Ferguson stutzte und sagte zu Kim: »Halte dich bereit.«

Das Boot von Loch Dhu Castle, die *Katrina*, tauchte aus dem Nebel auf. Asta stand im Steuerhaus am Ruder. Sie trug Gummistiefel, einen weißen Pullover und Bluejeans.

»Ich bin's nur, Brigadier. Kann ich längsseits kommen?«

»Was um alles in der Welt geht denn hier vor?« fragte Ferguson. »Kim hat Sie mit der Citation wegfliegen gesehen.«

»O nein«, sagte sie. »Das waren Carl und Marco. Er wollte, daß ich mit dem Shogun zum Schloß zurückfahre und dort auf ihn warte. Haben Sie mich in den Hangar gehen sehen, Kim?«

»O ja, *Memsahib*.«

»Morgan und Marco sind ins Flugzeug gestiegen. Ich bin anschließend mit dem Shogun weggefahren.«

Kim blickte Ferguson verlegen an. »Es tut mir leid, Brigadier *Sahib*. Ich bin losgerannt, nachdem das Flugzeug gestartet ist. Ich habe die *Memsahib* nicht wegfahren gesehen.«

»Das ist jetzt nicht mehr so wichtig.« Ferguson ließ die Maschinenpistole sinken. »Fang die Leine der *Memsahib* auf und binde ihr Boot längsseits fest.«

Asta schaltete den Motor aus und trat an die Reling. »Ist Dillon schon unten?«

»Ja, vor etwa einer Viertelstunde ist er ins Wasser gegangen.«

»Wie günstig.« Die Kabinentür öffnete sich, und Carl Morgan erschien. Er hatte eine Browning Hi-Power in der Hand, und Marco, der hinter ihm auftauchte, war mit einer israelischen Uzi bewaffnet.

## 14

In genau diesem Moment brach Dillon durch die Wasseroberfläche, machte ein paar Schwimmbewegungen und schaute zu ihnen hoch. Er schob die Tauchmaske auf die Stirn.

»Asta, was soll das?«

»Das bedeutet leider, daß wir ausgetrickst wurden«, sagte Ferguson.

Dillon musterte sie prüfend. »Sie stehen auf seiner Seite trotz allem, was er Ihrer Mutter angetan hat?«

Morgans Gesicht verdunkelte sich vor Wut. »Es wird mir ein Vergnügen sein, Ihnen diese widerwärtige Lüge heimzuzahlen. Asta hat mir alles erzählt. Ich habe meine Frau geliebt, Dillon, mehr als alles andere in meinem Leben. Sie schenkte mir die Tochter, die ich nie hatte; und Sie glauben, ich hätte sie ermorden können?«

Stille trat ein, nur unterbrochen vom Rauschen des Regens. Dillon nickte anerkennend. »Ich würde meinen, Sie beide passen gut zusammen«, stellte er fest.

Morgan legte einen Arm um Astas Schultern. »Sie hat ihre Sache gut gemacht, indem sie Sie von meinem Plan unterrichtete, nach Arisaig zu fliegen, und dabei verschwieg, daß wir nie die Absicht hatten, das Flugzeug zu besteigen. Ich konnte mir ausrechnen, daß einer von Ihnen – wahrscheinlich Ihr Mann, Ferguson – uns beobachten würde. Daher blieben wir einfach im Hangar, bis er verschwunden war. Ich konnte mit dem Fernglas verfolgen, wie er durch den Wald davonrannte. Danach brauchte Asta nur noch mit dem Boot auf den See hinauszufahren, während Marco und ich uns unter Deck versteckten. Und der gute alte Brigadier ist tatsächlich darauf reingefallen, Dillon. Es ist doch seltsam, daß ich stets erreiche, was ich will.«

»Ja«, sagte Ferguson. »Ich muß wirklich zugeben, daß Sie hervorragende Beziehungen haben. Wahrscheinlich zum Teufel persönlich.«

»Aber natürlich.« Morgan erhob die Stimme. »Sind Sie da, Munro?«

»Wir sind schon unterwegs«, antwortete Munro, und das Boot tauchte aus dem Nebel auf. Rory saß auf der Bank und ruderte.

»Was ist mit der Frau?«

»Wir haben sie im Keller eingeschlossen.«

Das Ruderboot stieß mit einem dumpfen Laut gegen den Rumpf des Motorbootes, und die beiden Männer kletterten behende an Bord.

Morgan schaute auf Dillon hinunter. »Da wären wir nun. Hier scheint die ganze Affäre ihr Ende zu finden. Haben Sie das Flugzeug entdeckt?«

Dillon sah vom Wasser aus zu ihm hoch, und Morgan musterte ihn drohend. »Treiben Sie mit mir keine albernen Spielchen, Dillon. Denn falls Sie das vorhaben, blase ich dem Brigadier den Schädel weg, und das wäre wirklich schade. Mit ihm habe ich nämlich ganz spezielle Pläne.«

»Tatsächlich?« fragte Ferguson.

»Ja, und es wird Ihnen bestimmt gefallen. Ich nehme Sie mit nach Palermo, und dort verkaufen wir Sie an eine der extremeren arabischen Fundamentalistengruppen im Iran. Ich denke, ich kann für Sie einen ziemlich hohen Preis erzielen. Die Araber werden begeistert sein, einen hohen britischen Geheimdienstoffizier wie Sie in die Finger zu bekommen. Sie wissen ja, wie diese Leute sind, Ferguson. Die ziehen Ihnen die Haut in Streifen ab. Ehe sie damit fertig sind, dürften Sie singen wie ein Vögelchen.«

»Ich muß schon sagen, Sie haben wirklich eine lebhafte Phantasie«, stellte Ferguson fest.

Morgan gab Marco mit einem Kopfnicken ein Zeichen, und der Sizilianer schickte mit seiner Uzi einen Feuerstoß dicht neben Dillon ins Wasser. »Und jetzt lassen Sie mich nicht zu lange warten, Dillon, oder die nächste Salve zerfetzt Ihren Chef. Das schwöre ich Ihnen.«

»Ist schon in Ordnung, ich habe verstanden.« Dillon schob sich das Mundstück zwischen die Zähne, zog die Tauchmaske herunter und ließ sich sinken.

Er hielt sich nicht mit dem Ankerseil auf, sondern tauchte mit dem Kopf voraus nach unten. Er erreichte den Seegrund links von der Lysander und oberhalb eines Waldes aus schwankenden Unterwasserpflanzen. Als er seine Lampe anknipste, war das erste, was er erblickte, Fergus Munro. Er lag auf dem Rücken, und eine schwere Eisenkette war um seinen Körper geschlungen. Sein Gesicht war verschwollen und aufgedunsen. Die Augen quollen hervor, aber er war eindeutig zu erkennen. Dillon hielt sich mit langsamen Schwimmbewegungen über ihm, zückte das Messer und schnitt das Seil durch, das die Eisenkette festhielt. Die Leiche sprang regelrecht vom Seegrund hoch, und er packte Fergus' Jacke und schleppte den Körper zu seinen Grundleinen hinüber.

Er fixierte die Leiche auf dem sandigen Boden, band den verrotteten Koffer los und hängte ihn neben dem Metallkoffer an die Leine. Dann kehrte er zur Leiche zurück, zog sie zur anderen Grundleine hinüber und band sie daran fest. Er schlang das Seil um die Taille und befestigte es mit einem Karabinerhaken. Danach ergriff er die Leine, die die Koffer festhielt, und begann mit dem Aufstieg.

Kim und Ferguson holten noch immer die Leine ein, als Dillon an der Wasseroberfläche erschien. Er schwamm neben den Koffern her, hakte den ledernen los und reichte ihn zu Kim hinauf. Er fiel bereits auseinander und zerbrach in den Händen des

Gurkha. Ein Haufen verrotteter Kleidung ergoß sich auf das Deck.

»Das finde ich verdammt noch mal nicht sehr gut«, schimpfte Morgan, beugte sich über die Reling und blickte in den Walfänger hinunter. »Den anderen, Dillon, den anderen.«

Dillon drückte den Metallkoffer gegen den Bootsrumpf, und Ferguson und Kim streckten die Arme aus, um ihn zu bergen. Dillon senkte die Stimme zu einem Murmeln herab. »Wenn Sie die Chance haben, über Bord zu springen, kann ich Sie unter Wasser mit Atemluft versorgen, aber nur einen von Ihnen. Gleich werde ich wieder tauchen, und dann sollen Sie die andere Leine einholen, Kim. Das ist lebenswichtig.«

»Vielen Dank für das Angebot«, flüsterte Ferguson. »Aber ich bin eigentlich nie gerne geschwommen. Was Sie da vorschlagen, ist für mich ziemlich abschreckend. Kim denkt vielleicht ganz anders darüber.«

»Beeilung!« rief Morgan.

Sie hievten den Koffer in den Walfänger. Die Metallschale war schwarz und voller Grünalgen.

»Öffnen«, befahl Morgan.

Ferguson probierte die Verschlüsse, aber sie rührten sich nicht. »Die verdammten Dinger sind völlig verrostet, da tut sich nichts.«

»Schön, versuchen Sie es stärker.«

Dillon zog sein Messer aus der Beinscheibe und reichte es Kim nach oben, der es nacheinander hinter die beiden Verschlußriegel hakte und sie abriß. Dann klemmte er die Messerspitze unter den Deckelrand und hebelte ihn hoch. Plötzlich gab der Deckel nach und sprang auf. Der Koffer enthielt Kleidung, zwar zum Teil verschimmelt, aber dennoch in erstaunlich gutem Zustand. Obenauf lag ein Uniformrock mit den Insignien eines Majors auf den Epauletten.

»Na los, verdammt!« Morgan war aufs höchste erregt, während er sich über die Reling beugte. »Kippen Sie ihn aus!«

Kim drehte den Koffer um, so daß sein Inhalt sich auf dem Deck ausbreitete. Er sah das Gesuchte sofort. Es war ein Paket, groß wie ein Buch und in gelbes Öltuch eingewickelt.

»Los, Mann, packen Sie es schon aus!« verlangte Morgan.

Es war Ferguson, der die Ölhaut abwickelte, Schicht für Schicht, bis er die Bibel in der Hand hielt. Ihre Silberbeschläge waren im Laufe der Jahre schwarz geworden.

»Es scheint, als wäre es das, wonach wir alle gesucht haben«, verkündete er.

»Machen Sie weiter, öffnen Sie das Ding. Sehen Sie nach, ob es noch drin ist!«

Ferguson ließ sich von Kim das Messer reichen und fuhr mit der Spitze an der Innenseite des vorderen Deckels entlang. Das Geheimfach sprang auf. Darin lag deutlich sichtbar das Dokument. Ferguson faltete es auseinander, las es und schaute hoch. Seine Miene war völlig ruhig und entspannt.

»Ja, das dürfte wohl die vierte Kopie des Tschungking-Abkommens sein.«

»Geben Sie her.« Morgan streckte die Hand aus. Ferguson zögerte, und Marco hob drohend die Uzi. »Sie können auch sofort sterben«, sagte Morgan. »Es ist allein Ihre Entscheidung.«

»Na schön.« Ferguson reichte das Dokument nach oben.

»Und jetzt kommen Sie selbst hoch«, verlangte Morgan von ihm und wandte sich um. »Was Sie betrifft, Dillon...«

Aber Dillon war verschwunden. Marco jagte einen wirkungslosen Feuerstoß ins Wasser, während Kim sich duckte und weiter die Leine einzog. Plötzlich tauchte Fergus Munros Leiche auf. Sie bot einen gespenstischen Anblick.

»Gott steh mir bei, das ist ja Fergus!« rief Hector Munro aus und lehnte sich über die Reling.

Rory trat neben ihn und blickte hinunter ins Wasser. »Was ist mit ihm passiert, Da?«

»Fragen Sie Ihren Freund Morgan. Er und sein Schläger haben ihn zu Tode geprügelt«, sagte Ferguson.

»Diese Schweine!« brüllte Hector Munro. Er und Rory wirbelten herum. Aber ihre Schrotflinten kamen viel zu langsam hoch, während Marco die beiden Männer mit einem langen Feuerstoß aus der Uzi beharkte und über die Reling ins Wasser schleuderte.

»Sehen Sie zu, daß Sie rauskommen, Kim!« rief Ferguson, und der Gurkha machte vom Walfänger einen Kopfsprung ins dunkle Wasser. Er tauchte mit kräftigen Schwimmstößen in die Tiefe, während Marco hinter ihm ins Wasser schoß.

Es gibt eine Technik, die jeder erfahrene Taucher kennt und die Partneratmung genannt wird. Falls kein anderer Luftvorrat zur Verfügung steht, kann man mit dieser Technik seine Atemluft mit einem Begleiter teilen, indem beide abwechselnd den Regulator benutzen. Dillon wartete in vier Meter Tiefe. Er streckte sich, erwischte Kim am Fuß, zog ihn zu sich herunter, nahm sein Mundstück heraus und reichte es ihm. Der zähe kleine Krieger, der dreißig Jahre lang im Feld gekämpft hatte, begriff sofort. Er füllte seine Lungen mit frischer Atemluft und gab das Mundstück zurück.

Dillon begann mit den Flossen zu paddeln, hielt auf das Ufer zu und zog Kim neben sich her. Dabei bedienten sie sich abwechselnd aus der Preßluftflasche. Nach einer Weile deutete Dillon mit dem Daumen nach oben und stieg hoch. Sein Kopf gelangte an die Wasseroberfläche und war von Nebel eingehüllt. Von den Booten war nichts mehr zu sehen. Sekunden später tauchte Kim hustend neben ihm auf.

»Was ist denn passiert, nachdem ich untergetaucht bin?« wollte Dillon wissen.

»Als die Leiche hochkam, drehten die Munros durch. Marco hat beide mit der Uzi erschossen.«

»Und der Brigadier?«

»Er hat mir zugerufen, ich solle springen, *Sahib*.«

Dillon konnte hören, wie der Motorkreuzer sich mit hoher Geschwindigkeit entfernte. Aber er schlug nicht die Richtung zum Schloß ein.

»Wo zum Teufel wollen sie hin?« fragte er.

»Es gibt dicht unterhalb der Rollbahn einen alten Pier aus Beton, den die RAF früher mal benutzt hat, *Sahib*«, klärte Kim ihn auf. »Möglich, daß sie darauf zuhalten.«

»Und danach gibt es wohl einen überstürzten Aufbruch«, sagte Dillon. In diesem Moment erklang über ihnen das Motorengeräusch von Morgans Citation, die sich näherte.

Dillon nickte. »Stimmt genau. Allzuweit dürften wir vom Pier nicht entfernt sein, also beeilen wir uns.« Damit verstärkte er seine Bemühungen, an Land zu kommen.

Zehn Minuten später erreichten sie das Ufer. Dillon befreite sich von seinem Tauchgerät und rannte zum Haus. Er trug immer noch seinen Tauchanzug. Kim trabte dicht hinter ihm her. Der Ire stieß die Tür auf, stürmte ins Arbeitszimmer und riß die oberste Schreibtischschublade auf. Eine Browning lag darin. Während er sie überprüfte, kam Kim herein.

»*Sahib*?«

»Ich laufe schnellstens rauf zum Rollfeld. Sie holen die *Memsahib* aus dem Keller und erzählen ihr, was bis jetzt geschehen ist.«

Er stürzte hinaus und überquerte die Rasenfläche hinterm Haus. Es hatte keinen Sinn, den Range Rover zu nehmen, zu Fuß wäre er viel schneller. An den Füßen trug er noch seine Neoprenschuhe. Er hetzte in den Wald, schlängelte sich zwischen den Bäumen hindurch. Dabei hörte er genau, daß die Triebwerke der Citation nicht abgeschaltet worden waren. Während er aus dem Wald brach, konnte er beobachten, wie sie zum Ende der Startbahn rollte und sich in den Wind drehte. Im gleichen Moment tauchten Morgan, Asta und Marco um die Ecke des Haupthangars auf und gingen auf die Citation zu. Marco hatte die Uzi auf

Fergusons Rücken gerichtet. Dillon blieb stehen und mußte hilflos zusehen, wie sie an Bord gingen. Wenige Sekunden später jagte die Citation röhrend über die Startbahn und stieg in den Himmel.

Als Dillon nach Ardnamurchan Lodge zurückkehrte und ins Haus trat, kam Hannah ihm aufgeregt entgegen. »Was ist passiert? Ich habe das Flugzeug starten hören.«

»Da haben Sie richtig gehört. Morgan hatte alles genau geplant. Er ist nicht mal zum Schloß zurückgekehrt. Er hat keine Minute vergeudet. Ich bin gerade noch rechtzeitig gekommen, um zu sehen, wie sie einstiegen, und zwar er und Asta, Marco und der Brigadier. Sie sind sofort gestartet.«

»Ich habe mich mit dem Hauptquartier in Verbindung gesetzt, damit sie den Flugplan checken, den Morgan eingereicht hat.«

»Sehr gut. Rufen Sie noch einmal dort an und geben Sie Lacey den Befehl, mit dem Lear auf kürzestem Weg herzukommen.«

»Das habe ich auch schon erledigt, Dillon«, sagte sie.

»Es geht doch nichts über eine Scotland-Yard-Ausbildung. Ich ziehe mich jetzt erst einmal um.«

Als er zurückkam, trug er schwarze Jeans, einen weißen Rollkragenpullover und seine alte schwarze Pilotenjacke. Hannah saß im Wohnzimmer hinter Fergusons Schreibtisch und hatte den Telefonhörer am Ohr. Kim kam mit einer Kanne Kaffee und zwei Tassen herein.

Sie legte den Hörer auf die Gabel. »Laut Flugplan wollen sie nach Oslo.«

»Das ist verständlich. Sie wollen so schnell wie möglich unseren Luftraum verlassen. Und wohin danach?«

»Erst auftanken und dann weiter nach Palermo.«

»Nun, er hat verlauten lassen, daß er dorthin wollte. Er bringt das Dokument zu Luca.«

»Und den Brigadier?«

»Hat Kim Ihnen das nicht erzählt? Er will ihn an irgendwelche arabische Fanatiker im Iran verkaufen.«

»Können wir Morgan denn in Oslo nicht aufhalten?«

Dillon schaute auf seine Uhr. »Bei dem Tempo seiner Maschine dürfte er im Augenblick gerade landen. Können Sie sich vorstellen, wie lange es dauern würde, sich über das Außenministerium an die norwegische Regierung zu wenden? Keine Chance, Hannah, er ist längst weg.«

»Demnach bleiben uns nur noch die italienischen Regierungsstellen in Palermo.«

Dillon zündete sich eine Zigarette an. »Das ist der beste Witz, den ich seit langem gehört habe. Wir haben es hier mit Don Giovanni Luca zu tun, dem mächtigsten Mann Siziliens. Auf seinen Befehl hin werden auch schon mal hochrangige Richter ermordet.«

Sie wurde allmählich unruhig, und es war ihr deutlich anzusehen. Ihr Gesicht war sehr blaß. »Wir können diesen Morgan und dieses hinterhältige Luder doch nicht so einfach davonkommen lassen, Dillon.«

»Ja, sie war richtig gut, nicht wahr?« Er lächelte düster. »Sie hat mich tatsächlich getäuscht.«

»Ach, zur Hölle mit Ihrem verdammten männlichen Ego! Ich denke im Augenblick nur an den Brigadier.«

»Das tue ich auch, liebes Kind. Am besten rufen Sie jetzt in der Zentrale an und machen den Leuten dort klar, daß Sie mit Major Paolo Gagini vom italienischen Geheimdienst in Palermo reden wollen. Er dürfte sich brennend für die Angelegenheit interessieren. Schließlich war er es, der Ferguson über die Geschichte dieses Abkommens informiert hat. Laut der Akte, die Sie mir gezeigt haben, ist er auch ein intimer Kenner Lucas und seiner Gewohnheiten. Mal sehen, was ihm zu dieser Sache einfällt.«

»Prima, gute Idee.« Sie nahm den Hörer ab und machte sich an die Arbeit. Dillon spazierte nach draußen auf die Terrasse, zündete sich eine weitere Zigarette an und starrte nachdenklich in den Regen.

Im Hintergrund hörte er zwar Hannahs Stimme, aber mit den Gedanken war er bei Ferguson. Er versuchte sich vorzustellen, was mit ihm im Iran geschehen würde, und das war einfach zu schrecklich, um darüber nachzudenken. Seltsam, aber erst in einer Situation wie dieser erkannte er, daß er für den Brigadier eine Menge Sympathie empfand. Er dachte auch an Morgan, und die kalte Wut stieg in ihm hoch – und was Asta betraf...

Hannah kam zur Terrassentür. »Ich habe Gagini in Palermo am Apparat. Ich habe ihm den Stand der Dinge erklärt, und er möchte mit Ihnen reden.«

Dillon kehrte ins Zimmer zurück und griff nach dem Hörer. »Gagini, ich habe über Sie ja nur Gutes gehört«, sagte er auf italienisch. »Was können wir denn in dieser Sache unternehmen?«

»Sie sind mir auch nicht ganz unbekannt, Dillon. Nun, Sie wissen ja, wie die Lage hier ist. Überall hat die Mafia ihre Finger im Spiel. Bis ich überhaupt einen Gerichtsbeschluß bekommen könnte, was ohnehin schon schwierig ist, dürfte eine Ewigkeit vergehen.«

»Wie sieht es denn mit dem Zoll am Flughafen aus?«

»Die Hälfte der Leute dort hat Verbindungen zur Mafia, genauso wie die Polizei. Wenn ich irgendwelche amtlichen Maßnahmen in die Wege leite, weiß Luca innerhalb einer Viertelstunde darüber Bescheid.«

»Wir müssen doch irgend etwas tun können.«

»Lassen Sie mich mal machen. Ich rufe Sie in einer Stunde zurück.«

Dillon legte den Hörer auf und wandte sich an Hannah. »Er meldet sich noch mal in einer Stunde. Er will sondieren, welche Möglichkeiten zum Eingreifen es für uns gibt.«

»Das ist doch alles Unsinn«, regte sie sich auf. »Sie brauchen doch nichts anderes zu tun, als das Flugzeug mit einer Polizeikompanie in Empfang zu nehmen.«

»Waren Sie schon mal auf Sizilien?«

»Nein.«

»Ich aber. Es ist eine völlig andere Welt. Sobald Gagini die Polizei anweist, das Flugzeug in Empfang zu nehmen, greift irgend jemand zum Telefonhörer, um Luca darüber zu informieren.«

»Auch aus der Polizeizentrale?«

»Gerade dort. Der lange Arm der Mafia reicht überallhin. Das ist nicht Scotland Yard, Hannah. Wenn Luca annehmen muß, daß es irgendwelche Probleme gibt, nimmt er Verbindung mit Morgan auf und rät ihm, sich ein anderes Ziel zu suchen. Vielleicht empfiehlt er ihm sogar, direkt nach Teheran zu fliegen, und das dürfte wohl das letzte sein, was wir uns wünschen, oder?«

»Also, was tun wir jetzt?«

»Wir warten darauf, daß Gagini zurückruft«, sagte er, machte kehrt und ging wieder hinaus.

Als Gagini sich eine Stunde später wieder meldete, klang seine Stimme erregt. »Ich habe von meinen Gewährsleuten erfahren, daß von einer geplanten Landung der Citation in Palermo nichts bekannt ist.«

»Aber es muß doch irgendwelche Flugpläne geben, sogar auf Sizilien«, sagte Dillon.

»Natürlich, mein Freund. Aber hören Sie zu. Carl Morgan besitzt ein altes Bauernhaus im Landesinnern, nicht weit von Palermo entfernt. Es steht in einem Ort namens Valdini. Er benutzt es nicht sehr oft. Dort wohnen nur ein Hausmeister und dessen Frau. Es ist ein alter Familienbesitz.«

»Und was heißt das?« Dillon sah Hannah von der Seite an. Sie hörte über den Nebenapparat mit.

»Der Punkt ist, daß Morgan dort vor ein paar Jahren ein

Rollfeld hat anlegen lassen. Wahrscheinlich soll es für Drogenlieferungen benutzt werden. Es ist zwar nur eine offene Grasfläche, aber deren Länge beträgt immerhin knapp zwei Kilometer. Sie ist eine ideale Landebahn für die Citation.«

»Soll das heißen, daß er genau das beabsichtigt?«

»So steht es jedenfalls in seinem Flugplan.«

»Aber was ist denn mit dem Zoll und den Einreisebehörden?« schaltete Hannah sich in das Gespräch ein.

»Darum kümmert sich Luca, Chief Inspector.«

Dillon massierte sein Kinn. »Können wir dorthin?«

»Das bezweifle ich. Es ist tiefstes Mafia-Land. Sie könnten durch kein Dorf laufen, ohne daß man Sie bemerken würde. Jeder Schäfer, der seine Herde auf einer Hügelkuppe grasen läßt, ist so etwas wie ein Wachtposten. Größere Truppenbewegungen, wie zum Beispiel mit Polizeihundertschaften, sind völlig unmöglich.«

»Ich verstehe«, sagte Dillon.

Ein plötzliches Heulen und Dröhnen erklang über ihren Köpfen. Der Lear aus Gatwick setzte zur Landung an.

»Was soll ich Ihrer Meinung nach jetzt unternehmen, mein Freund?«

»Lassen Sie mich mal kurz nachdenken. Unsere Maschine ist soeben eingetroffen. Ich gebe Ihnen beizeiten Bescheid. Das einzige, was wir mit Sicherheit wissen, ist, daß wir uns nach Palermo begeben.«

Er legte den Hörer auf, und Hannah folgte seinem Beispiel. »Das alles klingt aber nicht sehr gut, oder?« sagte sie.

»Wir werden sehen. Jetzt lassen Sie uns erst mal von hier verschwinden.«

Lacey kam aus dem Cockpit und hockte sich nieder. »Eine Stunde bis Gatwick. Dort tanken wir auf und fliegen direkt weiter nach Palermo.«

»Gut«, sagte Dillon. »In diesem Fall ist Geschwindigkeit der entscheidende Faktor, Fliegerhauptmann.«

Kim lehnte sich in einem der hinteren Sitze zurück und schloß die Augen. Hannah blickte zu dem kleinen Gurkha. »Was ist mit ihm?«

»Wir setzen ihn in Gatwick ab. Dort, wo ich hingehe, gibt es für ihn nichts zu tun.«

»Und wohin gehen Sie?«

»Nach Valdini. Wohin sonst?«

»Aber Gagini hat uns doch vorhin erklärt, das sei völlig unmöglich.«

»In diesem Leben ist nichts unmöglich, Hannah. Es gibt immer einen Weg.« Er beugte sich vor, öffnete die Barbox, fand darin eine halbe Flasche Scotch. Er schüttete sich einen Doppelten in einen Plastikbecher und saß in Gedanken versunken da.

Etwa zwanzig Minuten ehe sie Gatwick erreichten, stellte Lacey einen Telefonanruf von Gagini zu Dillon durch.

»Es gibt eine interessante Entwicklung. Einer meiner Undercoverleute arbeitete in der örtlichen Tankstelle nicht weit von Lucas Haus. Sein Chauffeur war zum Tanken da. Er erzählte meinem Mann, daß sie einen Abstecher nach Valdini machen wollten.«

»Das paßt genau«, sagte Dillon. »Alles fügt sich nach und nach zusammen.«

»Nun, mein Freund, haben Sie sich schon irgendwelche Gedanken gemacht, wie Sie in dieser Sache verfahren werden?«

»Ja. Wie wäre es, wenn wir direkt hinfliegen?«

»Die Gegenseite wäre doch sofort gewarnt, wenn Sie Anstalten machen, zu landen.«

»Ich habe etwas ganz anderes im Sinn. Ferguson hat mir da von einer Sache erzählt. Für ihn hat mal ein Mann namens Egan gearbeitet. Er mußte in einer ähnlichen Situation schnell am Ort des Geschehens sein. Es war auch auf Sizilien, allerdings vor zehn Jahren.«

»Natürlich, ich erinnere mich an den Fall. Er sprang mit dem Fallschirm ab.«

»Stimmt genau.«

»Aber er war ein Experte. Er ist aus dreihundert Meter Höhe abgesprungen, mein Freund.«

»Nun, er hat es geschafft, nicht wahr? Aber ich kann das auch. Ich bin früher schon gesprungen. Ich kenne mich darin aus, glauben Sie mir. Können Sie ein Flugzeug, einen Fallschirm, Waffen und so weiter beschaffen?«

»Das dürfte kein Problem sein.«

»Nun, dann treffen wir uns am Flughafen«, sagte Dillon und legte den Hörer zurück.

»Worum ging es denn?« wollte Hannah wissen. In diesem Moment leuchtete das Signal auf, die Sitzgurte anzulegen, und sie begannen mit dem Landeanflug auf Gatwick.

»Das erzähle ich Ihnen später«, versprach Dillon ihr. »Und jetzt seien Sie ein braves Mädchen und legen Ihren Gurt an, okay?«

Der Zwischenstopp in Gatwick dauerte nur eine Stunde. Hannah brachte Kim hinüber ins kleine Büro, das die Sonderflugeinheit benutzte, und besorgte ein Taxi.

»Ich würde Sie lieber begleiten, *Memsahib*.«

»Nein, Kim, Sie fahren zurück zum Cavendish Square und bereiten alles für die Ankunft des Brigadiers vor.«

»Er kommt doch zurück, *Memsahib* – oder?«

Sie holte tief Luft und sagte gegen jede Überzeugung: »Er kommt zurück, Kim, das verspreche ich Ihnen.«

Er lächelte. »Gott segne Sie, *Memsahib*.« Beruhigt ging er zu seinem Taxi.

Hannah fand Dillon im Warteraum, wo er einen Sandwichautomaten mit Geldmünzen fütterte. »Die reinste Plastikverpflegung, aber was soll man machen? Möchten Sie auch etwas? Ich stehe jedenfalls kurz vor dem Verhungern.«

»Ich auch. Geben Sie mir, was gerade da ist.«

»Nun, den Schinken werden Sie sicher nicht wollen, deshalb

bekommen Sie ein Brot mit Tomate und hartgekochtem Ei. An Bord gibt es Tee und Kaffee. Kommen Sie.«

Während sie zu dem Lear hinüberschlenderten, entfernte sich der Tankwagen. Lacey stand am Fuß der Treppe und wartete auf sie. Der Kopilot war bereits an Bord gegangen.

»Wir sind bereit«, verkündete der Fliegerhauptmann.

»Nun, dann können wir ja starten«, erwiderte Dillon und stieg hinter Hannah die Treppe hinauf.

Sie nahmen in ihren Sesseln Platz, und ein paar Minuten später setzte der Lear sich in Bewegung.

Dillon wartete, bis sie ihre Reisehöhe von 10 000 Metern erreicht hatten. Dann füllte er Tee in die Plastiktassen. Wortlos verzehrte er sein Sandwich.

Schließlich machte Hannah sich bemerkbar. »Sie wollten mir noch erzählen, was Sie vorhaben.«

»Vor ein paar Jahren hatte Ferguson mal einen Mann namens Egan, einen ehemligen SAS-Angehörigen. Er stand vor einem ähnlichen Problem und mußte sehr schnell an einen bestimmten Punkt gelangen, zufälligerweise ebenfalls auf Sizilien.«

»Und wie hat er es gelöst?«

»Er sprang mit einem Fallschirm in dreihundert Meter Höhe aus einem kleinen Flugzeug ab. Bei einem solchen Sprung ist man bereits nach dreißig Sekunden unten.«

In ihrem Gesicht spiegelte sich blankes Entsetzen wider. »Sie müssen verrückt sein.«

»Überhaupt nicht. Für die andere Seite wird es so aussehen, als flöge ein Flugzeug vorüber. Zwar ein bißchen niedrig, aber sie rechnen sicher nicht mit dem, was ich vorhabe; und außerdem wird es bis dahin längst dunkel sein.«

»Und Major Gagini ist damit einverstanden?«

»Aber ja, natürlich. Er stellt ein geeignetes Flugzeug, Ausrüstung, Waffen und so weiter bereit. Ich brauche nichts anderes zu tun, als aus der Kiste abzuspringen. Sie können ja mit dem

Lear hinterherkommen und landen, sagen wir, eine halbe Stunde später.«

Sie trank einen Schluck und betrachtete Dillon nachdenklich. Plötzlich erschien ein seltsamer Ausdruck auf ihrem Gesicht. »Als Sie sich mit Gagini unterhielten, hörte ich, wie Sie erklärten, Sie seien schon früher mit dem Fallschirm abgesprungen. Ich habe mich gefragt, wovon Sie redeten. Jetzt begreife ich es endlich.«

»Macht doch Sinn, oder?«

»Außer daß ich glaube, Sie haben ihn angelogen. Sie sind noch niemals in Ihrem Leben mit einem Fallschirm abgesprungen, Dillon.«

Er schenkte ihr sein freundlichstes Lächeln und zündete sich eine Zigarette an. »Das stimmt, aber alles macht man irgendwann zum ersten Mal. Und jetzt seien Sie lieb und lassen darüber zu Gagini kein Sterbenswörtchen verlauten. Ich möchte nicht, daß er es sich vielleicht doch noch anders überlegt.«

»Es ist der nackte Wahnsinn, Dillon. Sie können sich Ihren verdammten Hals brechen.«

»Hören Sie sich mal an, wie Sie reden! Und Sie wollen ein anständiges Mädchen sein?« Er schüttelte den Kopf. »Fällt Ihnen vielleicht eine andere Lösung ein? Sie kennen schließlich alle Details.«

Sie saß einen Moment lang schweigend da, dann seufzte sie. »Wenn ich es recht überlege, nein.«

»Es ist ganz einfach, meine Liebe. Vergessen Sie mal dieses Tschungking-Abkommen und denken Sie nur an Ferguson. Verraten Sie es ihm niemals, aber ich mag diesen alten Knacker. Ich stehe nicht tatenlos da und sehe zu, wie er zur Hölle fährt, wenn ich es irgendwie verhindern kann.« Er lehnte sich zu ihr hinüber, ergriff ihre Hand und lächelte. Es war dieses spezielle Lächeln, das voller Wärme und von einem unendlichen Charme war. »Was meinen Sie, haben Sie nicht Appetit auf eine zweite Tasse Tee?«

Sie schwebten über das Meer ein mit Palermo an Backbord. Der Abend brach schon früh an, und in der Stadt funkelten die ersten Lichter. Am Himmel, der ansonsten klar war, standen ein paar Kumuluswolken und ein Halbmond. Ein paar Minuten später landeten sie in Punta Raisa. Lacey lenkte die Maschine nach Anweisungen der Flugkontrolle auf einen abgelegenen Bereich des Flughafens, wo einige Privatflugzeuge abgestellt waren.

Das Lotsenfahrzeug, das ihnen den Weg gezeigt hatte, fuhr davon, und Lacey schaltete die Turbinen aus. Ein kleiner Mann mit einer Leinenkappe und in einer alten Fliegerjacke stand vor dem Hangar. Während Dillon und Hannah die Treppe herunterkamen, ging er auf sie zu.

»Chief Inspector Bernstein?« erkundigte er sich. »Ich bin Paolo Gagini.« Er streckte seine Hand aus. »Mr. Dillon, es ist mir ein großes Vergnügen, Sie kennenzulernen. Kommen Sie hier entlang. Wir nehmen übrigens an, daß Morgan vor zwei Stunden in Valdini gelandet ist. Seine Citation ist vor einer Weile hier angekommen. Sie steht da drüben und wird gerade aufgetankt, aber heute startet sie nicht mehr. Ich habe gesehen, wie die Piloten den Flughafen verlassen haben.«

Dillon wandte sich um, während Lacey und der Kopilot die Leiter herunterkletterten. »Sie sollten lieber auch mitkommen.«

Sie begaben sich in den Hangar, und Gagini geleitete sie zu einem rundum verglasten Büro. »Das sind die Sachen, mein Freund. Alles, was mir eingefallen ist.« Da lagen ein Fallschirm, eine schallgedämpfte Celeste-Maschinenpistole, eine Beretta in einem Schulterhalfter, eine Walther und eine kugelsichere Weste in Dunkelblau sowie ein Nachtfernglas mit Infrarotoptik.

»Der halbe Hausrat«, stellte Lacey fest. »Ziehen Sie in den Krieg, Mr. Dillon?«

»So könnte man es ausdrücken.«

»Da drüben liegen auch noch ein Tarnanzug«, machte Gagini ihn aufmerksam, »und ein Paar Fallschirmspringerstiefel der Armee. Ich hoffe inständig, daß sie die richtige Größe haben.«

»Sehr schön. Ich gehe mich umziehen«, entschied Dillon. »Könnten Sie mir zeigen, wo die Herrentoilette ist?« Er wandte sich zu Hannah um. »Sie klären am besten den Fliegerhauptmann und seinen Freund auf, während ich weg bin.« Danach folgte er Gagini nach draußen.

Zur gleichen Zeit rollte in Valdini Lucas Mercedes-Limousine durch das Tor die kiesbestreute Auffahrt hinauf und stoppte am Fuß der Treppe, die zur Haustür führte. Während der Fahrer Luca beim Aussteigen behilflich war, öffnete sich die Haustür, und Morgan erschien und eilte die Treppe hinunter.

»Don Giovanni!«

Sie umarmten sich. Der alte Mann sagte: »Hast du es tatsächlich in deinen Besitz gebracht, Carlo, trotz aller Schwierigkeiten? Ich bin stolz auf dich. Ich kann es kaum erwarten, deinen Fund zu sehen.«

»Komm, wir gehen hinein, Onkel«, sagte Morgan und wandte sich an den Chauffeur. »Sie bleiben hier. Ich veranlasse, daß man Ihnen aus der Küche etwas nach draußen bringt.«

Er stützte Luca auf der Treppe, und sie traten ins Haus. Asta kam aus dem Wohnzimmer herbeigeeilt, umarmte Luca sofort, und er küßte sie auf beide Wangen.

»Carl hat es geschafft, Don Giovanni, ist er nicht toll?«

»Hör nicht auf sie«, sagte Morgan. »Diesmal hat sie ihre Rolle geradezu perfekt gespielt, glaub mir.«

»Das mußt du mir erzählen.«

Luca ging voraus ins Wohnzimmer, wo Ferguson vor einem prasselnden Kaminfeuer saß. Marco stand hinter ihm mit der Uzi im Anschlag.

»Das ist also der berüchtigte Brigadier Ferguson«, sagte Luca und stützte sich auf seinen Gehstock. »Es ist mir ein ganz besonderes Vergnügen.«

»Für Sie vielleicht, aber bestimmt nicht für mich«, sagte Ferguson zu ihm.

»Nun, das ist durchaus verständlich.« Luca ließ sich langsam in einen wuchtigen Sessel sinken, der Ferguson gegenüber stand. Er streckte fordernd die Hand aus. »Wo ist es, Carlo?«

Morgan zog das Dokument aus der Innentasche seines Jacketts, faltete es auseinander und reichte es weiter. »Das Tschungking-Abkommen, Onkel.«

Luca las den Text langsam, dann schaute er hoch und lachte. »Unglaublich!« Er sah zu Ferguson. »Stellen Sie sich nur mal vor, welchen Wirbel ich damit veranstalten kann, Brigadier.«

»Wissen Sie, das tue ich lieber nicht« antwortete Ferguson.

»Kommen Sie, Brigadier.« Luca faltete das Abkommen wieder zusammen und verstaute es in seiner Innentasche. »Seien Sie kein Spielverderber. Sie haben verloren, und wir haben gewonnen. Ich weiß, daß Sie einer unsicheren Zukunft entgegensehen, aber wir können doch gewiß einigermaßen zivilisiert miteinander umgehen.« Er lächelte Morgan an. »Ein schönes Abendessen und eine gute Flasche Wein, Carlo. Ich bin überzeugt, wir werden dem Brigadier damit eine große Freude machen.«

Dillon kam im Tarnanzug und in den Springerstiefeln zurück. Er griff nach der kugelsicheren Weste und zog sie über. Er überprüfte die Walther und klemmte sie sich auf dem Rücken unter der Weste in den Hosenbund. Dann inspizierte er die Celeste. Gagini hatte auf dem Tisch ein paar vergrößerte Fotos ausgebreitet, die er den RAF-Piloten und Hannah zeigte und erklärte.

»Was ist das?« fragte Dillon.

»Bilder von dem Bauernhaus in Valdini. Sie wurden aus der Luft aufgenommen. Ich hab' sie mir aus den Akten der Drogenfahndung besorgt.«

»Denken Sie, daß eine Landung dort problematisch sein könnte?« wollte Dillon von Lacey wissen.

»Eigentlich nicht. Die Rollbahn auf der Wiese ist verdammt lang, und der Mond ist mit Sicherheit eine große Hilfe.«

»Sehr gut.« Dillon wandte sich an Gagini. »Wie steht es mit dem Flugzeug?«

»Es ist eine Navajo Chieftain. Sie steht startbereit draußen.«

»Habe ich auch einen guten Piloten, der sich auskennt und weiß, worum es geht?«

»Den besten.« Gagini breitete weit die Arme aus. »Mich, Dillon. Habe ich Ihnen nicht erzählt, daß ich bei der Luftwaffe war, ehe ich zum Geheimdienst versetzt wurde?«

»Nun, das ist sehr günstig. Wie lange brauchen wir bis dort?«

»Bei dem Tempo, das die Navajo schafft, keine Viertelstunde.«

Dillon nickte. »In Ordnung. Ich brauche eine halbe Stunde nach dem Absprung.«

»Alles klar.« Gagini nickte. »Ich komme sofort zurück und steige zu den anderen in den Lear. Ich denke, bis wir wieder in Valdini landen, ist eine halbe Stunde vorbei. Ich gehe mal raus und laß' die Motoren warmlaufen.«

Dillon nickte Lacey zu. »Ich lasse Ihnen die Beretta im Schulterhalfter hier, nur für alle Fälle.« Er hob seinen Fallschirm hoch. »Und jetzt zeigen Sie mir, wie man sich das Ding auf den Rücken schnallt.«

Lacey starrte ihn geschockt an. »Heißt das, Sie wissen es nicht?«

»Lassen Sie uns jetzt nicht darüber diskutieren, Fliegerhauptmann, sondern zeigen Sie es mir einfach.«

Lacey half ihm dabei, die Schnallen zu schließen und die Gurte strammzuziehen. »Sind Sie tatsächlich dazu entschlossen?«

»Erklären Sie mir nur, wo ich ziehen muß«, sagte Dillon.

»Es ist dieser Ring dort, und versuchen Sie keine Experimente, jedenfalls nicht in dreihundert Meter Flughöhe. Die Navajo verfügt über eine Tür mit Sprungbrett. Treten Sie an die Kante, springen Sie und ziehen Sie sofort an diesem Ring.«

»Wenn Sie es sagen.« Dillon nahm die Celeste-Maschinenpistole und hängte sie sich vor die Brust. Dann legte er sich das

Fernglas um den Hals. Er wandte sich an Hannah. »Nun, was ist? Wollen Sie mir keinen Abschiedskuß geben?«

»Verschwinden Sie, Dillon«, sagte sie.

»Jawohl, Ma'am.«

Er salutierte spöttisch, machte kehrt und ging hinaus. Er überquerte den Asphalt zur Navajo, wo Gagini bereits im Cockpit saß, während die Propeller rotierten. Dillon stieg die Leiter hinauf und schaute noch einmal zurück. Hannah sah ihn ein letztes Mal deutlich, als er die Leiter hochzog und die Sprungtür schloß. Dann rollte die Navajo an und entfernte sich.

# 15

Der nächtliche Himmel war klar und mit Sternen übersät, und im Lichterschein des Halbmondes war die Landschaft unten deutlich zu erkennen. Sie flogen in siebenhundert Meter Höhe durch ein tiefes Tal. Auf beiden Seiten ragten hohe Berge auf, und wenn Dillon aus einem der Fenster blickte, konnte er die weiße Linie einer Straße erkennen, die sich den Talgrund entlangschlängelte.

Es ging alles sehr schnell. Gagini stieg auf neunhundert Meter, um eine Art Buckel am Ende des Tals zu überwinden. Dahinter erstreckte sich ein weites, gewelltes Plateau, und er begann mit dem Sinkflug.

Fünf Minuten später fing er die Maschine bei dreihundert Metern ab und rief über die Schulter: »Öffnen Sie die Tür. Jeden Moment ist es soweit, und ich möchte nicht noch einmal anfliegen müssen, das könnte sie mißtrauisch machen. Springen Sie, wenn ich Ihnen das Zeichen gebe, und dann viel Glück, mein Freund.«

Dillon begab sich nach hinten zur Tür. Wegen des Fallschirms auf seinem Rücken konnte er sich nur unbeholfen bewegen. Er drehte den Türgriff, die Tür schwang nach außen, und die Stufen klappten auseinander. Die Luft knatterte ohrenbetäubend, und er klammerte sich an den Türrahmen und wurde vom Wind gebeutelt. Er blickte hinunter. Ein gutes Stück entfernt zu seiner Linken stand das Bauernhaus und sah genauso aus wie auf dem Foto.

»Jetzt!« brüllte Gagini gegen den Fluglärm.

Dillon stieg zwei Stufen nach unten und hielt sich am Handlauf fest. Dann ließ er sich einfach fallen, mit dem Kopf voran, und vollführte im Luftwirbel der Maschine einen Purzelbaum. Im gleichen Moment zog er den Ring der Reißleine. Er schaute hoch, sah das Flugzeug links von ihm steil in die Höhe steigen und hörte das Motorengebrumm bereits schwächer werden.

Im Speisezimmer des Bauernhauses hatten sie soeben den ersten Gang beendet, und Marco, der wieder als Butler fungierte, räumte gerade den Tisch ab, als sie das Flugzeug hörten.

»Was zum Teufel ist das denn?« fragte Morgan zornig, stand auf und eilte hinaus auf die Terrasse. Marco folgte ihm auf dem Fuße.

Das Dröhnen des Flugzeugs erklang rechts von ihnen und verhallte in der Ferne. Im gleichen Moment erschien auch Asta auf der Terrasse. »Macht ihr euch wegen irgend etwas Sorgen?«

»Das Flugzeug. Für einen kurzen Moment dachte ich, daß es so niedrig fliegt, als habe es die Absicht zu landen.«

»Dillon?« Sie schüttelte den Kopf. »Selbst er wäre nicht verrückt genug, so etwas zu versuchen.«

»Nein, natürlich nicht.« Morgan lächelte, und sie gingen wieder hinein. »Nur ein Flugzeug«, sagte er zu Luca und drehte sich achselzuckend zum Brigadier um. »Diesmal gibt es keine Kavallerie, die zu Ihrer Rettung angeritten kommt.«

»Wie schade«, sagte Ferguson.

»Ja, nicht wahr? Wir setzen die Mahlzeit fort, in Ordnung? Ich bin gleich wieder zurück.« Er gab Marco mit einem Kopfnikken ein Zeichen und ging mit ihm hinaus in die Halle.

»Was ist los?« erkundigte Marco sich.

»Keine Ahnung. Das Flugzeug hat keinen Versuch unternommen zu landen, aber es war sehr niedrig, als es vorbeiflog.«

»Vielleicht jemand, der sich ein genaues Bild von der Landschaft verschaffen wollte«, äußerte Marco seine Vermutung.

»Genau, denn falls jemand sich auf der Straße nähern sollte, hätte man dem Betreffenden per Funk einen Lagebericht runterschicken können.«

Marco schüttelte den Kopf. »Niemand kommt auf der Straße näher als bis auf dreißig Kilometer an dieses Haus heran, ohne daß wir davon in Kenntnis gesetzt werden. Glauben Sie mir.«

»Ja, vielleicht bin ich übervorsichtig. Aber wen haben wir denn als Wächter aufgestellt?«

»Da ist erst einmal der Hausmeister, Guido. Ich habe ihn am Tor postiert, und dann sind da die beiden Schafhirten, die Tognolis, Franco und Vito. Sie haben beide schon Mordaufträge ausgeführt. Es sind gute Männer.«

»Hol sie hierher in den Garten und kümmere dich um alles Notwendige. Ich möchte nur ganz sichergehen.« Er lachte und legte eine Hand auf Marcos Schulter. »Das liegt vielleicht an meinem sizilianischen Blut.«

Er kehrte ins Eßzimmer zurück, und Marco begab sich in die Küche, wo er Rosa, die Frau des Hausmeisters, antraf. Sie stand am Herd, während die Tognoli-Brüder an einem Tischende saßen und Eintopf löffelten.

»Ihr könnt nachher weiteressen«, sagte er zu ihnen. »Jetzt geht raus in den Garten und haltet euch bereit. *Signor* Morgan macht sich Sorgen wegen des Flugzeugs, das gerade über uns hinweggeflogen ist.«

»Zu Befehl«, sagte Franco Tognoli, wischte sich den Mund mit dem Handrücken ab und nahm die *Lupara* von der Rückenlehne seines Stuhls. Es war eine abgesägte Schrotflinte, seit undenklichen Zeiten die traditionelle Waffe der Mafia. »Komm mit«, sagte er zu seinem Bruder, »wir müssen an die Arbeit.« Und sie gingen hinaus.

Marco griff nach einem Glas Rotwein, das auf dem Tisch stand. »Du mußt das Essen selbst servieren, Rosa«, entschied er und leerte das Glas in einem Zug. Dann holte er die Beretta aus dem Schulterhalfter und überprüfte sie, während er die Küche verließ.

Die Stille war außergewöhnlich. Dillon verspürte kein sonderlich erhebendes Gefühl. Es war eine seltsame schwarzweiße Welt im Mondlicht. Sie glich einer dieser Welten im Traum, in dem man sich vorstellte, man würde fliegen und die Zeit stillstehen. Plötzlich raste ihm der Erdboden entgegen, und er prallte mit einem dumpfen Laut auf und rollte durch hohes Weidegras.

Er lag einen Moment lang still im Gras, um wieder zu Atem zu kommen. Dann betätigte er den Schnellverschluß und wand sich aus den Fallschirmgurten. Das Bauernhaus stand zweihundert Meter links von ihm hinter einem Olivenhain auf einer leichten Anhöhe. Er sprintete los, bis er den Hain erreichte, tauchte in den Schutz der Bäume auf der anderen Seite ein und gelangte bis zu einem Punkt, ungefähr fünfundsiebzig Meter von der bröckeligen weißen Mauer des Bauernhauses entfernt.

Er richtete das Nachtglas auf das Tor, das offenstand, und sah Guido, den Hausmeister, dort stehen. Er trug eine Leinenkappe und eine Jagdjacke. Eine abgesägte Schrotflinte hing über seiner Schulter, aber trotzdem stellte er nicht das Problem dar. Das Problem war die große altmodische Glocke, die über dem Tor hing und von der ein Seil herabbaumelte. Man brauchte nur ein einziges Mal an diesem Seil zu ziehen, und schon wären alle im Bauernhaus wach und auf den Beinen.

Zu seiner Rechten befand sich ein Spalt im Erdreich. Es war ein gut über einen halben Meter tiefer Graben, der bis zur Mauer verlief. Dillon kroch vorsichtig hindurch und erreichte schließlich die Mauer. An dieser Stelle war das Gras hoch und dicht. Er nahm die schallgedämpfte Maschinenpistole von der Schulter und schob sich leise an der Mauer entlang. Er hielt sich, so gut es ging, im Gras, doch es wurde völlig flach, als er noch zwanzig Meter vom Tor entfernt war.

Guido wandte Dillon den Rücken zu. Er rauchte eine Zigarette und blickte zu den Sternen hinauf. Dillon erhob sich und startete. Er befand sich jetzt außerhalb jeglicher Deckung. Als er noch zehn Meter entfernt war, wandte Guido sich um, entdeckte ihn sofort und riß entsetzt den Mund auf. Er griff nach dem Glockenseil, doch Dillon gab einen kurzen Feuerstoß ab, der den Sizilianer von den Füßen riß und auf der Stelle tötete.

Es war erstaunlich, wie wenig Lärm die Celeste verursacht hatte, aber nun war keine Zeit zu verlieren. Dillon schleifte Guidos Leiche in den Schatten der Mauer und rannte durch das Tor. Er verließ augenblicklich die Auffahrt und drang in den Schutz des üppig wuchernden subtropischen Gartens ein. Auch hier mußte das Gras dringend gemäht werden. Fast lautlos schlich er zwischen den Olivenbäumen auf das Haus zu. Unvermittelt begann es zu regnen. Es war einer dieser plötzlichen Schauer, wie sie in der Region zu dieser Jahreszeit durchaus üblich waren, und er kauerte sich hin, sah vor sich die Terrasse, die offenen Fenster und hörte lautes Stimmengewirr.

Marco lief die Auffahrt hinunter. Er fluchte, als es zu regnen begann, klappte den Kragen hoch und eilte zum Tor. Er sah sofort, daß Guido nicht auf seinem Posten war. Marco zog die Beretta, ging nach draußen und entdeckte die Leiche am Fuß der Mauer. Er packte das Seil, läutete ein paar Sekunden lang heftig die Glocke und rannte wieder zurück.

»Jemand ist hier!« rief er. »Paßt auf!« Dann drang er in geduckter Haltung in die Büsche ein.

Im Eßzimmer brach augenblicklich aufgeregte Hektik aus. »Was ist los?« wollte Luca wissen.

»Die Alarmglocke«, meldete Morgan. »Irgend etwas ist im Gange.«

»Also nein, wer hätte das gedacht?« sagte Ferguson.

»Halten Sie die Klappe!« Morgan ging zu einem Schrank und zog eine Schublade auf, in der mehrere Pistolen lagen. Er suchte für sich eine Browning aus und reichte Asta eine Walther PPK. »Für alle Fälle«, sagte er. In diesem Moment ging draußen mit lautem Getöse eine abgesägte Schrotflinte los.

Es war Vito Tognoli, der, in Panik geraten, den Fehler beging und seinen Bruder rief. »Franco, wo bist du? Was ist passiert?«

Dillon schickte einen langen Feuerstoß in Richtung der Stimme. Vito stieß einen erstickten Schrei aus und kippte aus einem der Büsche aufs Gesicht.

Dillon kauerte im Regen, wartete und hörte nach einer Weile ein Rascheln. Dann erklang Francos leise Stimme: »He, Vito, hier bin ich.«

Einen Augenblick später wagte er sich ins Freie und blieb unter einem Olivenbaum stehen. Dillon zögerte nicht und schleuderte ihn mit einem weiteren Feuerstoß aus der Celeste gegen den Baumstamm. Franco stürzte, feuerte seine Schrotflinte ab und blieb regungslos liegen. Dillon machte ein paar Schritte, schaute auf ihn herab. In diesem Moment ertönte hinter ihm das Klicken eines Hahns, der gespannt wurde.

»Habe ich dich endlich, du Bastard«, zischte Marco. »Laß das Ding fallen und dreh dich um.«

Dillon legte die Celeste auf den Boden und wandte sich lässig um. »Ach, Sie sind es, Marco. Ich habe mich schon gefragt, wo Sie sich wohl verstecken.«

»Gott allein weiß, wie Sie hergekommen sind, aber das ist jetzt gleichgültig. Hauptsache, Sie sind hier, und ich komme in den Genuß, sie eigenhändig töten zu dürfen.«

Er hob Francos Schrotflinte mit einer Hand auf, schob die Beretta in sein Schulterhalfter, dann rief er: »Es ist Dillon, *Signor* Morgan, ich habe ihn geschnappt!«

»Hast du das wirklich?« fragte Dillon.

»Das ist die *Lupara,* die von der Mafia immer für eine Hinrichtung benutzt wird.«

»Ja, das habe ich schon mal gehört«, sagte Dillon. »Das einzige Problem ist, mein Sohn, sie hat nur zwei Läufe, und sie ist losgegangen, als Franco umfiel.«

Es dauerte nur eine einzige Sekunde, bis Marco zur Kenntnis

nahm, was er gesagt hatte, und begriff, daß es stimmte. Er ließ die Schrotflinte fallen, und seine Hand verschwand in seinem Jackett und suchte die Beretta.

Dillon schüttelte bedauernd den Kopf. »Lebe wohl, mein alter Freund.« Seine Hand ergriff die mit Schalldämpfer versehene Walther im Hosenbund auf seinem Rücken. Sie schwang hoch, und er feuerte zweimal. Beide Kugeln trafen Marco ins Herz und warfen ihn zurück.

Dillon stand einige Sekunden lang da und schaute auf ihn herab. Dann verstaute er die Walther wieder unter der kugelsicheren Weste in seinem Hosenbund, bückte sich und nahm die Celeste an sich. Er machte einen Schritt vorwärts, lugte durch die Büsche zur Terrasse. Dann feuerte er eine lange Salve ab und durchlöcherte die Wand neben dem Fenster.

»Hier ist Dillon!« rief er. »Ich warte auf Sie, Morgan.«

Im Eßzimmer war Morgan vom Tisch aufgesprungen. Luca stand auf der einen Seite, Asta auf der anderen. Sie hatte die Walther gezückt.

»Dillon?« rief er. »Können Sie mich hören?«

»Ja«, antwortete Dillon.

Morgan umrundete den Tisch und packte Ferguson am Kragen. »Los, auf die Füße«, sagte er, »sonst...«

Er stieß den Brigadier um den Tisch herum zu den offenen Fenstern und zur Terrasse. »Hören Sie gut zu, Dillon, ich habe Ihren Chef in meiner Gewalt. Wenn Sie nicht tun, was ich verlange, blase ich ihm das Gehirn aus dem Schädel. Schließlich sind Sie doch wegen ihm hergekommen.«

Stille trat ein. Man hörte nur noch den Regen rauschen, und dann tauchte unglaublicherweise Dillon auf. Er kam die Terrassentreppe hoch. In der Hand hielt er die Celeste. Er erreichte die Terrasse und blieb stehen, während der Regen auf ihn herabpeitschte.

»Und nun?« fragte er.

Morgan drückte die Mündung seiner Browning gegen Fergusons Schläfe, zog ihn Schritt für Schritt zurück, bis er am Ende des Tisches stand. Luca befand sich noch immer auf der einen Seite, Asta auf der anderen. Ihre rechte Hand preßte die Walther gegen ihren Oberschenkel.

Dillon bewegte sich zum Eingang. In seinem Tarnanzug und mit dem regennassen Haar war er eine überaus bedrohliche Erscheinung. Er sagte etwas auf irisch und lächelte.

»Das heißt, Gott segne alle Anwesenden.«

»Machen Sie ja keine falsche Bewegung«, warnte Morgan.

»Warum sollte ich?« Dillon ging zu einer Seite des Tisches und nickte Asta grüßend zu. »Ist das da in Ihrer Hand eine Pistole, Kindchen? Hoffentlich wissen Sie, wie man damit umgeht.«

»Ich weiß es«, versicherte sie, und ihre Augen wirkten in ihrem bleichen Gesicht wie tiefe schwarze Löcher.

»Dann gehen Sie ein Stück zur Seite.« Sie zögerte, und er sagte mir rauher Stimme: »Sofort, Asta!«

Sie trat zurück, und Morgan sagte: »Keine Angst. Wenn er mit dem Ding feuert, dann erwischt er uns alle und auch den Brigadier, nicht wahr, Dillon?«

»Das ist richtig«, sagte Dillon. »Ich nehme an, dieser übergewichtige Gentleman ist Ihr Onkel, Giovanni Luca. Er würde auch dazugehören. Ein schmerzlicher Verlust für Ihre ehrenwerte Gesellschaft.«

»Alles findet irgendwann einmal ein Ende, Dillon«, sagte der alte Mann. »Ich habe keine Angst.«

Dillon nickte. »Meine Hochachtung, aber Sie leben in der Vergangenheit, *Capo*; Sie waren schon viel zu lange Herr über Leben und Tod.«

»Alles findet irgendwann einmal ein Ende, Mr. Dillon«, wiederholte Luca, und in seinen Augen lag ein seltsamer Ausdruck.

Morgan meldete sich wieder zu Wort. »Zur Hölle damit, legen Sie die Maschinenpistole auf den Tisch, Dillon, oder ich schicke Ferguson auf seine letzte Reise, das schwöre ich Ihnen.«

Dillon stand da, reagierte nicht und behielt die Celeste weiterhin lässig in der Hand. Ferguson meinte: »Ich verabscheue Gossensprache, mein Junge, aber Sie haben meine Erlaubnis, die ganze verdammte Drecksbande zu erschießen.«

Dillon lächelte plötzlich. Es war dieses typische, absolut charmante Lächeln. »Gott schütze Sie, Brigadier, aber ich bin hergekommen, um Sie nach Hause zu holen, und ich wollte Sie eigentlich nicht in einem Sarg sehen.«

Er ging zum Tisch, legte die Celeste auf die Platte und schob sie zum anderen Ende, wo sie vor Luca liegenblieb.

Erleichterung zeichnete sich in Morgans Gesicht ab, und er stieß Ferguson von sich weg. »Da wären wir also, Dillon. Sie sind ein bemerkenswerter Mann, das muß ich Ihnen lassen.«

»Oh, bitte keine Komplimente, alter Junge.«

»Marco?« fragte Morgan.

»Er ist den Weg allen sterblichen Fleisches gegangen, und die beiden Burschen mit ihren Baumwollmützen, die im Garten umherschlichen, ebenfalls.« Dillon lächelte. »Ach ja, den am Tor hätte ich beinahe vergessen. Damit wären es vier, Morgan. Ich bin fast genauso gut wie dieses tapfere Schneiderlein im Märchen der Gebrüder Grimm. Es brüstete sich damit, sieben auf einen Streich erwischt zu haben, aber in seinem Fall waren es nur Fliegen auf einem Marmeladenbrot.«

»Sie Schwein«, sagte Morgan. »Es wird mir eine besondere Freude sein, Sie zu töten.«

Dillon wandte sich an Asta. »Verfolgen Sie genau, was sich hier abspielt? Es macht Spaß, nicht wahr? Das ist doch ganz nach Ihrem Geschmack.«

In ihren Augen brannte ein gefährliches Feuer. »Reden Sie, soviel Sie wollen, Dillon«, fauchte sie, »mit Ihnen ist es sowieso aus.«

»Noch nicht, Asta; es gibt noch einiges zu sagen.« Er lächelte Morgan an. »Dieses Mädchen ist wirklich seltsam. Sie sieht aus, als sei sie direkt von einer Titelseite der *Vogue* herabgestiegen, aber es gibt andere, verborgene Seiten an ihr. Sie liebt die Gewalt. Sie bereitet ihr Lust.«

»Halten Sie den Mund!« drohte Asta leise.

»Aber weshalb sollte ich, Kind, zumal er mich sowieso umbringt? Nur noch ein paar Worte. Darauf hat der zum Tode Verurteilte ein Anrecht.«

»Sie reden sich selbst ins Grab«, stellte Morgan fest.

»Ja, nun, das Grab erwartet uns alle irgendwann einmal, die Frage ist nur, wie man dorthin kommt. Nehmen Sie zum Beispiel mal Ihre Frau. Das war schon eine seltsame Geschichte.«

Die Browning schien plötzlich in Morgans Hand tonnenschwer zu werden. Sie sank herab, und er drückte sie gegen seinen Oberschenkel. »Wovon reden Sie, Dillon?«

»Sie ist doch beim Tauchen vor Hydra in der Ägäis ums Leben gekommen, habe ich recht? Ein tragischer Unglücksfall.«

»Das stimmt.«

»Ferguson hat eine Kopie des Berichts der Athener Polizei. An Bord waren doch Sie, Ihre Frau, Asta und ein Tauchlehrer.«

»Und?«

»Sie hatte keine Luft mehr im Tank, und der Polizeibericht kommt zu dem Ergebnis, daß es kein Unfall war. Das Ventilsystem ihrer Ausrüstung war manipuliert worden. Schwierig, irgend etwas zu beweisen, vor allem wenn ein so mächtiger Mann wie Carl Morgan in die Geschichte verwickelt ist. Deshalb haben sie den Bericht abgelegt.«

»Sie lügen«, sagte Morgan.

»Nein, ich habe den Bericht gelesen. Ich frage mich, wer könnte ihren Tod gewünscht haben? Wohl kaum der Tauchlehrer, daher können wir den mit Sicherheit ausschließen. Wir dachten, Sie wären es gewesen, und haben es auch Asta gegenüber angedeutet, aber Sie erklärten auf dem Boot, das sei eine bösartige Lüge, und Sie schienen es damit auch ernst zu meinen.« Dillon zuckte die Achseln. »Damit bleibt nur eine einzige Person übrig.«

Asta schrie auf. »Dillon, Sie Schwein!«

Morgan brachte sie mit einer Handbewegung zum Schweigen. »Das ist Unsinn, das kann nicht sein.«

»Na schön, wenn Sie mich töten wollen, dann beantworten Sie mir wenigstens eine Frage. An dem Abend der Dinnerparty wurde an den Bremsen unseres Kombiwagens herumgespielt. Wenn Sie es taten, würde es bedeuten, daß Sie Astas Tod wollten, weil Sie es zugelassen haben, daß sie mit uns zum Jagdhaus zurückfuhr.«

»Aber das ist doch totaler Blödsinn«, sagte Morgan. »Ich würde Asta niemals einen Schaden zufügen wollen. Es war ein Unfall.«

Stille trat ein, und Dillon wandte sich zu Asta um. Als sie lächelte, war es das furchtbarste Lächeln, das er je in seinem Leben gesehen hatte. »Sie sind ein ganz besonders cleverer Bursche, nicht wahr?« sagte sie, und ihre Hand mit der Walther kam hoch.

»Sie haben das Bremssystem sabotiert und sind trotzdem mit uns gekommen?« staunte er.

»Oh, ich hatte grenzenloses Vertrauen zu Ihnen, Dillon. Es erschien mir durchaus wahrscheinlich, daß uns mit Ihnen am Lenkrad nichts zustoßen würde. Aber ich wußte, daß Sie Carl die Schuld geben würden, und das wiederum stärkte meine Position bei Ihnen.« Sie drehte sich zu Morgan um. »Ich habe es nur für dich getan, Carl, damit ich über jeden Schritt informiert würde, den sie beabsichtigten.«

»Und Ihre Mutter?« meldete Ferguson sich zu Wort. »Taten Sie das auch für Morgan?«

»Meine Mutter?« Sie starrte die Umstehenden an, hatte einen seltsam leeren Ausdruck im Gesicht und wandte sich wieder an Morgan. »Das war etwas anderes. Sie war im Weg. Sie versuchte, dich mir wegzunehmen, und das hätte sie nicht tun dürfen. Dabei hatte ich sie vorher gerettet, sie vor meinem Vater beschützt.« Sie lächelte. »Er hatte sich zu oft in unser Leben eingemischt.« Ihr Lächeln vertiefte sich. »Er liebte freizügige Frauen, und er liebte schnelle Autos, deshalb habe ich dafür gesorgt, daß er mit einem von der Straße flog.«

Morgan starrte sie an. Das nackte Entsetzen stand in seinem Gesicht. »Asta, was redest du da?«

»Bitte, Carl, das mußt du verstehen. Ich liebe dich, habe dich schon immer geliebt. Niemand hat dich je so geliebt wie ich, genauso wie auch du mich liebst.«

Der Ausdruck auf ihrem Gesicht war der einer wahrhaft Wahnsinnigen, und Morgan schien die Fassung zu verlieren. »Ich dich lieben? Es gab nur eine einzige Frau, die ich geliebt habe, und du hast sie umgebracht!«

Die Browning schwang hoch, aber Dillons Hand legte sich bereits um den Griff der Walther in seinem Hosenbund auf dem Rücken. Er schoß Morgan zweimal ins Herz. Morgan brach zusammen, und Luca streckte die Hände nach der Celeste aus. Dillon wirbelte herum, hatte den Arm noch immer vorgestreckt und schoß ihm zwischen die Augen. Der *Capo* kippte mitsamt dem Sessel nach hinten.

Im gleichen Moment kreischte Asta: »Nein!« Sie schoß Dillon zweimal in den Rücken. Der Einschlag der Kugeln warf ihn vorwärts auf den Tisch, dann fuhr sie herum und rannte durch die Terrassentür hinaus.

Dillon hatte Schwierigkeiten beim Atmen und war beinahe bewußtlos. Er hörte Ferguson seinen Namen rufen, wobei seine Stimme besorgt klang. Seine Hände fanden die Tischkante, er drückte sich mühsam hoch und schlurfte zum nächsten Stuhl. Er setzte sich, rang nach Luft, dann tastete er nach den Klettbandverschlüssen der kugelsicheren Weste, öffnete sie und zog die Weste aus. Er untersuchte sie und stellte fest, daß die beiden Kugeln, die Asta abgefeuert hatte, im Material steckengeblieben waren.

»Wollen Sie sich das nicht mal ansehen?« sagte er zu Ferguson. »Wir können Gott für die moderne Technologie danken.«

»Dillon, ich dachte schon, ich hätte Sie verloren. Da, trinken Sie was.« Ferguson schüttete Rotwein in eins der Gläser auf dem Tisch. »Ich könnte auch einen vertragen.«

Dillon leerte das Glas. »Mein Gott, das tut gut. Sind Sie in Ordnung, alter Junge?«

»Mir ging es nie besser. Wie zum Teufel sind Sie hierhergekommen?«

»Gagini hat mich hergeflogen, und ich bin mit dem Fallschirm abgesprungen.«

Ferguson erschrak. »Ich wußte gar nicht, daß Sie das können.«

»Man muß alles mal versuchen.« Dillon griff nach der Flasche und schenkte sich ein zweites Glas ein.

Ferguson prostete ihm zu. »Sie sind ein bemerkenswerter Mann.«

»Ich will ganz ehrlich zu Ihnen sein, Brigadier, es gibt Leute, die halten mich sogar für ein verdammtes Genie, aber da habe selbst ich meine Zweifel. Was ist mit dem Abkommen passiert?«

Ferguson ging zu Luca hinüber, kniete sich hin und griff ihm in die Innentasche. Er stand wieder auf, drehte sich um und faltete das Dokument auseinander. »Das Tschungking-Abkommen. Um das ist es gegangen.«

»Und jetzt bereiten wir dem ein Ende«, sagte Dillon. »Haben Sie ein Streichholz? Ich denke, wir sollten es einfach verbrennen.«

»Nein. Ich denke, das sollten wir nicht tun.« Ferguson faltete es wieder sorgfältig zusammen, holte seine Brieftasche heraus und legte es behutsam hinein. »Die Entscheidung sollten wir dem Premierminister überlassen.«

»Sie sind ein verdammt raffinierter Hund«, stellte Dillon fest. »Sie sind ja nur scharf auf einen Adelstitel.«

Er stand auf, zündete sich eine Zigarette an, trat hinaus auf die Terrasse, und Ferguson folgte ihm nach draußen. »Ich möchte bloß wissen, wo sie abgeblieben ist. Als ich versuchte, Sie wiederzubeleben, habe ich ein Auto wegfahren hören.«

»Die ist längst über alle Berge«, sagte Dillon.

Lauter Motorenlärm erklang über ihnen, und ein dunkler Schatten senkte sich auf die Wiese herab. »Du liebe Güte, was ist das denn?« fragte Ferguson.

»Das ist Hannah Bernstein, die die Überreste einsammeln will, in Begleitung unseres guten Major Gagini. Er hat sich in dieser Angelegenheit mehr als hilfsbereit erwiesen. Sie sind ihm einiges schuldig.«

»Ich werd's nicht vergessen«, versprach Ferguson.

Hannah Bernstein stand mit Gagini in der Türöffnung des Eßzimmers und sah sich schaudernd um. »O mein Gott«, seufzte sie, »das reinste Schlachtfest.«

»Haben Sie etwa damit Probleme, Chief Inspector?« fragte Ferguson. »Dann will ich Ihnen kurz schildern, was hier passiert ist.«

Als er geendet hatte, holte sie tief Luft, trat spontan auf ihn zu und küßte ihn auf die Wange. »Ich bin wirklich froh, Sie heil wiederzusehen.«

»Das habe ich Dillon zu verdanken.«

»Ja.« Sie sah auf Morgan und Luca. »Er macht nie Gefangene, nicht wahr?«

»Auf dem Grundstück liegen noch vier weitere, meine Liebe.«

Sie erschauerte, und Dillon kam mit Gagini durch die Terrassentür herein. Der Italiener blieb stehen und betrachtete Luca kopfschüttelnd. »Ich hätte nicht gedacht, daß ich diesen Tag erleben würde. Sie werden in Palermo nicht glauben, daß er endlich den Weg alles Irdischen gegangen ist.«

»Sie sollten ihn in einen Sarg legen und in einem Schaufenster ausstellen, wie sie es im Wilden Westen mit Gesetzlosen getan haben«, riet Dillon ihm.

»Dillon, um Gottes willen«, sagte Hannah.

»Finden Sie, daß ich schlimm bin, Hannah?« Dillon zuckte die Achseln. »Der Kerl war doch wie ein Raubtier, das sich fett gefressen hat, und nicht nur am Glücksspiel, sondern auch an Drogen und Prostitution. Er war verantwortlich für die Vernichtung Tausender. Zur Hölle mit ihm.« Er machte kehrt und marschierte hinaus.

In Punta Raisa regnete es, während sie im Büro warteten. Lacey schaute zur Tür herein. »Wenn Sie starten wollen, ich bin bereit.«

Gagini begleitete sie durch den Hangar und überquerte den Asphaltstreifen. »Seltsam, wie sich alles entwickelt hat, Brigadier. Ich dachte, ich tue Ihnen einen Gefallen, als ich Sie wegen des Tschungking-Abkommens unterrichtete, und am Ende tun Sie mir den größten Gefallen, den ich mir vorstellen kann. Sie haben Luca für mich ausgeschaltet.«

»Ach, das war Dillons Werk, nicht meins.«

»Freuen Sie sich nicht zu sehr, Major, schon morgen früh ist jemand da, der seinen Platz einnimmt«, sagte Dillon.

»Sicher«, gab Gagini zu. »Aber ein Sieg war es schon.« Er streckte die Hand aus. »Vielen Dank, mein Freund. Wenn ich jemals wieder was für Sie tun kann, melden Sie sich.«

»Ich werde gerne darauf zurückkommen.«

Dillon drückte ihm die Hand, stieg in den Lear und ließ sich in einem der hinteren Sitze nieder. Ferguson setzte sich ihm auf der anderen Seite gegenüber, und Hannah entschied sich für den Platz hinter ihm. Sie schnallten sich an, und die Maschinen erwachten dröhnend zum Leben. Ein paar Sekunden später jagten sie mit zunehmender Geschwindigkeit über die Rollbahn. Sie kletterten bis auf 10 000 Meter und gingen auf Reisegeschwindigkeit.

Hannah saß mit ernstem Gesicht da, und Dillon fragte streitlustig: »Stimmt mit Ihnen etwas nicht?«

»Ich bin müde, es war ein anstrengender Tag, und ich habe noch immer den Geruch von Kordit und Blut in der Nase, Dillon. Ist das so seltsam? Ich mag das nicht.« Plötzlich brauste sie auf. »Mein Gott, Sie haben gerade sechs Menschen getötet, Dillon, *sechs!* Macht Ihnen das gar nichts aus?«

»Was höre ich denn da?« staunte er. »Wollen Sie etwa jüdisch-religiöse Betrachtungen darüber anstellen? Mir etwas von Moral predigen, die verlangt, daß man seinem Feind nicht das gleiche zufügen soll, was er einem selbst zufügt?«

»Na schön, dann weiß ich eben nicht, was ich davon halten soll.« Es ließ sich nicht übersehen, daß sie tief betroffen war.

»Vielleicht haben Sie sich den falschen Job ausgesucht«, meinte Dillon. »An Ihrer Stelle würde ich mal darüber nachdenken.«

»Und wie sehen Sie sich selbst? Etwa in der Rolle eines Henkers mit öffentlichem Auftrag?«

»Das reicht jetzt, ihr beide.« Ferguson öffnete die Barbox, holte eine halbe Flasche Scotch heraus, schüttete etwas davon in einen Plastikbecher und reichte ihn Hannah. »Trinken Sie, das ist ein Befehl.«

Sie holte tief Luft und nahm den Becher entgegen. »Danke, Sir.«

Ferguson schüttete eine großzügige Portion in einen zweiten Becher und gab ihn Dillon. »Nehmen Sie.« Dillon nickte dankend und leerte den Becker. Dann genehmigte der Brigadier sich selbst einen.

»Das ist nun mal unser Geschäft, Chief Inspector, vergessen Sie das nie. Natürlich, wenn es Ihnen zu sehr zusetzt und Sie wieder in den normalen Dienst zurückwollen...«

»Nein, Sir«, erwiderte sie. »Das wird nicht nötig sein.«

Dillon nahm sich die Flasche und schenkte sich einen zweiten Drink ein. Ferguson runzelte nachdenklich die Stirn. »Ich möchte bloß wissen, was aus dieser schrecklichen jungen Frau geworden ist«, murmelte er sinnend.

»Das wüßte ich auch gerne«, sagte Dillon.

»Die Kleine ist völlig verrückt«, sagte Ferguson. »Das ist wohl eindeutig klar, doch das ist nicht mehr unser Problem.« Nach diesen Worten schloß er die Augen und lehnte sich in seinem Sitz zurück.

Etwa zur gleichen Zeit fuhr Asta vor dem Tor zu Lucas Villa vor. Sie legte eine Hand auf die Hupe, und der Wächter tauchte auf der anderen Seite auf. Er erkannte sie sofort und beeilte sich, das Tor zu öffnen. Sie fuhr hindurch und gleich hinauf zum Haus. Als sie aus dem Kombiwagen stieg, öffnete sich die Tür am Ende der Treppe, und Lucas Boy, Giorgio, erschien.

»*Signorina.* Sie sind alleine? Kommen der *Capo* und der *Signore* später?«

Sie hätte ihm die Wahrheit sagen können, zögerte jedoch aus irgendeinem Grund und begriff gleichzeitig, weshalb. Wenn Luca noch am Leben wäre, könnte sie sich seiner Macht bedienen, und diese Macht wollte und brauchte sie.

»Ja«, erwiderte sie. »Der *Capo* und der *Signore* haben in Valdini noch etwas zu erledigen. Du setzt dich mit dem Chefpiloten des Learjets in Verbindung. Wie heißt er noch?«

»Ruffolo, *Signorina.*«

»Ja, stimmt. Stell fest, wo er sich aufhält, und richte ihm aus, er soll so schnell wie möglich hierher kommen. Ruf anschließend unseren Kontaktmann am Flughafen an. Dort steht ein Lear aus England. Es ist durchaus möglich, daß er schon wieder gestartet ist, aber versuch auf jeden Fall, soviel wie möglich herauszubekommen.«

»Natürlich, *Signorina.*« Er verbeugte sich, ließ sie ins Haus eintreten, schloß die Tür und begab sich zum Telefon.

Sie ging ins Wohnzimmer, schenkte sich einen Drink ein und trank ihn langsam. Sie blickte sinnend hinaus auf die Terrasse und wunderte sich, wie schnell Giorgio wieder zurück war. »Ich habe Ruffolo gefunden, er ist unterwegs – und Sie hatten recht, *Signorina.* Der englische Lear ist gestartet. An Bord sind zwei Piloten und drei Passagiere.«

Sie starrte ihn an. »Drei? Bist du sicher?«

»Ja, eine Frau, ein stattlicher älterer Mann und ein kleiner mit sehr hellem Haar. Unser Kontaktmann konnte die Namen nicht in Erfahrung bringen, aber er sah sie in die Maschine steigen.«

»Ich verstehe. Gut gemacht, Giorgio. Ruf mich, wenn Ruffolo hier eintrifft.«

Asta zog sich aus und stellte sich unter die Dusche. Es war wie ein böser Traum. Es fiel ihr schwer zu glauben, daß Dillon noch am Leben war. Carl, ihr geliebter Carl, und Luca, es war alleine Dillons Schuld. Wie hatte sie nur je etwas für ihn übrig haben können? Dillon und Ferguson, aber ganz besonders Dillon. Sie hatten alles verdorben, und dafür mußten sie bezahlen.

Sie verließ die Duschkabine, trocknete sich ab und cremte sich ein. Anschließend hüllte sie sich in einen Morgenmantel und begann ihr Haar zu bürsten. Das Telefon klingelte. Als sie den Hörer abnahm, hörte sie Giorgios Stimme.

»*Signorina, Capitano* Ruffolo ist da.«

»Gut, ich komme gleich runter.«

Ruffolo trug ein am Hals offenes Hemd, einen Blazer und eine leichte Sommerhose. Als sie das Wohnzimmer betrat, erhob er sich und ging ihr entgegen, um sie mit einem Handkuß zu begrüßen.

»Verzeihen Sie mir, *Signorina,* ich war zu Tisch, aber Giorgio konnte mich aufstöbern. Wie kann ich Ihnen zu Diensten sein?«

»Bitte, setzen Sie sich doch.« Sie deutete auf einen Sessel, ging zum Tisch und öffnete eine Flasche Bollinger, die Giorgio in einem Sektkühler bereitgestellt hatte. »Trinken Sie ein Glas mit, *Capitano?*«

»Mit Vergnügen, *Signorina.*« Seine Augen saugten sich hungrig an den üppigen Formen ihres Körpers fest, und Ruffolo straffte sich.

Asta schenkte Champagner in zwei Kristallgläser und reichte ihm eins. »Es handelt sich um eine delikate Angelegenheit, *Capi-*

*tano.* Der *Capo* hat mir eine besondere Aufgabe übertragen. Ich soll morgen nach England, aber nicht auf dem üblichen offiziellen Weg, wenn Sie verstehen, was ich meine.«

Ruffolo nahm einen kleinen Schluck. »Natürlich, *Signorina.* Sie meinen sicher, daß Sie sozusagen illegal englischen Boden betreten wollen und daß es keinen Hinweis darauf geben darf, daß Sie sich dort aufhalten, nicht wahr?«

»So ist es.«

»Das ist kein Problem. In Sussex gibt es einen Privatflugplatz, den wir benutzen können. Ich habe so etwas schon früher getan. London wird von so vielen Maschinen angesteuert, daß niemand etwas bemerkt, wenn ich von See in zweihundert Meter Höhe anfliege. Wollen Sie nach London?«

»Ja«, sagte sie.

»Bis dorthin sind es nur noch knapp fünfzig Meilen. Kein Problem.«

»Sehr schön«, sagte sie, stand auf und nahm den Bollinger aus dem Sektkühler. »Der *Capo* wird hocherfreut sein. Aber jetzt lassen Sie sich von mir noch zu einem zweiten Glas Champagner einladen.«

# 16

Es war kurz vor sechs am folgenden Abend, als der Daimler durch die Sicherheitssperre in der Downing Street gewinkt wurde. Dillon, Ferguson und Hannah Bernstein saßen im Fond. Doch als der Chauffeur ihnen die Tür aufhielt, stiegen nur Ferguson und Hannah aus.

Ferguson wandte sich um. »Es tut mir leid, aber Sie werden auf uns warten müssen, Dillon. Ich rechne nicht damit, daß es lange dauern wird.«

»Ich weiß.« Dillon lächelte. »Ich würde den Mann nur in eine peinliche Lage bringen.«

Sie gingen zur Tür. Der diensthabende Polizist salutierte, sobald er Ferguson erkannt hatte. Die Tür wurde augenblicklich geöffnet, und sie traten ein. Ein Assistent nahm ihnen die Mäntel und Fergusons Malakkastock ab. Sie folgten ihm ins obere Stockwerk und durch einen Korridor. Es dauerte ein paar Sekunden, und er ließ sie in ein Arbeitszimmer eintreten, wo sie den Premierminister hinter seinem Schreibtisch antrafen. Er arbeitete sich gerade durch einen Berg von Papieren.

Er schaute auf und lehnte sich zurück. »Brigadier, Chief Inspector. Nehmen Sie Platz.«

»Vielen Dank, Premierminister«, sagte Ferguson, und sie schoben sich Sessel zurecht.

Der Premierminister griff nach einem Aktenordner und schlug ihn auf. »Ich habe Ihren Bericht gelesen. Eine absolut erstklassige Arbeit. Dillon scheint mal wieder mit seiner gewohnt rücksichtslosen Gründlichkeit vorgegangen zu sein.«

»Ja, Premierminister.«

»Andererseits, ohne ihn hätten wir Sie abschreiben können, Brigadier, und das hätte mir gar nicht gefallen. Das wäre für uns alle eine Katastrophe gewesen, meinen Sie nicht auch, Chief Inspector?«

»Absolut, Premierminister.«

»Wo ist Dillon überhaupt?«

»Er wartet draußen in meinem Daimler, Premierminister«, informierte Ferguson ihn. »Ich denke, es ist so am vernünftigsten, wenn man sich seinen ziemlich ungewöhnlichen Werdegang vor Augen hält.«

»Natürlich.« Der Premierminister nickte und lächelte dann. »Damit kämen wir zum Tschungking-Abkommen.« Er zog das Dokument aus dem Hefter. »Ein bemerkenswertes Schriftstück. Es erschließt unbegrenzte Möglichkeiten, aber wie ich bereits bei unserem ersten Gespräch über diese Angelegenheit meinte, hatten wir schon genug Ärger mit Hongkong. Wir ziehen uns zurück, und das wär's dann. Deshalb hatte ich Sie gebeten, das verdammte Ding zu suchen und zu verbrennen.«

»Ich dachte, das tun Sie lieber selbst, Premierminister.«

Der Premierminister lächelte. »Das war sehr weitsichtig von Ihnen, Brigadier.«

Auf dem Rost des viktorianischen Kamins loderte ein Feuer. Der Premierminister stand auf, ging hin und legte das Dokument hinein. Die Ecken rollten sich in der Hitze hoch, ehe es in Flammen aufging. Einen Moment später war es nur noch graue Asche, die nach und nach zerfiel.

Der Premierminister löste seinen Blick vom Kamin und kam um den Schreibtisch herum. »Ich möchte mich bei Ihnen beiden bedanken.« Er schüttelte ihnen die Hand. »Und bedanken Sie sich in meinem Namen auch bei Dillon, Brigadier.«

»Das werde ich tun, Premierminister.«

»Aber jetzt müssen Sie mich entschuldigen, ich werde nämlich im Unterhaus erwartet. Zu einer außergewöhnlichen Fragestunde. Wir müssen den Mitgliedern des Unterhauses auch ein wenig Spaß gönnen.«

»Ich verstehe, Premierminister«, sagte Ferguson.

Dank der in diesen Mauern üblichen Zauberei ging hinter ihnen die Tür wie von selbst auf, und der Assistent erschien, um sie wieder hinauszugeleiten.

»Ist alles gutgegangen?« fragte Dillon, während der Daimler durch die Sicherheitssperre rollte und sich in den Verkehr auf Whitehall einfädelte.

»Das kann man wohl sagen. Er hat sich das Vergnügen nicht nehmen lassen, das Tschungking-Abkommen eigenhändig ins Feuer zu werfen.«

»Nun, das hat ihm sicherlich großen Spaß gemacht, was?«

»Er hat den Brigadier gebeten, sich in seinem Namen bei Ihnen zu bedanken, Dillon«, sagte Hannah.

»Hat er das?« Dillon sah Ferguson von der Seite an. Dieser saß da und hatte die Hände um den silbernen Griff seines Malakkastocks gefaltet. »Davon haben Sie nichts erwähnt.«

»Ich wollte nicht, daß es Ihnen zu Kopf steigt, mein Junge.« Er öffnete die Trennscheibe. »Zum Cavendish Square«, sagte er und lehnte sich dann zurück. »Ich dachte mir, wir sollten noch auf einen Drink zu mir fahren.«

»O mein Gott, welche Ehre«, sagte Dillon spöttisch. »Es ist ja so gütig von Ihnen, uns einzuladen, eine Persönlichkeit wie Sie.«

»Hören Sie auf, den armen, beschränkten Iren zu spielen, Dillon, das paßt gar nicht zu Ihnen.«

»Tut mir furchtbar leid, Sir.« Dillon mimte nun wieder den vollendeten Gentleman. »Tatsache ist nur, daß es für mich eine große Ehre wäre, wenn Sie und der Chief Inspector auf einen Drink mit zu mir kämen.« Er öffnete erneut die Trennscheibe. »Eine kleine Änderung, Fahrer, wir wollen in die Stable Mews.«

Während Dillon das Fenster schloß, sagte Ferguson seufzend

zu Hannah: »Sie müssen ihm einiges nachsehen. Er war nämlich früher Schauspieler.«

Der Daimler bog auf den kopfsteingepflasterten Platz von Stable Mews ein und stoppte vor Dillons Haus. »Warten Sie auf uns«, wies Ferguson seinen Fahrer an, während der Ire die Haustür aufschloß und Hannah nach ihm das Haus betrat. Ferguson kam als letzter und schloß die Tür hinter sich.

»Sie haben es hier richtig nett«, sagte er.

»Kommen Sie mit ins Wohnzimmer.« Dillon ging voraus, tastete nach dem Lichtschalter. Als die Beleuchtung aufflammte, erblickten sie Asta in dem hochlehnigen Sessel am offenen Kamin. Sie trug einen Overall aus schwarzem Samt und eine schwarze Mütze. Noch auffälliger war jedoch die Walther PPK in ihrer Hand. Auf die Mündung war ein Schalldämpfer geschraubt.

»Das freut mich aber, Dillon. Eigentlich habe ich nur auf Sie gewartet, und jetzt bekomme ich gleich alle drei.« Ihre Augen glitzerten seltsam. Ihr Gesicht war sehr bleich, dunkle Schatten lagen unter ihren Augen.

»Machen Sie keine Dummheiten«, riet Ferguson ihr.

»O nein, im Gegenteil, Brigadier; ich denke, ich bin ziemlich clever. Niemand weiß, daß ich im Lande bin, und wenn ich hier alles erledigt habe, dann wartet auf einem kleinen Flugplatz in Sussex ein Flugzeug auf mich, um mich gleich wieder über die Grenze zu bringen.«

»Was wollen Sie, Asta?« fragte Dillon.

»Drehen Sie sich um und stützen Sie sich mit beiden Händen auf den Tisch. Soweit ich mich erinnere, tragen Sie besonders gerne eine Pistole im Hosenbund auf dem Rücken. So haben Sie Carl getötet.« Sie fand aber nichts. Sie schaute auch unter seinen Armen nach. »Keine Waffe, Dillon? Das ist aber ziemlich leichtsinnig.«

»Sehen Sie, wir waren in der Downing Street«, erklärte Ferguson. »Und dort haben sie das raffinierteste Alarmsystem der Welt. Sobald man versucht, auch nur mit der kleinsten Waffe durch die Sperre zu gehen, bricht sofort die Hölle los.«

»Wie schön für Sie, aber Sie dürfen sich ebenfalls auf den Tisch stützen.« Ferguson gehorchte, und als sie ihn abgetastet hatte, wandte sie sich an Hannah. »Kippen Sie Ihre Handtasche auf dem Fußboden aus.«

Hannah befolgte den Befehl, und ein kleiner goldener Lippenstift, eine Brieftasche, Kamm und Wagenschlüssel purzelten auf den Teppich. »Sehen Sie, keine Pistole, der Brigadier hat die Wahrheit gesagt.«

»Stellen Sie sich dorthin«, verlangte Asta, »und Sie gehen nach rechts, Brigadier.« Dillon wandte ihr noch immer den Rücken zu. »Ich dachte, ich hätte Sie auf dem Bauernhof erwischt, Dillon. Ich würde gerne wissen, weshalb ich kein Glück hatte.«

»Eine kugelsichere Weste«, erwiderte er. »Die sind heutzutage der letzte Schrei.«

»Ihnen fällt immer was Passendes ein«, gab sie zu. »Aber diesmal haben Sie mir alles verdorben. Sie haben mir Carl weggenommen, und dafür werden Sie bezahlen.«

»Und was würden Sie vorschlagen?« fragte Dillon und schob unmerklich seine Füße auseinander.

»Zwei Kugeln in den Bauch, damit Sie die Schmerzen richtig auskosten können.«

Hannah ergriff eine kleine griechische Statue, die auf dem Rauchtisch neben ihr stand, und schleuderte sie. Asta duckte sich und schoß wild um sich. Dabei erwischte sie Hannah in der linken Schulter und warf sie nach hinten aufs Sofa. Dillon reagierte, doch sie fuhr herum, richtete den Lauf der Walther auf ihn.

»Leben Sie wohl, Dillon.«

Hinter ihr ertönte ein Klicken, als Charles Ferguson den silbernen Griff seines Malakkastocks drehte und die knapp fünfundzwanzig Zentimeter lange Degenklinge herausfederte. Ferguson jagte sie der jungen Frau in den Rücken, durchbohrte ihr Herz, so daß die Spitze vorne aus ihrem Overall herausdrang.

Sie hatte noch nicht einmal die Zeit aufzuschreien. Die Walther rutschte ihr aus der kraftlosen Hand, und sie stolperte nach vorne. Dillon fing sie auf, indem er nach ihren Armen faßte. Ferguson zog die Klinge heraus. Sie blickte mit einem Ausdruck der Verwunderung auf ihre Brust, sah Dillon noch einmal an, als wollte sie nicht glauben, was passierte. Dann gaben ihre Knie nach. Sie sank zu Boden und rollte auf den Rücken.

Dillon ließ sie los und eilte hinüber zu Hannah, die rücklings auf dem Sofa lag. Sie hielt eine Hand auf die Schulter gepreßt. Blut sickerte zwischen den Fingern hervor. Er holte sein Taschentuch heraus und schob es ihr in die Hand. »Legen Sie das auf die Wunde. Sie kommen schnell wieder auf die Beine, das verspreche ich Ihnen.«

Ferguson telefonierte bereits. »Ja, Professor Henry Bellamy für Brigadier Charles Ferguson. Ein Notfall.« Er wartete. In der Hand hielt er die blutige Degenklinge, der Stock lag zu seinen Füßen. »Henry? Hier ist Charles. Eine Schußwunde in der linken Schulter, Chief Inspector Bernstein. Ich sorge dafür, daß Dillon sie sofort in die Klinik bringt. Bis später.«

Er legte den Hörer auf. »In Ordnung, Dillon, nehmen Sie den Daimler und fahren Sie schnellstens zur Klinik. Bellamy ist auch schon unterwegs und dürfte mit Ihnen zusammen eintreffen.«

Dillon stützte Hannah beim Aufstehen und schaute zu Asta hinüber. »Was ist mit ihr?«

»Sie ist tot, aber ich vergewissere mich noch mal. Beeilen Sie sich lieber.«

Er folgte ihnen durch den Flur, öffnete die Tür und brachte sie zum Daimler, dann kehrte er zurück. Er hatte die Degenklinge auf den Schreibtisch gelegt, nahm sie jetzt wieder hoch, holte sein Taschentuch aus der Brusttasche und wischte die Klinge sorgfältig ab. Er schob sie in den Malakkastock, stand für ein paar Sekunden da und schaute auf die junge Frau hinunter. Dann nahm er den Telefonhörer ab und wählte eine Nummer.

Eine ruhige, reservierte Stimme meldete sich. »Ja?«

»Ferguson. Ich habe eine Besorgung für Sie. Absolute Priorität. Stable Mews, nicht weit vom Cavendish Square.«

»In Dillons Haus?«

»Genau. Ich erwarte Sie.«

»Zwanzig Minuten, Brigadier.«

Ferguson legte den Telefonhörer auf, stieg über Astas Leiche, ging zu Dillons Barschrank und schenkte sich einen Scotch ein.

Dillon saß im Flur vor dem Operationssaal, als Ferguson eine Stunde später auftauchte. »Wie stehen die Dinge?« erkundigte der Brigadier sich, während er sich hinsetzte.

»Das werden wir bald erfahren. Bellamy meinte, es sei eine einfache Sache, er brauche nur die Kugel herauszuholen. Er rechnet nicht mit Komplikationen.« Dillon zündete sich eine Zigarette an. »Sie haben aber verdammt schnell reagiert, Brigadier. Ich dachte wirklich, mein letztes Stündlein hätte geschlagen.«

»Nun, soweit war es wohl noch nicht.«

»Was haben Sie unternommen?«

»Ich habe den Entsorgungsservice benachrichtigt und auf sein Eintreffen gewartet. Sie wird zu einem speziellen Krematorium in Nord-London gebracht, das sich für uns als recht nützlich erwiesen hat. Morgen früh sind nur noch sechs Pfund graue Asche übrig. Soweit es mich betrifft, können sie damit tun, was sie wollen. Wir werden dem Chief Inspector nichts erzählen, bis sie wieder auf den Beinen ist.«

»Ich weiß«, sagte Dillon. »Das würde ihr frommes Gewissen zu sehr belasten.«

Die Tür des Operationssaals öffnete sich, und Bellamy erschien. Er hatte den Mundschutz nach unten gezogen. Dillon und der Brigadier sprangen auf. »Wie geht es ihr?« wollte Ferguson wissen.

»Bestens. Eine hübsche saubere Wunde. Eine Woche muß sie im Krankenhaus bleiben, das reicht. Sie dürfte in Null Komma nichts wieder fit sein. Da ist sie.«

Eine Krankenschwester schob Hannah Bernstein auf einer Liege heran. Das Gesicht war schmal und bleich unter der weißen Kopfhaube. Die Krankenschwester blieb stehen, und Hannahs Augenlider flatterten, ehe sie sich öffneten.

»Dillon, sind Sie das?«

»Wer sonst, meine Liebe?«

»Ich bin froh, daß Ihnen nichts passiert ist. Sie sind ein schrecklicher Kerl, aber ich mag Sie. Nur fragen Sie mich nicht, warum.«

Ihre Augen fielen wieder zu. »Bringen Sie sie weg, Schwester«, sagte Bellamy und wandte sich zu Ferguson um. »Ich verschwinde jetzt, Charles. Wir sehen uns morgen.« Er entfernte sich.

Ferguson legte eine Hand auf Dillons Schulter. »Ich denke, wir sollten ebenfalls gehen, mein Junge. Es war ein verdammt harter Tag. Ich glaube, jetzt haben wir uns einen Drink verdient.«

»Und wo sollen wir hinfahren?« fragte Ferguson, während der Daimler sich in den Verkehr einfädelte.

Dillon schob die Trennscheibe auf. »Zum Embankment an der Lambeth Bridge, das reicht.«

»Gibt es dafür einen besonderen Grund?« erkundigte Ferguson sich.

»Am Abend des Balls der brasilianischen Botschaft sind Asta Morgan und ich im Regen am Embankment spazierengegangen.«

»Ich verstehe.« Ferguson lehnte sich zurück und schwieg.

Zehn Minuten später stoppte der Daimler neben der Brücke.

Es regnete jetzt heftiger, und Dillon stieg aus und ging bis zur Flußmauer. Ferguson folgte ihm ein paar Sekunden später. Er hielt einen Regenschirm in der Hand.

»Wie ich schon sagte, sie war total verrückt. Das ist nicht Ihr Problem, alter Junge.«

»Keine Sorge, Brigadier, ich verscheuche nur Gespenster.« Dillon holte eine Zigarette aus dem Päckchen und zündete sie an. »Von mir aus kann sie ruhig in der Hölle schmoren. Und jetzt lassen Sie uns endlich etwas trinken.« Damit drehte er sich um und ging zum Wagen zurück.